# WAS FÜR EINE FRAU

# JUDI FENNELL

MERJINN PRESS

PHILADELPHIA, PENNSYLVANIA

# Was für eine Frau

*Was passiert, wenn drei unwiderstehlich sexy Brüder eine Pokerwette gegen ihre geschäftstüchtige Schwester verlieren? Sie werden für deren Reinigungsunternehmen vermietet. Jetzt stehen Ihnen die Manley Maids zu Diensten. Zufriedenheit garantiert.*

Nachdem sie ihre Reinigungsfirma Manley Maids gegründet hat, ist eine Frau fest entschlossen, es allein zu schaffen. Und was für eine Frau sie ist …

Jetzt, wo Mary-Alice Catherine Manley – Mac – ihre attraktiven Brüder für sich arbeiten lässt, kann sie sich zurücklehnen und zusehen, wie das Geschäft floriert. Doch ihr neuester Auftrag macht diesen Plan schnell zunichte. Mildred, die beste Freundin ihrer Großmutter, braucht jemanden zum Hausputz, und die Oma hat Mac für den Job zwangsrekrutiert. Das Problem ist Mildreds arroganter Enkel. Er glaubt, Mac stünde ihm zur freien Verfügung, aber sie hat ihm ein paar Takte zu sagen … abgesehen davon, wie heiß er ist.

Jared Nolan hält sich momentan bedeckt, um ein paar Knochenbrüche auszukurieren – und ein verletztes Ego. Der verletzte Profi-Baseballspieler hat sich einmal von einer Frau ausnutzen lassen, und jetzt könnte ihn das seine

Karriere kosten. Nie wieder wird eine Frau das Sagen haben, weshalb er der herrischen Mac, als sie auftaucht, zeigen wird, wer hier wirklich der Chef ist. Er ist nur nicht auf die unleugbare Anziehungskraft zwischen ihnen vorbereitet. Und wenn die beiden in einem Haus sind, kann niemand sagen, wer am Ende den Sieg davonträgt ...

## Männerabend ... plus eins

Drei attraktive Kerle in Schürzen waren die beste Werbung der Welt für einen Reinigungsservice. Wenn einer von ihnen auch noch ein Hollywood-Filmstar war, stand dem Erfolg von Mary-Alice Catherine Manleys jungem Unternehmen und der nötigen Publicity nichts mehr im Weg.

Wenn alle drei auch noch ihre Brüder waren, wurde das Ganze nur noch besser.

»Du hast wirklich gewonnen?« Gran klammerte sich an die mit Deckchen überzogenen Armlehnen und lehnte sich vor, als Mac von der alles entscheidenden Pokerrunde mit ihren Brüdern zurückkehrte. »Oh, Mary-Alice Catherine! Ich wünschte, ich wäre dabei gewesen.«

»Ich auch, Gran.« Aber es war schon ein Riesenerfolg gewesen, von den dreien überhaupt ein »Du darfst mitspielen« zu bekommen; es gab keinen Grund, auch noch eine Einladung für Gran zu erzwingen. Das hätte zu viel Misstrauen erregt und ihren Plan vielleicht verraten. »Du hättest ihre Gesichter sehen sollen, als ich ihnen sagte, dass sie alle für die Uniformen von Manley Maids Maß nehmen lassen müssen. Ich wünschte, ich hätte eine Kamera dabei gehabt.«

Sie würde dafür sorgen, dass am Montag reichlich Kameras in der Nähe waren, wenn ihre Brüder die Arbeit aufnahmen.

»Und mit wem wirst du sie zusammentun?«, fragte Gran, die den Plan unterstützte, in der Hoffnung, die Brüder unter die Haube zu bringen. Was auch immer funktionierte – Mac wollte einfach nur die Publicity. »Wir müssen vorsichtig planen. Du weißt ja, wie das Chaos Bryan immer verfolgt.«

Bryan war der Hollywood-Filmstar, und Mac glaubte nicht, dass ihn das Chaos störte. Er hatte sich an diesen Lebensstil gewöhnt wie eine Ente ans Wasser. Natürlich musste man einer Ente das Schwimmen erst beibringen, so seltsam das auch klingen mochte, also konnten sie und Gran Bry vielleicht das eine oder andere über Frauen beibringen, da seine jüngste Auswahl an Damen in etwa so viel im Kopf hatte wie eine Ente.

Mac ließ sich auf das Sofa fallen, das schon seit sechsundzwanzig Jahren an derselben Stelle stand, seit sie nach dem Autounfall ihrer Eltern zu Gran gezogen war. Die durchgesessene Kuhle schmiegte sich wie gewohnt an ihren Hintern. »Ich dachte, ich sage es ihnen erst, wenn sie ihre Uniformen abholen. Das gibt dir noch etwas mehr Zeit, dir zu überlegen, wo du sie haben willst. Obwohl Sean sich schon das Martinson-Anwesen reserviert hat. Ich sah keinen Grund, etwas dagegen zu haben.«

Gran tippte sich an die bogenförmigen Lippen. »Das Martinson-Anwesen? Aber das steht doch leer. So wird er niemanden kennenlernen, Mary-Alice Catherine.«

Mac ignorierte ihren vollen Namen. Gran war die Einzige, die ihn benutzte, seit sie sich selbst Mac getauft hatte – damals, als sie noch alles tat, um wie ihre Brüder zu sein, inklusive eines männlichen Namens. Wenn man bedachte, dass die heutige Pokerrunde ihr Versuch war, ihre Firma zu dem Erfolg zu katapultieren, den ihre Brüder bereits erreicht hatten, dann hatte sie diesen Kampfgeist immer noch nicht abgelegt, oder?

Aber heute Abend hatte sie gewonnen, klipp und klar. Na ja, vielleicht nicht ganz so klar. Sie *hatte* tatsächlich viele Stunden damit verbracht, online Poker zu lernen und Karten zu zählen, um ihre Chancen zu verbessern, aber ihre Brüder spielten jeden Monat zusammen. Sie hatte die Gewinnchancen einfach ausgleichen müssen.

Heute Abend hatte sie sie in ihrem eigenen Spiel geschlagen, und sie würde jede Minute ihres Sieges und der damit verbundenen Möglichkeiten genießen.

Und Bry hatte behauptet, sie hätte nichts Gleichwertiges, das sie gegen seinen, Seans und Liams Einsatz setzen könnte? Er hatte ja keine Ahnung. Oh ja, sie würde diesen Sieg definitiv genießen.

»Eigentlich, Gran, wird das Martinson-Haus nicht leer stehen. Merriweathers Enkelin zieht dort ein. Außerdem hat Sean dieses Haus ausdrücklich verlangt. Es hätte seltsam gewirkt, wenn ich Nein gesagt hätte. Vielleicht verliebt er sich ja in die Enkelin.« Und vielleicht konnten Schweine fliegen, aber solange es Grans Laune hob und für ausreichend Mundpropaganda sorgte, war es jede Mühe wert.

»Die Enkelin, hm?« Gran tippte die Zeigefinger aneinander. »Das könnte klappen. Aber was ist mit Bryan? Wir können ihn nicht einfach irgendwohin schicken. Es muss jemand sein, dem es nichts ausmacht, Mr. Filmstar im Haus zu haben.«

Gran sagte das mit mehr Liebe, als der Rest von ihnen es tat, wenn sie Bryan wegen seines Ruhms aufzogen. Seit er eine Rolle an der Seite einer der größten Hauptdarstellerinnen der Branche ergattert hatte, konnten sie nicht anders, als ihn zu necken, und Bryan hatte nicht aufgehört zu lächeln. Bis heute Abend.

»Ich denke wirklich, er sollte dieser Witwe helfen, wegen der du gerade einen Anruf bekommen hast. Die mit all den Kindern.«

»Du willst, dass ich Bryan in ein Haus mit fünf Kindern schicke? Gran, das wird ihn wahnsinnig machen.«

»Oder es lehrt ihn Toleranz. Wir wollen doch nicht, dass er übermütig wird, oder?«

Gran hatte recht. Und Mac würde tatsächlich gerne sehen, wie Bryan versuchte, ein Haus voller Kinder zu putzen. Keiner ihrer Brüder gab so leicht auf, aber das hier würde Bryans Kampfgeist ordentlich auf die Probe stellen. Sie war ihm nach all den Streichen, die er ihr über die Jahre gespielt hatte, noch einiges schuldig.

»Okay, und was ist mit Lee, Gran?«

»Oh, für Liam kenne ich den perfekten Ort. Dieses nette Mädchen, Cassidy. Sie wird einsam sein, wenn Sharon geht, um ihr Baby zu bekommen. Liam kann ihr Gesellschaft leisten.«

»Was hast du gegen Liam?« Cassidy Davenport war so verwöhnt und anstrengend, wie man es sich nur vorstellen konnte. Eher Brys Typ, aber wenn Bryan dort hinginge, wäre das Einzige, was er am Ende putzen würde, Cassidys Laken. Und die Duschkabine. Und die Tischplatte...

»Nun hör mal, Mary-Alice Catherine Manley.«

Mac zuckte zusammen. Als Gran das erste Mal alle vier ihrer Namen in diesem Tonfall ausgesprochen hatte, hatte sie erst eine Stunde später gemerkt, wie tief das gesessen hatte. Die Wirkung hatte über die Jahre nicht nachgelassen.

»Dieses Mädchen, Cassidy, braucht einfach jemanden, der ihr Aufmerksamkeit schenkt. Und unser Liam muss mal wieder aus seinem – nun ja, aus seinem Schneckenhaus raus und unter Leute kommen. Hast du gemerkt, wie geistesabwesend er ist, seit er mit Rachel Schluss gemacht hat? Das ist nicht gut, und wenn jemand Liam da herausholen kann, dann ist es Cassidy.«

Das Problem war: Cassidy war genau wie Rachel, nur in einem viel größeren Ausmaß: nur Designer-dies und Promi-Event-das. Rachel hatte Liam durch die Hölle gehen lassen, und Mac war sich nicht sicher, ob es besonders nett war, ihm eine noch extremere Version davon vor die Nase zu setzen. Andererseits würde er sich garantiert nicht in Cassidy verlieben, also tat sie Liam vielleicht sogar einen Gefallen, indem sie Grans Verkupplungsversuche durchkreuzte.

Er tat ihr leid. Er war der Einzige ihrer Brüder, der kurz vor dem Traualtar gestanden hatte, und das Ende mitzuerleben, war hart gewesen.

»Schon gut, aber wenn er mir den Kopf abreißen will, musst du ihn bändigen.«

»Keine Sorge, Schätzchen. Dein Bruder wird es lieben.«

Mac war sich da nicht so sicher, aber sie wollte nicht mit Gran streiten. Ihre Großmutter hatte vier Enkelkinder mit mageren Ersparnissen, viel Liebe und nicht viel mehr großgezogen. Die Frau war hart im Nehmen.

»Oh. Ich habe vergessen, noch etwas zu erwähnen.«

»Was denn, Gran?« Mac verbarg ihre Besorgnis. Gran hatte in letzter Zeit vieles vergessen. Das war ein Grund, warum sie Grans verrücktem Plan zugestimmt hatte, ihre Brüder zu verkuppeln, während sie für Manley Maids arbeiteten, auch wenn die Chancen gleich null standen... nun ja, fast so gering wie die Wahrscheinlichkeit, dass Mac heute Abend den Sieg davontragen würde. Und der Blitz schlug selten zweimal an der gleichen Stelle ein. Trotzdem gab es Gran etwas, das sie beschäftigte.

»Mildreds Enkel ist diese Woche wieder nach Hause gezogen.« Mildred war die Jugendfreundin ihrer Großmutter, deren kürzlicher Umzug in eine betreute Wohneinrichtung Gran dazu angespornt hatte, dasselbe zu tun. »Erinnerst du dich an Jared? Derjenige, der bei diesem Autounfall verletzt wurde?«

»Ja, Gran. Ich erinnere mich an Jared.« Als ob sie ihn vergessen könnte. Er war nicht nur ein Profi-Baseballspieler, der sich bei einem schlimmen Unfall schwere Verletzungen zugezogen hatte und damit seine Karriere beenden musste, sondern auch seit Ewigkeiten der beste Freund ihres ältesten Bruders – und Jared war ihr allererster Schwarm gewesen. Und ihr längster. Und ihr peinlichster. Sie war ihm wie ein verknallter Teenager überallhin gefolgt. Und das war *bevor* sie überhaupt ein Teenager gewesen war. Gott, sie war einmal aus dem Baumhaus gefallen, als sie ihn ausspioniert hatte, und war genau *auf* ihm und seinem Date gelandet. Nun ja, das war nicht ihr glanzvollster Moment gewesen.

Aber traurigerweise war es auch nicht ihr schlimmster.

»Nun, Mildred und ich haben geplaudert, und es kam zur Sprache, dass Jared jetzt, wo er wieder zurück ist, Hilfe gebrauchen könnte, da das Haus so alt ist und er wegen seiner Verletzungen eingeschränkt ist. Es war schwer für sie, alles in Schuss zu halten, und tja, eins führte zum anderen, und sie möchte dich engagieren, das Haus zu putzen. Ist das nicht wunderbar? Ich habe dir einen Kunden verschafft, und du kannst Jared auch noch helfen.«

Das war typisch für ihre Großmutter: das gütigste Herz weit und breit. Schade nur, dass es sie ausgerechnet mit ihrem größten Albtraum zusammenbrachte.

Mac biss die Zähne zusammen. Eine Ablehnung wäre kindisch und kleinlich – und es würde Gran dazu bringen, zu viele Fragen zu stellen. Außerdem war es ja nicht so, als ob *sie* selbst putzen müsste. Sie müsste Jared nicht einmal sehen. »Ja, Gran, das ist es wirklich. Wann möchte sie jemanden haben?«

»Nicht *irgendwen*, Liebes. Dich. Ich habe ihr gesagt, dass du kommst. Mildred möchte nicht irgendjemanden in ihrem Haus haben.«

Großartig. So viel zu diesem Plan.

Sie konnte das nicht. Sie konnte einfach nicht. Jared gegenübertreten... all diese Demütigungen würden sie wieder mit voller Wucht treffen...

Aber mit Gran zu streiten war zwecklos; am Ende würde sie sowieso gewinnen. Das hatte Mac schon in ihren frühen Teenagerjahren gelernt, was ihnen beiden eine Menge Ärger erspart hatte.

Sie hoffte einfach nur, dass sie genug Glück hatte, dass Jared sich nicht an jene Nacht erinnerte, die sie niemals vergessen würde.

Andererseits hatte sie ihr gesamtes Glück vielleicht schon beim Pokern aufgebraucht.

Sie seufzte. »Wann soll ich dort sein, Gran?«

»Dienstag, Schätzchen. Diesen Dienstag.«

Das gab ihr drei Tage Zeit, um sich innerlich darauf vorzubereiten, ihn wiederzusehen.

Es würde nicht reichen.

Aber sie war eine erwachsene Frau; sie würde das schaffen. Schließlich war sie nicht mehr dasselbe Mädchen, das dachte, Jared sei der einzige Mann auf Erden. Und wenn man bedachte, dass seine Liebschaften mit seinen Home Runs mithalten konnten, war sie nicht die Einzige gewesen, die so gedacht hatte. Und wenn es eines gab, das Mac Manley nicht ausstehen konnte, dann war es, nur eine von vielen zu sein. Jared übte keinen Reiz mehr auf sie aus.

»Okay, Gran. Dann eben am Dienstag. Ich werde pünktlich zur Stelle sein.«

Die Frau trug Glocken.

Jared blinzelte, rieb sich dann die Augen und sah erneut aus dem Frontfenster.

Sie trug tatsächlich Glocken.

Dann läutete sie bei ihm.

Und ja, sie war ein hübsches kleines Ding, also brachte sie bei ihm schon eine gewisse Saite zum Klingen.

Sie läutete erneut – an der Tür, nicht bei *ihm*.

Jared schüttelte den Kopf und zwang seine Beine, sich zu bewegen. Nun ja, das funktionierende. Das andere hing nur da und überließ den Krücken die Arbeit. Komisch, dass er immer noch über die Mechanik nachdachte, obwohl seine Muskeln die Bewegungen inzwischen von selbst ausführten, aber Gewohnheiten, die man sich beim Laufenlernen mühsam beigebracht hatte, blieben eben hängen.

Er öffnete die Tür genau in dem Moment, als sie mit dem Topf in den Händen anklopfen wollte, und Jared musste zurückspringen, um der heißen Suppe auszuweichen – was einen Schmerzschlag durch seinen Körper sandte und ihm fast die Krücken unter den Armen weggerissen hätte.

Verdammt. Sein Körper mochte von den besten Chirurgen des Landes zusammengeflickt worden sein, aber solche idiotischen Manöver erinnerten ihn verdammt schnell daran, was er durchgemacht hatte – sowohl während *als auch* nach dem Unfall.

Andere Dinge, die er beim Laufenlernen gelernt hatte, blieben ebenfalls hängen.

Die Glocken der Frau bimmelten. »Hallo. Ich bin...«

»Glockenträgerin.«

»Nicht direkt.« Sie hievte ihm einen Topf mit etwas köstlich Duftendem entgegen, begleitet von einem »Hier, halt mal«, und er musste sich die Krücken fest unter die Achseln klemmen, um auf ihnen und seinem gesunden Bein das Gleichgewicht zu halten. »Eigentlich trage ich sie nur. Meine Groß-mutter dachte, du wolltest sie vielleicht zurückhaben.« Sie hievte einen Leder-riemen mit Schlittenglocken von ihrer Schulter und stieß dabei ihre Baseballkappe schief. »Wo sollen die hin?«

Die Frau war etwa eins zweiundsechzig groß und fegte dennoch wie ein Wirbelsturm ins Haus. Gebimmel inklusive.

»Ich weiß nicht. Ich hatte eigentlich keine Glocken für meine Zukunft eingeplant.« Jared deutete mit dem Topf nach links. »Leg sie einfach dort auf den Stuhl.«

Das tat sie. Sie warf sie direkt auf den Stuhl. Dann rutschten sie herunter und schlugen mit einem nerventötenden Scheppern auf dem Hartholzboden auf. Er hoffte inständig, dass sie nicht den Boden ruiniert hatten.

Und dann sah er ihr Outfit. Passende grüne Hose und ein Hemd, auf dessen linker Brusttasche MANLEY MAIDS aufgestickt war.

Oh Mist. Er wusste genau, warum diese Frau wie ein Wirbelsturm ins Haus gekommen war – sie *war* ein Wirbelsturm. Mac Manley konnte Dinge aufwirbeln, wie es sonst nur höhere Gewalt und die Natur vermochten.

Liams kleine Schwester war der Schatten gewesen, den sie ihre ganze Kind-heit über nicht hatten abschütteln können, und ihre Schwärmerei für ihn... von wegen peinlich. Und nervig. Jedes Mal, wenn er sich umdrehte, musste sie gerettet werden, weil sie gestolpert oder hingefallen war oder sich verletzt hatte, nur wegen der Herzchen in ihren Augen, wann immer sie ihn ansah. Und der Albtraum, den sie seinen Dates bereitet hatte... Jared schüttelte den Kopf. Sie hatte ihm endlos Ärger eingehandelt.

Und wenn diese Uniform und ihre Anwesenheit das bedeuteten, was er vermutete, konnte er garantieren, dass sie ihm am Ende nur noch mehr Ärger einbrocken würde.

Jared machte zwei schwingende Sprünge auf seinen Krücken mit dem Topf, und – ja. Das würde nicht funktionieren. Etwas schwappte unter dem Deckel hervor, und verdammt, war das heiß. Keine fünf Minuten, und seine Vorhersage war bereits eingetroffen. »He, könntest du mal mit anpacken?«

Sie sah ihn an, als hätte er zwei Köpfe.

Er zog seine Krücken hoch, indem er die Arme gegen den Oberkörper presste und sie mit den Achseln anhob. »Verletzt?«

»Oh. Mist.« Sie schnappte sich den Topf und trug ihn in die Küche; Dampf stieg auf, als sie ihn auf die Arbeitsplatte stellte. »Tut mir leid. Ich hab nicht nachgedacht. Alles okay bei dir?«

Okay? Mit gebrochenen Rippen, ein paar Titanstäben, einem kaputten Knie und der Aussicht auf Arthritis in jungen Jahren, ganz zu schweigen von einer Karriere, die dank des sogenannten Unfalls, den der Freund seiner Ex-Freundin Camille verursacht hatte, steil bergab ging – und jetzt auch noch Mac, hier, im Haus seiner Großmutter, in dem er sich erholte, und sie sah heißer aus, als die kleine Terror-Schwester seines besten Freundes ein Recht dazu hatte?

Nein, er war ganz sicher nicht okay.


*Jared Nolan hatte sich definitiv gut entwickelt.*

Das war Macs erster Gedanke bei ihrem ersten nahen, persönlichen Anblick des Baseball-Helden, der ihre Träume bevölkert hatte, lange bevor seine Eltern diese Abschiedsparty geschmissen hatten, um seine Profikarriere einzuläuten.

Aber er konnte mit diesen Krücken verdammt gut umgehen, und sein muskulöser Brustkorb und der Bizeps waren ein schönes Ergebnis davon. Bauchmuskeln und Oberschenkel ebenfalls. Die Physiotherapie hatte offenbar auch andere gute Dinge bewirkt, als ihn nur wieder auf die Beine zu bringen, denn er sah wahrlich nicht so aus, als wäre er dem Tod nahe gewesen. Tatsächlich wirkte er wie das blühende Leben, das perfekte Covermodel für das Männermagazin, auf dem er vor dem Unfall zu sehen gewesen war.

Es tat ihr sehr leid, vor sich selbst zugeben zu müssen, dass sie sich dieses Cover angesehen hatte. Ein paar Mal.

Aber sie war nicht hier, um den Kunden anzugaffen. Sie gaffte niemals Kunden an. Sie gaffte *niemanden* an. Erst recht nicht Jared. Sie hatte so hart gearbeitet, um Manley Maids zum Erfolg zu führen, dass ihre Augen vor Erschöpfung meistens schon schielten, bis sie mal Zeit fand, etwas anderes als Arbeit anzusehen.

Er hingegen brachte ihren Blick definitiv wieder in die Spur.

*Komm drüber weg, Mac. Erinnerst du dich an deine Blamage? Erinnerst du dich an seinen Spott?*

Die Nacht, in der sie siebzehn wurde, kam mit demütigender Klarheit zurück. Sie war ihm aus dem Haus gefolgt, sicher, dass der Grund für sein Erscheinen bei ihrem Geburtstagsessen – endlich – mehr mit ihr zu tun hatte als nur damit, mit Liam abzuhängen. Sie hatte einfach *gewusst*, dass er ihr ihren ersten Kuss geben würde.

Aber dann war er den Weg hinuntergegangen, und sie war ihm nachgelaufen und hatte seinen Arm gepackt, bevor er gehen konnte.

Bei der Erinnerung schauderte sie noch immer.

*»Was willst du, Mac?«, hatte er gefragt und war in den schwarzen Hoodie geschlüpft, der sein blondes Haar noch blonder und seine grünen Augen noch grüner gemacht hatte. Ganz zu schweigen davon, wie er seine breiten, modellierten Schultern und Arme betonte, von denen sie sich öfter, als sie zählen konnte, vorgestellt hatte, wie sie sie umschlangen.*

*»Ich möchte, dass du mich küsst, Jared.« Sie hatte nervös an ihrer Lippe geknabbert, unfähig zu glauben, dass sie die Worte endlich laut ausgesprochen hatte. Sie wollte nicht das einzige Mädchen an der Schule sein, das noch nie geküsst worden war, aber sie wollte, dass ihr erster Kuss etwas Besonderes war.*

*Dass er von Jared kam.*

*Er hatte innegehalten, den Hoodie nur halb angezogen, und sie mit weit hochgezogenen Augenbrauen angesehen. »Dich küssen? Wach auf, Mac. Ich hätte meine Chance jederzeit haben können, wenn ich gewollt hätte. Und ich wollte nicht. Sagt dir das nicht irgendwas?«*

*Es hatte ihr verraten, dass er grausam war. Dass er gefühllos war. Kein Mitgefühl besaß.*

*Und nicht das geringste Interesse an ihr hatte.*

*Sie hätte am liebsten aus ihrer Haut fahren und verschwinden wollen. Oder dass der Boden sich auftat und sie ganz verschlang. In ihren ganzen siebzehn Jahren hatte sie sich noch nie so dumm gefühlt.*

*Und da Nan Marone, die Klatschbase par excellence, sie über die Hecke hinweg angrinste, würde die ganze Schule genau wissen, was der heißeste Typ der Stadt von ihr hielt, noch bevor sie wieder drinnen war, um ihre Wunden zu lecken und so zu tun, als wäre alles in Ordnung.*

Gott sei Dank war es das jetzt. Jared mochte ihr erster Schwarm gewesen sein, aber sie war weit entfernt von jenem befangenen, liebeskranken Teenager. »Bist du sicher, dass alles okay ist? Die Suppe hat dich nicht verbrannt?«

»Mir geht's gut.«

Das tat es allerdings.

Mac verdrehte die Augen, als er sich umdrehte und die Fäuste in die Hüften stemmte – ein wirklich guter Look für ihn, den sie gar nicht erst bemerken sollte. Denn wenn sie es täte, würden Grans Hoffnungen in die Höhe schießen.

Moment mal... Glaubte Gran tatsächlich, sie könnte Mac und Jared verkuppeln, so wie sie es bei Liam, Sean und Bryan versuchte?

Jared lehnte sich gegen die Arbeitsplatte und verschränkte die Arme, während seine Krücken gegen den Schneideblock fielen. »Bist du wirklich zum Putzen hier?«

Das war der Plan. Aber war es Grans Plan?

»Ich bin jedenfalls nicht zum Kochen hier.« Mac nickte zum Topf. »Der ist von meiner Großmutter.«

Eine idiotische Idee, denn Hühnersuppe war ein Hausmittel gegen Erkältungen, kein Allheilmittel für Knochenbrüche. Und selbst wenn doch: Jared war schon eine Weile aus dem Krankenhaus raus; er war sicher in der Lage, sich fortzubewegen, wenn er hier eingezogen war, um das Haus für seine Großmutter verkaufsfertig zu machen.

»Das war nett von ihr. Bitte danke ihr für mich.«

»Oder du rufst sie kurz an, während ich anfange. Ich weiß, dass sie sich freuen würde, von dir zu hören.« Seit Mildred sie gebeten hatte, diesen Auftrag persönlich zu übernehmen, hatte Gran nichts anderes getan, als Mac mit Jareds Herrlichkeit zu umschmeicheln, ganz durch die Augen seiner Großmutter gesehen. Gran und Mildred liebten es, über ihre Enkelkinder zu reden.

Jetzt fragte sich Mac, wie viel von diesem Gerede daher rührte, dass Gran froh war, dass es Jared gut ging, oder ob sie wollte, dass Mac von Jared begeistert war. Schade, dass Gran nichts von ihrer Vorgeschichte wusste. Von den peinlich offensichtlichen Wünschen, von denen sie gehofft hatte, sie könnte sie ungeschehen machen und so tun, als hätte es sie nie gegeben.

Besonders weil das Objekt dieser Wünsche die ganze Zeit davon gewusst hatte.

Mac hob einen unförmigen blauen Keramikbecher auf. Mr. Davisons Kunstprojekt aus der vierten Klasse. Sie hatte den gleichen, obwohl ihrer etwas ebenmäßiger war als der von Jared. »Wie wäre es, wenn ich oben anfange und mich nach unten vorarbeite? Stört das deinen Zeitplan?«

Jared sah sie an, als verstünde er kein Wort von dem, was sie sagte.

Sie stellte den Becher neben ein Bild des dreizehnjährigen Jared mit Mildred bei einem seiner Little-League-Spiele. Mac wusste genau, wie alt Jared auf diesem Bild war – sie wusste es sogar auf den *Tag* genau; so vernarrt war sie in ihn gewesen. Ihr armes, verblendetes, vorpubertäres Ich...

»Prinzessin, was machst du hier?« Er legte das Geschirrtuch neben das Waschbecken, ganz ordentlich zusammengefaltet.

Jegliche Dankbarkeit für seine Ordentlichkeit war augenblicklich verflogen, als dieser nervige Spitzname fiel, den sie schon hasste, seit er sie das erste Mal so genannt hatte. »Ich bin hier, um das Haus deiner Großmutter zu putzen.«

»Nein. Ich meine, warum bist du *wirklich* hier?«

»*Wirklich* hier? Ich verstehe die Frage nicht.«

Jared starrte sie an, als versuchte er, sie zu durchschauen, aber schließlich schüttelte er den Kopf und wandte sich ab.

Und zuckte zusammen.

Er stolperte ein wenig, und Mac war schon an seiner Seite, stützte ihn unter dem Arm und legte ihren um seine Taille, noch bevor er protestieren konnte.

»Ich schaff das schon, Mac. Ich habe die Krücken. Du musst nicht versuchen, mich zu tragen.«

»Ich versuche es nicht, ich tue es. Ich brauche nicht, dass du dir in meiner Schicht was brichst.« Sie keuchte unter der Anstrengung, ihn aufrechtzuhalten. Es mochte ihm nicht bewusst sein, aber er war kein Leichtgewicht. All diese Muskeln brachten ordentlich Gewicht auf die Waage.

Nicht, dass sie darauf geachtet hätte oder so.

»Du willst also sagen, es ist okay, wenn ich mir später was breche?«

Wow. Sein Tonfall stellte Grans Fähigkeit, jemanden mit Worten zu schneiden, glatt in den Schatten, denn Mac begriff sofort, dass er nicht gerade ihr größter Fan war. Hegte er immer noch Groll, weil sie ihm vor all den

Jahren praktisch wie ein Schatten gefolgt war? Sie hätte ihm am liebsten gesagt, er solle mal wieder runterkommen – dass sie es längst getan hatte –, aber Gran und Mildred wären nicht glücklich, wenn sie sich stritten, also war es Zeit, den Rückzug anzutreten.

Mit erhobenen Händen wich Mac zurück. »Okay. Gut. Ich fange dann einfach mal an, und du machst, was auch immer du tust, und ich bleibe dir aus dem Weg.« Weit, weit aus dem Weg.

Er hielt sich an der Arbeitsplatte fest und schob sich eine Krücke unter den Arm. »Gut. Mach das.«

»Gut. Werde ich.« Sie sollte ihm wahrscheinlich die andere Krücke reichen, die beim Waschbecken stand, aber pfeif drauf. Wenn er so sehr auf »Ich schaff das schon« machte, sollte er sich seine verdammte Krücke gefälligst selbst holen.

Sie wirbelte herum und schritt auf die hintere Treppe zu. Sie würde sich die entfernteste Ecke des Hauses suchen und ihre Gefühle am Staub auslassen –

Außer, dass sie ihre Putzsachen brauchte, für die sie zwischen der Suppe und den Glocken nicht genug Hände frei gehabt hatte. Was bedeutete, dass sie wieder nach unten musste. An Jared vorbei.

Großartig. Ganz fabelhaft.

Mit einer Neunzig-Grad-Drehung, die jeden Drill-Sergeant der Armee vor Neid erblassen ließe, marschierte Mac zur Vordertür.

»Gehst du schon wieder?« Er hätte nicht so glücklich darüber klingen müssen.

Sie drehte sich um und war stinksauer, als sie sah, dass er lächelte. »Hör zu, Jared, ich bin hier als Gefallen für deine Großmutter und meine. Wenn du damit ein Problem hast, klär das mit denen.«

Sie hätte zu gerne die Tür hinter sich zugeschmettert, aber es war Mildreds Tür, nicht Jareds, und sie würde ihm garantiert nicht zeigen, wie sehr sie das Ganze mitnahm.

Denn verdammt noch mal, mit diesem Lächeln konnte er sie tatsächlich immer noch aus der Fassung bringen.

# Kapitel Zwei

Sie ging genau so, wie sie gekommen war: ein kompaktes kleines Energiebündel von einem Wirbelsturm, das alles auf eine Weise durcheinanderwirbelte, wie er es noch nie bei jemand anderem erlebt hatte.

Jared rieb sich den Nasenrücken. Die Großmütter waren alles andere als subtil, und obwohl er ihre Gefühle nur ungern verletzte, würde er Macs spezielle Art der Folter nicht lange genug ertragen, um bei irgendwem Hoffnungen zu schüren. Camilles »kleines Spielchen«, ihm schöne Augen zu machen, nur um so viel wie möglich aus ihm herauszuholen, hatte ihm die Lust auf Frauen schon gründlich verdorben, noch bevor ihr vermeintlicher Ex-Freund versucht hatte, ihn in einem Eifersuchtswahn über den Haufen zu fahren. Falls er sich also *jemals* dazu entscheiden sollte, sesshaft zu werden, dann wäre das seine Entscheidung und nicht die seiner Großmutter. Und es würde definitiv nicht mit einer Nervensäge sein, die ihm das Leben zur Hölle gemacht hatte.

Genau die Nervensäge, die jetzt wieder durch seine Haustür hereinrauschte und Grasschnitt sowie Blätter hinter sich herwirbelte. Eine tolle Putzfee war sie ja.

»Du bist nicht in einem Stall aufgewachsen, Prinzessin.«

Der alte Spitzname rollte ihm so leicht über die Lippen, als hätte er sie erst letzte Woche gesehen, sodass er gar nicht darüber nachdachte.

Sie aber offensichtlich schon, denn sie stolperte auf der ersten Stufe.

»Wie bitte?«

Es wäre ihm lieber gewesen, wenn sie ihn um etwas anderes gebeten hätte.

Ach, verdammt. Was war nur los mit ihm? Das war *Mac*. Der Schrecken der Baumhütte. Das ewige Anhängsel.

*Die zu einer verdammt umwerfenden Frau herangewachsen war.*

Wann war sie eigentlich erwachsen geworden? Sie war ein süßes Kind gewesen – nun ja, wenn sie nicht gerade über und über mit Dreck, Schlamm und Grasflecken verschmiert war –, aber jetzt... Vorbei war es mit den pummeligen Wangen und Sommersprossen, den aufgeschlagenen Knien und den T-Shirts ihrer Brüder. Jetzt hatte sie Beine und Kurven und Wangenknochen und Lippen...

Herrgott. Mac hatte früher schon ein loses Mundwerk gehabt, aber es war rein verbal gewesen. Jetzt...

»Ich sagte, dass ich aus sicherer Quelle weiß, dass du nicht in einem Stall aufgewachsen bist. Würdest du mir also freundlicherweise verraten, warum du die Haustür offen gelassen hast? Das scheint mir für diese Putzaktion, wegen der du angeblich hier bist, eher kontraproduktiv zu sein.«

Sie stürmte zurück in die Küche, ihre Wut war unübersehbar.

Mist, sie war viel zu hübsch für sein Seelenheil, wenn sie wütend war. Grüne Augen blitzten wie Smaragde unter einem Pony hervor, der so schwarz war, dass er fast bläulich schimmerte. Den Rest ihrer Haare hatte sie zu einem Pferdeschwanz gebunden, der ihr bis zum halben Rücken reichte. Es war derselbe Stil, den sie schon mit zehn getragen hatte, auch wenn sie jetzt verdammt noch mal nicht wie zehn aussah.

»Habe ich dir jemals gesagt, wie man Baseball spielt?«, fragte sie und rammte ihm einen Finger gegen die Brust.

Jared sah erst darauf, dann in ihre Augen und versuchte sich krampfhaft in Erinnerung zu rufen, warum es eine gute Idee war, sich von ihr fernzuhalten. »Da war dieses Freundschaftsspiel, als ich im letzten Collegejahr nach Hause kam –«

Sie fuchtelte mit der Hand herum. »Du hättest Nicky fast über den Haufen gerannt. Er war nur ein Drittel so groß wie du. Du warst so verbissen auf den Sieg, dass du gar nicht gemerkt hast, was du da tust. Ich musste einfach etwas sagen.«

»Und was willst du damit sagen?«

»Ich sage dir nicht, wie du deinen Job zu machen hast, also sag du mir nicht, wie ich meinen machen soll. Ich weiß genau, wie ich diesen Laden hier auf Vordermann bringe.«

Jared lachte. »Nur du, Prinzessin, bringst es fertig, eine Anekdote darüber zu erzählen, wie du mir erklärt hast, wie ich meinen Job zu machen habe, nur um direkt danach zu behaupten, dass du mir *nicht* vorschreibst, wie ich ihn zu machen habe. Erkennst du die Ironie?«

Sie funkelte ihn böse an. »Mein Name ist nicht Prinzessin, er ist Mac. Benutze ihn. Und unseren Großmüttern zuliebe müssen wir das hier irgendwie hinkriegen, bis das Haus zum Verkauf steht. Also bleib du mir aus dem Weg und ich bleibe dir aus deinem.«

»Ist das so ähnlich wie die Sache, mir nicht zu sagen, wie ich meinen Job zu machen habe?« Wahrscheinlich sollte er sie nicht aufziehen, aber das hatte ihn früher auch nie aufgehalten. Sie machte es ihm einfach zu leicht.

»Schön. Meinetwegen.« Sie warf die Hände in die Luft, wirbelte herum und stürmte in Richtung Treppe davon.

Was für ein Anblick.

Jared löste seine verschränkten Arme und hielt sich an der Küchenzeile fest. Die nächsten Wochen dürften alles andere als langweilig werden.

Mac zählte bis hundert – zweimal –, und sie hatte sich immer noch nicht beruhigt. Dieser Mann... Wie hatte sie jemals auch nur *denken* können, dass sie in ihn verknallt war? Arrogant, egozentrisch... Das Leben war eine einzige große Party für Herrn Erweist-Meiner-Größe-Eure-Ehrerbietung Jared Nolan. Ihr jugendliches Ich war so blind für ein hübsches Gesicht gewesen. Sie sollte eigentlich dankbar sein, dass er sie ausgelacht hatte –

Sie wischte ein Spinnwebe von der Stehlampe neben dem Lesesessel in einem von Mildreds Gästezimmern weg. Das Gesicht war immer noch hübsch, aber Jared Nolan konnte ihr gestohlen bleiben. Niemand verspottete sie und bekam die Chance, es ein zweites Mal zu tun. Niemand. Schon gar nicht Herr Höhlenmensch, Alpha-Männchen Jared, ganz Testosteron und Muskeln, der jeden herumkommandierte und erwartete, dass es allen noch gefiel. Perfekt für einen Profisportler, aber als allgemeine Regel? Eher nicht so.

Mac fegte nach einer weiteren Spinnwebe in der Ecke hinter der Lampe, aber sie war außerhalb der Reichweite ihres Lappens. Die arme Mildred; die Frau hätte schon vor langer Zeit ausziehen sollen. Diese alten viktorianischen

Häuser waren einfach zu schwer in Schuss zu halten, besonders für Leute im Alter ihrer Großmutter und Mildreds.

Auch für sie, mit diesen drei Meter hohen Decken. Mit ihren ein Meter zweiundsechzig waren selbst normale Decken eine Herausforderung. Was bedeutete, dass sie *zurück* zu ihrem alten Pickup musste, um ihre Leiter zu holen. Vorbei an Jared und seiner herablassenden Art.

Wie konnte jemand, der so süß war wie Mildred, mit ihm verwandt sein?

Sie steckte das Staubtuch in ihren Werkzeuggürtel und lief die Treppe hinunter, in der Hoffnung, Herrn Sarkasmus diesmal zu entgehen.

Es gelang ihr nicht.

»Hast du schon genug?«

Sie überlegte kurz, ihm den Mittelfinger zu zeigen, aber das wäre erstens kindisch, würde ihm zweitens weiteren Grund geben, sie lächerlich zu machen, und drittens wäre es die Energie nicht wert, da sie noch zu viel anderes zu tun hatte.

Also ignorierte sie ihn und ging hinaus zum Truck. Sie schnappte sich die Leiter, hievte sie auf die Schulter und ging zurück ins Haus.

Jared fing sie an der Tür ab. »Hier, lass mich dir helfen.«

»Zurücktreten, Nolan. Ich hab's.« Sie hievte die Leiter noch einmal demonstrativ hoch, um ihren Standpunkt zu verdeutlichen. Wie er glaubte, eine Leiter auf Krücken tragen zu können, war ihr ein Rätsel. Sie hatte nicht damit gerechnet, dass er sie brauchen würde, als sie ihm die Suppe gereicht hatte, und sie war zu beschäftigt gewesen, zu verhindern, dass die Glocken zu Boden fielen, um es zu bemerken, bis er sie darauf aufmerksam gemacht hatte. Sie musste sich nichts zweimal sagen lassen.

Jared trat zurück und hob die Hände. »Hey, ich wollte doch nur behilflich sein.«

»Kein Interesse.« Sie stapfte an ihm vorbei zur Treppe.

»Bei dieser Einstellung darfst du dich nicht wundern, wenn keine Hilfe da ist, falls du sie mal wirklich brauchst.«

»Im Ernst, Jared? Nichts, was du tust, würde mich überraschen. Ich weiß ganz genau, was für ein Typ du bist.« Einer, der sich daran weidete, die Träume eines jungen Mädchens zu zerstören. Gefühllos.

Es war gut, dass sie sich am Geländer festhielt, denn auf halbem Weg die Treppe hinauf riss die Leiter sie mit einem Ruck zum Stehen.

Sie blickte über die Schulter.

Jared hielt das Ende fest. »Was zum Teufel soll das bedeuten?«

Sie funkelte ihn an. »Lass die Leiter los.«

»Nicht, bevor du mir sagst, was du mit dieser Bemerkung gemeint hast. Ich habe dich seit wann nicht mehr gesehen? Seit deinem Abschlussjahr an der Highschool? Und wenn du dich erinnerst, war ich damals ganz und gar *nicht* dieser Typ.«

Er sagte einen Moment lang nichts. Er musste auch nicht. Er erinnerte sich. Sie wünschte wirklich, er würde es nicht tun. *Sie* würde diese Nacht am liebsten vergessen.

»Und da wir uns seitdem nicht mehr gesehen haben, was könntest du da bitteschön über mich wissen?«

»Wie könnte man nicht? Du bist doch ständig in den Medien präsent. Welche Schauspielerin datest du diese Woche? Welchen Werbevertrag hast du gerade unterschrieben? Wer hat was über dich getweetet? Wie könnte ich da *nicht* wissen, was du so treibst?«

»Du scheinst ja mächtig an einem Typen interessiert zu sein, von dem du behauptest, er würde dich nicht interessieren.«

Sie hatte nicht gesagt, dass sie kein Interesse an *ihm* hatte. Sie hatte es extra nicht gesagt, weil sie nicht wollte, dass er sie herausforderte. Sie kannte Jared; war mit dem Kerl aufgewachsen. Bei ihm drehte sich alles um Mutproben und Wetten, einer der Gründe, warum er der perfekte Freund für ihren Bruder war. Sie war froh gewesen, dass Liam ihn nicht zu jener Pokerrunde eingeladen hatte, denn er wäre noch eine Person mehr gewesen, die sie hätte schlagen müssen – und nachdem sie ihr Teenagerherz an den Kerl verloren hatte, war sie sich nicht sicher, ob ihr das gelungen wäre.

»Mac?«, fragte er und schenkte ihr dieses schiefe Lächeln, das sie vor Jahren so süß gefunden hatte.

Leider war es jetzt einfach nur verdammt sexy. Sie dachte also gar *nicht* daran, ihm die Genugtuung zu geben, mit ihm zu streiten. Sie war über ihn hinweg. Das war sie schon in dem Moment gewesen, als er sie ausgelacht hatte.

»Oder vielleicht bist du *doch* interessiert?«

Er trat einen Schritt näher, und wäre Mac nicht so schockiert gewesen, dass er auch nur im *Traum* daran dachte, sie könnte noch interessiert sein, wäre sie die Treppe hochgerannt.

»Das würde die Einstellung erklären.«

Mac starrte ihn an. Es gab keine Worte, um die Arroganz dieses Kerls zu beschreiben. Und sie hatte geglaubt, ihr wären so viele davon eingefallen, während sie ihr gebrochenes Herz und ihre Träume wieder zusammengeflickt hatte.

»Schon gut, schon gut.« Jared legte sein Killerlächeln auf, das ihn sowohl auf die Cover der Unterhaltungsmagazine als auch auf die der Sportzeitschriften brachte. Aber sie war immun.

Sogar gegen dieses Grübchen in seiner linken Wange.

Wirklich.

»Ich bin ja kein Spielverderber, Prinzessin. Komm wieder runter und ich unterschreibe dir alles, was du willst. Oder ich gebe dir sogar einen Kuss auf die Wange, wenn es das ist, was du willst.«

Von allen arroganten, eingebildeten –

Mac stürmte rückwärts die Treppe hinunter, da die verdammte Leiter sie daran hinderte, sich umzudrehen.

Also ließ sie sie fallen, und sie schlug mit lautem Scheppern auf dem Hartholzboden auf. Mist. Sie hoffte, sie musste die Stufen nicht neu abschleifen.

Aber das wäre es wert, da sie Jared nun auf Augenhöhe ins Gesicht starren und mit dem Finger auf ihn zeigen konnte. »Bist du eigentlich völlig übergeschnappt –«

Sie kam nicht dazu, den Satz zu beenden.

Denn er küsste sie.

Seine Hände umfassten ihren Hinterkopf, seine Daumen hoben ihr Kinn an, und seine Berührung ließ ihre Nervenenden glühen, während sie versuchte, den Stromstoß zu verarbeiten, der durch sie hindurchschoss. Er schickte sie auf eine Achterbahnfahrt aus Bedürfnis und Verlangen und ließ ihre Beine gefährlich weich werden. Gott, mit sechzehn hätte sie dafür getötet. Natürlich hätte sie mit sechzehn niemals damit umgehen können.

Sie war sich nicht mal sicher, ob sie es jetzt konnte.

Doch dann war der Kuss vorbei. Und wenn ihre Lippen nicht immer noch kribbeln würden – und er nicht wie ein Honigkuchenpferd grinste –, hätte sie fast geglaubt, sie hätte es sich nur eingebildet, ein Überbleibsel ihrer Teenie-Träume.

Doch dann kehrte die Realität mit voller Wucht zurück, und es kostete sie all ihre Selbstbeherrschung, ihm nicht eine zu kleben, auch wenn er es verdient hätte. Sie würde *nicht* zulassen, dass Jared ihr unter die Haut ging. »Was zum *Teufel* war das?«

Jared tätschelte ihr das Kinn. »Kleines, wenn du das nicht weißt, hast du weit größere Probleme als hässliche Uniformen.«

Sie konnte nur fassungslos zusehen, wie er auf einer Krücke zurück ins Wohnzimmer humpelte – und sie wusste nicht, ob es an der Bemerkung über die Uniform lag, an seiner Arroganz, an diesem verdammten Kuss oder...

An der Tatsache, dass sie ihn genossen hatte.

# Kapitel Drei

»Bist du sicher, dass du da oben keine Hilfe brauchst?« Jareds Stimme hallte – zum dritten Mal in der letzten halben Stunde – die Holztreppe hinauf, prallte von den kahlen Wänden ab und kroch unter Macs Haut, um an ihren Nerven zu sägen.

Hilfe? Sie brauchte seine Hilfe nicht. Sie *wollte* seine Hilfe nicht. Sie wollte nichts mit ihm zu tun haben. Er hatte es geliebt, sie zu quälen, als sie jünger waren; die Zeit hatte offensichtlich nichts geändert. Sie *küssen* – ausgerechnet.

»Mac? Ich möchte nicht, dass du fällst und dir wehtust.«

Sicher wollte er das nicht. Und er hatte sie geküsst, weil er sie wollte.

Bestimmt nicht.

Sie atmete aus. »Klar doch, Hinkebein. Humpel nur die Treppe rauf und klettere die Leiter hoch, um die Kranzleiste für mich zu machen.« Da. Er wollte helfen? Er dachte wahrscheinlich, sie würde sein Angebot nicht annehmen. Dann konnte er herumerzählen, er habe es angeboten, aber sie habe abgelehnt. Gut. Der Mann wollte beweisen, dass er der Größte war? Soll er doch.

Mac schnaubte. Ja, klar. Jared war sein ganzes Leben lang alles auf dem Silbertablett serviert worden. Sie konnte sich nicht erinnern, dass er jemals den

Rasen gemäht oder Laub geharkt hätte. Jareds ganzes Leben hatte sich um Baseball gedreht, während sie eine Hausarbeit nach der anderen hatte.

Sie verzog das Gesicht. Das war Oma gegenüber nicht fair. Oma hatte ihr Bestes gegeben, aber die vier von ihnen waren eine Handvoll gewesen. Hausarbeiten waren notwendig gewesen, nicht etwas, um die Kinder zu beschäftigen, während Oma losging und Pralinen aß.

*Klack.*

Das war *keine* Krücke auf der Treppe.

*Klack.*

Oh verdammt, doch.

Mac kletterte hastig die Leiter hinunter, bemüht, das ganze Seifenwasser im Eimer zu lassen, riss aber fast die schwenkbare Porzellanlampe um, die vor Jahren in Mildreds Wohnzimmer gestanden hatte, bis die Jungen sie umgeworfen hatten.

Sie rieb sich den Haaransatz. Vier Stiche hatten verhindert, dass sie auf den Boden krachte.

Dieses Mal hatte sie lange nicht so viel Glück, auch wenn sie wenigstens keine Stiche brauchte. Trotzdem kassierte sie einen kräftigen *Schlag* gegen das Schienbein. »Himmelsakrament—«

»Ich kann dich hören.«

»Gut. Dann hör zu, Jared.« Sie stellte den Eimer ab und wischte das Wasser auf, das über den Rand getropft war. »Bleib da unten. Ich komme bestens ohne dich zurecht und ich habe wirklich keine Lust, der Polizei zu erklären, wie du dir das Genick gebrochen hast, als du die Treppe runtergefallen bist.«

Es war eine Sache, ihn herauszufordern; eine ganz andere, Zeit mit ihm im selben Raum zu verbringen. *Besonders* seit diesem Kuss.

»Ich kann Treppen steigen, wenn ich muss, Prinzessin.«

Sie ignorierte den Spitznamen. Er hatte es früher genossen, sie damit wütend zu machen; sie wollte ihm jetzt die Genugtuung nicht geben. »Nun, gerade jetzt musst du nicht. Ich habe alles im Griff. Warum machst du es dir nicht im Wohnzimmer gemütlich und schaltest ein Spiel oder so was ein?«

Stille. Sie hörte nicht einmal das Gleiten einer Krücke.

»Jared?«

»Ja. Was auch immer.«

Sie hörte wieder die *Klacks*, aber diesmal bewegten sie sich Richtung Diele.

Sie lehnte sich gegen den Türrahmen und legte eine Hand auf ihr pochendes Herz. Sie musste die Dinge mit ihm klarstellen. Sie war nicht mehr dasselbe Mädchen, das immer noch dachte, sein blondes Haar und seine grünen Augen seien *zum Sterben schön*. Sie einfach so zu küssen... Es war typisch für ihn, ihr den Schwarm vor die Nase zu reiben.

Nun, sie schwärmte definitiv nicht mehr für ihn und er konnte seinen blöden Kuss nehmen und ... und ... nun, jemanden anders küssen gehen.

Sie griff nach dem Eimer und ging ins Badezimmer, um das Wasser auszuwechseln. Die arme Mildred hatte die Leisten seit Jahren nicht geputzt. Es würde Mac lange dauern, durch dieses Haus zu kommen, wenn jedes Zimmer so vernachlässigt war wie dieses, und sie wollte nicht eine Minute länger hier sein als nötig. Nicht mit *ihm* im Haus.

Sie füllte den Eimer mit sauberem, heißem Wasser, ging dann zurück und warf einen Blick über das Geländer in die Diele hinunter.

Er hatte ihren Rat befolgt. Sie wäre überrascht gewesen, wenn Jared kein Sportfanatiker gewesen wäre. Und nicht nur *irgendein* Sportfanatiker; er war so versessen auf das Spiel gewesen, dass seine Eltern einen persönlichen Trainer in sein Haus geholt hatten. Es war ein großes Gesprächsthema bei ihr zu Hause gewesen, weil ihre Brüder Sport liebten. Und wenn sie es taten, tat sie es auch. Die Stiche auf ihrer Stirn waren nichts im Vergleich zu den Knochenbrüchen und verstauchten Knöcheln, die sie über die Jahre hinweg gehabt hatte. Oma hatte vieles ertragen. Die arme Frau hatte wahrscheinlich gedacht, sie bekäme ein niedliches kleines Mädchen in Rüschen und Spitze, aber Mac hatte sich nur für Knieschoner und Baseballschläger interessiert.

Sie musste jetzt über sich selbst lachen. So jung und so bemüht, mitzuhalten.

Sie erhaschte einen Blick von sich selbst in einem Spiegel mit ihrem MANLEY MAIDS-Shirt. Ihre Firma. Ihr Geschäft. Wie die Unternehmungen von Sean und Liam und Bryans Filmkarriere war dies ihr Erfolg oder ihr Versagen.

Sie zuckte mit den Schultern. Scheitern kam nicht infrage. Sie *würde* so gut sein wie ihre Brüder.

Selbst wenn das bedeutete, Jared Nolan zu ertragen.

. . .

Jared humpelte ins Wohnzimmer, und Macs kleine Anweisung klang ihm in den Ohren: »Geh dich entspannen und schau ein Spiel.« Wirklich? Ein Spiel? Begriff sie nicht, dass er *im* verdammten Spiel *spielen* sollte? Oder war das eine kleine Spitze, um sich für seinen Kuss zu rächen?

Warum *hatte* er sie geküsst? Das sollte das *Letzte* gewesen sein, was er Mac Manley antun wollte. Gott wusste, er hatte die Gelegenheit gehabt, als sie jünger waren. Verdammt, sie hatte ihn sogar direkt darum gebeten.

Er schüttelte den Kopf und erinnerte sich an jene Nacht. Es überraschte ihn nicht, dass sie es gewollt hatte, aber ihre Bitte hatte ihn zu Tode erschreckt.

Sie war Liams kleine Schwester. Es gab einen Ehrenkodex unter Jungs, und dass kleine Schwestern tabu waren, war sozusagen Regel Nummer eins. Sie hatte es nie begriffen, war ihm immer mit treuherzigen Augen hinterhergelaufen und hatte sich in seinen Spaß eingemischt, ob mit ihren Brüdern oder seinen Dates. Er hatte es schließlich im Keim ersticken müssen. Sozusagen.

Er verzog das Gesicht bei der Erinnerung an ihren Blick, als er das erste gesagt hatte, was ihm in den Kopf gekommen war. Aber er hatte sich über Draft-Picks und Signing-Boni den Kopf zerbrochen; eine Highschool-Seniorin zu daten, war nie auf seinem Radar gewesen – selbst wenn sie nicht Liams Schwester gewesen wäre.

Er hätte netter sein können, als er sie abwies, aber es hatte dem Schwärmen ein Ende gesetzt, was für alle besser war.

Und jetzt hatte er sie geküsst. Mussten die Schmerztabletten sein.

Nur hatte er heute keine genommen.

Oder vielleicht hatte er sie einfach zum Schweigen bringen wollen. Was es auch getan hatte.

*Oder vielleicht, jetzt, wo ihr beide erwachsen seid, wolltest du sehen, ob zwischen euch etwas sein könnte –*

Er brachte *das* ganz schnell zum Schweigen. Sie war immer noch Liams kleine Schwester und das setzte sie auf die Nicht-anfassen-Liste. Für immer.

*Dann erklär den Kuss.*

Er konnte es nicht. Und jetzt, wo er wusste, wie es war, sie zu küssen, wusste er genug, um zu wissen, dass dieser kleine Kuss ein Fehler gewesen war.

Mac schmeckte gut. Fühlte sich noch besser an, und der Kuss...

Er war total. Von. Sinnen. Wenn es nicht die Tabletten waren, musste der Schmerz selbst ihn diesen Scheiß denken lassen. Er hatte kein Recht, Mac zu küssen. Kein Recht, auch nur so über sie nachzudenken. Über irgendeine Frau in dieser Hinsicht. Nicht jetzt. Nicht für lange Zeit.

Er stieß sein Schienbein gegen den verdammten Hocker. Oma hatte diese zierlichen Dinger überall im Haus stehen, und an einem guten Tag war er nicht zierlich. Gib ihm Krücken und er war eine wandelnde Katastrophe. Oder vielmehr eine *nicht* wandelnde Katastrophe. Er konnte es kaum erwarten, dass der Arzt ihm diese verdammten Dinger abnahm.

Jared ließ sich auf das Sofa fallen und griff nach den blöden Krücken, bevor sie auf die zierlichen Beistelltische voller Glas- und Porzellanfiguren krachten, das typische Wohnzimmer einer kleinen alten Dame. Ein Herrenzimmer war es nicht. Ein Herrenzimmer hätte gepolsterte Ledersessel, ein großes, gemütliches Sofa, einen Flachbildschirm und einen Fußhocker in der Größe eines Fiat als Couchtisch, wie den, den er in seiner Wohnung hatte.

Wo Camille immer noch lebte.

Das machte ihn wahnsinnig wütend. Camille hatte ihn hingehalten, während sie heimlich weiter mit ihrem Exfreund Burke Haushalt spielte und *sein* Bankkonto benutzte, um Sachen für die beiden zu kaufen. Dann war Jared dumm genug gewesen zu glauben, er liebe sie, und hatte sie einziehen lassen.

Da hatte der Spaß erst richtig angefangen.

Der Freund wurde eifersüchtig und inszenierte einen »versehentlichen Zusammenstoß« auf einem Parkplatz, der Jared ins Krankenhaus und Burke in *sein* Bett brachte. Leider waren die Räumungsgesetze schlimmer als die Scheidungsgesetze, und Jared war derjenige, der gefickt worden war; die strafrechtliche Untersuchung war geplatzt, als Burkes Alkoholwert innerhalb des legalen Bereichs lag und er behauptete, es sei ein Unfall gewesen.

Unfall, mein Arsch. Der Typ hatte den Truck nicht *versehentlich* in den Vorwärtsgang statt in den Rückwärtsgang geschaltet. Jared hatte seine Augen und die Entschlossenheit auf Burkes Gesicht gesehen. Aber der Medienzirkus eines Zivilprozesses – selbst wenn er gewann – würde ihn nicht schneller wieder in Form bringen.

Also saß er hier mit Nippes, Deckchen und Mac Manley fest, bis die Räumung durch war.

Er sah zur Decke. Sie war da oben, im Haus seiner Großmutter, ging Sachen durch... Die Großmütter hatten das wahrscheinlich geplant. Schade, dass sie nicht wussten, dass Mac ihren Schwarm überwunden hatte.

Er hatte gehofft, sie wäre es nach dem einen Mal schon gewesen, als er ihr vor Jahren gesagt hatte, sie solle im Baumhaus auf ihn warten, und sie es getan hatte. Sechs Stunden lang.

Er war zu der Zeit längst zu Hause gewesen für das Schlagtraining im Übungskäfig, den sein Vater im Garten hatte bauen lassen, aber er hatte freie Sicht über das Feld, um zu sehen, wie ihre Großmutter am Fuß der Leiter stand, während Mac herunterkletterte.

Nicht sein bester Tag. Das hatte er selbst damals gewusst. Sie war schließlich ein Kind gewesen. Aber er war es auch gewesen und hatte verzweifelt versucht, mit den Jungs abzuhängen, und genauso verzweifelt, dass sie es nicht tat. Also hatte er sie dorthin gesetzt, wo er wusste, dass sie bleiben würde, und musste sich keine Sorgen machen, dass sie auftauchte und ihren Nachmittag ruinierte.

Sie hatte ihn zwei Wochen lang danach nicht angesehen, und der Blick, den sie ihm nach ihrem Kuss zugeworfen hatte, erinnerte ihn jetzt an den, den sie ihm damals gegeben hatte.

Und verdammt, wenn er nicht dasselbe hohle Schuldgefühl wie damals bekam.

Ganz zu schweigen von ein paar anderen...

Seufzend griff er nach der Fernbedienung, während er sich daran erinnerte, wie er seine Finger hinter ihren Nacken geschoben und die Hitze dort gespürt hatte, und daran, wie er ihre Wange umgangen hatte, als ihr Mund genau dort war. Und das sanfte Nachgeben ihrer Lippen, den Duft, der verriet, dass sie kein Parfüm trug, weil sie keines brauchte. Die Wärme ihres Atems, als er ihn stahl, und die süßen Bewegungen ihrer Lippen gegen seine, bis er wieder zur Besinnung gekommen war.

Er wechselte den Sender. Der Kuss war eine hirnlose Aktion gewesen und eine, die besser zu dem Teenager gepasst hätte, der er einmal war. Aber jetzt war er fünfunddreißig Jahre alt, um Himmels willen. Er sollte in der Lage sein, damit umzugehen, dass er sich plötzlich zu ihr hingezogen fühlte.

Er schaltete auf den History-Kanal. Okay, vielleicht war es nicht so plötzlich. Sie hatte ihn *seit* dem ersten Mal, als er sie gesehen hatte, wahnsinnig gemacht: Damals, in jenem ersten Sommer nach seinem Einzug, war sie die Motocross-Strecke gefahren, die er, Liam, Bryan und Sean auf dem Feld zwischen ihren Nachbarschaften gebaut hatten. Für ein paar Sekunden war er verblüfft gewesen, ein Mädchen zu sehen – noch dazu ein kleines Mädchen –, dessen Aufmerksamkeit so verbissen auf jeden Erdhügel gerichtet war, als sie darüber fuhr, bis er merkte, dass sie Teile davon abschälte und ihre ganze harte Arbeit zunichtemachte.

Er hatte sie gerufen, und sie hatte die Kurve verpasst und war kopfüber über den höchsten Hügel gestürzt, der den besten Sprung ermöglichte. Er war sauer gewesen, dass sie ihn ruiniert hatte, aber er hatte genug Mitgefühl besessen, um sich zu vergewissern, dass es ihr gut ging, bevor er sie anbrüllte.

Nur... sie hatte zurückgebrüllt. Irgendetwas davon, dass sie die Konzentration verloren hätte, was er nicht getan hätte, wenn er *irgendetwas* über das Befahren der Strecke wüsste, und er solle sie in Ruhe lassen, sonst würde sie es ihren Brüdern sagen und das würde für ihn nicht gut ausgehen.

Er war über ihre Attitüde überrascht gewesen, und wenn er jetzt, über zwanzig Jahre später, zurückdachte, musste er auch ihren Kampfgeist bewundern. Ihren Mut und ihre Entschlossenheit, sowohl Motocross zu fahren *als auch* ihm die Meinung zu geigen.

Aber er hatte denselben Mut und dieselbe Entschlossenheit zu oft bei ihren Brüdern gesehen, wenn sie ihren Willen durchsetzte. Wie damals, als Liam sie zur Halloween-Parade mitnehmen musste, weil sie darauf bestanden hatte, ihr Kostüm zu zeigen, was ihre Pläne zum Eierwerfen auf Häuser vereitelte.

Es hatte ihn wahrscheinlich vor Ärger bewahrt, aber trotzdem. Sie hatte seinen Spaß ruiniert.

Dann waren da die unzähligen Male, wo sie zum Schwimmteich, zum spontanen Eishockeyspiel und zu den T-Ball-Spielen mitgekommen war, und verdammt, überall, wohin er sich wandte, war Mac da gewesen. Das hatte seinem Spaßverständnis einen ordentlichen Dämpfer versetzt, und er hatte nicht geglaubt, dass Liam und die Jungs das hinnahmen.

Liam hatte nur mit den Schultern gezuckt und gesagt, sie sei seine Schwester, sie gehöre zur Familie.

Jared streckte die Arme über die Rückseite von Omas Sofa mit den Muschelkanten, ihrem Blumenstoff und den Rüschenkissen und fühlte sich wie ein Ungetüm in einem verschnörkelten Puppenhaus. Familie, wie Liam sie beschrieb, war ein fremdes Konzept für ihn. Der einzige Grund seiner Eltern, einen Sohn zu haben, schien gewesen zu sein, ihn in die Major Leagues zu bringen. Nun, zumindest war es der seines Vaters gewesen. Er war sogar so weit gegangen, einen Übungskäfig im Garten zu bauen und Bill, einen der größten Trainer der Branche, in ihr Haus zu holen, um mit ihm zu arbeiten. Da war sein Leben zu einer Reihe von Trainingseinheiten geworden mit winzigen Pausen für Schule und Freunde.

Er hatte diese Zeiten mit seinen Freunden geschätzt.

Etwas krachte über ihm. Jared seufzte und schob sich an den Rand des tief eingedrückten Sofas. Und genau wie damals würde Mac es irgendwie schaffen, sich einzumischen, meistens wenn sie sie aus einer Katastrophe oder einer anderen retten mussten.

Schien, als sei das Problem mit der Jungfrau in Nöten nicht verschwunden.

*Kapitel Vier*

Jared wollte gerade auf die Treppe zugehen, als jemand an der Tür klingelte.

Er blickte die Stufen hinauf. »Mac?«

»Alles bestens.«

Das würde sie selbst dann sagen, wenn es nicht so wäre, aber sie war jetzt eine erwachsene Frau; er war nicht länger für ihre Sicherheit verantwortlich.

Er öffnete die Tür.

»Hey, Mr. Nolan.« Ein strohblonder Junge von etwa sieben Jahren stand auf der Veranda.

Mit einem Baseball und einem Handschuh.

»Äh, hi.«

»Mein Dad hat gesagt, dass Sie hier wohnen, und ich hab mich gefragt, ob Sie mir helfen können, an meinem Wurf zu arbeiten. Ich will später auch in der Profiliga spielen, genau wie Sie, also muss ich üben. Mein Dad hat gesagt, Sie hatten einen Schlagkäfig und einen Trainer, als Sie in meinem Alter waren. Ich wette, das war cool.«

»Ja, das war es.« Einigermaßen. Es gab Zeiten, in denen Jared sich weniger wie ein Wunderkind und eher wie ein Leibeigener gefühlt hatte. Als hätten seine Eltern das ganze Geld als Investition ausgegeben und er solle ihnen bitteschön eine gute Rendite liefern. Weshalb es so ironisch war, dass sie ihn kaum jemals spielen sahen. Dad hatte seinen Grund zum Angeben und Mom schmückte sich mit dem Prestige, die Mutter eines Promis zu sein; anscheinend reichte ihnen das.

»Und, machen Sie es? Mir helfen, meine ich? Ich hab einen guten Wurfarm, aber Dad sagt, er muss noch trainiert werden. Er hat mir geholfen, bis er zu seinem letzten Einsatz musste.«

Oh verdammt. Autogramme waren eine Sache, aber ein paar Bälle zu werfen, war etwas völlig anderes. Er war nicht bereit dafür. »Sein letzter Einsatz?«

Der Junge nickte ernst. »Afghanistan. Da hat er seine Beine durch eine Bombe am Straßenrand verloren. Deshalb kann er nicht mehr so oft mit mir werfen. Es ist schwer für ihn, aus dem Rollstuhl zu fangen.«

Der Rollstuhl. Jared hatte während seiner Zeit in der Reha viel zu viele Menschen darin gesehen. Damals war er wütend darüber gewesen, dass er vielleicht nie wieder spielen würde – eine Sorge, die durch das, was der Vater dieses Jungen verloren hatte, nun in ein ganz anderes Licht gerückt wurde.

Unmöglich konnte er diesem Jungen eine Absage erteilen. »Also, wie heißt du eigentlich?«

»Ich bin Chase. Chase Williams. Ich bin der Starting Pitcher in meiner Freizeitmannschaft. Ich hab mich gegen Dylan durchgesetzt, aber wenn ich nicht übe, kriegt er den Platz vielleicht nächstes Jahr, wissen Sie?«

»Ja, ich weiß.« Mitch Weymouth stand jetzt auf *seinem* Pitcher-Hügel, und es war zum Kotzen, jemand anderen dort zu sehen, wo eigentlich er hingehörte. »Lass mich kurz meinen Handschuh holen, dann treffen wir uns draußen.«

Er deutete auf das freie Stück Rasen zwischen der Veranda und den Straßenbäumen und versuchte zu überschlagen, wie lange er brauchen würde, um in sein Zimmer zu kommen, die Reisetaschen zu durchwühlen, die Camille zusammengepackt hatte, während er im Krankenhaus lag, und hoffentlich den Handschuh zu finden, von dem sie behauptet hatte, ihn eingepackt zu haben. Er würde es ihr sogar zutrauen, das Ding online verscherbelt zu haben.

Der Junge deutete mit dem Kopf auf die Stufe, wo Jared einen weiteren Handschuh entdeckte. »Mein Dad hat seinen rübergeschickt. Er war sich nicht sicher, ob Sie Ihren dabei haben.«

Weil niemand damit rechnete, dass er jemals wieder spielen würde. In den Medien war so viel spekuliert worden, dass er genau aus diesem Grund den Fernseher ausließ.

»Ich hab meinen zwar hier, aber ich nehme seinen, wenn du willst.« Das würde ihm den Weg die Treppe hinauf ersparen, und Chases Dad würde überall rumerzählen können, dass *der* Jared Nolan *seinen* Handschuh getragen hatte. Außerdem war es das Mindeste, was er für den Kerl tun konnte, der so viel für sein Land gegeben hatte – da konnten die Medien ruhig Wind davon bekommen. Er würde *ihnen* zeigen, dass er noch lange nicht am Ende war. »Okay, Chase, legen wir los.«

»Cool!«

Tatsächlich fühlte es sich für Jared auch irgendwie cool an. Er beherrschte seine Wurftechnik noch, auch wenn er einem Kind nicht gerade einen 150-Sachen-Ball um die Ohren hauen würde, aber die Bewegung fühlte sich richtig an – selbst wenn er sich mit einer Krücke abstützen musste. Sein Standbein war schon immer das linke gewesen und der Schwung kam aus dem rechten, also hatte die Verletzung das nicht beeinträchtigt. Der eigentliche Bewegungsablauf beim Durchziehen würde allerdings noch Arbeit erfordern. Die Physiotherapeutin im Krankenhaus hatte das Laufen für wichtiger gehalten als seine Wurftechnik ... Jared sah das anders.

»Geh jetzt ein paar Schritte zurück, Chase«, sagte Jared, nachdem sie sich aufgewärmt hatten. Er warf den Ball in das Fangnetz seines Handschuhs, während der Junge ein paar Meter nach hinten hüpfte und mit den Armen ruderte.

»Mein Dad sagt, ich werfe einen zu hohen Bogen, wenn ich weiter weg stehe, weil ich zu viel über die Entfernung nachdenke.«

»Wir müssen also dafür sorgen, dass du nicht mehr darüber nachdenkst, und der einzige Weg dahin ist Übung.« Leichter gesagt als getan, wie Jared aus eigener Erfahrung wusste. Wieder laufen zu lernen, hatte ihm die harte Lektion erteilt, sich mehr zu konzentrieren, als es sein alter Trainer je verlangt hatte.

»Aber was, wenn ich den Ball nicht so weit bis zu Ihnen werfen kann? Wird es dann nicht schwer für Sie, ihn zu holen?« Chase deutete auf die Krücke. »Mein Dad hat da manchmal Probleme.«

»Überlass es mir, wie ich an den Ball komme. Dein Job ist es, ihn zu werfen.«

»Okay, aber Dad hat gesagt, ich soll aufpassen, dass ich Sie nicht zu sehr ermüde oder noch mehr verletze, als Sie es eh schon sind.«

Was war er denn, ein Invalide? Er konnte verdammt noch mal einen Ball fangen.

Klugerweise hielt Jared den Mund. Die Art, wie der Kleine »Dad« sagte, verriet Jared alles, was er wissen musste. Der Mann war Chases Held. Und das aus gutem Grund. Zwei Beine für sein Land zu opfern, war weitaus heroischer, als einen Ball auf die Tribüne zu dreschen. Er war auch Jareds Held. Erst recht, weil er der Held seines Sohnes war.

Jared schluckte den Kloß in seinem Hals hinunter. Er hatte schon immer gewollt, dass sein Vater sein Held wäre … aber das war er nicht gewesen. Nicht, wenn er zuließ, dass Mom alles kontrollierte und er praktisch den Boden anbetete, auf dem sie wandelte. Die Existenz seines Vaters schien nur darin zu bestehen, seiner Mutter alles zu geben, was sie wollte, und sie überallhin zu kutschieren. Für Jared war das keine Ehe, das war die missglückte Fortsetzung einer Highschool-Schwärmerei für die Anführerin der Cheerleader. So würde er niemals werden.

»Was glauben Sie, wie weit das ist?«, fragte Chase. »Fünf Meter?«

»Ach was, eher sieben oder acht. Mal sehen, was du draufhast.«

»Okay, jetzt geht's los!« Chase holte aus und ließ den Ball fliegen.

Er landete genau im Handschuhnetz. Der Junge hatte einen ordentlichen Wurfarm, auch wenn er ein bisschen Coaching gebrauchen konnte. »Nicht schlecht. Da war ordentlich Speed dahinter. Wahrscheinlich gehen noch mal drei Meter mehr.«

Chase tänzelte auf seinen Fußballen. »Glauben Sie? Darf ich es mal probieren? Was, wenn mein Arm müde ist? Was, wenn ich es nicht schaffe, weil ich meine ganze Kraft für die letzten Würfe verbraucht habe? Mein Dad sagt, ich darf mich nicht verheizen.«

»Du kannst dich entweder ewig selbst infrage stellen oder du probierst es einfach aus und siehst ja, was passiert.«

Das waren genau die Worte, die Dave, der Physiotherapeut der Mannschaft, gesagt hatte, als er ihn im Krankenhaus besuchte, kurz nachdem Jared von den Ärzten die Nachricht erhalten hatte, dass er wahrscheinlich nie wieder spielen würde.

Daves Kommentar hatte ins Schwarze getroffen. Jared war kein Drückeberger. War er nie gewesen und würde er nie sein. Keiner sagte *ihm*, dass er etwas nicht konnte – weder sein Arzt, noch der General Manager des Teams oder seine Therapeutin.

Und erst recht nicht Mary-Alice Manley.

Mac blickte aus dem Fenster, das sie gerade fertig geputzt hatte. Jared war immer noch dabei.

Verdammt noch mal.

Warum musste er nur so nett zu dem kleinen Jungen sein?

Vorsichtig hebelte sie das letzte Glasstück aus der Holzfassung eines anderen Fensters, das wohl ein Ast eingeschlagen haben musste. Kein Wunder, dass Blätter und anderer Dreck auf dem Boden verstreut lagen. Mildred hätte früher anrufen sollen; diese Fenster waren in einem furchtbaren Zustand – weshalb Mac nun einen Logenplatz bei etwas hatte, das so rührend war, dass sie fast weinen wollte.

Im Ernst, warum musste er das tun? Es war einfacher, an ihrem Zorn festzuhalten, wenn er ein aufgeblasener Mistkerl war, aber wie er sich da draußen auf eine Krücke gestützt abmühte, um mit einem Nachbarskind Ball zu spielen, untergrub Jareds Arroganz gewaltig.

Besonders, als er fast vornüberfiel, als er nach einem Ball griff.

Sie schnappte nach Luft und klammerte sich an die Leiter, als könnte sie ihn so aufrecht halten.

*Warum kümmert dich das überhaupt?*

Tat es nicht. Jared hatte ihr so oft das Herz gebrochen, dass es an ein Wunder grenzte, dass es überhaupt jemals geheilt war. Es sollte keine Rolle spielen, dass er mit diesem Jungen spielte; er war immer noch derselbe Jared, bis hin zu diesem dämlichen *Prinzessin*. Herablassender Kerl.

*Der mit einem Kind Ball spielte, das er gar nicht kannte.*

Vorsichtig schob sie den Fensterrahmen hoch, um die Außenseite zu putzen. Da war deutlich mehr Schrubben nötig, als sie von innen leisten konnte, aber das wäre ein Projekt für einen anderen Tag. Im Moment wollte sie es nur sauber bekommen, damit das Klebeband hielt, wenn sie die kaputte Scheibe abdeckte.

»Achte auf dein Nachschwingen, Chase. Du musst dein Ziel die ganze Zeit fest im Blick behalten. Wenn du wegschaust, fliegt der Ball dahin, wo du hinsiehst. Bleib dran.«

Okay, vielleicht war das schnelle Putzen der Außenseite auch nur ein Vorwand, um zu hören, was Jared sagte – in der Hoffnung, etwas aufzuschnappen, das sie an den herablassenden Idioten erinnerte, der er sein konnte. Und durch den Ahornbaum vor dem Fenster konnte er sie ohnehin nicht beobachten sehen.

Unglücklicherweise hörte sie von ihm nur aufmunternde Worte, was ihr so gar nicht in den Kram passte. Ebenso wenig wie die Tatsache, dass er da draußen immer noch gut aussah, trotz Krücke.

Aber andererseits: Wann sah er *jemals* nicht gut aus?

Sie stöhnte und wischte ein Spinnwebe weg. Sie hatte schon genug Zeit mit Jared verschwendet; sie musste wieder an die Arbeit und aufhören, ihn ohne jeden ersichtlichen Grund zu bespitzeln.

*Es sei denn, eine Teenager-Schwärmerei, die zu einer ausgewachsenen Fantasie für Erwachsene herangereift war, zählte als Grund.*

Mac schüttelte den Kopf, fuhr mit dem Papiertuch über das Glas, zog den Arm wieder rein und schloss das Fenster. Sie brauchte keinen Grund. Wollte keinen.

Was sie wollte, war fertig werden und nach Hause gehen. Verschwinden, solange ihr Herz noch heil war.

Dann streckte sie sich nach dieser einen letzten Spinnwebe und ... die Leiter gab nach.

Jared machte zwei kleine Sprünge, um das Gleichgewicht zu halten, aber sein linkes Bein war am Ende. Zu viel Stehen und jetzt noch diese ganze Beinarbeit; er konnte sich gerade noch so fangen, um nicht wie bei einem Slide zur Home Base der Länge nach hinzuschlagen.

Es gelang ihm, mit minimaler Hilfe der einen Krücke wieder festen Stand zu finden. Er hätte seinen Stolz herunterschlucken und beide Krücken mit nach draußen nehmen sollen, denn er war völlig k. o. Aber wenigstens würde Dave sich freuen zu hören, dass sein linker Quadrizeps gut genug funktionierte, um seinen Job zu machen.

»Hey Kleiner, für heute machen wir Schluss. Wir wollen es ja nicht übertreiben, okay?« Jared warf Chase den Ball mit einem leichten Unterhandwurf zu und schaffte es bis zur Treppe, bevor er halb darauf zusammenbrach und sich hinsetzte.

Zum Glück war der Junge viel zu aufgeregt, um es zu bemerken. »Vielen Dank, Mr. Nolan. Mein Dad wird so beeindruckt sein. Er hat gesagt, dass Sie alles über das Spiel wissen. Darf ich mal wieder vorbeikommen?«

Jared blickte in das hoffnungsvolle Gesicht. »Klar, aber lass uns ein paar Tage warten, okay? Wir wollen deinen Arm nicht ruinieren.« Oder *seine* Beine, auch wenn er zufrieden war, wie das linke durchgehalten hatte. »Du solltest ihn kühlen, wenn du nach Hause kommst, sonst hast du morgen Muskelkater.«

»Oh ja, genau wie Sie Profis das machen, oder? Sie haben ja Trainer und so.«

Jared lächelte und tippte gegen den Schirm von Chases Baseballkappe. »Jep, wir haben so was.«

»Ähm ...« Chase verzog das Gesicht. »Darf ich Sie um einen Gefallen bitten?«

»Ballspielen war keiner?« Er schob den Kappenschirm nach oben.

»Ich meine noch einen.« Der Junge wirkte nervös.

»Was ist es denn?«

»Ich hab mich gefragt ...« Chase hüpfte von der vorletzten Stufe und rannte auf die Veranda, von wo er mit einem Permanentmarker zurückkam.

»Soll ich deinen Handschuh unterschreiben?«

»Und den von meinem Dad auch. Ich glaube, das würde ihm gefallen.«

Jared nahm den Stift, ohne zu antworten. Autogramme waren keine große Sache, aber eines für Chases Vater zu geben, der nicht fähig war, das zu tun, was Jared gerade mit seinem Sohn getan hatte ...

Mann, das ging ihm fast zu nah.

Er kritzelte ein schnelles *Danke fürs Mitspielen, Jared* auf Chases Handschuh und *Danke, dass ich mit Ihrem Sohn spielen durfte. Alles Gute für einen wahren Helden, Jared Nolan* auf den seines Vaters. Das Ironische war, dass der Typ denken würde, *das hier* wäre ein Highlight, dabei müsste er nur in die Augen seines Sohnes schauen, um ein echtes zu sehen.

Jared hielt den Marker hoch. »Noch was? Die Kappe?«

»Echt jetzt?« Chases Augen leuchteten auf, als er sich die Kappe vom Kopf riss.

»Echt jetzt.« Er schrieb seinen Namen schön groß darauf und reichte sie zurück. »Und jetzt vergiss nicht, den Arm zu kühlen. Wir wollen, dass du ihn noch viele Jahre benutzen kannst.«

»Ja, damit ich später auch mal so werde wie Sie.«

Ein Kloß bildete sich in Jareds Kehle. Er hatte das jahrelang von Kindern gehört, aber jetzt, wo er vielleicht vor dem Ende seiner Karriere stand, trafen ihn diese Worte viel tiefer.

Er räusperte sich. »Mach's gut, Chase. Wir sehen uns.«

»Okay, Mr. Nolan. Und danke.«

»Nenn mich Jared.«

Jared hätte nicht gedacht, dass ein Lächeln so riesig sein konnte wie das von Chase.

»Danke, Mr. – ich meine, Jared!« Der Junge rannte so schnell los, dass ihm die Kappe vom Kopf flog. Chase hielt an, rannte zurück, hob sie auf und stürmte dann Richtung Heimat, wobei er den ganzen Block entlang »Daaaaad!!!« brüllte.

Er hatte dem Jungen den Tag versüßt, würde das Gleiche beim Vater tun und fühlte sich nun viel zuversichtlicher, was seine Chancen für das Frühjahrstraining im nächsten Jahr angeht. Okay, es war kein offizielles Spiel gewesen, aber verdammt, dieses bisschen Baseball hatte sich gut angefühlt. Das Leben sah wieder rosiger aus.

Doch dann öffnete er die Haustür.

Mac kreischte im Obergeschoss auf, als etwas krachend zu Boden ging.

Jared humpelte so schnell er konnte zur Treppe. »Mac? Alles okay bei dir?« Oder musste sie etwa schon wieder gerettet werden?

Sie stöhnte auf. »Komm nicht hier hoch.«

Also doch eine Rettungsaktion. Jared seufzte. Manche Dinge änderten sich nie. »Ich komme hoch.«

»Ich meine es ernst, Jared. Ich brauche deine Hilfe nicht.«

»Es ist mein Haus und ich kann die Treppe hochgehen, wenn ich will.«

»Es ist nicht dein Haus, es ist Mildreds, und sie bezahlt mich dafür, es zu putzen, also misch dich nicht ein.«

Schon kommandierte sie ihn wieder herum. Ähm... nein.

Außerdem wusste er genau, dass Mac seiner Großmutter nichts in Rechnung stellte. Das war unerwartet gekommen. Und eine sehr nette Geste. Sie hatte ihn überrascht.

Er hüpfte die erste Stufe hinauf, weil er es Liam schuldig war, nachzusehen, ob es seiner Schwester gut ging. *Und* weil er eigentlich ein netter Kerl war.

*Ja, und schau mal, wie weit dich das mit Camille gebracht hat.*

Er zuckte zusammen, als er ungeschickt auf der nächsten Stufe landete;

seine Rippen – und sein Ego – protestierten. Verdammte Camille und ihr Liebhaber.

»Ich meine es ernst, Jared. Ich höre doch, wie du versuchst, dich hier hochzuschleichen. Krücken sind nicht fürs Schleichen gemacht.«

»Ich muss mich nicht schleichen, Mac, falls du es vergessen hast. Ich wohne hier.« Und er benutzte seine Krücken gar nicht.

»Als ob ich das vergessen könnte.«

Sie murmelte es nur, aber er hörte es trotzdem.

Es war eigentlich albern, dass ihr Tonfall ihn so traf.

*Ach, komm verdammt noch mal drüber weg, Nolan. Ist dein Ego etwa ange-knackst, weil sie dich nicht mehr anhimmelt? Ernsthaft? Nur weil sie heiß aussieht – na und? Sie ist immer noch dieselbe alte Prinzessin, die gerettet werden muss.*

Und doch war er gerade wieder dabei, sie zu retten. Alte Gewohnheiten ließen sich eben nur schwer ablegen.

Er hielt sich am Geländer fest und hievte sich die letzte Stufe hoch zum Flur, was ihm den perfekten Blick ins vordere Schlafzimmer ermöglichte – Oma Mildreds Nähzimmer, der Raum, in dem Mac anfangen wollte. Mist. In diesem Zimmer gab es viel zu viele spitze Gegenstände. Sie könnte sich verletzen und, nach ihrer bisherigen Bilanz in seiner Nähe zu urteilen, hatte sie das wahrscheinlich schon.

»Ist alles in Ordnung?«

»Sehe ich für dich etwa so aus?«

Sie saß im Schneidersitz mit den Händen auf den Oberschenkeln inmitten eines Haufens von Schneiderpuppen, die seine Großmutter zum Kleiderma-chen benutzt hatte. Sie sah sowohl schuldbewusst als auch verärgert aus.

Die Leiter am Fenster erklärte die Schuldgefühle. Sie hatte gelauscht, und er war offensichtlich der Grund für den Ärger.

»Etwas gehört, das dir nicht gefallen hat?« Er lehnte sich gegen den Türrahmen und verschränkte die Arme. Das entlastete sein Bein. »Du siehst aus, als könntest du Hilfe gebrauchen.« Er versuchte, sich ein Grinsen zu verkneifen.

Er scheiterte kläglich.

»Fang bloß nicht an zu klatschen.« Mac rollte halb über eine der Schnei-derpuppen und ging auf die Knie, wobei sie sich mit den Händen über den Hintern strich.

Sein Lächeln verschwand.

Irgendwann zwischen der hautengen grünen Hose und den Kurven, die eigentlich durch das Golfshirt gut verdeckt sein sollten, es aber nicht waren, war Mac aus den Sommersprossen, dem zotteligen Pferdeschwanz, den ausgefransten Shorts und dem Secondhand-T-Shirt herausgewachsen, die sie früher wie einen der Jungs hatten aussehen lassen.

Was für eine Frau aus Mac geworden war.

»Oh mein Gott.«

Er riss seinen Blick von ihren Kurven weg und versuchte sich auf das zu konzentrieren, was sie sagte. »Was?«

»Weißt du, was hier drunter ist?« Sie klopfte gegen die Kommode und strich sich eine Haarsträhne aus dem Gesicht.

Eine andere blieb auf ihrem Nasenrücken hängen, und entweder spürte sie sie nicht oder es war ihr egal, aber Jared würde sich hüten, es ihr zu sagen und zu riskieren, dass sie ihn zusammenfaltete, weil er ihr Vorschriften machte. »Ich schätze, eine Kolonie Staubmäuse und ein oder zwei verlorene Schuhe?«

»Nicht ganz.«

Sie beugte sich vor, griff unter die Kommode, zog einen alten Hutkarton hervor und holte ein ... heraus.

... Kätzchen.

Es war etwa so groß wie seine Faust, bläulich-grau mit einem weißen Fleck auf der Nase und hatte einen Schwanz, der sich bis zu dieser Nase und noch ein Stück weiter kringelte.

Ein Schwanz, der zuckte.

»Das ist kein Stofftier, oder?«

Das kleine Ding maunzte leise; es war noch nicht einmal alt genug, um richtig zu miauen.

»Und da, wo das herkommt, gibt es noch drei weitere.« Sie kippte den Karton ein wenig nach vorne. »Das erklärt die Trümmerspur beim kaputten Fenster.«

Noch eines mit einem Fleck auf der Nase, obwohl der Rest schwarz war, ein ganz weißes und ein Glückskätzchen mit schiefen Flecken im Gesicht.

»Wo ist die Mutter?«, fragte er hoffnungsvoll. Jared schüttelte den Kopf. Er hatte ein ganz mieses Gefühl.

Mac setzte das blaugraue Kätzchen ab und nahm das Glückskätzchen hoch. »Ich glaube, sie liegt am Straßenrand. Ich habe sie gesehen, als ich heute Morgen hergefahren bin.«

»Sie ist also... tot?« Er senkte seine Stimme, was lächerlich war. Als ob die Kätzchen ihn verstehen würden.

»Falls sie es ist. Und wenn ja, sind diese winzigen Dinger in Gefahr.« Sie setzte das Glückskatzenbaby zurück in den Karton zu seinen Geschwistern. »Sie müssen regelmäßig fressen, und ihre Trägheit macht mir Sorgen.«

»Du willst mir also sagen, dass wir uns um einen Haufen neugeborener Kätzchen kümmern müssen?«

Sie stand auf und strich ihr Shirt glatt.

»Nicht *wir*, Jared. Du. *Du* wohnst hier, weißt du noch?«

»Ich habe nicht den blassesten Schimmer, wie man sich um Kätzchen kümmert, Mac.«

»Du fütterst sie, zeigst ihnen das Katzenklo und betest, dass sie keine Lust haben, Möbel zu zerkratzen.«

»Und dann?« Die Dinger waren *winzig*. »Im Ernst, Mac. Ich kann mich nicht um Kätzchen kümmern.«

Sie nahm den Hutkarton hoch. »Im Ernst, *Jared*, so schwer ist das nicht.«

»Wir sollten sie ins Tierheim bringen«, sagte er.

»Nochmal: Nicht *wir*. Du.« Sie hielt ihm den Karton entgegen. Den mit den lebendigen, schutzlosen Tierbabys darin. »Immerhin wohnst du hier. War es nicht das, was du vorhin gesagt hast?«

Nur Mac konnte die logische Verbindung ziehen, dass das Wohnen in diesem Haus bedeutete, sich um streunende Haustiere kümmern zu müssen. Und man sollte sie nicht einmal *Haustiere* nennen, da sie kaum die Augen öffnen konnten. Er war doch kein Erziehungsberechtigter, um Himmels willen, und mangels Vorbildfunktion durch seine eigenen Eltern sollte er das wohl auch besser nicht sein.

Er wich vor dem Hutkarton zurück. »Wir müssen sie hier rausschaffen.«

Sie hielt den Karton ein Stück näher. »Auf die Gefahr hin, mich zu wiederholen, Jared: Es gibt kein *wir*. Es gibt nur dich. Also nur zu. Bring sie ins Tierheim, wo sie vielleicht adoptiert werden oder vielleicht auch nicht. Ein sechzig Zentimeter großer Drahtkäfig und die Trennung von ihren Geschwistern ist doch sicher viel besser, als zusammenzubleiben und in einem schönen alten Haus freien Lauf zu haben. Findest du nicht auch?«

Er würde ihrer umgekehrten Psychologie nicht nachgeben. »Wenn du sie so sehr willst, warum nimmst du sie dann nicht?«

»Ich muss für meinen Lebensunterhalt arbeiten. Übrigens genau hier. Ich habe keine Zeit. Du hingegen *wohnst* hier. Du *sitzt* hier herum. Abgesehen von einer gelegentlichen Runde Ballspielen hast du nichts zu tun, außer dich auszuruhen und zu erholen. Sicherlich wirst du ja wohl mit vier winzigen Kätzchen fertig.«

Ja, sie *hatte* ihn und Chase also doch beobachtet.

Er schüttelte den Kopf. Nicht das, worauf er sich jetzt konzentrieren sollte.

Kätzchen.

Hier.

Seine.

Er würde ihr liebend gerne sagen, dass er es nicht tun konnte, aber erstens gab er nie eine Niederlage zu, selbst wenn sie ihn durch die Windschutzscheibe eines Ford F-150-Pickups anstarrte, in dem der Liebhaber seiner Freundin saß, und zweitens war... Er hatte vergessen, was zweitens war, weil Mac ihn mit so viel Hoffnung in den Augen ansah, dass es ihn dazu bringen könnte, Ja zu sagen, und er hatte das Gefühl, dass es genau darauf hinauslaufen würde.

»Was soll ich ihnen denn füttern? Es ist ja nicht so, als hätte ich Katzenfutter hier herumstehen.« Er sagte noch nicht Ja.

»Du brauchst Katzenaufzuchtfutter und, wenn ich mich nicht irre, Aufzuchtmilch. Diese kleinen Kerle müssen mit der Flasche gefüttert werden. Wahrscheinlich brauchen sie auch Hilfe beim Toilettengang.«

»Halt mal, Prinzessin. Mit der Flasche füttern? Bist du wahnsinnig geworden? Ich habe in meinem ganzen Leben noch nie ein Fläschchen gehalten. Und was die Sache mit der Toilette angeht – das kannst du vergessen.« Es war schon demütigend genug gewesen, als *er* im Krankenhaus Hilfe gebraucht hatte; auf keinen Fall würde er sich mit so etwas befassen.

Sie ergriff seine Hand, legte ein Katzenbaby hinein und schloss seine Finger sanft um das weiche Fell.

»Es gibt für alles ein erstes Mal, Jared. Du wurdest auch nicht mit dem Wissen geboren, wie man einen Ball schlägt, oder? Du musstest es also lernen. Dann kannst du das hier genauso gut lernen.« Sie klemmte sich den Hutkarton gegen die Hüfte und stützte ihr linkes Handgelenk auf den Rand, wobei drei Kätzchen ihre Nasen darüber streckten. »Ich schaue mal nach etwas, das wir als Katzenklo benutzen können. Du suchst den Platz dafür aus.«

Er sagte dazu *nicht* Ja. »Was ist mit dem Keller?«

»Diese kleinen Kerle können kaum sehen. Willst du wirklich, dass sie alte, abgetretene Treppen überwinden müssen, die zu einem Steinboden führen? Ein falscher Schritt und es heißt: Tschüss, Kätzchen.«

Er hasste es, dass sie recht hatte.

Er hasste es noch mehr, dass er das hier tatsächlich tun würde.

Er hatte sich schon immer ein Haustier gewünscht. Aber da seine Mutter von der Vorstellung entsetzt war und sein Vater wollte, dass er sich auf sein Training konzentrierte, waren Haustiere jedes Jahr von seinem Weihnachtswunschzettel gestrichen worden. Der Kampffisch, den er einmal auf einem Jahrmarkt am vierten Juli gewonnen hatte, war kein Ersatz gewesen, und mit der Zeit, die er jetzt zur Verfügung hatte, wäre es die perfekte Gelegenheit, eines zu bekommen. Oder vier, wie in diesem Fall.

»Schön. Ich kann es ja in den Waschraum stellen.«

»Genau.« Sie reichte ihm ein weiteres Kätzchen. »Und jetzt musst du mit ihnen zum Tierarzt.«

»Zum *Tierarzt*? Ich soll auch noch Geld für diese Dinger hinblättern?«

»Ich bin mir sicher, dass ein oder zwei Tierarztrechnungen dich nicht in den Ruin treiben werden. Ich habe gehört, Profisportler verdienen heutzutage ganz ordentlich.«

Das galt allerdings nur, *wenn* man auch spielte. Glücklicherweise hatte sein Agent mit der Verletzungsklausel, die er für Jared ausgehandelt hatte, seine Provision redlich verdient, sodass Geld nicht auch noch auf Jareds Liste der Sorgen stand.

Mac setzte ihm ein weiteres Kätzchen auf die Schulter.

»Was machst du da?«

Der kleine Satansbraten sah tatsächlich so aus, als würde sie versuchen, nicht zu lachen. »Ich lasse sie sich an deinen Geruch gewöhnen. Tiere, besonders Katzen, sind sehr geruchsorientiert. Sie haben Drüsen an den Wangen und an der Stirn, mit denen sie sich an Menschen reiben, um sie zu markieren. Wir können also genauso gut jetzt damit anfangen, damit der Bindungsprozess in Gang kommt.«

»Bindungsprozess?«

»Ja, Prägung. Damit sie wissen, dass du ihre Mutter bist.«

»Ich bin *nicht* ihre Mutter.«

»Doch, das bist du, da du sie füttern wirst.«

Uh, vielleicht war das doch nicht die beste Idee gewesen... »Kannst du das nicht machen, Mac? Du scheinst einen viel größeren Draht zu diesen Dingern zu haben als ich.«

Sie hob das letzte Kätzchen aus dem Karton und rieb ihre Wange an seinem Köpfchen. »Ooooh, was ist denn los, Jared? Können kleine Kätzchen dich aus dem Konzept bringen? Ich habe gesehen, wie du im neunten Inning bei zwei Outs und einem Count von Null zu Zwei einen Grand Slam hingelegt hast. Vier Kätzchen am Leben zu erhalten, bedeutet bei Weitem nicht so viel Druck.«

»Du hast dieses Spiel gesehen?« Es war einer der besten Momente seines Lebens gewesen. Als der Ball auf ihn zugekommen war, hatte er gewusst, dass er weit fliegen würde, noch bevor er ihn überhaupt getroffen hatte. Und dann das Gefühl, die Bases abzulaufen, während der Sieg auf seinen Schultern lastete...

Gott, er vermisste den Sport.

»Natürlich habe ich es gesehen. Gran schaltet deine Spiele immer ein. Sie und Mildred kleben förmlich am Fernseher, wenn du spielst. Sie könnten glatt als Sportkommentatorinnen durchgehen.«

»*Deine* Großmutter verfolgt Baseball?«

»Warum überrascht dich das? Warum sollte sie nicht? Immerhin ist sie mit *deiner* Großmutter befreundet.«

Stimmt. Oma Mildred war sein größter Fan. Erstaunlich, dass seine Eltern es nicht waren, aber er hatte schon vor Jahren aufgegeben, die Einstellung seiner Eltern zu ihm verstehen zu wollen. Er kapierte nicht, warum sie seiner Karriere gegenüber so gleichgültig waren, obwohl sie so viel hineingesteckt hatten, aber er hatte schon vor Ende seiner ersten Saison aufgehört zu erwarten, dass sie ihm beim Spielen zusahen.

Aber dass Mac ihm zugesehen hatte? Er fragte sich *warum*, wenn sie doch über ihn hinweg war.

*Ach, scheiße noch mal, Nolan. Jetzt komm endlich drüber weg. Die halbe Nation hat diesen Spielzug gesehen.*

»Okay. Gut. Ich mach's.«

»Ich wusste, dass du sie nicht im Stich lässt.« Sie nahm ihm die Kätzchen ab und setzte sie zurück in den Karton, dann sah sie sich im Zimmer um. »Ich schätze also mal, dass du nicht Auto fahren kannst.«

Er bewegte sein geschientes Bein. »Gute Beobachtung.«

Sie tippte dem schwarzen Katzenbaby auf die Nase und hob den Deckel auf, den sie unter dem Schaukelstuhl gefunden hatte. »Um meinen Gedanken zu Ende zu führen ... Da du nicht fahren kannst, werde ich es wohl tun müssen.«

»Hey, tu mir bloß keinen Gefallen.«

»Ach ja?« Sie hob eine Augenbraue. »Und was hast du vor? Auf deinem Besenstiel zum Tierarzt zu reiten? Dich mit einem Hutkarton auf dem Kopf dorthin zu krücken? Einen Tweet abzusetzen und ein paar lokale Fans zu bitten, dich hinzubringen?«

Er schauderte. Letzteres wäre ein absoluter Albtraum. »Schön. Du kannst mich fahren.«

»Nein, du darfst *mit mir mitfahren*, da ich es schließlich bin, die *dir* einen Gefallen tut.«

Jared musste diese Logik erst einmal sacken lassen. Das war so, als würde sie ihm nicht vorschreiben, wie er seinen Job zu machen hatte.

Sie hievte den Hutkarton höher auf ihre Hüfte und stieg über die Schneiderpuppe, mit der alles angefangen hatte. »Wir sollten jetzt los. Ich weiß nicht, wie lange sie schon ohne ihre Mutter sind, und bei so jungen Tieren zählt jede Minute.«

In Macs Nähe hatte Jared dasselbe Gefühl.

Was hatte sie nur getan?

Mac saß in der Enge des schrottreifen alten Trucks, der ihre erste große Anschaffung gewesen war, nachdem sie die Gewerbelizenz erhalten hatte. Für sie hatte er die perfekte Größe, einer dieser kompakten Pickups, aber mit Jared darin ... Das Teil war zu klein. Zu beengt.

Ein Glück, dass sie nicht mit Bryans Maserati gefahren war. Er war sein Einsatz beim Pokerspiel gewesen, und auch wenn es ein schicker Wagen sein mochte, war er innen noch kleiner als dieser hier.

Selbst ein Reisebus wäre zu klein, wenn Jared darin saß.

»Wow, Mac. Wo hast du das Ding her – aus einem Kids-Meal in einer Fast-Food-Bude? Aus einer Popcorntüte?« Jareds Bein war in einem unbequemen Winkel angewinkelt, und als er den Sicherheitsgurt über seine Brust zog, fehlte ein Zentimeter, um ihn im Schloss einrasten zu lassen. »Das wird so nichts.« Er ruckte daran. »Ich steige in kein Auto ohne Gurt.«

»Schieb den Sitz nach hinten. Dann müsste es reichen.«

»Wenn ich eine Brezel wäre, könnte ich den Sitz nach hinten schieben.«

Sie atmete aus und bückte sich, um ihm den Gefallen zu tun. Gott sei Dank war der Hebel auf dieser Seite seines Sitzes, sodass sie nicht über seinen Schoß krabbeln musste –

Sie riss am Hebel.

Der Sitz schnellte mit einem Quietschen nach hinten.

Jared stützte sich mit einer Hand am Dachhimmel und mit der anderen an der Rücklehne ihres Sitzes ab. »War das das erste Mal?«

Sie zuckte mit den Schultern, nicht bereit zuzugeben, dass sie die Fassung verloren hatte. Ob wegen seiner Nähe oder des Quietschens, war schwer zu sagen, und sie war sich nicht sicher, ob sie es überhaupt wissen wollte. »Ich habe nicht oft Beifahrer, und wenn der Sitz so weit vorne ist, ist das praktisch für mich, wenn ich dort Dinge abstelle.«

Er zog den Gurt erneut über sich, und diesmal rastete er ein. »Bleibt zu hoffen, dass die Airbags noch funktionieren.«

»Ich fahre zum Tierarzt, Herr Griesgram, nicht auf der Autobahn. Es wird dir nichts passieren.«

»Aha.« Er rückte sein Bein noch einmal zurecht und nahm dann den Hutkarton vom Armaturenbrett auf seinen Schoß. »Wie weit ist es?«

»Ein paar Kilometer.« Sie legte den Gang ein und setzte aus Mildreds Einfahrt zurück. Dabei achtete sie sorgfältig in beide Richtungen, bevor sie auf die Straße bog, denn sie verstand seine Ängstlichkeit. Er war bei einem Autounfall verletzt worden; er hatte jedes Recht, misstrauisch gegenüber einer Fahrt zu sein. Sie selbst war im Straßenverkehr immer besonders vorsichtig, da sie aus erster Hand wusste, wie sehr ein Unfall Leben beeinflussen konnte. Anscheinend hatten sie und Jared etwas gemeinsam.

Sie warf ihm einen Seitenblick aus dem Augenwinkel zu. Sie wollte gar nichts mit ihm gemeinsam haben. Es war ihr immer noch so peinlich, wie sie ihm all die Jahre hinterhergelaufen war. Er hatte es gewusst, und ihre Brüder ebenfalls. Ihre Freundinnen hatten sie geneckt, alle fanden ihre ,kleine Schwärmerei' einfach nur ,süß'.

»Wie bist du eigentlich dazu gekommen, einen Reinigungsservice zu gründen, Mac?«, fragte Jared und schob den Deckel des Hutkartons wieder an seinen Platz, als die Kätzchen ihre Nasen herausstreckten.

»Ich brauchte Geld fürs College, und es war etwas, das ich nach meinem eigenen Zeitplan machen konnte. Außerdem war es viel lukrativer, als in einem Fast-Food-Restaurant zu arbeiten.«

»Was hast du am College studiert?«

»Eine gute Ausbildung?« Sicher kein Studium, um mir einen Ehemann zu angeln, wie er wahrscheinlich annahm, da er immer das Schlechteste von ihr zu denken schien.

»Ich meinte, welches Fach?«

»Oh.« Verdammt. Sie hatte gedacht, sie wäre darüber hinweg, sich in seiner Nähe wie eine Idiotin zu fühlen. Das war all die Jahre ihr Dauerzustand gewesen, wann immer er sich herabgelassen hatte, sie anzulächeln. Was selten vorkam. »Betriebswirtschaft. Ich hatte mit Englisch angefangen, merkte aber, dass ich bei Fast Food näher an einem existenzsichernden Lohn wäre. Und als ich erst mal ein paar Stammkunden für die Reinigung hatte, sah ich, dass ich daraus tatsächlich ein Geschäft machen konnte. Im Moment arbeiten vier Frauen für mich, und die Geschäfte laufen gut. Da meine Brüder mithelfen – auch wenn es nur vorübergehend ist –, hoffe ich, dass die Mundpropaganda den Kundenstamm noch weiter vergrößert.«

»Du benutzt also deine Brüder für Werbezwecke?«

Warum er überrascht klang, wusste sie nicht. Er hatte Werbeverträge; er kannte den Wert von Prominenz. »Ich setze sie sicher nicht als langfristige Mitarbeiter ein. Ich bin schon überrascht, dass Bryan sich überhaupt für einen ganzen Monat verpflichtet hat. Und Liam und Sean haben ihre eigenen Sachen am Laufen, aber ja, ich nehme mit, was ich kriegen kann. Kerle in Hausmädchenoutfits sind ein guter Kundenmagnet.«

»Und was ist mit mir? Planst du, mich zu benutzen, um deinen Namen bekannt zu machen?«

»Warum sollte ich dich benutzen?«

Er zog die Augenbrauen hoch. »Falls es dir entgangen sein sollte: Ich neige dazu, ab und zu in den Nachrichten zu landen.«

Das war ihr aufgefallen. Viel zu oft. »Aber du bist keiner meiner Angestellten. Ich baue mein Geschäft auf meiner *Leistung* auf, nicht darauf, die Namen meiner Kunden auszuschlachten. Und du bist nicht einmal mein Kunde. Ich werde sicher nicht Mildreds Privatsphäre verletzen, indem ich deinen Namen durch die Medien ziehe.«

Jared öffnete den Mund und schloss ihn dann wieder.

»Was?«

Er schüttelte den Kopf. »Nichts.«

Oh, da war definitiv etwas. Sie sah es an der Art, wie er sie anstarrte, und es war ihr unangenehm.

Auf zwei verschiedene Arten.

Verdammt. Sie hasste es, dass sie sich immer noch zu ihm hingezogen fühlte.

Sie wollte das wirklich nicht. Wollte ihn gar nicht beachten. Und sie wollte ganz sicher nicht, dass er sie so ansah. In *irgendeiner* Weise. Sie würde sich nicht noch einmal wegen ihm zum Narren machen. Sie war erwachsen geworden, wusste, was sie vom Leben wollte. Und dazu gehörte nicht, die zweite Geige für den Mann an ihrer Seite zu spielen. Und genau das wäre sie bei Jared.

Oh, nicht wegen der Promi-Sache. Es war klar, dass jede Frau an seiner Seite hinter der PR-Maschinerie zurückstehen müsste. Nein, es war die Tatsache, dass er durch all die Gefühle, die sie all die Jahre so offen gezeigt hatte, die gesamte Macht in ihrer Beziehung besessen hatte. Sie war unsterblich in ihn verliebt gewesen, während er ... Er hätte sie wahrscheinlich am liebsten *über Bord* geworfen. Die Art, wie er sie in jener Nacht angesehen hatte, als sie ihn anflehte, sie zu küssen, war das perfekte Beispiel dafür.

Mac schüttelte die Erinnerung ab, bevor die Tränen, die in ihren Augenwinkeln brannten, beschlossen, sich zu zeigen. Zumindest hatte Jared ihr keine falschen Hoffnungen gemacht; das war ein Punkt zu seinen Gunsten. Aber sie zog ihm zwei ab für die gefühlskalte Art, mit der er sie abgewiesen hatte.

Sie bog auf den Parkplatz von Dr. Bingham ein und war froh, nur wenige Autos zu sehen. Gut, es würde keine lange Wartezeit geben. Sie musste sich an Mildreds Haus machen. Es war mehr Arbeit nötig, als sie oder Mildred gedacht hatten, und da sie das umsonst machte, wollte sie nicht, dass ihr Betriebsergebnis darunter litt. Sie schob diese Aufgabe zwischen andere Kunden, sodass sie weniger Zeit hätte, über Jared nachzudenken. Lauter Vorteile.

»Ich lasse dich am Haupteingang raus, Jared, und bringe die Kätzchen mit, nachdem ich geparkt habe.«

»Park einfach den Truck, Mac. Ich muss nicht wie ein Invalide abgesetzt werden.«

Der Zorn in seiner Stimme überraschte sie – so sehr, dass sie tat, was er sagte, ohne zu widersprechen.

Sie schnappte sich schnell den Hutkarton und stieg aus dem Truck, ohne ein großes Aufheben darum zu machen.

Leider entpuppte sich ein Jared Nolan in der Tierarztpraxis mit einer Schachtel voller Kätzchen als ein sehr großes Aufheben.

In dem Moment, als er eintrat, wusste jeder, wer er war. Und im Ernst ... man setze einen heißen, verletzten Baseballspieler – der Single war – mit einer

Schachtel Kätzchen in eine kleine Praxis in seiner Heimatstadt, und es wurde zum Ereignis. Jedes Kind im Raum wollte sein Autogramm – das er bereitwillig gab – und jede Frau wollte ihn, Punkt. Gott sei Dank ging er nicht auf *letzteres* ein, während sie neben ihm stand, aber sie sah die Zettel, auf denen vermutlich Telefonnummern standen, in der Gesäßtasche seiner Shorts verschwinden.

»Mr. Nolan?« Das geneigte Haupt und das sanfte Lächeln der Sprechstundenhilfe waren eine reine Anmache. »Dr. Bingham empfängt Sie jetzt.«

Mac sah das Leuchten in den Augen der Frau und verdrehte ihre eigenen. »Na gut dann, Jared.« Sie stellte den Karton mit den Kätzchen auf den Empfangstresen. »Ich komme dich in einer Weile wieder abholen.«

»Mac.« Jareds Stimme war leise.

»Ja?«

»Könntest du ... Ich meine, würde es dir was ausmachen, mit mir reinzugehen? Falls ich nicht alles mitbekomme, was der Doc sagt. Ich habe so was noch nie gemacht.«

Sie hätte dieses Stück unerwarteter Unsicherheit bei ihm vielleicht genossen, wenn nicht das halbe Wartezimmer sie beobachten würde.

Und er wusste das auch und nutzte es aus. Sie würde wie eine Rabenseele wirken, wenn sie ihn hier allein ließe. Der arme Jared Nolan, verletzt mit einem Hutkarton voller Kätzchen und von der Putzfrau seinem Schicksal überlassen.

Das würde in der Presse nicht gut ankommen, und Presse war genau das, was sie jetzt brauchte. Es mochte für jemanden von Jareds Bekanntheitsgrad zwar so etwas wie schlechte Presse nicht geben, aber für jemanden, der versucht, ein Geschäft durch Mundpropaganda aufzubauen, konnte ein einziger böser Satz den Ruf ruinieren.

Außerdem tat er ihr leid, so ungern sie es auch zugab. Es musste ätzend sein, auf die Gnade anderer angewiesen zu sein, wenn man es gewohnt war, alles selbst zu erledigen, und zwar gut.

»Schon gut.« Sie nahm den Karton hoch. »Gehen wir.«

Die Sprechstundenhilfe trat hinter dem Tresen hervor und führte sie den Flur entlang. »Lassen Sie mich wissen, wenn Sie etwas brauchen«, sagte die Frau zu Jared, als ob Mac nicht direkt zwischen ihnen liefe.

Jared schenkte der Frau sein strahlendstes Lächeln, als sie das Untersuchungszimmer erreichten. »Danke, Mimi.«

Charmeur.

Die Frau kicherte, als sie die Tür hinter sich zuzog.

*Kicherte.*

»Setz dich ruhig hin, Mac«, sagte Jared und deutete mit seiner Krücke auf den einzigen Stuhl neben dem Untersuchungstisch.

Sie stellte den Karton auf den Tisch und schüttelte den Kopf. »Schon gut.« Sie drehte den Stuhl ein Stück. »Nimm du ihn.«

»Das fangen wir gar nicht erst an.«

»Was anfangen?«

»Das hier. Diesen Machtkampf.«

»Ich fechte keinen Machtkampf mit dir aus, Jared. So was mache ich nicht.«

»Dann setz dich halt.«

»Was ist das Problem? Warum willst du dich nicht setzen?«

»Weil du die Frau bist.«

»Das hast du jetzt nicht wirklich gesagt.«

»Was ist falsch daran? Du bist eine Frau. Und ich bin ein Gentleman.«

Sie war da anderer Meinung, aber sie geriet aus dem Konzept, weil ihm aufgefallen war, dass sie weiblich war.

Schade, dass er diese Erkenntnis nicht schon vor zwanzig Jahren gehabt hatte.

Die Kätzchen fingen wieder an zu miauen. »Du solltest vielleicht den Deckel abnehmen«, sagte sie, ohne Anstalten zu machen, es selbst zu tun. Was ihr schwerfiel. Sie mochte Kätzchen genauso sehr wie jeder andere. Wollte sich eigentlich zwei für ihre Wohnung holen, damit es dort nicht mehr so einsam war, seit Gran ausgezogen war.

Jared hob den Deckel an. »Herrje, Mac. Die sind so winzig. Hilflos.«

»Hast du noch nie ein Kätzchen gesehen? Die sind nicht gerade selten.« Wenn sie es nicht besser wüsste, würde sie denken, er hätte Angst. Wäre nervös. Unsicher.

Das wäre ja noch schöner. Das war Jared Nolan, zweifacher MVP in Folge, von dem sie hier sprach. Der Kerl hatte die Welt zu seinen Füßen; er hatte keinen Grund, nervös oder unsicher zu sein. Hatte er nie, weshalb er wahrscheinlich auch in der Lage gewesen war, ihre Gefühle so gefühllos – äh, einfach abzutun; wenn ihm das jemand angetan hätte, wäre es an ihm so leicht abgeperlt, wie es ihm über die Lippen gekommen war.

Aber bei ihr? Nicht im Geringsten. Seine Zurückweisung hatte wehgetan.

Glücklicherweise öffnete sich die Tür zum Untersuchungszimmer, bevor Mac diesen Gedankengang weiterverfolgen konnte, und Dr. Bingham trat ein.

Die Frau war wunderschön und alles, was Mac nicht war: eins fünfundsiebzig groß, blond, mit einem Körper, der jedes Bademoden-Model vor Neid erblassen ließe, selbst wenn sie ihn unter einem Laborkittel versteckte. Genau der Typ Frau, auf den Jared stand.

Überraschenderweise schien er es jedoch nicht zu bemerken.

Noch überraschender war, dass Dr. *Bingham* es nicht zu bemerken schien.

Wie konnte sie nur nicht?

Mac hatte keine Ahnung. Sie mochte über Jared hinweg sein, aber sie war ehrlich genug zuzugeben, dass der Kerl immer noch verdammt gut aussah.

»Hallo. Ich bin Jennifer Bingham. Freut mich sehr.« Sie schüttelte zuerst Macs Hand und blieb bei Jareds nicht länger hängen als nötig.

Mal im Ernst, war die Frau blind?

»Was haben wir denn hier?« Dr. Bingham nahm eines der Kätzchen hoch und hielt es nah an ihr Gesicht, eine typische Frauen-Geste, die Mac dazu veranlasst hätte, Dr. Binghams Motive zu hinterfragen, wäre da nicht die professionelle Fassade der Frau gewesen.

Sie erklärte ausführlich, was und wie man die Kätzchen füttern müsse, wie man sie stubenrein bekäme, und sprach dabei mit Jared, als wäre er irgendjemand und nicht einer der angesagtesten Profisportler der Gegenwart. Er hätte ein Troll mit drei Augen sein können, so wenig persönliche Aufmerksamkeit schenkte ihm die Tierärztin.

*Ein Troll würde er nie sein, ob mit drei Augen oder ohne.*

Die Frau musste wirklich blind sein.

»Ich würde sie gerne in ein paar Wochen wiedersehen, aber falls Sie in der Zwischenzeit Fragen haben, können Sie mich gerne anrufen.« Dr. Bingham reichte ihnen ihre Karte. »Das ist meine Notrufnummer; darüber bin ich jederzeit erreichbar.«

Wieder keine Anspielung, keine Anmache … Jennifer Bingham war anders als die anderen Frauen in dieser Stadt, und das machte sie zu jemandem, mit dem Mac gerne befreundet wäre.

»Danke.« Jared lächelte sie an, während er die Karte einsteckte, aber das Lächeln erreichte seine Augen nicht. Wow. Es musste wahr sein: Sogar mit einer wunderschönen Frau im Raum war Jared »Ich-weiß-alles« Nolan völlig überfordert. Wegen Kätzchen.

Mac würde es genießen, ihm dabei zuzusehen, wie er versuchte, sich um diese Dinger zu kümmern.


Jared war so was von geliefert.

Er manövrierte sich zurück in Macs wie eine Ölsardinenbüchse anmutenden Arbeitstruck und betrachtete die Kätzchen im Hutkarton. Sie waren zu klein. Zu bedürftig. Zu abhängig von ihm. Wäre Mac nicht mit im Untersuchungszimmer gewesen, hätte er sie einfach der Ärztin überlassen und wäre gegangen. Er wusste nicht, wie man sich um diese Dinger kümmerte, und er brauchte diese Art von Verantwortung nicht in seinem Leben. Nicht jetzt, wo sein gesamter Fokus darauf liegen musste, sich wieder zum MVP-Status zurückzukämpfen. Nichts Geringeres zählte; er war an der Spitze abgetreten, und so wollte er auch zurückkehren.

Aber Mac *war* dabei gewesen und hatte so gewirkt, als wüsste sie alles über die Aufzucht von Kätzchen und hätte ihn nur aus Gefälligkeit mitgenommen. Auf keinen Fall würde er eine Niederlage eingestehen.

Er sah zu ihr hinüber. Auf ihre süße Nase, die perfekten Lippen, die hohen Wangenknochen, die langen Wimpern, die Augen schützten, die so grün waren, dass man sie Kleeblatt-grün nennen sollte, und den Pferdeschwanz, ohne den er sie noch nie gesehen hatte. Sie war dieselbe Mac Manley, die er in Erinnerung hatte ... aber doch anders.

»Mach ein Foto; das hält länger.«

Nun, *das* war definitiv anders. Früher hätte sie ihn schüchtern aus dem Augenwinkel angesehen und ihm dieses Lächeln geschenkt, das ihr ganzes Gesicht erstrahlen ließ, dankbar für das winzigste bisschen Interesse, das er gezeigt hatte.

Innerlich zuckte er zusammen. Er hätte netter sein können. Hätte netter sein müssen. »Ich brauche kein Foto, Mac.«

Sie warf ihm einen Blick zu, während ihre Zähne auf der Unterlippe kauten. Das hatte sie schon immer getan, wenn sie nervös war. Wie damals, als –

»Hey, erinnerst du dich noch daran, als wir die Zip-Line über den Bach gespannt haben?«

Sie hatte darauf bestanden, mitzukommen – andernfalls hätte sie gedroht, es ihrer Großmutter zu sagen, was den Nachmittag sofort beendet hätte.

»Und ihr seid auf halbem Weg steckengeblieben und musstet euch mit Seans Gürtel gegenseitig rüberziehen, um ans andere Ufer zu kommen?«

Er schob den Hutkarton auf seinem Schoß zurecht, als sie über ein Schlagloch fuhr und die Kätzchen darin durcheinanderpurzelten. »Aber du bist rübergekommen.«

»Ich wog nicht so viel wie ihr Muskelprotze, also habe ich das Seil nicht so durchgedrückt.«

Sie war verdammt nervös gewesen, auf das Ding zu steigen, das sie da gebastelt hatten – das hätten sie alle sein sollen. Das Teil war gefährlich gewesen. Aber ihre Brüder hatten sie nun mal mitgebracht, also hatte Jared sich damit abfinden müssen.

Im Nachhinein schätzte er es, dass sie sie genug liebten, um sie mitzunehmen. Damals ... nicht so wirklich. »Das war ein lustiger Nachmittag.«

»Bis Johnny Heavers diese Schlange fand und mich damit jagte.«

»Deine Brüder haben ihn sich für dich vorgenommen.«

»Ja. Das haben sie.« Sie lächelte dasselbe Lächeln, das sie an jenem Tag gezeigt hatte, als Johnny unter Tränen nach Hause rannte, während ihre Brüder ihn verfolgten und Jared mit ihr allein ließen.

Er wäre lieber Johnny hinterhergegangen, aber die Jungs hatten das Vorrecht, da sie ihre Brüder waren und jemand bei ihr bleiben musste. Er war genervt gewesen und wahrscheinlich nicht so nett zu ihr, wie er hätte sein sollen, aber er hatte immer darauf geachtet, sich in der Nähe ihrer Brüder nicht zu beschweren. Wollte die Freundschaft nicht wegen ihrer Schwester aufs Spiel setzen.

»Bryan hat Johnny die Schlange hinten in die Shorts geschoben. Ein Glück, dass es eine Strumpfbandnatter war, denn wenn sie ihn gebissen hat, war sie wenigstens nicht giftig.«

Jared lächelte. Er hätte Johnny auch gerne das eine oder andere Mal eins ausgewischt, als sie Kinder waren. »*Hat* sie ihn gebissen?«

Mac zuckte die Achseln. »Keine Ahnung.«

»Wenn ich Johnny wäre, wüsste ich nicht, ob ich es zugeben würde, wenn es so gewesen wäre, verstehst du?«

Sie lachte. »Ich frage mich, was er heute so macht. Er hat immer nur Ärger gemacht.«

»Ich habe gehört, er ist zum Zirkus gegangen und ist jetzt Schlangenbeschwörer.«

Sie verdrehte die Augen. »Du bist so was von unlustig.«

»Ach, ich weiß nicht. Ich fand das extrem witzig.«

»Und du fandst auch Mariellen Meselnick heiß, das zeigt ja nur, was deine Meinung wert ist.«

»Mariellen *war* heiß.«

»Ja, aber nicht für das, was du zu bieten hattest.«

Jared schüttelte den Kopf. »Dieses Gespräch ist auf so vielen Ebenen falsch. Ich bin mir sicher, Mariellen hat einen netten Kerl geheiratet und sich niedergelassen, um ihre zwei Komma fünf Kinder großzuziehen.«

»Tatsächlich hat Mariellen eine Frau geheiratet und sie haben jeweils ein Baby von einer Leihmutter bekommen. Dein Radar lag bei der Sache also völlig daneben.«

»Autsch. Ein Schlag, wo man einen Mann nur treffen kann. Trotzdem, Mariellen und eine andere Frau? Das ist doch mal heiß.«

Mac verdrehte erneut die Augen. »Nächstes Thema.«

Er lächelte und genoss eines der ersten nicht-konfrontativen Gespräche, die er je mit Mac geführt hatte. »Okay, wie wäre es mit dem Springen von den Felsen in das Wasserloch?«

»Ich hatte noch nie so viel Angst in meinem ganzen Leben. Das war gefühlt ein freier Fall aus dreißig Metern.«

»Eigentlich waren es fünf. Ich bin vor ein paar Jahren mal zurückgegangen und habe nachgemessen.«

»Es kam mir damals viel höher vor.«

Eines der Kätzchen stieß gegen den Deckel des Hutkartons, und sein Arm streifte ihren, als er ihn wieder schließen wollte. »Vieles sah anders aus, als wir noch Kinder waren.«

»Ja, das stimmt.« Sie bog auf den Parkplatz des Einkaufszentrums ein. »Bleib du hier, und ich renne kurz rein, um den Rest zu besorgen, den wir brauchen. Das geht schneller, und ich kann einfach am Bordstein stehen bleiben.«

Und zack – die Realität traf ihn mit voller Wucht. Die Reise in die Vergangenheit hatte ihn von seinen dämlichen Verletzungen abgelenkt, aber jetzt saß er hier als Kätzchen-Sitter im Truck, während andere Leute Dinge für ihn erledigten, die er eigentlich selbst tun sollte.

Er verlagerte sein Bein. Dieser blöde Schmerz wollte einfach nicht verschwinden. Wie zur Hölle sollte er jemals wieder spielen können, wenn er nicht mal zwanzig Minuten in einem Truck aushielt?

Er stellte den Karton mit den Kätzchen aufs Armaturenbrett und öffnete die Tür. Es dauerte länger als es sollte, aus dem verdammten Fahrerhaus zu kommen, aber als er erst mal draußen war ... Gott sei Dank. Er hatte die frische Luft gebraucht, und als er sich erst mal ein wenig gestreckt hatte, fühlte er sich wieder besser – nicht nur was sein Bein betraf, sondern auch sein Leben, seine beruflichen Aussichten und sogar die Kätzchen.

Dann kam Mac aus dem Laden, eine Tasche über der Schulter, eine andere unter dem Arm, ein paar weitere Tüten in der einen Hand und einen großen, flachen Karton in der anderen. Sie sah aus wie ein Packesel – und dahin war das gute Gefühl. Eigentlich sollte *er* ihr das alles tragen.

Er humpelte auf seinen Krücken zu ihr hinüber. »Hier, gib mir mal was davon.« Er streckte die Hand nach den Tüten aus, und für einen winzigen Sekundenbruchteil sah er sie lächeln.

Doch dann runzelte sie die Stirn. »Hast du die Tür offen gelassen?«

»Wie bitte?« Er nahm ihr die erste Tüte ab.

»Hast du die Tür vom Truck offen gelassen?«

Er hängte sich die Tüte ans Handgelenk und drehte sich um.

Verdammt. Kätzchen.

Er schaffte es tatsächlich mit seinen Krücken schneller zurück zum Truck als Mac mit all ihrem Zeug und fing das glücksbunte Fellknäuel gerade noch ab, bevor es vom Sitz auf den Asphalt stürzte.

»Mal im Ernst, Jared? Tust du nur so, als ob du dich um sie kümmerst, während du eigentlich versuchst, sie loszuwerden? Wenn du wirklich willst, dass ich sie dir abnehme, dann sag es einfach. Es bringt nichts, wenn sie dabei umkommen.«

Die Frau konnte ihn wütender machen als ein Schiedsrichter mit Scheuklappen. »Jetzt hör aber auf, Prinzessin. Ich hab das Kleine doch gerettet, oder? Natürlich kann ich mich um Kätzchen kümmern.«

Da lächelte sie. Ein breites, wunderschönes ... Besserwisser-Lächeln. »Hab ich's doch gewusst.«

Sie ließ die Tüten und den Karton zu seinen Füßen sinken, warf sich den Pferdeschwanz über die Schulter und hüpfte förmlich um den Truck herum zur Fahrerseite.

Für einen Typen auf Krücken war er da ziemlich zielsicher in die Falle getappt.

Er setzte den kleinen Abenteurer zurück in den Hutkarton zum grauen – dem einzigen schlauen der Truppe – und hob Moe und Curly vom Sitz auf, um sie wieder zu ihren Geschwistern zu gesellen, bevor er die Taschen auf die Ladefläche hievte.

Aus der Nummer mit dem Kätzchendienst kam er jetzt nicht mehr raus. Nicht, wenn Mac die gesamte Rückfahrt über grinste.

<h1 style="text-align:center">Kapitel Sieben</h1>

Drei Stunden waren um. Mac checkte die Kuckucksuhr in Mildreds Esszimmer, während sie den Sack Katzenstreu in die Waschküche schleppte. Drei weitere Stunden, die sie in Jareds Gesellschaft verbringen musste. So lange hatte sie versucht, den Kerl zu vergessen, und jetzt war er hier und starrte ihr direkt ins Gesicht.

Er stellte ihre Entschlossenheit auf die Probe.

Warum musste es ausgerechnet Kätzchen geben? Warum musste es ihr etwas *ausmachen*, dass es Kätzchen gab? Warum hätte sich Jared nicht stattdessen das andere Bein brechen können, damit er sich und die Kätzchen ohne sie zum Tierarzt hätte fahren können?

Warum musste er so entwaffnend unfähig sein, wenn es um Kätzchen ging?

Karma. Das Universum rächte sich an ihr, weil sie ihre Brüder beim Poker ausgespielt hatte.

Sie schob den schweren Sack die letzten zwei Meter weit und betete, dass keine lockere Diele oder ein widerspenstiger Splitter auf dem Hartholzboden war, aber sie konnte das Ding einfach keinen Zentimeter weiter tragen.

Sie schaffte es in die Waschküche und lehnte den Sack in die Ecke, dann wischte sie sich die Stirn ab und ging zurück, um das Katzenklo zu holen. *Drei* Katzenklos, um genau zu sein. Dr. Bingham hatte vorgeschlagen, zwei normalgroße zu besorgen, für den Fall, dass die Kätzchen größer würden, da sie bei ihren Toilettengewohnheiten pingelig sein konnten, und ein flaches, das sie benutzen konnten, bis sie groß genug waren, um in die anderen zu klettern.

Sie legte die Vorlegematte aus und stellte die Kisten darauf wie eine Reihe kleiner Katzen-Reihenhäuser. Leider war jetzt kaum noch Platz zum Wäschewaschen. Aber da Jared der Einzige war, der hier wohnte, wie viel Wäsche konnte er schon haben?

*Es sei denn, er hat einen Übernachtungsgast.*

Daran wollte sie gar nicht erst denken. Jareds Liebesleben war nichts, worüber sie nachdenken wollte.

»Brauchst du da drin Hilfe?«

Warum beharrte er darauf, zu fragen, ob sie Hilfe brauchte? Sah er in ihr immer noch Liams kleine Schwester, die jedes Mal gerettet werden musste, wenn er in der Nähe war?

Wenn er nur wüsste, dass *er* der Grund war, warum sie damals so völlig durch den Wind gewesen war. Sie hatte keinen klaren Gedanken fassen können, wenn er auftauchte.

Wenn sie der Mac-von-damals sagen könnte, was die Mac-von-heute wusste, wäre diese Situation ganz anders.

Aber im Nachhinein ist man immer schlauer, und das half ihr jetzt kein bisschen weiter. Wo wir gerade dabei sind ... »Nein, passt schon.« Und es würde auch passen, wenn sie nicht ständig die Konzentration auf seinem Gesicht vor Augen hätte, als Dr. Bingham ihm erklärt hatte, was zu tun war. Oder wenn sein Blick nicht alle paar Sekunden zu den Kätzchen gehuscht wäre. Oder wenn er sie nicht heimlich kurz gestreichelt hätte, wenn er dachte, dass sie gerade nicht hinsah.

Sie war so sehr daran gewöhnt, dass Jared sie quälte, dass sie diese sanfte Seite an ihm nur selten gesehen hatte.

Er stand neben dem Waschbecken, als sie in die Küche zurückkam, genau an der Stelle, an die sie musste.

Sie fing langsam an, weich bei ihm zu werden. Nur wegen dieser verdammten Kätzchen. Der älteste Trick der Welt.

Aber Jared hielt sich nie an die Regeln. Und er spielte ganz sicher jetzt nicht. Er hatte seine Verachtung für sie mehr als einmal deutlich gemacht. Dieses warme, wohlige Gefühl war reine Einbildung.

Mac schritt hinüber, drehte den Wasserhahn auf und gab etwas Seife auf ihre Hände, um den Staub der Katzenstreu abzuwaschen. »Was hast du mit ihnen gemacht?«

Das Gespräch auf die Kätzchen lenken. Das war ein sicheres Thema.

Andererseits hatte sie gedacht, vorhin nach oben zu gehen sei sicher, weil Jared verletzt war. Das zeigte mal wieder, wie viel sie wusste. Kätzchen, Küsse …

Großartig. Jetzt dachte sie schon wieder an diesen Kuss.

Sie ertappte sich dabei, wie sie auf seine Lippen starrte.

Dann erwischte sie ihn dabei, wie *er* sie dabei ertappte, wie sie auf seine Lippen starrte.

Diese Lippen verzogen sich zu einem Lächeln. »Was *willst* du denn, dass ich mit ihnen mache?«

Er redete nicht von den Kätzchen.

Und ihr gefiel es nicht, dass er sie auslachte. Oh, nicht offen, aber es war da. Sie wusste es, weil sie schon zu oft das Ziel seines spöttischen Lachens gewesen war, um es nicht zu erkennen, wenn sie es sah.

Nun, sie war jetzt erwachsen und nicht mehr unsterblich verliebt. Sie konnte genauso austeilen, wie sie einstecken konnte.

Sie lehnte sich näher heran. Leckte sich über die Lippen. Ließ ihn denken, was er *darüber* denken wollte. »Was du mit ihnen *machen* sollst?« Sie fuhr sich noch einmal mit der Zunge über die Lippen und senkte ihre Stimme fast zu einem Schnurren. »Füttere sie.« Sie legte den Kopf in den Nacken. »*Kuschle* mit ihnen.« Sie gab ihm ein Zeichen, näher zu kommen. »*Streichele* sie.«

Er atmete scharf ein.

Sie gab sich solche Mühe, nicht zu lächeln, als sie sich noch näher an ihn lehnte und flüsterte: »Und dann setz ihre Hintern ins Katzenklo.«

Sie schüttelte das Wasser von ihren Händen und verkniff es sich, ihren Pferdeschwanz über die Schulter zu werfen, aber sie warf ihm einen Blick zu, als sie aus dem Zimmer ging. Sollte er ruhig sehen, wie es sich anfühlte, etwas zu begehren. Davon verstand sie eine Menge.

Es dauerte ein paar Sekunden, bis Jared seinen Atem wieder unter Kontrolle hatte. Ihn so aufzuziehen …

Er hatte gedacht, sie wäre über ihre Schwärmerei hinweg, aber dann hatte er sie dabei ertappt, wie sie auf seine Lippen starrte, und, nun ja, er hatte auf ihre gestarrt.

Und sich daran erinnert, wie sie geschmeckt hatten.

Er hätte sie nicht küssen dürfen. Er hätte seine verdammte Neugier für sich behalten und die Kindheitserinnerungen an sie als Schutzschild benutzen sollen.

»Äh, Jared?«, rief Mac von oben. »Die Kätzchen brauchen dich.«

Er atmete aus. Die Kätzchen miauten.

»Ich höre sie.« Er drückte sich von der Arbeitsplatte weg, klemmte sich unter jeden Arm eine Krücke und humpelte ins Wohnzimmer.

Die Kätzchen hatten nicht auf das Katzenklo gewartet.

Mann, was war in dieser Ersatzmilch drin?

Er entschied sich dagegen, den Hutkarton hochzuheben, aus Angst, dass der inzwischen nasse Boden herausfallen würde. Stattdessen nahm er jedes Kätzchen einzeln hoch, raffte den Saum seines Shirts zusammen, nahm diesen in den Mund und benutzte ihn als Korb. Leider bescherte ihm das eine viel zu nahe Begegnung mit den schmutzigen Pfoten der Kätzchen, als er mit einem Shirt, das nun reif für die Tonne war, zurück in die Küche humpelte.

Zurück am Spülbecken – ein großes Modell im Landhausstil mit Wänden, die für diese kleinen Kerle so hoch wie Wolkenkratzer waren – setzte Jared jedes einzelne auf Papiertücher, die er über dem Porzellan ausgelegt hatte. Es war nicht gerade der hygienischste Ort, um sie abzusetzen, aber die Hygiene war ohnehin so gut wie zum Fenster hinausgeflogen, seit Mac sie gefunden hatte.

Er musste diese kleinen Dinger waschen. Er hoffte inständig, dass man Kätzchen baden konnte.

Dann verpasste das graue Kätzchen seinem weißen Bruder einen Schlag auf den Kopf und hinterließ einen sehr deutlichen – und stinkenden – Pfotenabdruck auf seinem makellosen Fell. Sie mussten also gebadet werden, ob es ihnen gefiel oder nicht.

Er zog sich sein eigenes ruiniertes Shirt über den Kopf und legte damit das Waschbecken aus.

Die kleinen Entdecker inspizierten die Wände ihres vorübergehenden Zuhauses und hinterließen überall winzige, unschöne Pfotenabdrücke. Sie waren noch nicht sehr sicher auf den Beinen; die Tierärztin hatte gesagt, das käme mit dem Alter, und sie hatte ihr Alter auf etwa drei bis vier Wochen geschätzt. Sie waren gut genährt gewesen, also musste das Unglück der Mutter spätestens gestern Abend passiert sein. Irgendwie war das für Jared ein Pluspunkt; wenigstens schwebten die Kätzchen nicht am Rande des Verhungerns, damit er sie wieder ins Leben zurückholte, aber die Kehrseite war, dass er sie trotzdem am Leben erhalten musste.

Das schwarze Kätzchen hingegen schwebte am Rande des Spülbeckens.

Jared pflückte es – sie, eigentlich – vom Rand weg und setzte es zurück in die Mitte des Beckens, dann drehte er das Wasser auf, um mit dem Baden zu beginnen –

Heilige Scheiße! Vier Kätzchen bewegten sich schneller, als er es je für möglich gehalten hätte, jedes einzelne versuchte verzweifelt, aus dem Waschbecken zu kommen. Die schwarze Katze schaffte es diesmal tatsächlich und war gerade dabei, über den Rand direkt auf den Boden zu springen.

Jared schnappte sie sich, sammelte dann die anderen ein und drückte sie an seine Brust, während sie sich unter seinem Kinn hochkrallten und den ganzen Weg über kleine blutige Kratzer hinterließen.

»Das steht dir gut.«

Natürlich musste Mac in der Tür stehen und ihn in seinem schlimmsten Moment beobachten. Da hatte er ja mal wieder voll ins Schwarze getroffen – hoppla. Keine gute Redewendung in diesem Zusammenhang.

»Was hast du gemacht? Hast du versucht, sie zu baden?«

»In Anbetracht der Tatsache, dass ich genauso nass bin wie sie, versteht sich das wohl von selbst.« Er jonglierte sie in seinen Armen, um zu verhindern, dass die Glückskatze ihren Weg über seine Schulter fortsetzte.

»Weißt du nicht, dass Katzen kein Wasser mögen?«

»Nein, weiß ich nicht. Ich hatte vorher noch nie Haustiere.«

Das weiße Kätzchen schaffte es auf seine andere Schulter, und das graue hatte sich ausgerechnet *jetzt* dazu entschieden, mit der Tapferkeit seiner Geschwister mitzuhalten und versuchte, zurück *in* das Waschbecken zu springen. Verdammt, ihre Krallen mochten winzig sein, aber die Mistviecher konnten einen blutig kratzen.

Seine Krücken knallten scheppernd auf den Boden, während er versuchte, alle Kätzchen an einem Fleck zu halten.

Das funktionierte nicht, und natürlich verlor er das Gleichgewicht.

Hätte Mac ihn nicht aufgefangen, hätte er sich bei der Landung zusätzlich zu seinen anderen Verletzungen auch noch das Steißbein gebrochen.

So aber rutschte er an Macs Körper hinunter – etwas, worüber er *nicht* nachdenken würde – und seine Verletzungen bekamen eine kurze Atempause, bevor er auf dem Boden aufschlug.

Wer hätte gedacht, dass ein Meter sechzig so ein langer Weg nach unten sein konnte?

»Würdest du bitte von mir runtergehen?«, klang Mac außer Atem.

Hmm, es gefiel ihm, sie unter sich zu haben. Eigentlich unter anderen Umständen, aber jetzt, nur für eine Sekunde, erlaubte er es sich, Mac an seinem Körper zu spüren.

Liams kleine Schwester war *definitiv* erwachsen geworden.

Okay, Zeit, von ihr runterzugehen. Um unser beider Willen.

Er atmete tief ein, setzte die Kätzchen auf den Boden und schaffte es, von ihr herunterzurollen, ohne auf einem von ihnen zu landen.

Er tat noch einen tiefen Atemzug, um den Schmerz in den Rippen zu lindern. »Tut mir leid. Und danke fürs Auffangen.«

Mac stand auf und klopfte sich den Staub von den Oberschenkeln. Oberschenkel, die jetzt für ihn auf Augenhöhe waren. »Gern geschehen.« Sie streckte eine Hand aus. »Brauchst du Hilfe beim Aufstehen?«

Nein. Brauchte er nicht. Keineswegs.

Jesus.

Jared setzte sich eine Katze auf den Schoß, um die Beweise zu verbergen. Es ging doch nichts über Katzenkrallen, um den Kleinen zum Winterschlaf zu bewegen. Und genau da musste er in Macs Nähe auch bleiben, um Himmels willen.

»Nicht dass ich das Angebot nicht zu schätzen wüsste, aber es ist wohl besser, wenn ich alleine aufstehe.«

Er schob das Kätzchen auf den Boden, während er sich auf die Seite drehte – die Krallen des kleinen Dings erledigten fast den Rest der Arbeit, seinen Schwanz wieder in die Versenkung zu schicken –, und mühte sich ab, sich auf einen Stuhl zu hieven.

Mac hob die Kätzchen vom Boden auf und erwischte die Glückskatze, bevor sie durch den Spalt unter der Küchenzeile kroch. »Also, ich schätze, du brauchst Hilfe beim Badeprozess.«

Er brauchte eine Sekunde, um zu begreifen, dass sie sich auf den Badeprozess der *Kätzchen* bezog, aber diese eine Sekunde reichte aus, um das volle Bild von Mac unter der Dusche heraufzubeschwören. Gemeinsam mit ihm. Und Seife. Und Wasser. Und Dampf – in Form von Wasser und anderer Art.

Verdammt. »Äh, ja. Bin mir nicht sicher, wie ich vier Kätzchen mit zwei Händen bändigen soll.« Wenigstens würde es seine Hände beschäftigen, damit sie nicht in Versuchung gerieten, zu ihr abzuschweifen.

Außer ... dass sie es bereits *waren*.

Jesus. Er war in Camilles Nähe nie so übermäßig sensibilisiert gewesen. Warum ausgerechnet bei Mac?

»Okay, also bring du das Wasser auf Zimmertemperatur, während ich sie hier bei Laune halte. Am besten nur wenig Wasser ins Becken lassen und sie erst mal dran gewöhnen.« Sie hielt die Kätzchen, als wären sie ein Haufen Kuscheltiere – sie saßen alle brav in ihren Armen, als hätten sie ihn gerade nicht von den Sinnen gebracht. Diese kleinen Heiden.

Sie zuckten zwar zusammen, als er das Wasser aufdrehte, aber er drehte den Strahl schnell so weit zurück, dass es nur noch tröpfelte. »Das wird eine Weile dauern, bis es voll ist.«

Mac zuckte mit den Schultern. »Dann warten wir eben. Ich bin sowieso schon drei Stunden im Verzug; was macht da noch eine weitere aus?«

»Hast du ein heißes Date, zu dem du musst?«

Sie zog eine Augenbraue hoch. »Es ist Dienstag. Mitten am Tag. Wie viele heiße Dates hattest du denn um diese Zeit? Warte.« Sie hob die Hand. »Ich will es gar nicht wissen. Du und Bryan, ihr habt kein normales Leben wie der Rest von uns, und ich habe seine Geschichten schon zu oft gehört, um sie auch noch von dir hören zu wollen. Sagen wir einfach: *Wenn* ich ein heißes Date habe, dann meistens an einem Samstagabend, wenn ich mich von der Woche erholt habe.«

»Hast du denn diesen Samstag ein heißes Date?«

»Was geht dich das an?«

Ja, warum interessierte ihn das? »Gar nichts. Ich meinte ja nur, so zum Smalltalk.«

»Was hattest du heute zum Frühstück? wäre auch Smalltalk, aber das hast du nicht zum Thema gewählt.«

»Mann, Mac, lass doch mal gut sein, ja? Wirst du es nie müde, die ganze Zeit diese Rüstung mit dir herumzuschleppen?« Er pflückte ein Kätzchen aus ihren Armen – das in ihrer Armbeuge, weil er nicht nach den beiden in der Mitte greifen wollte, die direkt vor ihren Brüsten saßen.

»Ich weiß nicht, wovon du redest, Jared.« Sie reichte ihm das graue Kätzchen, als das weiße zu miauen begann. »Hier. Die lassen sich nicht gern trennen.«

Er jonglierte das kleine Ding, das praktisch aus seiner Hand hüpfte, um zu seinem Bruder zu gelangen. *Ihrem* Bruder. Schwester. Was auch immer. Irgendwann sollte er sich wohl Namen für die Dinger überlegen, damit er wüsste, welches welches Geschlecht hatte. Es war ein Weibchen im Wurf – und das war ihm ganz recht. Eine Frau war alles, was er zurzeit bewältigen konnte. Und da Mac bei seiner Frage so borstig reagiert hatte, war eine mehr als genug.

»Deine Rüstung. Oder bevorzugst du die beleidigte Leberwurst? Wirst du es nicht leid, das ständig mit dir rumzutragen? Warum lässt du es nicht einfach gut sein? Wenigstens für eine kurze Weile?«

Sie hätte fast das letzte Kätzchen fallen lassen. Zum Glück siegte ihr Katzen-Beschützerinstinkt, und sie konnte das kleine Ding auffangen, bevor es auf den Boden klatschte. »Beleidigte Leberwurst? Ich bin ganz sicher nicht beleidigt.«

»Oh, richtig. Es ist völlig normal für jeden, einen alten Familienfreund ständig anzufauchen.«

»Ein alter Familienfreund, ja?« Sie setzte das letzte Kätzchen ins Waschbecken. Ihr Miauen hörte in dem Moment auf, in dem sie alle zusammen waren. »Witzig, dass du dich so nennst, Jared, wo du doch gar nicht mit der *ganzen* Familie befreundet warst.«

Er lehnte sich mit der Hüfte ans Waschbecken und stützte sich mit einer Hand am Rand ab. »Mac, wir waren Kinder. Irgendwann muss man mal drüber weg sein.«

»Drüber weg sein« – sie warf ihm das Geschirrtuch, das sie gerade aus der Schublade geholt hatte, ins Gesicht. »Bilde dir bloß nichts ein, Jared. Ich bin über diese dämliche Schwärmerei, die ich für dich hatte, längst hinweg. Schon vor langer Zeit.«

Was sie bewies, indem sie aus dem Zimmer stürmte und ihn mit einem Haufen nun schreiender Kätzchen zurückließ.

Nun schreiender, *nasser* Kätzchen.

Die versuchten, sich über seinen Unterarm aus dem Waschbecken zu krallen.

Er atmete tief durch und lenkte seinen Ärger um. Es war nicht die Schuld der Kätzchen, dass sie sie seiner Gnade ausgeliefert hatte. Und es war nicht ihre Schuld, dass er nicht wusste, was er mit ihnen anstellen sollte. Es war die Schuld von demjenigen, der das Auto gefahren hatte, das ihre Mutter getötet hatte.

Und wie bei Camille und Burke änderte die Schuldzuweisung nichts am Gefühl und nichts an der Situation. Also biss er die Zähne zusammen und schob die Diskussion mit Mac auf später auf, wenn die Kätzchen gewaschen waren.

Und getrocknet.

Und gefüttert.

Und auf dem Katzenklo gewesen waren.

Gott, er hoffte, sie würden die Nacht durchschlafen.

Denn angesichts der Wut von Mac, die immer noch in der Luft lag – und dem Anblick ihrer Kehrseite in dieser figurbetonten Hose, als sie hinausgegangen war –, war er sich nicht sicher, ob er das tun würde.

# Kapitel Acht

Mac fuhr sicherheitshalber noch einmal mit dem Staubmop über die Zierleisten und nieste dabei ein halbes Dutzend Mal. Jetzt wusste sie, warum Mildred das seit Jahren nicht mehr gemacht hatte; der Staub hielt sich an den filigranen Ornamenten fest wie Puderzucker auf einer Kuchentorte. Das war bereits der fünfte Staubwedel, den sie verbraucht hatte, seit sie die Küche verlassen hatte.

Und Jared.

Verdammt soll er sein. *Irgendwann muss man eben weitermachen.* Wirklich? War er *tatsächlich* so eingebildet zu glauben, dass sie ihm all die Jahre hinterhergetrauert hatte? Idiot. Wenn es *so* gewesen wäre, hätte sie diesen blöden Kuss dann nicht voll ausgekostet und ihn um mehr angefleht?

Aber sie hatte ihn *beendet*. Sie war weggegangen.

*Ähm ... du bist nicht wirklich weggegangen, Schätzchen. Du bist immer noch hier.*

Oh nein. Sie würde diesen Streit nicht mit sich selbst führen. Sie war hier, weil sie einen Job zu erledigen hatte. Sonst nichts. Und wenn er sie geküsst hatte? Er war immer noch derselbe arrogante Jared von früher, der glaubte, er müsse nur mit dem kleinen Finger schnippen und sie würde nach seiner Pfeife tanzen.

*Ja, aber du* hast *ihn zum Tierarzt gefahren und seinen Chauffeur gespielt.*

Das lag daran, dass er nicht selbst fahren konnte. Ernsthaft, wenn sie nach jeder Begegnung mit Jared diesen inneren Dialog führen musste, würde sie nach Abschluss dieses Auftrags reif für die Klapsmühle sein.

»Ach, verdammt! Nein! Komm her!«, brüllte Jareds Stimme die Treppe hinauf, gefolgt von einem Krachen und einem dumpfen Aufprall, der so klang, als hätte er einen Kopfsprung auf den Boden gemacht.

Großartig. Das war genau das, was sie jetzt brauchte; die nächsten zehn Stunden in der Notaufnahme zu verbringen und es ihren beiden Großmüttern zu erklären.

Mac warf den staubigen Wedel in den großen grünen Müllsack auf dem Boden, hastete in Rekordzeit die Leiter hinunter und die Treppe im Flur hinab, wo sie drei der vier Kätzchen vorfand, die sich zwischen Jareds ausgestreckten Beinen zusammenkauerten, während das vierte –

Oh nein. Das vierte saß oben an der Kellertreppe, blickte über die Schulter zurück zu seinen Geschwistern und schwankte gefährlich über einem Abgrund.

Diese Stufen waren offen, ohne Setzstufen dazwischen. Ein falscher Sprung und das kleine Weiße da wäre erledigt.

Sie machte einen Schritt darauf zu, und der kleine Kerl sah mit seinen großen, tiefgründigen blauen Augen zu ihr auf und stieß ein hohes »Miau« aus.

Es schwankte noch ein bisschen mehr.

»Geh nicht direkt auf es zu, Mac. Du erschreckst es nur.«

»Es hat schon Angst. Bist du übrigens okay?« Sie warf einen Blick zurück und – äh, ja, er war okay. Mehr als okay sogar, da er immer noch kein Hemd trug. Was nicht gerade hilfreich für ihr Argument war, dass sie nicht mehr auf ihn stand.

»Ja. Mir geht's gut. Die Rippen tun weh, aber das taten sie vorher auch schon. Alles halb so wild, aber wir müssen dieses Kätzchen retten.«

»Kein Witz.« Mac sah sich nach etwas um, mit dem sie das kleine Ding einfangen konnte, bevor es merkte, was sie vorhatte, aber natürlich hingen bei Mildred keine Kescher am Topflappenhalter. Sie überlegte, ein Geschirrtuch darüber zu werfen, aber das könnte es erst recht über den Rand treiben. Genau wie ein plötzlicher Sprung in seine Richtung.

Sie schnappte sich das dreifarbige Kätzchen und setzte es in Griffweite ab.

Sie wollte nicht zwei von ihnen die Kellertreppe hinunterjagen müssen, aber sie hoffte, dass das Weiße auf sein Geschwisterchen zukommen würde.

»Miau.« Die Glückskatze spielte ihre Rolle perfekt.

»Miau.« Gott sei Dank war das Weiße im selben Team. Es machte den ersten Schritt auf sie zu.

»Gott sei Dank.« Jared legte die Stirn auf den Boden und seufzte.

»Ich bevorzuge *Göttin*, wenn du schon mit Gottheiten anfängst.« Mac machte einen Schritt auf das dreifarbige Kätzchen zu.

»Göttin schlägt Prinzessin?«

»Haushoch.« Sie ließ sich nicht provozieren, sondern behielt lieber das weiße Kätzchen im Auge, bereit zuzupacken, falls es sich anders überlegen sollte.

Nach ein paar weiteren »Miaus« war Whitey nah genug, um es zu packen.

»Schnapp dir Larry!« Jared vollführte eine seltsame Rutschpartie über das Hartholz und erwischte den Schwanz der Glückskatze – Larry? – zwischen seinen Fingern, bevor sie entwischen konnte.

»Mmmwwwrrrrooooowww!«

»Halt die Klappe, Kleiner.« Jared zog das Kätzchen rückwärts zu sich herüber.

Mac zuckte zusammen, als sie sich auf den Boden plumpsen ließ und Jared das Kätzchen abnahm. Sie verstand den Standpunkt des kleinen Kerls, aber ein eingeklemmter Schwanz war besser als ein zertrümmerter Schädel. »Larry?«

»Die drei Stooges.«

»Es sind aber vier Kätzchen.«

Jared stützte sich auf die Ellbogen. »Und es gab noch Shemp und Joe, also fehlt uns eigentlich noch ein Kätzchen.«

Sie schnaubte und steckte die beiden miauenden Kätzchen unter ihr Kinn. »Du willst noch *eins*?« Sie zog das Gummiband aus ihrem Pferdeschwanz und ließ ihr Haar wie einen Vorhang um sie herabfallen, damit die Kätzchen einen Ort hatten, an dem sie sich zusammenrollen und sicher fühlen konnten.

Das Miauen verstummte und das Treteln gegen ihren Hals hörte auf. Gott sei Dank. Die Krallen mochten zwar nicht groß sein, aber sie waren da und sie waren scharf.

»Wow.«

»Was?«, fragte sie und sah zu Jared.

»Deine Haare.«

Sie pustete sich eine Strähne aus dem Gesicht. »Ja, und? Mir ist klar, dass ich damit nie einen Job in einer Shampoo-Werbung kriege, aber ich mache mir gerade mehr Sorgen darum, die Kätzchen zu beruhigen, als darum, wie meine Haare aussehen.«

»Das ist es ja gerade, Mac.« Jared schwang seine Beine herum, setzte sich auf und bettete die beiden artigen Kätzchen in seinen Schoß. »Ich habe dein Haar noch nie offen gesehen.«

Für eine Sekunde – nur eine einzige – glaubte sie, er wäre beeindruckt. Vielleicht flirtete er sogar mit ihr. Aber dann verging dieser Moment. Das war Jared. Ein Leopard änderte seine Flecken nicht. Nicht einmal, wenn Kätzchen im Spiel waren. Und es war ja nicht so, als hätte er jemals lange genug hingesehen, um es überhaupt zu bemerken.

Sie stand auf und hielt die Hände nach den Kätzchen aus, die er hielt, wobei sie verzweifelt versuchte, diese muskulöse Brust mit dem leichten Haarflaum zu ignorieren, die sich auf ihrer Wange so gut anfühlen würde. Oder an anderen Stellen. »Auf die Gefahr hin, mich zu wiederholen: Brauchst du Hilfe beim Aufstehen?«

»Nein, passt schon.«

Sie wünschte wirklich, er würde aufhören, das zu sagen.

Sie pflückte die anderen Kätzchen von seinen Oberschenkeln und versuchte, sich auf etwas anderes zu konzentrieren als auf den Ort, an dem sie sich gerade befunden hatten. »Also, wo ist dieses Box-Dingens?«

»Was für ein Ding?«

»Das Box-Ding. Der Laufstall. Das Teil, das ich gekauft habe, damit sie nicht überall herumrennen?«

»Ich habe keine Box gesehen.«

»Was hast du dann mit ihnen gemacht? Ich sehe, dass der Deckel der Hutschachtel fehlt.«

Er kämpfte sich auf die Knie, und sie musste sich daran erinnern, dass er keine Hilfe von ihr wollte.

»Hast du mal *in* die Hutschachtel geguckt, Mac? Sie ist ein einziges Chaos. Da wollte ich sie nicht reinsetzen.«

»Wo hast du sie dann untergebracht?«

Er warf einen Blick auf einen Haufen Kissen auf dem Boden. »Ich, äh –«

»Du hast versucht, sie mit Kissen einzupferchen? Jared, die können klettern.«

»Das habe ich inzwischen auch begriffen.« Er riss seine Krücken vom Boden hoch und benutzte sie, um auf die Beine zu kommen. »Ich wollte sie nur kurz irgendwo absetzen, damit ich mich hinsetzen und sie dann auf den Schoß nehmen kann.«

»Und du dachtest, sie würden was tun? Einfach abhängen und mit dir das Spiel schauen? Das sind keine Hunde.«

»Hör zu, Mac, ich bin klitschnass, meine Rippen und mein Bein tun höllisch weh und ich lerne das hier gerade alles erst. Wenn du also irgendeine unendliche Weisheit hast, die du mitteilen möchtest, könntest du das dann bitte schnell tun, damit ich mich wieder hinsetzen kann? Ich bin immer noch in der Genesungsphase, weißt du.«

Als ob sie das nicht sehen könnte, klapperte er mit den Krücken. Es lag ihr auf der Zunge, eine sarkastische Bemerkung zu machen, aber dann sah sie die Blässe unter seiner Bräune. Die verbissenen Linien um seine Mundwinkel. Den müden Blick in seinen grünen Augen. Das Hängen seiner Schultern. Der Kerl hatte Schmerzen. Und sie war menschlich genug, ihm nicht noch mehr bereiten zu wollen.

»Das da.« Sie zeigte auf den Karton, den sie vorhin gekauft hatte, und nahm die vier Kätzchen in die Armbeuge, wobei sie sie eng an ihren Hals kuschelte. »Daraus lässt sich ein Laufstall auffalten, damit sie nicht überall herumlaufen und Unfug anstellen können.«

»Woher soll ich das wissen?«

Sie bugsierte den Karton von der Wand, gegen die sie ihn gelehnt hatte, zu dem Ohrensessel neben dem Sofa und erinnerte sich dabei selbst daran, dass er Schmerzen hatte. Dass sie Mitgefühl mit einem Mitmenschen haben sollte.

Der sie geküsst hatte ...

»Es steht direkt hier auf der Vorderseite. Siehst du diesen Aufkleber? Eine vollständige Anleitung *und* ein Bild. Einfacher geht's nicht.«

»Außer man müsste es erst einmal *sehen*, um zu wissen, wofür es gut ist.« Er humpelte zum Sofa und setzte sich.

Sie musste sich anstrengen, nicht die Beherrschung zu verlieren. Sie sagte sich, dass er auf seine Umstände wütend war, nicht auf sie.

Richtig?

Die alten Selbstzweifel kehrten für einen Moment zurück, aber dieser Moment reichte aus. Jared war schon immer in der Lage gewesen, sie auf ein stammelndes Wrack ihres früheren Selbst zu reduzieren – ihres früher so *selbstbewussten* Selbst. Nur in seiner Nähe war sie sich jemals unsicher gewesen.

Nun, damit war jetzt Schluss. Sie war eine erwachsene Frau, die ein erfolgreiches Unternehmen leitete, das sie selbst aufgebaut hatte. Ob Jared sie mochte oder nicht, definierte sie nicht länger.

»Hey, es ist nicht mein Job zu wissen, was du siehst und was nicht. Hast du dafür nicht eine persönliche Assistentin?«

»Nein.« Er spie ihr das Wort so entgegen, dass sie das Gefühl hatte, Sportler bräuchten keine persönlichen Assistenten mehr, wenn sie erst einmal auf der Verletztenliste standen.

Tja, nun, man musste es ihr kein zweites Mal sagen, wenn sie sich von einem heiklen Thema fernhalten sollte, was Jared betraf. Also setzte sie die Kätzchen auf den Sessel und hievte den Karton vor sie, um sie einzusperren, bevor sie ein Ende öffnete, um den Laufstall herausgleiten zu lassen. Ein paar Schrauben fielen klimpernd auf den Boden unter das Sofa.

Diesmal war es das schwarze Kätzchen, das beschloss, auf Entdeckungstour zu gehen, und ihnen vom Sessel hinterherpurzelte.

»Hey, Kätzchen! Komm zurück!«

»Ich mach das schon, Mac.« Jared stützte sich auf dem Sitzkissen ab und ließ sich auf sein gesundes Knie nieder, um das Kätzchen aufzusammeln. Er setzte es aufs Sofa und griff dann unter das Sofa nach den Schrauben. »Du kannst wieder an deine Arbeit gehen.«

»Sei nicht albern. Wir können das zusammen aufbauen, und dann mache ich weiter. Du bräuchtest doppelt so lange –«

»Ich habe gesagt, ich mach das. Geh und tu, was du tun musst.«

»Willst du mir etwa Vorschriften machen?«

Er sah zu ihr auf, eine Augenbraue in dieser draufgängerischen Art hochgezogen, von der sie als Teenager geträumt hatte. »Hat dir jemals *irgendjemand* Vorschriften machen können?«

Es kostete sie viel Kraft, aber sie feuerte keine gehässige Antwort zurück, da er Schmerzen hatte, aber das war auch der einzige Grund, warum er damit durchkam.

Sie bändigte ihren Zorn und kanalisierte ihn darauf, den Laufstall vom Tisch zu reißen und ihn in die sechseckige Form zu bringen, die auf dem Aufkleber abgebildet war. »Also, wo soll ich das Ding hinstellen?«

Er war nur einen Herzschlag zu lange still.

»Antworte nicht.« Sie hievte das Teil über ihren Kopf – in der aktuellen Form war es ziemlich sperrig – und setzte es mitten im Raum ab. Dann hielt sie ihre Hand nach den Schrauben auf und schob das Prickeln, das sie spürte, als seine Fingerspitzen ihre Haut berührten, auf den Zorn, den sie mühsam unter Kontrolle hielt.

*Ja, erzähl dir nur weiter, dass das der Grund ist, warum sich dein Arm anfühlt, als hätte er einen Schlag bekommen. Sieh es ein, Mary-Alice Catherine, Jared lässt dich immer noch nicht kalt.*

Sie zog ihre Hand zurück und verlor dabei fast die Schrauben.

»Ich hol einen Schraubenzieher«, Jared rappelte sich auf und schien völlig unbeeindruckt davon, was mit ihren Nervenenden gerade passierte.

Wie war das möglich? Wie konnte er ihre Reaktion nicht bemerken? Wie konnte er es nicht auch spüren?

Sie schloss ihre Finger fest um die Schrauben. Er hatte es noch nie gespürt, also war sie besser dran, ihn zu vergessen. Sie hatte über die Jahre genug Zeit an Jared Nolan verschwendet.

Gott sei Dank entschied sich in diesem Moment jemand, an die Tür zu klopfen.

Es war eine Frau. Eine sehr schlanke, sehr durchtrainierte Frau. Im kurzen Rock. Mit hohen Absätzen. Und einem figurbetonten T-Shirt mit weitem Ausschnitt. Sie hielt einen Korb mit irgendwas in der Hand.

Komm schon, Schätzchen, sei nicht so offensichtlich.

Jetzt betätigte sie die Türklingel.

»Mac, kannst du bitte nachsehen, wer das ist?«, rief Jared aus der Waschküche hinter der Küche.

Oh, sie würde schon nachsehen, wer das war. »Kein Problem.«

Sie fuhr sich mit der Hand durchs Haar – aber warum eigentlich? Die Frau auf der anderen Seite der Tür hatte perfekt fallende Wellen auf ihrer Einsachtzig-Traumfigur, es war also nicht so, als könnte Mac auch nur hoffen, da mitzuhalten.

Sie öffnete die Tür. »Hallo. Kann ich dir helfen?«

Die Frau war wunderschön. Vielleicht ein bisschen zu viel Make-up, und das Shirt war eine Spur zu eng. Es gab einen schmalen Grat zwischen sexy und billig, und diese Tante tänzelte genau darauf herum.

»Ist Jared da?«, fragte sie mit einem Schönheitsköniginnen-Lächeln.

Mac verkneifte sich das Augenrollen. Gerade so. »Er ist, ähm, im Moment beschäftigt. Soll ich ihm ausrichten, wer da war?«

»Oh, aber ich wollte ihm das hier persönlich geben.« Miss Schönheitskönigin hielt einen Korb mit Muffins hoch. Schokomuffins direkt aus ihrer Lieblingsbäckerei, wenn Mac sich nicht irrte. Sie erkannte die Cups & Cakes-Aluförmchen wieder.

»Tut mir leid. Wie gesagt, er ist gerade beschäftigt.« Mac nahm den Korb entgegen und überrumpelte die Frau so, dass sie ihn einfach losließ. Als würde man einem Baby den Lutscher klauen. »Aber ich werde sie sicher mit ihm teilen. Hast du deinen Namen« – und deine Nummer? – »im Korb gelassen?«

»Nun ja, das habe ich, wenn er also anrufen könnte –«

»Ich werde es ihm auf jeden Fall ausrichten. Vielen Dank für deinen Besuch. Ich bringe das eben nach hinten und er wird sich sicher melden.«

Dass er das wahrscheinlich tun würde, bezweifelte Mac nicht. Wenn sie Jared wäre, würde sie es auch tun. Die Frau war heiß, und wenn sie schon nicht backen konnte, wusste sie zumindest, in welcher Bäckerei man einkauft.

»Oh. Nun, äh, okay. Danke.«

»Gerne. Kein Problem. Einen schönen Tag noch.« Töte sie mit Freundlichkeit, während du ihr ihre Kekse abnimmst. Muffins. Was auch immer.

»Wer war das?« Jared kam ihr in der Küche entgegen, als er auf seinen Krücken mit einem Schraubenzieher zwischen den Zähnen aus dem Hinterzimmer kam.

Mac nahm ihm das Werkzeug ab und achtete sorgfältig darauf, seine Lippen nicht zu berühren. »Such dir vielleicht einen anderen Weg zum Transportieren, Jared. Wir wollen nicht die Nacht in der Notaufnahme verbringen.«

»Es war der einfachste Weg, der mir einfiel. Also, wer war an der Tür und was hast du da im Korb?«

Mac legte den Schraubenzieher ab und kramte im Korb nach der Karte der Frau – komplett mit einer praktischen Handynummer. Hatte die kleine Miss Schönheitskönigin nicht wirklich an alles gedacht?

»Der Name ist Juliette Lerner. Etwa eins achtzig, langes braunes Haar. Hübsch.« Mac war die Meisterin der Untertreibung. »Über ihre Backkünste bin ich mir allerdings nicht sicher, da sie die hier gekauft hat. Man sollte meinen, jemand, der versucht, bei einem Mann zu landen, würde auf Selbstge-backenes setzen.«

Jared zog nur eine Augenbraue hoch und bediente sich an einem Muffin. »Hey, die Frau hat Geschmack. Sie ist gekommen, um mich zu sehen, *und* sie weiß, wo man die besten Muffins kauft.«

Diesmal ließ Mac das Augenrollen zu. »Dann lass es dir schmecken, Casanova. Aber heb dir noch ein bisschen Platz auf. Ich habe das Gefühl, das werden nicht die letzten Zuckerbomben gewesen sein, die dir vorbeigebracht werden.«

»Eifersüchtig?«

Auf die Frauen, die tatsächlich eine Chance bei ihm haben könnten? Ja. Würde sie das zugeben? Nein.

»Nein. Ich brauche keine Süßigkeiten. Ich bin schon süß genug.«

Sie brachte ihn tatsächlich zum Lachen.

»Touché, Mac.« Er hob den Muffin, um ihr zuzuzuprosten, und zum ersten Mal sah Jared sie mit etwas anderem an als mit Spott, Sarkasmus oder Wut.

Und das jagte ihr Argument, sie sei über ihn hinweg, geradewegs zur Hölle.

## Kapitel Neun

Die Kätzchen weckten ihn auf.

Schon wieder.

Eines saß auf seinem Fuß und miaute.

Ein anderes saß auf seinem Arm und miaute ebenfalls.

Das schwarze hatte eine Pfote über sein linkes Auge gelegt, obwohl es keinen Mucks von sich gab, aber das graue …

Verdammt sollte es sein; es hatte sich in seinem Schritt zusammengerollt. Dort schlief es schon seit zwei Uhr morgens. Jared war sich bei der Uhrzeit sehr sicher; es kam nicht oft vor, dass er mit Krallen an den Eiern aufwachte. So etwas vergaß man eher nicht, *genau wie* das Geräusch, das vier hungrige Kätzchen mitten in der Nacht machten.

Gott sei Dank hatte Mac die Flaschenwärmer mit nach oben gebracht. Er hatte die Fläschchen gestern Abend mit Wasser gefüllt und das Milchpulver vorportioniert, sodass er sie nur noch mischen musste, um die Kätzchen zu füttern. Sie hatte das Katzenklo mit den höheren Seitenwänden auf den Stuhl neben das Bett gestellt, sodass das nicht die Herausforderung war, die er befürchtet hatte. Das Problem war eher, sie nicht zu zerquetschen, wenn sie zum fünften Mal aus dem Wäschekorb neben ihm aufs Bett kletterten, was ihm wirklich Sorgen bereitet hatte. Doch als sie sich jedes Mal, wenn er sie zurücksetzte, wieder auf seinen verschiedenen Körperteilen niederließen, hatte er schließlich aufgegeben und sie dort gelassen.

Aber jetzt waren Wasser und Milchpulver aufgebraucht, also musste er aufstehen, um sie zu füttern.

Mit dem »Eier-Wärmer«, der zufrieden in seinem Schritt schnurrte, war Jared sich nicht sicher, wie er das anstellen sollte.

Die anderen beiden steigerten ihr Geschrei so lange, bis Shemp aufwachte. So hatte Jared den kleinen Kerl in seinem Schritt mitten in der Nacht getauft, was das schwarze Kätzchen zu Moe machte. Nicht gerade der femininste Name für das einzige Weibchen im Bunde, aber er war zu müde gewesen, um kreativer zu sein. Und außerdem war sie eine Katze; sie würde es nie erfahren.

Sein Bein schmerzte, als es den Boden berührte. Ach ja, richtig. Die Beinschiene. Er hatte angefangen, ohne sie zu schlafen. Es war einfach deprimierend, vierundzwanzig Stunden am Tag ein verdammter Invalide zu sein. Sechzehn waren schon schlimm genug.

Er griff nach dem Ungetüm und schnallte sich hinein. Er würde später duschen, aber diese Jungs – und das Mädchen – brauchten Futter dringender, als er eine Dusche brauchte.

Er setzte sie in den Wäschekorb, balancierte ein Kissen darauf, schnappte sich seine Krücken und schob das ganze Konstrukt in Richtung Treppe, während das Gejammer lauter wurde.

Es gab nur einen Weg, sie alle schnell nach unten zu bringen.

Jared warf seine Würde über Bord, setzte sich auf die oberste Stufe, zog den Korb auf seinen Schoß und rutschte die Treppe auf dem Hintern hinunter, wobei er seine Krücken neben sich gleiten ließ.

Natürlich war es nur logisch, dass Mac genau dann auftauchte, als er auf halbem Weg war.

»Das ist, hm, kreativ.«

Ihr perfekt bogenförmiger Mund zuckte an den Mundwinkeln, während sie mühsam ein Lächeln unterdrückte.

»Die Not macht erfinderisch und so.« Er rutschte eine weitere Stufe hinunter und versuchte, sich mit gespielter Coolness aus dieser Peinlichkeit zu retten. Karma zahlte es ihm wirklich heim, so wie er sie behandelt hatte.

»Brauchst du Hilfe?«

»Nein.« Ja.

Es klingelte an der Tür.

Natürlich tat es das. Er trug nur seine Boxershorts – danke an den Eier-Wärmer –, denn in dem Moment, als die Krallen gestern Abend seine Weichteile getroffen hatten, hatte er sie angezogen. Nicht, dass sie Katzenkrallen besonders gut abhielten, aber sie gaben ihm ein Mindestmaß an Schutz. Und jetzt ein Mindestmaß an Selbstachtung, obwohl er die Tür auf keinen Fall so bekleidet öffnen würde.

»Soll ich aufmachen?« Mac verlor den Kampf gegen das Lächeln.

Es klingelte erneut.

Mist. »Ja. Klar. Warum nicht.«

»Bitte, gern geschehen.«

Sie wirbelte herum, mit einem viel zu schwungvollen Gang – was ihren Hintern wirklich gut zur Geltung brachte. Sie brauchte weitere Arbeitshosen. Diese figurbetonten Dinger würden ihr bei männlichen Kunden nur Ärger einbringen.

»Hallo«, sagte eine verführerische Stimme von der anderen Seite der Tür. »Ich bin Maeve Finnegan. Ich wohne weiter unten in der Straße.«

»Lass mich raten.« Mac lehnte sich mit der Hüfte gegen die Tür. Sie musste sich wirklich eine andere Uniform zulegen. »Du bist wegen der Kekse für Jared hier.«

War es Jareds Einbildung, oder bewegte Mac sich ein Stück nach links, um der Frau die Sicht zu versperren?

*Warum interessiert dich das überhaupt?*

Weil ... es nett war, wenn sie seine Privatsphäre und Würde schützte. Und wenn sie es nicht für ihn tat, sondern weil sie eifersüchtig war, nun ja, hey, umso besser. Oder?

Das ohrenbetäubende Schweigen seines Unterbewusstseins sprach Bände.

»Eigentlich nicht. Ich habe Kaffeekuchen mitgebracht.«

Jared liebte Kaffeekuchen. Ms. Finnegan war eine Frau nach seinem Geschmack. Nicht, dass er ihr sein Herz schenken würde.

»Jared ist gerade, hm, verhindert, also nehme ich ihn sehr gerne entgegen und richte ihm aus, dass Sie vorbeigekommen sind. Ich nehme an, Ihre Karte liegt im Korb?«

»Äh ... nun ... ja –«

»Gut. Hier, nehmen Sie eine von mir. Falls Sie jemals jemanden brauchen, der Ihre Wohnung schnell auf Vordermann bringt: Ich übernehme Aufträge jeder Größenordnung. Sie wissen schon, falls Sie besonderen Besuch erwarten oder so.«

Jared hätte Macs Geschichte fast auffliegen lassen, so sehr musste er lachen. Die Frau war eine Wucht; sie pries ihre Dienste jemandem an, der mit nur einer Absicht hergekommen war. Diese geschäftstüchtige Seite war ein Teil von Mac, den er nicht erwartet hatte.

Es gefiel ihm.

»Versuchst du, mein Liebesleben zu sabotieren, Mac?«, fragte er, sobald sie die Tür geschlossen hatte.

»Komm mal klar, Jared. Ich bin sicher, von ihrer Sorte gibt es noch zigtausend andere.« Sie spähte durch das Seitenfenster neben der Tür. »Zum Glück fallen die Horden noch nicht ein, also kannst du dir jetzt eine Hose anziehen.«

»Sag mir nicht, was ich tun soll.«

»Das hast du jetzt nicht wirklich gesagt. Wie alt bist du – sechs?«

Sie stemmte eine Hand in die Hüfte und legte den Kopf schief, der Inbegriff von Wut, aber stattdessen schaffte sie es irgendwie, seinen Speichelfluss anzuregen. Sechs war er definitiv nicht.

Was zur Hölle war nur los mit ihm? Das war ausgerechnet *Mac*.

Vielleicht lag es am Kaffeekuchen. Ja, das war es. Darauf freute er sich.

»Hast du vor, den Inhalt des Korbes zu teilen?«

Mac rollte mit den Augen und stellte den Korb auf die Stufen. *Knapp* außer Reichweite. »Du isst das besser nicht alles auf, sonst kommst du ganz schnell aus der Form.«

Er lehnte sich vor. Kaffeekuchen war den Rippenschmerz wert. »Ah, du achtest also auf meine Form, Prinzessin?«

»Träum weiter, Nolan.«

Es klingelte wieder an der Tür und bewahrte ihn davor, das zu tun, was sie gesagt hatte.

»Oh mein Gott. Willst du mich *verarschen*?« Mac stapfte zur Tür. Sie wollte sie gerade aufreißen, hielt aber inne, warf ihm einen Blick zu und postierte sich dann in derselben Stellung wie bei Ms. Finnegan.

»Lass mich raten«, sagte sie zu wem auch immer auf der anderen Seite. »Brownies.«

»Chocolate-Chip-Cookies«, sagte eine sexy Stimme. Es wäre schön gewesen, wenn die Tür zur Treppe hin aufgehen würde, damit er sehen konnte, wer da war, aber angesichts dessen, was er alles nicht anhatte, war es wahrscheinlich besser so.

»Ich bin sicher, Jared wird sie zu schätzen wissen. Sie haben eine Karte beigelegt, ja?«

»Nun, ja, aber ich hatte gehofft, kurz mit ihm sprechen zu können.«

»Er empfängt im Moment niemanden. Er versucht sich von dem Unfall zu erholen und so weiter. Ich bin sicher, Sie haben Verständnis. Aber ich weiß, dass er diese hier genießen wird.« Mac hob den Korb zur Verdeutlichung an und gab auch dieser Frau ihre Visitenkarte. »Für alle *besonderen* Abende, die Sie vielleicht planen.«

»Ich muss schon sagen, Mac«, sagte er, als sie die Tür wieder schloss. »Ganz schön geschickt, wie du dein Geschäft so anpreist. Ich konnte die Anspielungen bis hierher hören.«

»Ich weiß nicht, wovon du redest.«

»Oh, sicher. Als hättest du nicht mit den Hoffnungen dieser Frauen gespielt, dass ich auftauche.«

»Ein bisschen sehr von uns selbst überzeugt, was?« Mac stellte die Kekse auf die Stufe. »Fang an, die zu essen, dann bist du bald von ganz anderem überzeugt. Dann will dich nämlich keiner mehr sehen.«

»Dich eingeschlossen?«

Mac rollte mit den Augen. »Leider wurde mir keine Wahl gelassen.«

Das ließ sein Lachen ersterben. Er mochte es vielleicht genießen, sie aufzuziehen, aber sie wahrscheinlich nicht. Das hatte sie noch nie.

Gott, er fühlte sich wie so ein Idiot. Okay, er war ein Kind gewesen, aber hätte es ihn umgebracht, nett zu ihr zu sein? Oder hatte er ihre Schwärmerei so als selbstverständlich hingenommen, dass ihm gar nicht klar gewesen war, was sie ihr bedeutete?

»Es tut mir leid, Mac.« Die Worte rutschten ihm einfach so heraus, aber es waren die richtigen Worte. Er hätte sich schon vor Jahren entschuldigen sollen.

Mac winkte ab. »Du brauchst dich nicht zu entschuldigen. Ich wusste, worauf ich mich einlasse, als ich das hier übernommen habe. Es ist niemandes Schuld.«

»Nein, ich meinte, ich entschuldige mich für –«

»Jared, wirklich. Es ist keine große Sache. Ich bin hier, um einen Job zu machen, und es macht mir nichts aus, gelegentlich an die Tür zu gehen.« Sie hob den Wäschekorb mit den Kätzchen auf. »Also, hast du vor, dich heute überhaupt noch anzuziehen, oder willst du den Nachbarn deinen Hintern präsentieren? Ich glaube nicht, dass deine Großmutter das gut fände.«

Und sie anscheinend auch nicht. Sie war wirklich über ihre Schwärmerei hinweg.

Und wie falsch war es bitte, dass er nicht wollte, dass sie es war?

Verdammt, er hätte sie nicht küssen dürfen. Er hätte sich fernhalten sollen. Mac war erwachsen geworden, und er war derjenige, der in der Vergangenheit feststeckte.

»Jared? Hallo?« Sie wedelte mit der Hand vor seinem Gesicht. »Haben dich die Zuckerdämpfe benebelt?«

Er schüttelte den Kopf, um wieder klar zu werden. »Äh, ja. Ich meine, nein. Ich meine, du hast recht. Ich sollte mir etwas anziehen.«

Er wollte gerade gehen, da klingelte es *schon wieder*.

»Okay, ich habe gesagt, es macht mir nichts aus, *gelegentlich* aufzumachen. Du solltest über eine Drehtür nachdenken, sonst mache ich hier nie Fortschritte. Deine weiblichen Verehrerinnen abzuwehren, steht *nicht* in meiner Stellenbeschreibung.«

»Willst du, dass es drinsteht?«

Dieses Mal sparte sie sich das Augenrollen; sie starrte ihn nur mit einem Blick an, der Löcher hätte brennen können, während sie ihm den Wäschekorb in die Hand drückte, während Miss Hartnäckig auf der anderen Seite der Tür noch einmal klingelte.

Verdammt. Er brauchte keine weiteren Nachspeisen und keine weiteren Frauen, die versuchten, sich über seinen Magen in sein Herz zu schleichen. Er sollte ihnen allen sagen, dass dieser Weg wegen Hurrikan Camille gesperrt war.

Doch es war Tornado Manley, die ihre Hand auf den Türknauf legte. »Soll ich aufmachen?«

Der Besucher klopfte an. »Jared? Ich bin's, Dave.«

*Natürlich* war es Dave. Warum auch nicht? Wer würde als Nächstes kommen – das gesamte Team des lokalen Sportsenders? Eine weitere Möchtegern-Mrs.-Nolan wäre ihm lieber gewesen.

»*Dave*?« Mac hob die Augenbrauen. »Soll ich aufmachen?«

»Mein Physiotherapeut, aber eigentlich nicht.«

»Ich seh dich, Jared. Ich geh nicht weg.« Dave spähte durch das Seitenfenster, die Hände schützend um die Augen gelegt.

Jared atmete schwer aus. »Schön. Lass ihn rein.«

Mac öffnete die Tür.

»Hallo. Ich bin Dave. Jareds Physiotherapeut.«

»Ich bin Mac«, sagte Mac und schenkte Dave ein Lächeln, wie Jared es schon lange nicht mehr gesehen hatte. »Ich mache das Haus für Jareds Großmutter sauber.«

Dave streckte seine Hand aus. »Ganz meinerseits –«

»Du bist zu früh, Dave.«

Dave warf ihm einen Blick zu. »Ich sehe schon, das wird ein guter Tag.«

»Spar dir das.« Er hatte bis zu diesem Moment nicht bemerkt, dass Dave ein gut aussehender Kerl war. Etwa eins achtzig groß, ein Körper, der regelmäßig ein Fitnessstudio von innen sah, ordentliches Gesicht, Single. Es war nie ein Problem gewesen, aber jetzt, wo Mac da stand und Dave das Lächeln schenkte, das sie sonst *ihm* geschenkt hatte, war es eines.

»Hast du meine Nachricht auf der Mailbox nicht bekommen?«

»Nein. War ein bisschen beschäftigt.« Er hielt ein Kätzchen hoch – aber das war nicht der Grund, warum er seine Nachrichten nicht abgehört hatte. Nein, der Grund war, dass es keine Nachrichten gab, die er hören wollte. Zum Beispiel von seinem Agenten, dem Teammanager, dem Besitzer ... Leute, die ein Interesse an seiner Zukunft hatten. Stattdessen bekam er nur Anrufe von Arztpraxen und Medienanfragen dazu, was er mit seinem Leben nach dem Profisport anfangen wollte.

Er *hatte* kein Leben nach dem Sport.

Deshalb musste er mit Dave arbeiten. Nachdem er sich angezogen hatte. Und die Kätzchen gefüttert hatte.

Pünktlich zum Stichwort fingen sie wieder an zu miauen.

»Hier, gib sie mir, damit du an die Arbeit gehen kannst.« Mac stieg, ganz Sanftmut und Lächeln, die drei Stufen hinauf und hielt die Hände aus, wobei sie ihn ansah, als wären sie die besten Freunde.

Er wollte nein sagen, dass er sich selbst um die Kätzchen kümmern würde, aber das wäre töricht gewesen. Er musste wirklich an die Arbeit gehen.

»Komm schon, Jared«, sagte Dave. »Wir haben nur eine Stunde, und wenn du in deinen Boxershorts auf der Treppe sitzt, bringt dich das auch nicht weiter.«

Dave hatte recht. Hier verärgert herumzusitzen, nur weil Mac Dave angelächelt hatte, würde ihn nicht zurück auf den Mound bringen, und

Mac nur aus Trotz *Nein* zu sagen, würde ihm nur noch mehr Arbeit bescheren.

Er übergab ihr die Kätzchen und humpelte dann nach oben, um sich etwas anzuziehen.


Es war jammerschade, dass der Mann Kleidung tragen musste.

Mac versuchte, nicht zu seufzen, während sie beobachtete, wie er die Treppe hinaufhüpfte, wobei die Boxershorts den Blick auf seine hart arbeitenden Gesäßmuskeln nicht verdeckten. Jared war im Bereich des Gluteus Maximus schon immer sehr gesegnet gewesen.

»So.« Sie lächelte Dave an und rückte den Wäschekorb in ihren Armen zurecht. »Arbeitest du schon lange mit Jared?«

»Ich darf eigentlich keine persönlichen Informationen über Patienten preisgeben, aber ich kenne ihn schon seit Jahren als Freund.« Dave trat näher und schloss die Haustür. »Hier. Lass mich das für dich tragen.« Er nahm ihr den Wäschekorb ab, und leider spürte sie kein Prickeln, als seine Finger die ihren berührten, so wie sie es bei Jared getan hatten.

Sie hasste es, dass sie sich immer noch zu Jared hingezogen fühlte. Besonders, wenn ein vollkommen netter, gut aussehender – sie warf einen Blick auf seine linke Hand – Single sie mit einigem Interesse anlächelte.

»Wo willst du sie haben?«

»In den Hauswirtschaftsraum. Ich bin sicher, sie müssen aufs Katzenklo. Dann muss ich ihre Fläschchen fertig machen.«

»Fläschchen?« Er folgte ihr durch den schmalen Flur.

»Ich habe ihre Mutter am Straßenrand gefunden. Sie sind noch nicht alt genug für normales Katzenfutter, also ziehen Jared und ich sie mit der Flasche auf.« Es fühlte sich so natürlich an, ihre Namen in einem Atemzug zu nennen. Verdammt, das sollte es auch; sie hatte jahrelang davon geträumt. Aber das hier war die Realität, und die Realität war, dass Jared sie immer noch nicht mochte und sie immer noch dumm genug war, ihn attraktiv zu finden, aber hoffentlich schlau genug zu wissen, dass diese Kindheitsträume Märchen gewesen waren und Jared kein Märchenprinz war.

»Ich kann dir zur Hand gehen, bis Jared runterkommt, wenn du willst.« Dave hingegen war vielleicht dazu bereit.

»Danke.« Sie nahm die Kätzchen aus dem Korb und setzte sie in das

Katzenklo. »Kannst du auf sie aufpassen, während ich die Fläschchen fertig mache?«, fragte sie, während sie aufstand.

»Klar. Ich schätze, ich sollte das Training für das Katzenklo in Jareds Therapieprogramm aufnehmen.« Er lächelte, und in seiner Wange erschien ein Grübchen.

Für Grübchen war sie schon immer schwach gewesen. Genau wie Jared –

Sie bremste diesen Gedankengang sofort aus. Sie würde nie jemanden finden, wenn sie weiterhin jeden Mann mit Jared verglich. »Ich bin sicher, dein Patient wird das *lieben*.«

Dave zwinkerte ihr zu. »Ich verrate es ihm nicht, wenn du es nicht tust.«

»Oh, glaub mir. Was Jared angeht, sind meine Lippen versiegelt.«

So wie sie es auch das nächste Mal sein würden, wenn er versuchte, sie zu küssen.

*Falls* er versuchte, sie zu küssen.

*Hör auf zu hoffen, dass er versucht, dich zu küssen.*

»Bin gleich wieder da.«

Sie eilte in die Küche und bereitete die Fläschchen vor, die sie in Reserve gehalten hatte, dann schnappte sie sich ein Handtuch von dem Stapel neben dem Waschbecken.

»Mac«, sagte Dave, »sie scheinen hier drin fertig zu sein. Soll ich sie rausbringen?«

»Klar«, rief sie und breitete das Handtuch auf dem Küchentisch aus. Kätzchen waren nicht gerade ordentliche Esser. »Kriegst du sie alle zu fassen?«

»Wenn ich mit Jared fertigwerde, sollten vier Kätzchen ein Kinderspiel sein.« Er kam aus dem Hauswirtschaftsraum herein, an seinem Hemd klebten Reste von Katzenstreu.

Curly wäre fast aus seinen Armen gesprungen.

Glücklicherweise fing Mac das kleine weiße Fellknäuel auf. »Ähm, ja, das sehe ich.«

Dave zwinkerte ihr erneut zu. »Hey, wer würde nicht wollen, dass eine hübsche Frau ihm zur Hilfe eilt? Der kleine Kerl hat das mit Absicht gemacht.«

Das Kompliment brachte sie zum Lächeln. Hmmm ... er war ein netter Kerl. Mochte Tiere. Konnte es mit Jared aushalten. Dave hatte eine Menge Pluspunkte.

»Also, ich sehe, du und Jared, ihr steht euch nah. Seid ihr ... Cousins?« Dave setzte die restlichen Kätzchen ab und schob Larry das Fläschchen in den Mund, als hätte er das schon hunderte Male gemacht.

Sie musste Curly erst dazu überreden, zu saugen, und tippte dann dem schwarzen Kätzchen auf die Nase, während das graue versuchte, Larrys Schwanz zu erwischen und daran zu nuckeln. »Cousins?« Sie verschluckte sich fast. Das wäre auf so vielen Ebenen falsch. »Nein. Ich – wir – meine Brüder und er sind Freunde und unsere Großmütter ebenfalls. Ich mache hier für Mildred sauber. Sie will verkaufen. Siehst du?« Mac drehte sich leicht nach links und deutete auf das Logo auf ihrem Shirt. »Manley Maids. Ich bin Mac Manley.«

»Ein einprägsamer Name. Ich wette, das ist gut fürs Geschäft. Hast du ein paar muskulöse Kerle, die für dich putzen?«

»Tatsächlich, ja.«

»Planst du, Jared in deine Truppe aufzunehmen?«

»Oh ja, sicher. Ein großer Baseballprofi gibt seinen Traumjob auf, um Toiletten zu putzen. Auch wenn die Medien die Story sicher lieben würden, kennst du Jared nicht besonders gut, wenn du glaubst, dass er das jemals in Erwägung ziehen würde.«

»Aber du würdest es?«

Mac zuckte mit den Schultern. »Ich versuche, Werbung für das Unternehmen zu machen. Wenn er wollte, sicher, ich würde ihm eine Schürze umbinden.« Oh, das war ein Bild, das sie lieber nicht im Kopf haben sollte. »Ich meine, weißt du, nur zu Werbezwecken. Obwohl meine Brüder die Werbung nicht wollen, aber die Arbeit erledigen sie trotzdem.«

»Du könntest ihn ja fragen, ob er als Werbegesicht fungiert.«

Und ihm die Chance geben, sie noch einmal abservieren zu lassen? »Jared hat andere Dinge, auf die er sich konzentrieren muss. Bist du nicht deswegen hier?«

»Stimmt.« Er klemmte die beiden Fläschchen, die er benutzte, zwischen die Finger einer Hand, und die Kätzchen stellten sich auf, als wäre er ihre Mutter, und kneteten sogar seine Handfläche. »Aber der Kerl ist multitaskingfähig, weißt du. Er ist ein verdammt guter Spieler und ein verdammt guter Typ. Ich wette, er würde es tun, wenn du ihn fragst.«

»Ich denke darüber nach.« Okay, Dave war eindeutig im Team Jared, also hatte sie nicht vor, ihn über Jareds mangelnde Hilfsbereitschaft ihr gegenüber aufzuklären. »Und wie bist du zum Profisport gekommen?«

Er gab ihr einen kurzen Überblick über seinen Lebenslauf, und das Gespräch ging zu den Teams über, mit denen er gearbeitet hatte. »Ich habe Jared an dem Tag kennengelernt, an dem wir beide beim Team angefangen haben. Seitdem sind wir befreundet.«

»Ah, ihr habt das Lampenfieber der Neulinge geteilt.«

»So in der Art.«

»Er wird wieder ganz gesund, oder?«

Dave änderte den Winkel des Fläschchens, damit der Rest der Milch für die Kätzchen nachlaufen konnte. »Beruflich darf ich das nicht beantworten. Das fällt unter Schweigepflicht. Außerdem bin ich nicht sein Arzt.«

»Aber privat ...«

»Privat kenne ich Jared schon lange. Ich habe gesehen, wie er arbeitet. Wie entschlossen er ist. Wenn es jemand schaffen kann, nach dem, was passiert ist, zurückzukommen, dann Jared. Er ist vollkommen darauf konzentriert, was getan werden muss. War er schon immer. Deshalb war die ganze Sache mit Camille auch so überraschend. Er hat zugelassen, dass sein Fokus vom Spiel abwich.«

»Er muss sie sehr geliebt haben.«

Dave zuckte mit den Schultern. »Ich habe es nicht kapiert. Sie tauchte aus dem Nichts auf, ließ ihren ganzen Charme spielen, und er war hin und weg. Ich habe ihr vom ersten Tag an nicht getraut. Aber man kann einem Kerl eine Frau nicht ausreden, wenn er sie will.«

Und man kann einem Kerl eine Frau nicht *einreden*, wenn er sie nicht will.

Mac hatte es versucht.

*Warum also hat er sie geküsst?*

»Aber ich bin sicher, das weißt du alles, wenn ihr befreundet seid. Erzähl mir lieber von dir. Wie du dieses Geschäft aufgezogen hast. Ich habe von Jared viel über deine Brüder gehört, aber ich kann mich nicht erinnern, dass er eine schöne Schwester erwähnt hat.«

Das lag daran, dass er sie nie für schön gehalten hatte.

Aber Dave tat es offensichtlich, und sie war Frau genug, um das zu genießen.

Sie gab ihm eine Kurzfassung davon, wie sie dazu gekommen war, Manley Maids zu gründen.

»Und wo passt das Kätzchen-Sitten da rein? Nebengeschäft?«

Mac lächelte. »Abfallprodukt. Ich habe sie unter einer Kommode gefunden. Ich glaube, die Mutter ist durch eine kaputte Fensterscheibe hereingekrochen, um sie zur Welt zu bringen, aber jetzt, da sie tot ist, hat Jared sich entschieden, sich um sie zu kümmern.«

»Lass dich nicht von ihr täuschen, Dave. Ich habe mich nicht dazu entschieden. Sie hat mich gezwungen, sie zu übernehmen.« Jared kam auf Krücken in die Küche.

Macs Herz setzte für einen Schlag aus.

Warum? Es war eine Sache, ihn attraktiv zu finden; das war so offensichtlich wie die herrliche Nase in seinem herrlichen Gesicht. Aber es war eine ganz andere Sache, dass ihr Herz involviert war.

Verdammt. Sie *wollte* nicht, dass ihr Herz einen Schlag aussetzte. Sie wollte ihn nicht sexy finden in seinem schlichten schwarzen T-Shirt, das sein goldenes Haar und seine Bräune so sehr betonte, dass man – wenn man nichts von seinem Unfall wüsste und er nicht an Krücken ginge – niemals denken würde, er hätte Zeit im Krankenhaus verbracht. Niemand sollte nach der Entlassung aus einer Reha-Klinik nach so einem schrecklichen Unfall so gut aussehen.

Es war nur eines von etwa tausend Dingen, die sie an Jared faszinierte, und kein noch so großer innerlicher Streit konnte das ändern.

»Ich habe dich nicht gezwungen, sie zu übernehmen. Ich habe dir die Wahl gelassen.«

Er zog eine Augenbraue hoch. »Wirklich? Nimm sie oder lass sie verrecken. Ziemlich hart, Mac, selbst für dich.««

»Hey, Jared.« Dave sprang auf und zog das Fläschchen aus Larrys kauendem Maul. »Wir sollten uns an die Arbeit machen. Kannst du die zwei hier auch noch übernehmen, Mac?« Er gab ihr die Fläschchen, und die Kätzchen folgten ihnen und kuschelten sich miauend vor ihr an ihre Geschwister.

»Ja. Geht nur und rehab' diesen Kerl, damit er schnell« – *mir aus dem Weg geht*, wollte sie eigentlich sagen, aber das wäre ein wenig zu aufschlussreich gewesen – »wieder gesund wird.« So. Das war erwachsen von ihr. Empathisch. Unterstützend. Und absolut nicht mehr die Hals-über-Kopf-in-Jared-Nolan-verliebte Person, die sie einmal gewesen war und jetzt nicht mehr war.

*Ich glaube, die Dame protestiert etwas zu sehr.*

Sie trieb die Kätzchen in die Mitte des Handtuchs und stand auf. »Ich nehme einfach Larry und Curly und Mary-Sue –«

»Moe.« Jared schob die Krücken unter seinen Armen hervor und hielt sie zusammen in seiner rechten Hand.

Mac sah ihn an. »Was?«

»Moe. Das schwarze heißt Moe.«

»Aber sie ist ein Mädchen.«

»Und?«

Mac hob *Moe* hoch und strich mit ihrer Wange über das Fell des Kätzchens. »Moe ist kein sehr weiblicher Name.«

»Mac auch nicht, aber das hat dich nicht davon abgehalten, darauf zu hören.«

*Das* beendete das Wagenstreicheln abrupt.

Sah er sie als unweiblich an? War das der Grund, warum er nie an ihr interessiert gewesen war?

Aber … er hatte sie geküsst. Er wusste, dass sie eine Frau war. Er war interessiert genug gewesen, um das zu tun.

Oder war es nur ein »Mal sehen, wie es sich anfühlt«-Kuss gewesen? Ein Bestrafungskuss? Ein herablassender, sarkastischer Du-bist-es-nicht-wert-Kuss?

Herrgott, sie musste aufhören, darüber nachzugrübeln. Es war vorbei. Erledigt.

Sie hob das graue Kätzchen auf. »Also ist das hier Joe?«

Jared schüttelte den Kopf. »Shemp. Joe ist zu nah an Moe.«

»Du hast die Katzen nach den Three Stooges benannt?« Dave schnaubte.

»Hast du ein Problem damit?«

»Ich? Nö. Sind nicht meine Haustiere, also ist alles bestens.« Er nahm Jared die Krücken ab. »Also, bist du bereit, die Sache anzugehen oder was?«

»Ja, lass uns mich wieder hinkriegen.«

Mac würde ihn auch gerne mal »hinkriegen«, angefangen damit, ihm klarzumachen, dass er sie schon vor Jahren hätte bemerken sollen.


»Also, was ist mit der Putzfrau?« Dave lehnte die Krücken gegen den Türrahmen, nachdem er Jared bedeutet hatte, sich auf den mit Deckchen bedeckten Hocker in der Mitte des Raumes zu setzen.

»Wie bitte?«

»Oh. Ist das nicht die richtige Bezeichnung? Haushälterin? Reinigungsdame? Haushaltsgöttin?« Er hockte sich vor Jared und begann, die Klettverschlüsse an der Schiene zu lösen.

Ja, Mac war eine Göttin – er hatte das Wort direkt von der Göttin selbst gehört –, aber das ging Dave einen feuchten Dreck an.

Er schob Daves Hände beiseite und löste die Verschlüsse selbst. »Sie ist Liams Schwester. Ihr gehört der Reinigungsdienst. Sie tut meiner Großmutter einen Gefallen.«

Ihm tat sie ganz sicher *keinen* Gefallen.

»Ist sie Single?«

»Echt jetzt, Dave? Du machst meine Putzfrau während der Arbeit an?«

Dave stand auf und hob die Hände. »Ganz ruhig, Jare. Ich stelle dir eine Frage, ich mache sie nicht an. Wusste nicht, dass es so eine große Sache ist, über eine Frau zu reden. Wenn ich mich recht erinnere, hattest du über Camille eine Menge zu sagen.«

Das hatte er, aber da hatte der Schmerz aus ihm gesprochen und die Tatsache, dass er Dave schon seit Jahren kannte. Dave hatte als Praktikant bei den Physiotherapeuten des Teams angefangen und sie waren Freunde geworden. Als Dave dann in die häusliche Pflege gegangen war, war es keine Frage gewesen, dass er derjenige war, den Jared anrufen würde, als er aus der Reha entlassen wurde.

Jetzt wünschte er, er hätte es nicht getan. Der Therapeut, der in der Klinik mit ihm gearbeitet hatte, war hässlich wie die Sünde gewesen. Ein netter Kerl, aber optisch nicht auf Daves Niveau. Jared würde sich viel besser fühlen, wenn *der* Mac mit den Kätzchen geholfen hätte.

Ach, um Himmels willen. Er würde Dave nicht feuern, nur weil der Kerl gut aussehend genug war, um Macs Aufmerksamkeit zu erregen. Verdammt, er sollte eigentlich froh darüber sein, denn es würde diese lächerliche, wachsende Anziehung zu ihr beenden und sie würde bei einem netten Kerl landen.

Aber er fühlte sich nicht besser dabei.

»Ich finde nur, du solltest da nichts anfangen, Dave. Wenn es nicht klappt, müsste ich einen von euch beiden feuern, und meine Großmutter wäre am Boden zerstört, wenn es Mac wäre.«

Er auch, aber diesen Gedanken verfolgte er nicht weiter.

Dave holte das Winkelmessgerät mit dem komischen Namen hervor.

Goniometer oder so was Ähnliches. Er bedeutete Jared, das Knie zu beugen.
»Bist du sicher, dass es nicht daran liegt, dass *du* an ihr interessiert bist?«

Jared setzte den Fuß fest auf den Boden, ohne überhaupt über das Beugen des Knies nachdenken zu müssen, da er kurz davor war, aufzustehen und dem Kerl die Meinung zu geigen. »Interessiert? Oh Gott, bitte. Du kennst Mac nicht. Sie ist die letzte Frau, an der ich interessiert wäre. Nun ja, nach Camille.«

»Sie macht auf mich nicht den Eindruck, als wäre sie wie Camille.«

»Ja, nun, du kennst sie seit etwa fünf Minuten. Ich kenne sie, seit sie fünf ist. Glaub mir, wenn ich sage, dass sie vielleicht nicht den gleichen Schaden wie Camille angerichtet hat, aber auch nur deshalb, weil ich es nicht zugelassen habe. Wenn ich in Bezug auf Camille auf dieselben Instinkte gehört hätte, die ich bei Mac hatte, wäre ich nicht in dieser misslichen Lage. Nein, Frauen wie Mac und Camille lässt man am besten in Ruhe, wenn man seinen Verstand behalten will.«

Und damit war das Thema erledigt.

Mac lehnte draußen im Flur an der Wand und drückte die Kätzchen an ihr Herz. Jared hätte nicht deutlicher sein können.

Das war gut.

Oder?

Ja, das war es. Es war ein Abschluss. Verdammt, es knallte ihren *Was-wäre-wenn*-Gedanken die Tür direkt vor der Nase zu, sodass sie nun ihr Leben weiterleben konnte, ohne sich Fragen zu stellen. Sicher, er mochte sie geküsst haben, aber die Verachtung in seiner Stimme sprach lauter als die Art, wie sich seine Lippen auf ihre geschmiegt hatten, wie seine Zunge ihre Lippen erkundet hatte, wie er den Kopf geneigt und sie geküsst hatte –

Sie atmete tief aus. Nein. Vorbei. Diese ganze Anziehungssache, die sie fühlte? Erledigt.

Sein Verlust.

Obwohl sie eigentlich reingehen und ihn zur Rede stellen sollte. Was, wenn sie an Dave interessiert wäre, der nun wegen Jareds Kommentar nichts mehr mit ihr zu tun haben wollte?

*Willst du denn etwas von Dave?*

Nun ja ... nein. Da war kein Funke. Es wäre ihm gegenüber nicht fair, ihm Hoffnungen zu machen.

*Na also. Geh auf jeden Fall wieder da rein und diskutiere mit Jared über das »Und sie lebten glücklich bis ans Ende ihrer Tage«. Los, beweise dich ihm, Cinderella.*

Okay, nein, das würde sie nicht tun. Sie war sich bei der ganzen Cinderella-Sache sowieso schon immer einigermassen unsicher gewesen. Eine Frau heiratet einen Kerl, der nur diejenige heiraten würde, der ein Schuh passt? Das schien nicht viel Substanz zu haben. Sie wollte einen Typen, der den Schuh nicht nur aufhob und ihr an den Fuß steckte, sondern der sich auch nicht darüber beschwerte, dass sie den Schuh überhaupt erst gekauft hatte.

Der Mann ihrer Träume musste mehr zu bieten haben als ein schönes Äußeres, und wenn Jared blind genug war, sie mit seiner Ex in einen Topf zu werfen, war die Wahrscheinlichkeit groß, dass er es nicht war.

Kapitel Zehn

Die Stille war das Schlimmste.

Jared tätschelte die Kätzchen, die Dave ihm vor seinem Aufbruch auf den Schoß gesetzt hatte, und starrte an die Decke. Sie war da oben, und er konnte einfach nicht aufhören, daran zu denken.

Es war Daves Schuld. »Es sei denn, du bist an ihr interessiert?« Verdammt sollte er dafür sein. Und verdammt dafür, dass er ihn so in die Defensive getrieben hatte. Aber Dave musste ja unbedingt Interesse an ihr zeigen, oder?

Der Kerl war ein Sadist, der ihn eine Runde nach der anderen durch Dehnung, Bewegung und Schmerz peitschte. Sein Knie heilte nicht so schnell, wie es beiden lieb war – Dave, weil er hoffte, dass es kein Anzeichen für einen schlimmeren Schaden war, und Jared, weil jeder Tag, an dem sein Körper nicht richtig funktionierte, ein Tag mehr war, der ihn von seiner Rückkehr zum Spiel trennte. Und nun auch ein Tag mehr, den er in Macs Gegenwart verbringen musste.

Beides frustrierte ihn wahnsinnig. Mac, nun ja, das erklärte sich von selbst, aber das Spiel... Er *musste* zurück zum Baseball. Wenn nicht, gab es nichts anderes für ihn. Er wollte nicht den Weg gehen, ein Restaurant zu eröffnen oder Kommentator zu werden. Er genoss seine Fans und den Starkult um seine Karriere, aber was er wirklich liebte, war das Spiel. Das Gefühl von Teamarbeit. Von Familie. Einander den Rücken freizuhalten. Ein gemeinsames Ziel zu verfolgen. Und jetzt? Jetzt trieb er inmitten der Trümmer, die der Unfall aus seinem Leben gemacht hatte, während er sich durchkämpfte und versuchte, Land zu finden.

Aber es musste das Land sein, das er wollte, nicht irgendeines. Er musste wieder spielen. Er musste sich das zurückholen, was Camille und Burke ihm genommen hatten.

»Miau.« Larry regte sich und rollte von Jareds Schoß auf das Sofa neben ihm. Der arme kleine Kerl blinzelte mit seinen blauen Augen zu Jared hoch, als wollte er fragen: »Was ist passiert?«

Jared wusste genau, wie sich das Kätzchen fühlte.

Er hob es hoch, dieses kleine, zerbrechliche Ding, das Mac in sein Leben befördert hatte.

»Ich schätze, *sie* war es nicht direkt.« Er hielt Larry so hoch, dass sie Nase an Nase waren. »Es ist allerdings gut, dass sie euch rechtzeitig gefunden hat. Ihr wärt ganz schön aufgeschmissen gewesen, wenn ihr hättet warten müssen, bis *ich* euch finde.«

Er schmiegte Larry an seinen Hals und lächelte, als das Kätzchen ihn leckte. Es fühlte sich tatsächlich wie Sandpapier an, genau wie er es gehört hatte.

Trotz all seiner Beschwerden war er froh, dass er diese vier nicht beim Tierarzt abgeladen hatte. Es hatte etwas für sich, über den eigenen Tellerrand hinausblicken zu müssen. Wenn er über die Tatsache hinwegkam, dass er keine Ahnung hatte, wie man sich um sie kümmerte, konnte er es tatsächlich genießen, dass die fünf ihr eigenes Team bildeten.

»Jared? Kann ich dich kurz einspannen?«, hallte Macs Stimme durch das Foyer seiner Großmutter.

Sie bat ihn um Hilfe? Mac mit ihrer Ich-kann-das-allein-regeln-Einstellung? Das war die Frau, die – wie sie behauptete – ihre drei älteren Brüder in einem Spiel geschlagen hatte, mit dem sie alle nur zu vertraut waren. Jared musste sehen, was das war, das sie nicht allein bewältigen konnte, denn das Energiebündel, das in ihrem kleinen Körper steckte, hätte einen Zwei-Meter-Hünen ausfüllen können. Zweimal.

»Komme sofort.« Er hievte sich auf dem Sofa nach vorn und hob dann die noch schlafenden Kätzchen in den Laufstall, oder was auch immer das war. »Und jetzt benehmt euch und weckt die anderen nicht auf«, sagte er zu Larry und gab dem Glückskätzchen einen kurzen Kuss auf die Nase.

Er sah auf und entdeckte Mac im Türrahmen.

»Sieht so aus, als sollten wir diese Kätzchen bald impfen lassen.«

»Besserwisserin.« Er klemmte sich die Krücken unter die Arme. »Was brauchst du?«

»Wenn du mir die Küchentür aufhalten könntest, damit ich das hier zum Müll bringen kann, wäre das toll.«

»Was ist das?« Er folgte ihr durch die Küche zur hinteren Veranda.

»Ein Haufen mottenzerfressener Bettwäsche, die ich im Flurschrank gefunden habe.«

Er hielt die Hintertür offen. »»Gehört Schrankausmisten zu deinem Service?««

»»Normalerweise nicht, nein. Aber ich habe nach einer Glühbirne gesucht und dabei gesehen, dass die Motten hier gewütet haben, also dachte ich mir, ich werfe das weg. Eine Sache weniger, um die sich deine Großmutter kümmern muss.«

Mac huschte an ihm vorbei, so weit unter seinem Kinn, dass er auf ihren Scheitel sehen konnte. Er wusste, dass sie klein war; ihm war nur nie klargewesen, wie viel kleiner als er sie tatsächlich war, denn wenn Mac in der Nähe war, schien alles immer verstärkt zu werden.

Sie stolperte auf der letzten Stufe, als sich einige der Laken an der Türklinke verfingen, und sie fiel gegen ihn zurück, wobei ihr Kopf direkt über seinem Herzen gegen seine Brust *prallte*.

Da hatten wir es.

Er schlang die Arme um sie. »Alles okay?« Ihre Haut war seidig. Er hätte nicht gedacht, dass sie das sein würde. Jemand, der mit Reinigungsmitteln und Leitern hantierte, gegen Spinnweben und Staubflocken kämpfte… Er hätte nicht erwartet, dass sich ihre Haut so glatt und seidig anfühlen würde, als ob sie Stunden in einem Spa verbringen würde.

»Ich bin…« Sie blickte zu ihm auf und räusperte sich. »Alles bestens. Danke.«

Sie fand wieder festen Halt und stellte sich hin, sodass ihre Schultern nicht mehr seine Bauchmuskeln streiften, und Jared überraschte sich selbst mit dem Eingeständnis, dass er sie zurück in seinen Armen haben wollte – was ihn so sehr aus der Fassung brachte, dass er beinahe die Tür losgelassen hätte.

Mac in seinen Armen? Was dachte er sich bloß? Das war Mac. *Mac.* Liams kleine Schwester. Der Schrecken der Baumfestung. Die Date-Zerstörerin par excellence. Tornado Manley.

Vielleicht blieb es ja hängen, wenn er es sich nur oft genug vorsagte.

Sie ging um die Hausecke und klopfte sich die Hände ab, während ihr Pferdeschwanz keck hinter ihr herwippte. Das passte zu ihrer Persönlichkeit. Er konnte sich Mac ohne Pferdeschwanz gar nicht vorstellen – nun ja, bis gestern, als sie ihn offen getragen hatte.

Was für ein Schock das gewesen war. Ihr Haar war nur eine weitere wunderschöne Überraschung gewesen; ein schwarzer Vorhang, der auf ihrer blassen Haut schimmerte, viel länger, als er gedacht hätte, da er es bisher immer nur zusammengebunden gesehen hatte.

Er hatte alle Hände voll zu tun gehabt, es sich nicht vorzustellen, wie es über seine Brust fiel. Wie er es ihr aus dem Gesicht streichen musste, um sie für einen Kuss zu sich heranzuziehen. Wie er sie auf den Rücken drehte und sah, wie es sich auf dem Kissen unter ihr ausbreitete...

Okay, vielleicht *hatte* er es sich doch vorgestellt. Er war schließlich auch nur ein Mensch. Aber im Ernst, diese Gedanken mussten verschwinden. Das war Mac. Die Schwester seines Freundes. Das Mädchen, mit dem er jahrelang nichts zu tun haben wollte.

Nur dass... er sich jetzt dabei ertappte, wie er über die *Frau* nachdachte und über die Dinge, die er mit ihr anstellen *könnte*.

Er bekam wohl einen Lagerkoller. Das war es. Er war verdammt noch mal viel zu lange im Krankenhaus und dann in der Reha eingesperrt gewesen, und jetzt saß er bei seiner Großmutter fest, mit nichts als einer Frau, die er eigentlich nicht mögen wollte, und Kätzchen, mit denen er nichts anzufangen wusste, um ihm Gesellschaft zu leisten.

»Und, wie lief deine Physio?«

Sie roch sogar gut. Nicht verschwitzt und staubig oder nach Möbelpolitur, sondern frisch und sauber, mit einem winzigen Hauch von Blumen oder so was –

Gott, jetzt klang er schon wie eine schlechte Dauerwerbesendung.

»Es war Physio. Es soll nicht gut sein. Es tat weh und ich bin frustriert, und das ist Daves Job: sich mit frustrierten, wütenden Menschen herumzuschlagen, die nichts mit ihm zu tun haben wollen.«

»Wow. Wenn man ihn so reden hört, dachte ich, er wäre dein Freund, aber nach dem Spruch...«

Jared fuhr sich mit einer Hand durchs Haar und klemmte sich die Krücke wieder unter den Arm, die hinter ihm gegen die Tür gefallen war, als er sie aufgefangen hatte. »Ist er auch. Es ist nur so, dass sein Beruf keiner ist, den die Leute im Allgemeinen als angenehm empfinden.«

»Na ja, er wirkt nett.«

Ach, tatsächlich? »Das ist er.« Jared biss sich auf die Innenseite seiner Wange und wartete darauf, dass die Fragen losgingen: »Ist er Single? Hat er eine Freundin? Wie lautet seine Nummer?«

»Hast du was dagegen, wenn ich mein Mittagessen hier drin esse?«

»Häh?«

»Mittagessen? Du weißt schon, die Mahlzeit in der Mitte des Tages? Da es letzte Nacht geregnet hat, sind die Gartenmöbel etwas nass. Ich würde lieber in der Küche sitzen, wenn es dir recht ist.«

Er brauchte ein paar Sekunden, um zu begreifen, dass sie gar nicht nach Dave fragte. »Äh, ja, klar. Das ist okay. Ich leiste dir Gesellschaft.«

Er brauchte wesentlich länger als ein paar Sekunden, um sich einzugestehen, warum er sich dazu bereit erklärt hatte.

Verdammt. Er wollte Mac nicht attraktiv finden. Er wollte diese kleinen Dinge an ihr nicht bemerken, wie sie roch oder wie gut sie in seine Arme passte oder wie sie ihm gegenüber aussah.

Oder über ihm.

Oder unter ihm.

Dieses Mittagessen war wahrscheinlich keine gute Idee.

Das Mittagessen war eine verdammt schlechte Idee.

Mac hatte nicht damit gerechnet, dass er sie fragen würde, ob er sich zu ihr gesellen dürfe – sie hatte ihn nur gefragt, damit er wusste, dass sie da sein würde, und ihr aus dem Weg gehen konnte. Dass er sich tatsächlich zu ihr setzen wollte, hatte sie absolut nicht kommen sehen.

Und das machte sie nervös.

Jared führte etwas im Schilde. Als Kind hatte er ihr ständig irgendwelche Streiche gespielt, und da er seinen *Lebensunterhalt* mit einem Spiel verdiente, erwartete sie nicht, dass er sich seitdem großartig weiterentwickelt hatte, besonders angesichts seiner offensichtlichen Verachtung für sie.

*Warum hat er dich dann geküsst?*

Wahrscheinlich ein Experiment. Oder um ihr eine Lektion zu erteilen. Eine verlorene Wette.

Ja, das war es wahrscheinlich. Er hatte bestimmt mit jemandem gewettet, dass er sie eines Tages küssen würde, und jetzt konnte er den Gewinn kassieren. Sie hoffte nur, dass es keiner ihrer Brüder war. Aber andererseits wetteten diese Kerle auf alles. Sie waren Profis. Das war einer der Gründe gewesen, warum sie einen Plan gebraucht hatte, bevor sie es mit ihnen allen aufgenommen hatte.

Nicht, dass sie sich hätte vorstellen können, dass sie darauf wetteten, dass

Jared sie küsst. Schließlich waren sie ihre Brüder, bevor sie Jareds Freunde waren. Trotzdem ... Bryan könnte denken, dass es einen Versuch wert war. Er liebte das Risiko – und falls sie jemals herausfinden sollte, dass er tatsächlich gegen Jared gewettet *hatte*, würde sie ihn eigenhändig über die Klippe stoßen. Darauf wetten, dass Jared sie küssen würde ... Toller Bruder.

Es war ein schöner *Kuss* gewesen.

Sie hielt sich zurück, ihre Lippen zu berühren. Sie würde Jared nicht wissen lassen, dass sie auch nur im Entferntesten daran dachte. Mister Großer Promi-Sportstar hatte genug Frauen, die an seinen Lippen hingen; sie würde nicht eine von vielen sein.

Sie öffnete die braune Papiertüte, in der sie ihr Essen mitgebracht hatte. Es war genau das Mittagessen, das sie sich früher zu Schulzeiten immer gewünscht hatte: ein Sandwich, ein paar Chips, eine Limo und ein paar ihrer Lieblingskekse aus dem Supermarkt zum Nachtisch. Dinge, die Gran sich nicht hatte leisten können. Stattdessen hatte sie den Sozialfonds der Schule genutzt, damit sie jeden Tag eine warme Mahlzeit bekamen, zusammen mit einer Tüte hausgemachter Kekse, die Mac unendlich peinlich gewesen waren.

Sie hatte damals nie begriffen, dass Grans selbstgebackene Kekse zehnmal mehr wert gewesen waren als die massenproduzierte Supermarktware; sie hatte in den hausgemachten Dingen nur die Armut gesehen, nicht die Liebe.

Heute wusste sie es besser, weshalb sie einmal im Monat bei der Veranstaltung »Karriere für Kids« im Gemeindezentrum mithalf und Kindern das Backen beibrachte. Ihre Schokoladen-Chip-Cookie-Kurse waren immer bestens besucht.

»Und, was glaubst du, wie lange du hier sein wirst?«,, fragte Jared, während er einen riesigen Behälter mit irgendeinem Pulverzeug oben vom Kühlschrank holte und ein paar Löffel davon in eine Wasserflasche mischte. Er schüttelte sie kräftig, leerte den Inhalt in einem Zug und nahm dann einen Teller mit Hähnchen, eine Tomate und eine Avocado aus dem Kühlschrank.

Kein Erdnussbutter-Sandwich für Jared. Seine Eltern waren steinreich, und die wenigen Male, die sie bei ihm zu Hause gewesen war – was wirklich selten vorgekommen war –, hatte es immer ein riesiges Buffet gegeben. Die Nolans wohnten in einem großen Haus, das direkt an dasselbe Feld grenzte wie ihre Siedlung, aber das war auch schon die einzige Gemeinsamkeit – im wahrsten Sinne des Wortes –, die sie teilten. Ihre Lebensumstände hätten unterschiedlicher nicht sein können.

Gran hatte sich immer Sorgen gemacht, dass ihre Brüder, die ständig mit Jared rumhingen, mit ihrem eigenen Leben unzufrieden werden könnten, aber das hatte sie nur noch entschlossener gemacht, später einmal für ihre Familien sorgen zu können. Und für Gran. Mac hatte das Gefühl, dass Bryan mehr als seinen fairen Anteil für das große Appartement zahlte, in das Gran in der Seniorenresidenz gezogen war, aber hey, Bryans Stern war am Aufsteigen. Er konnte es sich leisten, und wer war sie, ihm zu sagen, dass er der Großmutter nichts zurückgeben durfte, die so viel für sie alle getan hatte? Das war gewissermaßen der Grund, warum sie Grans Verkupplungsversuche in den Putzjob integriert hatte. Sie konnte der Frau schlecht Nein sagen, wenn es für einen guten Zweck war.

»Ich bleibe hier, bis ich fertig bin.« Sie biss in ihr Sandwich. Roastbeef und Schweizer Käse mit Mayo und Salat in einem Pita-Brot. Ihr Favorit. »Da ich Mildred nichts berechne, habe ich keinen Kostenvoranschlag erstellt. Ich habe mich hier einfach direkt reingestürzt. Also, wenn ich fertig bin, bin ich fertig. Es gibt viel zu tun.«

»Was ist mit deinen anderen Kunden? Verprellst du nicht jemanden, wenn du deine Zeit meiner Großmutter schenkst?«, Er fuhr mit dem Messer um den Umfang der Avocado, drehte die Hälften gegeneinander, um sie zu trennen, und stieß dann das Messer in den Kern, um ihn zu entfernen.

Sie hätte nicht gedacht, dass er wusste, wie man eine Avocado öffnet, ohne sie zu zerquetschen. Eigentlich hätte sie nicht mal gedacht, dass er überhaupt wusste, wie man eine Avocado öffnet. Die Nolans hatten Köche, Haushälterinnen und Gärtner gehabt. Jared hatte ein privilegiertes Leben geführt. »Ich schiebe meine Stammkunden dazwischen, und ich habe im Moment ein paar Leute, die für mich arbeiten, um das Pensum aufzufangen.«

»Deine Brüder.«

Es überraschte sie nicht, dass er es wusste; auch wenn ihre Brüder die Neuigkeit wahrscheinlich nicht an die große Glocke hängten, wohnten die Großmütter schließlich am selben Ort. »Ja.«

Er stellte den Teller auf den Tisch. »Ich habe gehört, du hättest sie dazu überrumpelt.«

*Das* stammte nicht von den Großmüttern. »Überrumpelt? Ich habe sie *nicht* überrumpelt. Ich habe sie beim Poker besiegt. Ehrlich und fair gewonnen.« Sie kreuzte die Finger, während sie sich an einer nicht vorhandenen Stelle am Hinterkopf kratzte.

Er zog seinen Stuhl heraus und lehnte seine Krücken gegen die Wand. »Tatsächlich. Du hast drei Kerle, die schon fast so lange Poker spielen, wie ich sie kenne, bei deinem ersten Versuch besiegt – und zwar *genau* dann, als du sie als Arbeitskräfte gebraucht hast?«

Ihr Sandwich verharrte auf halbem Weg zum Mund. »Mir gefällt nicht, was du da unterstellst, Jared.«

Er setzte sich. »Und mir gefällt es nicht, wenn meine Freunde ausgenutzt werden. Nicht einmal von ihrer eigenen Schwester.«

Mac ließ ihr Sandwich auf den Teller sinken. Sie hatte ihre Brüder nicht ausgenutzt. Sie hatte nur getan, was nötig gewesen war, um zu gewinnen, und wenn Kartenzählen eine Sünde wäre, stünde es wohl neben den anderen Geboten in Stein gemeißelt. In den meisten Casinos war es nicht einmal illegal, also konnte er ihr auch deswegen keinen Vorwurf machen. »Ich habe sie *nicht* ausgenutzt. Meine Brüder hätten jederzeit aussteigen und die Wette nicht annehmen können. Niemand hat sie gezwungen, den Einsatz zu bringen.«

Jared schob sich ein Stück Avocado in den Mund und ließ sich beim Kauen alle Zeit der Welt. »Ist das so?«

Ihre Brüder spielten ständig zusammen. Sie kannten die Stärken und Schwächen der anderen. Kannten ihre Bluffs und ihr Pokerface. Sie war unvorbereitet dazugekommen; sie hatte die Chancen ausgleichen müssen, aber es war ja nicht so, als hätte sie Asse im Ärmel gehabt, die sie ins Spiel geschmuggelt hatte. Sicher, sie hatte gezählt, aber das Zählen war eher was für Blackjack, nicht für Poker. Trotzdem hatte sie die Theorie auf Poker anwenden können, aber wenn die Karten nicht richtig gefallen wären, hätte ihr das Wissen um die Flushes und Straights auch nichts genützt, wenn sie kein Blatt gehabt hätte, um sie zu schlagen. Es gab vorab keine Garantien, und nur weil die Dinge so gefallen waren, wie sie sie brauchte, hatte es funktioniert. Andernfalls würde sie jetzt deren Wohnungen putzen und Bryans Maserati stünde nicht in ihrer Einfahrt.

Also ja, sie hatte die Chancen zu ihren Gunsten beeinflusst, aber nur, weil sie von Anfang an gegen sie gestanden hatten. Und es war ja nicht so, als würde sie jemandem wehtun. Die Jungs arbeiteten ein bisschen, halfen Leuten, die es nötig hatten, und sie bekam PR. Es war eine Win-Win-Situation für alle, und wenn es dazu kam, weil sie sich ein bisschen mehr angestrengt hatte, um sicherzustellen, dass die Dinge *tatsächlich* zu ihren Gunsten liefen, nun ja ... Gran hatte den Plan abgesegnet. Eigentlich war es sogar Grans Plan *gewesen*. Zumindest die Grundidee.

Aber das musste niemand wissen. Am allerwenigsten Jared.

Sie wickelte die Serviette um den Rest ihres Sandwiches; ihr Appetit war verflogen. »Ich sollte wieder an die Arbeit gehen. Je schneller ich fertig bin, desto eher bin ich dir nicht mehr im Weg.«

Sie wollte an ihm vorbeigehen – und war genauso überrascht wie er, wenn man nach seinem Gesichtsausdruck ging –, als er sie mit einer Hand am Arm stoppte.

An ihrem nackten Arm. Mit seiner bloßen Hand.

Der Kerl sollte seinen Baseballhandschuh tragen, während sie hier war, denn Hitze schoss ihren Arm so schnell hoch, dass sie fast aus der Haut gefahren wäre.

Das hier war weit mehr als eine Jugendschwärmerei. Damals mochte sie auf ihn gestanden haben, aber das hier ... das war eine rein weibliche Reaktion, und es ärgerte sie maßlos.

»Was ist?«, herrschte sie ihn an, vielleicht ein bisschen schroffer, als sie beabsichtigt hatte.

Jared ließ ihren Arm los, als hätte er sich verbrannt. »Ich ... Warte.«

Er fuhr sich mit der Hand durchs Haar und atmete tief aus. »Kannst du dich bitte setzen? Es tut mir leid, dass ich so ein Arsch war. Ich sollte meinen Frust nicht an dir auslassen.«

Kommt drauf an, warum er frustriert war ...

Mac setzte sich.

Und wartete. Jared sagte nichts.

»Ich habe zu tun, Jared. Und musst du dich nicht um die Kätzchen kümmern?«

»Den Kätzchen geht's gut. Sie schlafen wie die Murmeltiere.« Er atmete aus, und die Worte schienen sich mühsam an seinen Lippen vorbeizudrängen. »Könntest du ... na ja, hierbleiben und mit mir essen? Es tut mir leid, dass ich so unausstehlich war. Ich fühle mich zurzeit selbst unausstehlich. Das ist zwar keine Entschuldigung, aber ich bin nicht auf dich sauer.«

»Du kennst wohl viele andere Leute, die ihre Brüder bei einer Pokerrunde *überrumpelt* haben, denn das klang für mich ziemlich persönlich.«

Er zuckte zusammen. »Wie ich schon sagte, Mac, ich sollte meinen Frust nicht an dir auslassen. Können wir so tun, als hätte ich das nie gesagt? Ich bin es so verdammt leid, allein zu essen. Im Krankenhaus stellen sie dir das Essen hin und gehen wieder. In der Reha wollten sie nur sicherstellen, dass ich weiß, wie man eine Gabel benutzt und mir damit nicht ins Auge steche. Danach war ich bei den Mahlzeiten auf mich allein gestellt. Es wurde – es ist – irgendwie einsam.«

Gut, dass sie bereits saß. Jared Nolan gab eine Schwäche zu? Sie hätte nie gedacht, dass sie diesen Tag noch erleben würde.

»Na ja, ich bin sicher, du hattest Besuch.« Weiblichen Besuch, zweifellos. Nichts lockte Frauen mehr an als ein Mann in Not. Ein gut aussehender, reicher Profisportler in Not.

Sie hatte darüber nachgedacht, ihn zu besuchen, aber wozu? Er hätte sich nicht gefreut, sie zu sehen, also gab es keinen Grund, sich das anzutun. Sie hatte Liam Kekse mitgegeben – womit sie genau wie all die anderen Frauen wirkte, die ihm Essen gebracht hatten. Igitt. So viel zum Thema, nicht mit der Masse mitzuschwimmen.

»In der ersten oder zweiten Woche bekommt man Besuch, wenn man noch zu benommen ist, um zu merken, wer überhaupt da ist. Wenn man eigentlich nur allein sein und schlafen will. Erst wenn der Heilungsprozess beginnt, wenn man auf dem Weg der Besserung ist, denken die Leute, es sei alles wieder gut, und machen mit ihrem Leben weiter. Dann setzt die Einsamkeit ein. Ich wäre vor Langeweile gestorben, wenn deine Brüder nicht gewesen wären. Auf die kann ich mich immer verlassen.«

Sie kannte das Gefühl. »Ja, aber saßt du nicht heute Morgen direkt daneben, als es an der Tür geklingelt hat? Erzähl mir nicht, dass das nicht schon öfter passiert ist.«

Jared seufzte. »Das meine ich nicht.« Er massierte sich den Nacken. »Freunde. Familie. Davon rede ich. Ich habe im Moment keine Lust, neue Leute kennenzulernen, besonders nicht Frauen, die nur das eine im Kopf haben.«

»Wow. Ich kann nicht glauben, dass du das gerade gesagt hast. Ich dachte, man entzieht dir die Männlichkeitskarte, wenn du garantierten Sex ablehnst.«

Jared zuckte mit den Schultern. »Das ist nichts Neues. Groupies. Frauen, die sagen wollen, dass sie es mit einem Profisportler getrieben haben. Nicht meine Welt.«

»Hätte mich jetzt fast getäuscht. Ich habe deine Fotos überall in den

Boulevardblättern gesehen, mit der einen oder anderen Schauspielerin an deinem Arm.«

Sein Mundwinkel zuckte nach oben. »Spionierst du mir etwa nach?«

Großartig. Genau das sollte er nicht denken. »Meine Brüder kommentieren das. Besonders Liam und Sean. Sie wollen wissen, ob du Bryan in der Kategorie ›Frauenverschleiß‹ übertriffst.«

»Frauenverschleiß? Deine Brüder brauchen ein Hobby, wenn sie mein angebliches Liebesleben in den Medien verfolgen. Die Wahrheit ist, ich habe diese Frauen immer als das gesehen, was sie waren. Was sie wollten. Genau wie ich die Juliettes und Maeves der Nachbarschaft durchschaue. Wenn man in meiner Position ist, ist es schön, jemanden um sich zu haben, der einen wirklich kennt. Leute, bei denen ich meine Deckung fallen lassen und ich selbst sein kann. Das passiert nicht bei irgendwelchen Brownie-Lieferungen.«

Er tat ihr fast leid, denn er hatte recht. Wenn man ganz unten war, wollte man Menschen um sich haben, denen man am Herzen lag. »Nun ja, da wären ja noch deine Eltern.«

Sein Gesicht verzog sich, und er blickte weg. »Das sollte man meinen, oder? Aber sie sind im Urlaub.«

Er war monatelang im Krankenhaus gewesen. »Das ist ein verdammt langer Urlaub.«

»Jap.«

Ein einziges Wort, so viel Ungesagtes, aber doch so aussagekräftig.

Sie hatte seine Mutter schon immer für ein bisschen unterkühlt gehalten, aber ihr eigenes Kind nach einem Unfall nicht im Krankenhaus zu besuchen? Das ging über Macs Vorstellungskraft. Gran hätte im Krankenzimmer ein Zelt aufgeschlagen, bevor sie eines ihrer Enkelkinder länger als eine Stunde allein gelassen hätte.

»Aber was ist mit Mildred? Sicher hat sie dich besucht.«

»Hat sie. Und es ist immer schön, sie zu sehen, aber du weißt ja, wie Großmütter sind. Immer am Rummscheuchen. Die Kissen zurechtrücken, zu viele Decken drüberlegen … Ich liebe meine Großmutter und sie meint es gut, aber niemand will sich mehr wie ein Invalide fühlen, als er ohnehin schon ist.«

»Und ich bin sicher, Gin Rummy wurde nach einer Weile auch langweilig.«

Jared lachte, und Gott, wie es sein ganzes Gesicht veränderte.

Nicht, dass sein Gesicht Hilfe nötig gehabt hätte, so umwerfend wie es war, aber der Glanz kehrte in seine Augen zurück. Dieses gewisse ... Strahlen, mangels eines besseren Wortes. Um Jared gab es schon immer dieses Strahlen. Ein Licht. Wie die Sonne, die jeden wärmte und in ihre Umlaufbahn zog. Charisma. Heute als Erwachsene wusste sie, wie man es nannte, aber damals war es ihr so vorgekommen, als würde für sie mit ihm tatsächlich die Sonne auf- und untergehen.

Und falls Mac gedacht hatte, sie stecke *vorher* schon in Schwierigkeiten, war sie jetzt weit über einfache Schwierigkeiten hinaus und direkt auf dem Weg ins Desaster. Denn einen mürrischen Jared konnte man leicht auf Distanz halten, aber dieser hier ... dieser reuige, entschuldigende Jared, der über ihre Witze lachte ... gegen diesen Jared hatte sie kaum Verteidigungsmöglichkeiten.

»Ja, Oma wollte tatsächlich Gin Rummy spielen. Das erinnert mich an den Sommer mit dem Turnier. Erinnerst du dich?«

Als ob sie das vergessen könnte. Sie hatte sich tatsächlich durch die Runden gekämpft und ein Match gegen ihn gehabt.

Sie war eine ganz gute Spielerin gewesen, aber als sie ihm an diesem Tisch gegenübergesessen hatte, hatte sie sich nicht auf die Karten konzentrieren können. Ihre arme Zunge hatte sich fast verknotet, um nichts Dummes zu sagen, und zwar so sehr, dass sie so lächerlich haushoch verloren hatte, dass sie beim bloßen Gedanken an das Ergebnis am liebsten im Boden versunken wäre. Ganz zu schweigen von der Tatsache, dass sie wahrscheinlich das ganze Match über Herzchen in den Augen und einen dämlichen Gesichtsausdruck gehabt hatte – und es hatte kürzer gedauert als jedes andere Spiel, das sie je gespielt hatte.

»Willst du eine Revanche?«„ fragte Jared.

»Ich? Jetzt? Hier?«

»Ja, warum nicht? Und natürlich.« Dieses verdammte Lächeln von ihm war einfach zu anziehend. Genau wie sein Charme und sein Charisma. »Bitte.«

Und dass er *bitte* sagte ...

Sie stand auf. »Ich schätze mal, die Karten liegen noch in derselben Schublade?«

Sie wartete Jareds Antwort gar nicht erst ab. Selbst eine Atempause von wenigen Sekunden war ihr willkommen, um ihre Hormone wieder in Einklang mit dem rationalen Teil ihres Gehirns zu bringen, der sagte, dass das hier wahrscheinlich keine gute Idee war.

Sie steuerte auf das Nähset zu, das Mildred als Wanddekoration im vorderen Salon benutzte, und öffnete die dritte Schublade von oben auf der linken Seite. Die Karten waren schon oft benutzt worden, als Gran sie und ihre Brüder früher zu Besuchen bei Mildred mitgebracht hatte.

»Du gibst zuerst aus.« Jared schob die drehbare Servierplatte auf die gegenüberliegende Seite des Tisches, nachdem er einen Stift und den Einkaufsnotizblock seiner Großmutter heruntergenommen hatte. »Ich schreibe auf.«

Sie schüttelte den Kopf. »Oh nein, das tust du nicht. Ich bin nicht mehr das achtjährige Mädchen von damals. Ich weiß noch genau, wie gut du addieren konntest – immer zu deinen Gunsten. Du gibst aus, und *ich* schreibe auf.«

»Beschuldigst du mich etwa des Schummelns?«

Sie mischte das Deck und legte es dann verdeckt vor ihn hin. »Wer's sagt, ist es selber.«

*Oder hieß es eher: Der Esel schimpft das Pferd Langohr?*

»Ich trage gar keine Schuhe.«

Und vorhin hatte er keine Hose getragen. Oder ein Hemd. Sie hatte mehr von Jareds halbnacktem Körper gesehen, als ihr lieb war. Nun ja, nein, das stimmte nicht ganz; sie hatte mehr von Jareds halbnacktem Körper gesehen, als gut für sie war. Sie war immer noch eine Frau, die einen ansehnlichen männlichen Körper zu schätzen wusste, und Jareds Figur war jenseits von Gut und Böse.

»Nun, nur um die Sache ehrlich zu halten, Jared, schreibe ich die Punkte auf. Ganz offen hier vor dir, damit du meine Rechenkünste überprüfen kannst. Gib aus.«

Er nahm die Karten auf und mischte sie. »Mir gefällt nicht, was du da unterstellst, Prinzessin.«

»Na, wo habe ich das bloß schon einmal gehört?« Sie nahm ihre Karten auf. Hey, schon ein Drilling. Sie würde ihn zu gerne schlagen, nur um ihm zu zeigen, dass sie niemanden täuschen musste, um zu gewinnen.

Obwohl ihre Fähigkeiten im Kartenzählen vielleicht ganz nützlich sein könnten.

Sie besiegte ihn in der ersten Runde.

»Anfängerglück«,, sagte er und schob die Karten zusammen.

»Ich bin keine Anfängerin. Ich habe schon früher gespielt.«

Er klopfte den Stapel auf der langen Kante fest und reichte ihn ihr. »Nicht so, wie du jetzt spielst. Ich erinnere mich deutlich daran, wie ich dich in jedem Spiel vernichtet habe.«

»Fühlst du dich gut dabei, was?« Sie mischte das Deck und teilte aus, wobei sie sich auf ihr Pokerface verließ, um nicht zu verraten, dass der wahre Grund, warum er sie damals immer hatte schlagen können, der war, dass sie sich nicht auf die Karten konzentriert hatte. Nicht, wenn sein Haar von der Sonne aufgehellt war, seine Haut gebräunt, und diese unglaublichen grünen Augen, von denen sie früher geträumt hatte, und dieses Lächeln direkt vor ihr waren.

Aber jetzt konzentrierte sie sich. Sie wollte ihn schlagen.

Jared nahm die oberste Karte vom Nachziehstapel und warf eine Kreuz-Zwei ab. »Was für Jobs hattest du sonst noch, Mac? Ich weiß eigentlich gar nicht viel darüber, was du so mit deinem Leben angefangen hast.«

Offensichtlich hatte Mildred nicht so sehr *ihr* Loblied gesungen, wie Gran seins gesungen hatte. Sie nahm die Zwei auf, steckte sie zu der anderen Zwei in ihrer Hand und warf eine Karo-Sechs ab. »Ich habe gekellnert. Das war auch ziemlich lukrativ, aber die Startkosten für ein Restaurant sind viel höher als für einen Reinigungsservice.«

Er nahm die Sechs auf. »Ich schätze, ein paar Staubmops und Besen kosten nicht die Welt.«

Sie verzichtete auf die Pik-Acht, die er abwarf, und nahm eine vom Stapel. »Und Staubsauger und Teppichreiniger und Dampfreiniger für Hartholzböden. Vergessen wir das nicht. Das summiert sich. Besonders, wenn man die Kosten mit vier oder fünf Angestellten multipliziert. Und dann ist da noch der Transporter. Ich hole ihn diese Woche ab.« Sie tippte mit dem Herz-Buben gegen den Karo-Buben. Er sammelte Karo, aber alle vier Buben zu bekommen, würde schwierig werden.

»Transporter?«

Sie behielt den Buben und warf die Neun ab. »Ja, einen Firmentransporter. Momentan erstatte ich Fahrtkosten und einen Teil der Kfz-Versicherung meiner Angestellten, aber irgendwann hätte ich gerne eine Flotte von ›Manley Maids‹-Trucks auf den Straßen, wegen des Brandings. Im Moment nutzen wir Magnetfolien für die Autos, um den Namen bekannt zu machen, aber um professionell zu wirken, muss man auch professionell auftreten.«

Jared nahm eine Karte vom Stapel und klopfte mit der Kante auf den

Tisch. »Ich bin beeindruckt. Ich habe mir nie wirklich viele Gedanken darüber gemacht, was dazu gehört, so ein Unternehmen aufzuziehen. Ich dachte, man braucht einfach nur Kunden.«

»Die braucht man, aber es gibt viele Firmen, die um das Geschäft konkurrieren. Deshalb brauchte ich etwas, womit sich mein Unternehmen von der Konkurrenz abhebt.«

»Daher deine Brüder in Dienstmädchenkostümen.«

»Genau.« Sie sah ihn an. Er starrte sie an, und sie war sich nicht ganz sicher, wie sie sich dabei fühlen sollte.

Nun ja, befangen zum einen. Sie war immer befangen, wenn Jared sie so ansah. Wenn sie in jener Nacht auf Grans Gartenweg ihre große, hoffnungsvolle Klappe gehalten hätte, würde sie sich jetzt vielleicht nicht so unwohl in seiner Nähe fühlen.

Aber das hatte sie nicht, also musste sie mit den Konsequenzen leben. »Wirst du diese Karte noch spielen?«

»Hm?« Er sah die Karte in seiner rechten Hand an und tauschte sie gegen eine in seiner linken aus. »Klingt, als hättest du einen Plan, Mac.«

»Den sollte ich auch haben, denn mit Wünschen allein kommt man nicht weiter. Man muss die Dinge anpacken.« Sie nahm eine weitere Karte auf und legte ihr Blatt hin. »Gin.«


Jared betrachtete die Frau gegenüber, jemanden, von dem er dachte, er kenne sie, aber als er die Worte und Pläne aus ihrem Mund hörte, fiel es ihm schwer, diese unternehmerische Geschäftsfrau mit dem Kind mit den Zöpfen in Einklang zu bringen, das ihm mal eine Knutscherei mit Jamie Sheridan vermasselt hatte.

Ihm gefiel, was er sah. Und das war ein Problem.

Er warf seine Karten hin; er war nicht einmal nah dran, sie zu schlagen. Falls sie ihn beim Spielen ausgetrickst hatte, wusste er nicht wie. »Morgen zur gleichen Zeit? Gibst du mir die Chance auf eine Revanche?« Er zog seine Krücken zum Tisch und stand auf.

»Die Chance gebe ich dir, aber erwarte nicht, dass es dir gelingt. Der Punktestand spricht eine deutliche Sprache.« Sie tippte mit dem Radierende des Bleistifts auf das Papier. »Pech gehabt, Jared.«

»Große Jungs weinen nicht. Und es ist noch Zeit genug, dich zu schlagen.«

Sie zuckte die Achseln und stapelte die Karten und den Wertungsbogen auf der Servierplatte. »Große Töne. Mal sehen, ob du es beim nächsten Mal auch bringst.«

»Die Wette gilt.« Die Kätzchen begannen, sich bemerkbar zu machen. »Mann, haben die einen Hunger.«

»Wie kann ich helfen?«

*Küss mich.* Der Gedanke schoss ihm zusammen mit dem Bild dieses dämlichen Was-hab-ich-mir-nur-dabei-gedacht-Kusses durch den Kopf. Er hätte es niemals tun dürfen. Er hätte Abstand halten sollen. Denn jetzt wusste er genau, wie Mac schmeckte. Wie sie sich anfühlte. Wie sie in seine Arme passte.

»Schnapp dir die Fläschchen, ich hol die Küchentücher.«

Als sie beim Gehege ankamen, gab es eine *reizende* Bescherung, die weggemacht werden musste, und vier Kätzchen, die ein Bad brauchten. Schon wieder.

»Willst du mich auf den Arm nehmen? Wo kommt das alles her? Die sind doch gar nicht so groß.« Jared hielt den Atem an, während er sich ein feuchtes Küchentuch schnappte und Larry hochhob.

Mac schwenkte das Fläschchen. »Oben rein, unten raus.«

»Das hast du nicht erwähnt, als du mir gesagt hast, ich müsse mich um die Dinger kümmern.«

»Es ist nicht mein Job zu wissen, was du nicht weißt.« Sie bereitete flink die vier Fläschchen vor und nahm ihm Larry ab, sobald er das kleine, schmutzige Fellknäuel gesäubert hatte.

Larry nuckelte an der Flasche, und sein Schmatzen verstärkte nur das Miauen seiner Geschwister. Jared arbeitete schnell, um den Rest von ihnen sauber zu bekommen, und wie am Fließband machte er eines fertig und reichte es Mac weiter, die ihm ein Fläschchen ins Mäulchen schob. Sie hatte ein gutes System, stützte das Fläschchen auf dem Rücken des vorherigen Kätzchens ab, sodass Larry fast fertig mit dem Fressen war, als er mit Curly fertig wurde, und die anderen beiden schon zufrieden vor sich hin nuckelten.

»Ich füttere das hier.«

Sie tippte auf Shemps Rücken. »Leg ihn hierher. Du musst das Gehege saubermachen.«

»Ich dachte, die sollten das Katzenklo benutzen.« Er starrte auf die Wanne, die er für diesen Zweck gefüllt hatte. Sie war so makellos wie dieser Zen-Garten-Sandscheiß auf dem Schreibtisch, den sein Catcher ihrem Coach nach der Schimpftirade geschenkt hatte, als sie das Eröffnungsspiel der letzten Saison verloren hatten.

»Das sind Babys, Jared. Die müssen das erst lernen. Du musst es ihnen beibringen.«

»Ich dachte, das hätte ich«, murmelte er und wischte eine besonders ominöse Stelle auf dem Teppich ab, wo sich jemand unter die Handtücher gegraben hatte, die er genau aus diesem Grund ausgelegt hatte. »Das gibt einen Fleck.«

»Ich habe etwas in meinem Arsenal dafür. Keine Sorge, ich kümmere mich darum.«

»Die Wette gilt.« Er sammelte die Handtücher mit einer Hand ein, während er sich mit der anderen Hand und seinem gesunden Bein abstützte und zu Gott betete, dass er nicht auf das Auslaufgehege kippen und es mit sich reißen würde.

»Ich glaube, dafür gibt es eine Yoga-Stellung«, sagte sie. »Der balancierende Tisch, glaube ich.«

»Ich mache kein Yoga.«

»Ähm, ja, tust du doch.« Sie machte keinen Versuch, das Kichern in ihrer Stimme zu verbergen.

Er drehte sich um, um sie böse anzusehen, und – verdammt – fiel um. Direkt auf das Gehege. Gott sei Dank war es nur aus Plastik, aber seinen Rippen tat es trotzdem keinen Gefallen.

»Jared!« Mac war schon bei ihm, noch bevor er wieder Luft holen konnte. »Ist alles okay? Was kann ich tun?«

»Geh weg von mir.« Er wollte ihre Hilfe nicht. Er hatte es so verdammt satt, auf Hilfe angewiesen zu sein.

Er spürte, wie sie zurückwich, und sah den verletzten Ausdruck in ihrem Gesicht.

Verdammt noch mal. Konnte er nicht ein einziges Mal aufhören, sie so anzublaffen?

»Tut mir leid, Mac.« Die Worte kamen mühsam durch seine zusammengepressten Zähne hervor, und der zweite Atemzug fiel ihm schon einen Tick leichter als der erste. Der Schmerz tat höllisch weh, und sich zu entschuldigen ebenfalls. Herrje, er hatte sich in den letzten vierundzwanzig Stunden öfter entschuldigt als in den letzten vierundzwanzig Jahren. Und jedes Mal bei Mac.

Und das auch noch jedes Mal zu Recht, was der Teil war, den er am meisten hasste. Normalerweise war er kein Arschloch, und Mac hatte das ganz sicher nicht verdient.

Dass sie hier war, forderte seinen Tribut. Sie plötzlich attraktiv zu finden – und das nicht nur körperlich – brachte seine festgefahrenen Vorurteile über sie und seinen ganzen Vorsatz, sich von emotionalen Verwicklungen fernzuhalten, völlig durcheinander. Das würde mit Mac nicht so einfach werden, wie er gedacht hatte.

»Es tut mir leid, Mac. Das ist eine instinktive Reaktion. Ich habe es einfach satt, dass ständig an mir herumgefummelt wird. Erst die Ärzte, dann die Reha ...« Er mühte sich ab, sich auf den Hintern zu setzen, was kein leichtes Unterfangen war, da seine Rippen protestierten.

»Das verstehe ich.« Sie hockte sich zurück, ihre Finger weit genug von seiner Haut entfernt, sodass er sie nicht spüren konnte.

Aber die Erinnerung blieb.

»Du musst dir so hilflos vorkommen. Den Launen des Schicksals ausgeliefert, unfähig, irgendetwas für dich selbst zu tun, immer auf andere angewiesen. Das muss echt ätzend sein.«

Er sah sie an. Sah sie wirklich an. »Ja. Genau so ist es. Ich bin es so leid, um Hilfe zu bitten, Dinge neu lernen zu müssen oder neue Wege finden zu müssen, wie man etwas erledigt.« Vor allem, weil er es nicht selbst verschuldet hatte. Das war es, was ihn am meisten wurmte; wenn Camille nicht so gierig und falsch gewesen wäre, wäre er jetzt nicht in dieser Situation und könnte das Leben führen, für das *er* verdammt noch mal so hart gearbeitet hatte. »Ich hätte nicht erwartet, dass du das verstehst.«

Natürlich hatte er das nicht. Weil er immer nur das Schlechte von ihr dachte.

Mac wusste nicht, warum sie sich überhaupt die Mühe gemacht hatte. Sie hätte ihn einfach dort liegen lassen sollen.

Außer dass er eben Jared war und alte Gewohnheiten nur schwer abzulegen sind.

Sie rollte sich auf ihre Fersen zurück und drehte sich zu dem Ohrensessel um, wo sie die Kätzchen hinter ein paar Kissen abgelegt hatte. Sie schnappte sie sich, bevor Curly einen Abgang auf den Boden machen konnte. »Die

Kleinen sind alle satt und haben offensichtlich ihr Geschäft erledigt. Du musst jetzt nur noch ein bisschen mit ihnen spielen, um sie müde zu machen, dann sollten sie für ein paar Stunden schlafen.«

Sie hob einen Strickkorb vom Boden auf, leerte den Inhalt aus und setzte die Kätzchen hinein. »Wo soll ich sie hinstellen?«

»Irgendwohin.« Schmerz huschte über sein Gesicht. Echter Schmerz, nicht nur die Frustration, die sie zuvor gesehen hatte.

Sie hatte Jared noch nie so in einer schwachen Position gesehen wie in diesen letzten Tagen. In all den Jahren, in denen sie ihn gekannt und heimlich angeschmachtet hatte, hatte sie ihn nie anders als zu hundert Prozent souverän erlebt. Er hatte immer einen Plan gehabt, hatte immer gewusst, was als Nächstes kam und wie er seine Ziele erreichen konnte. Das hatte ihn zu dem Profispieler gemacht, der er war – und zu dem Kotzbrocken, der er sein konnte. Ihn also so leiden zu sehen, wie er da auf dem Boden hockte ...

»Jared, du hattest recht. Du schaffst das nicht. Das mit den Kätzchen ist zu viel.«

»Spar dir das, Prinzessin. Fang nicht damit an, mir zu sagen, was ich kann und was nicht. Ich kann mich wohl um ein paar Kätzchen kümmern, um Himmels willen.«

»Du brauchst Hilfe.«

»Genau das habe ich mir auch gedacht, Mary-Alice«, erklang eine neue Stimme aus dem Flur.

Noch eine Brownie-Lieferung? Mac war sich sicher gewesen, die Haustür abgeschlossen zu haben.

Sie sah über ihre Schulter, während Jared die Augen zusammenkniff.

»Oma.«

»Hallo, Schatz. Mary-Alice hat recht, weißt du. Du solltest das wirklich nicht alleine machen.« Mildred – Jareds Großmutter – trat ein paar Schritte weiter in den Salon. »Deshalb ziehe ich wieder hier ein.«

»Nein.« Jared stützte sich auf seine Ellbogen hoch.

»Wie bitte?« Mildred verschränkte die Arme und tippte mit dem Fuß auf.

Oje. Mac wusste, was das bedeutete. Mildred und Gran waren befreundet und teilten viele derselben Eigenarten. Das hier war eine, die Mac niemals am eigenen Leib erfahren wollte.

»Tut mir leid, Oma. Ich meinte nur, dass du das nicht musst. Du hast doch deine neue Wohnung, warum solltest du hierher zurückwollen?«

Mildred kniff die Augen zusammen. »Ich mag zwar im Seniorenheim sein, Jared, aber ich stehe noch nicht mit einem Bein im Grab. Du kannst mich nicht aus meinem eigenen Haus verdrängen. Mir gehört dieser Ort immer noch.«

»Ich weiß. Ich meinte nur –«

»Ich bin sicher, was Jared sagen will, Mrs. Nolan, ist, dass Sie Ihr Leben nicht umkrempeln sollten, um sich um einen Haufen Kätzchen zu kümmern.« Mac musste dazwischengehen und die Wogen glätten, denn sie wollte nicht, dass Mildred am Ende verletzt war, und Jared litt zu sehr, um klar denken zu können – wovon sie sich ja gerade aus erster Hand hatte überzeugen können. »Wir werden das schon hinkriegen.«

»Wir?« Mildred bekam ein strahlendes Lächeln im Gesicht. »Dann wirst du meinem Enkel also helfen, Mary-Alice?«

»Ähm, ja. Sicher.« Mac lächelte so süß sie konnte, während sie die Zähne zusammenbiss. Sie hätte ihre große Klappe halten sollen. Das *Letzte*, was sie wollte, war, die Hoffnungen von Gran und Mildred zu nähren. Sie war nicht dumm; sie wusste genau, worauf Mildred hinauswollte. Das Problem war, dass sie es nicht verhindern konnte, ohne zwei Menschen zu verletzen, die sie liebte.

Ganz zu schweigen davon, dass am Ende *sie* diejenige sein könnte, die verletzt wurde, wenn sie es nicht stoppte.

»Oh, gut.« Mildred presste die Hände vor ihr Herz wie ein Kind im Süßigkeitenladen. »Jetzt, wo ich weiß, dass du hier bleibst, kann ich beruhigt sein.«

»Hier bleiben? Oh, aber ich hatte nicht vor –«

»Unsinn, Liebes. Natürlich musst du das. Siehst du denn nicht, wie schwer das für ihn ist?« Mildred nickte in Jareds Richtung.

Ein finster dreinblickender Jared.

Großartig. Ein Schritt vor, sechs Schritte zurück.

»Oma ...«

Mildred winkte ab. »Es ist also beschlossene Sache. Mary-Alice wird bleiben, bis es dir besser geht, Jared. Auf diese Weise muss ich mir keine Sorgen machen, dass du dich noch mehr verletzt. Andernfalls müsste ich selbst wieder hier einziehen.« Sie tätschelte Mac die Schulter. »Danke, Mary-Alice. Ich kann dir gar nicht sagen, wie erleichtert ich bin.«

Das machte dann wohl eine von uns.

# Kapitel Zwölf

Auf keinen Fall. Kommt nicht in die Tüte. Mac würde keine einzige Minute der Dunkelheit unter diesem Dach verbringen. Er brauchte keinen weiteren Moment der »Neugier«. Es war schon schlimm genug gewesen, dass er am helllichten Tag in Versuchung geraten war – und ihr nachgegeben hatte; die Dunkelheit verlieh der Sache eine ganz andere Dimension.

»Findest du das nicht auch eine wunderbare Idee, Jared?« Grandma hatte ein Lächeln im Gesicht, das so groß war wie die Narbe an seinem Oberschenkel, und ihr ein *Nein* vor den Kopf zu knallen, würde noch mehr wehtun.

Mist.

»Äh, ja, sicher. Danke.«

»Mensch, kling doch mal ein bisschen dankbarer«, sagte Mac. »Gib einem Mädel das Gefühl, erwünscht zu sein.«

Das war ja das Problem – er begehrte sie *tatsächlich*, so überraschend das auch war. Und nicht, damit sie sich um Kätzchen kümmerte oder ihm mitten in der Nacht Schmerzmittel brachte.

Wenn sie ihm hingegen die Kissen aufschütteln wollte, nun, für diese Idee wäre er eventuell offen.

»Schmerzmittel. Badezimmerschrank. Oberstes Regal. Bitte.« Es waren nicht die Rippenschmerzen, die ihn in abgehackten Sätzen sprechen ließen.

»Mary-Alice, Liebes, hättest du wohl die Güte?«

»Klar. Kein Problem.« Mac sprang auf und rannte so zur Tür hinaus, dass er zu dem Schluss kam, die Uniform sei am Ende doch gar nicht so übel.

*Lass die Augen von ihrem Hintern.*

»Was machst du hier, Grandma? Ich wusste nicht, dass du herkommen wolltest.«

»Mir gehört das Haus, Jared. Mir war nicht bewusst, dass ich meinen Besuch ankündigen muss.«

»Tut mir leid. Ich habe nur …«

»Schmerzen. Ja, ich weiß.«

Das war nicht das, was er hatte sagen wollen, aber mit ihr darüber zu streiten, dass Mac hierblieb, würde nichts bringen. Das musste er direkt mit Mac klären.

Grandma setzte sich auf das Sofa. »Ich wünschte, ich könnte dir beim Aufstehen helfen, aber ich fürchte, ich bin nicht stark genug und ich möchte dich nicht noch mehr verletzen. Deshalb ist es viel besser, wenn Mary-Alice bleibt. Sie ist in besserer Verfassung als ich. Vielleicht kann sie dir helfen –«

»Nein.« Er musste nicht über Macs Verfassung nachdenken und er brauchte sie definitiv nicht in seiner Nähe. »Lass nur. Ich schaffe das. Ich brauche nur die Schmerzmittel.« Oder ein paar Gläser Whisky, nur um die schlimmsten Spitzen zu kappen.

Er redete immer noch nicht von den Rippenschmerzen.

Obwohl die Dinger verdammt wehtaten. Er verlagerte sein Gewicht, um den Druck etwas zu mindern. »Also, was führt dich hierher, Grandma?« Sie war viel zu offensichtlich. Aber sie würde seinen Sturz nutzen, um ihren Willen durchzusetzen, also taten er und Mac gut daran, sie zu gewähren. Was sie nicht wusste – nämlich, dass Mac *nicht* blieb –, würde sie nicht belasten.

»Zwei Dinge. Erstens wollte ich mich bei Mary-Alice bedanken, dass sie das für mich macht. Sie ist so ein liebes Mädchen, dass sie mir nichts berechnet. Obwohl ich sie bezahlen werde. Ich nehme keine Almosen an.«

»Es sind keine Almosen, Grandma. Sie will es für dich tun.«

»Ja, nun, das ist ja alles schön und gut, aber dieses Geschäft ist ihr täglich Brot. Ich kann es nicht mit meinem Gewissen vereinbaren, von ihr zu nehmen, wenn sie sogar ihre Brüder um Hilfe bitten musste. Was meinst du, wie viel ich ihr zahlen sollte, Jared?«

»Sie wird es nicht annehmen. Das weißt du. Ich regel das. Ich werde sie für dich bezahlen. Ich garantiere dir, von mir nimmt sie Geld.« Er hoffte nur, dass das alles sein würde, was sie von ihm nahm, denn Mac Manley entpuppte sich als ganz anders, als er gedacht hatte.

»In Ordnung. Und dann zahl ich es dir zurück.« Grandma änderte ihre Sitzposition auf dem Sofa und kreuzte die Beine an den Knöcheln, wie er es schon immer von ihr kannte. *Wie eine Dame*, hatte sie gesagt.

Mom hatte immer noch »alte« hinzugefügt.

Aber gut, seine Mutter war eine arrogante Pute. Sie blickte auf Grandma herab, weil sie ihre Kleider selbst nähte, für die Kirche backte und ein einfaches Leben führte. Wenn man Mom glaubte, hatte Grandma das Geld aus der Lebensversicherung, das Großvater hinterlassen hatte, »gehortet«, aber Jared fand, dass sie ziemlich schlau gewesen war. Das Haus gehörte ihr komplett und sie hatte genug gehabt, um sich in die Einrichtung einzukaufen, in der sie jetzt lebte.

Sie war es auch gewesen, die darauf bestanden hatte, dass er sich hier erholte. Mom hatte ihm nicht ihr Haus angeboten – nicht, dass er hingegangen wäre –, weil sie verreist waren und es keinen Sinn ergeben hätte, Personal nur für ihn zu bezahlen. »Deine Großmutter wird dich aufnehmen«, hatte Mom im Krankenhaus so herablassend gesagt, als er das erste Mal aufgewacht war.

Sie hatte sich nicht einmal die Mühe gemacht, in die Reha-Klinik zu kommen, als es ihm schon besser ging; stattdessen war sie nach Europa gejettet. Manchmal bezweifelte er, ob er überhaupt von ihr abstammte, und gäbe es nicht das eine oder andere Foto als Beweis, würde er es noch mehr bezweifeln.

Gott sei Dank gab es Grandma. Sie war wirklich die einzige Familie, die er als *echte* Familie bezeichnen konnte. Der Rest waren nur biologische Verwandte, eine idealisierte *Landlust*-Version dessen, wie eine Familie sein sollte, und wenn er eines durch den Mannschaftssport gelernt hatte, dann, dass Biologie noch lange keine Familie macht. Verdammt, sogar Liam, Bry und Sean hatten ihn öfter besucht.

»Und was ist die zweite Sache?« Jared wollte sich aus diesem Sumpf ziehen. Mit den Verfehlungen seiner Eltern hatte er über die Jahre umzugehen gelernt.

Grandmas Lächeln verschwand. »Ich hatte gehofft, du könntest Mary-Alice helfen.«

Er liebte seine Großmutter, aber sie hatte keine Ahnung, was sie da verlangte. Oder vielleicht doch ... »Grandma, wie du siehst, bin ich nicht gerade in der Verfassung, irgendwelche Putzarbeiten zu erledigen.«

»Nicht beim Putzen, Jared. Ich brauche Hilfe bei etwas anderem. Von euch beiden.«

Ihr Tonfall beunruhigte ihn, und alle möglichen Szenarien schossen ihm durch den Kopf. »Was ist es denn?«

Sie faltete die Hände im Schoß und holte noch einmal tief Luft. »Nun, ich weiß nicht, ob du schon auf dem Dachboden warst, aber es ist dort ziemlich, äh, unordentlich.«

»Noch nicht.«

»Ich war irgendwie völlig außer mir, als ich das letzte Mal oben war.«

Grandma war nie außer sich. Er war überrascht, dass sie das Wort überhaupt kannte. Sie war immer ruhig und tröstlich gewesen. Über die Jahre, wann immer der Ruhm, das Tempo und die Medienberichterstattung zu viel geworden waren, hatte er immer gewusst, dass er hierher zurückkehren konnte. Grandma war das Stück Kindheit, das er über alles liebte. Wichtiger als die Meisterschaften, wichtiger als die MVP-Auszeichnungen, wichtiger als der fette Vertrag – Grandma war sein Zufluchtsort im Sturm seines Lebens. Sogar jetzt war sie es gewesen, die ihm Ruhe und Trost angeboten hatte, als sein Privatleben in Trümmern lag und seine berufliche Karriere auf den Kopf gestellt worden war. Er würde alles für sie tun.

»Warum, Grandma? Worüber machst du dir Sorgen?«

Ihre Lippen spannten sich an und sie stand auf, verschränkte nun die Hände hinter dem Rücken und begann auf und ab zu gehen.

Die Kätzchen saßen in ihrem Laufstall, nebeneinander aufgereiht, und ihre Blicke folgten ihr, als wären sie bei einem Tennismatch. Es wäre goldig, wenn sie ihn nicht so beunruhigen würde.

»Grandma?«

Sie sah ihn an. »Oh, Jared, ich bin nicht krank oder liege im Sterben. Also, körperlich nicht.«

»Jetzt machst du mir wirklich Sorgen.«

Sie strich sich übers Haar und hielt dann ihre Hand aus. Ihre linke Hand.

»Ich habe meinen Ehering verloren. Auf dem Dachboden.« Sie sah ihn an, und er konnte den Glanz von Tränen in ihren Augen sehen. »Dein Großvater hat mir diesen Ring geschenkt, als wir gerade mal siebzehn Jahre alt waren. Er hat so hart gearbeitet, um ihn zu kaufen, und obwohl er nicht so glänzend und auffällig und groß war, wie manche Leute dachten, dass ich ihn verdient hätte« – er liebte Grandma dafür, dass sie seine oberflächliche Mutter nicht in die Pfanne haute –, »ist er für mich wertvoller als alles andere, weil er ihn mir geschenkt hat. Wegen der harten Arbeit, die er investiert hat, um mich zu seiner Frau zu machen und mir ein wunderbares Leben zu ermöglichen.«

Sie ging zu ihm, nahm sein Kinn in ihre Hände und plötzlich war er wieder der kleine Junge, dessen Eltern ihn wochenlang bei ihr absetzten, damit sie in den Urlaub fahren und tun konnten, was sie wollten, ohne ihn im Schlepptau zu haben. »Dein Vater, du, dieses Haus ... Dein Großvater hat nicht viel Geld verdient, aber er hat mir alles gegeben, was ich brauchte, und mir ist ganz elend, seit mir klar wurde, dass er weg ist.«

»Wer oder was ist weg?«, fragte Mac im Türrahmen. »Oder unterbreche ich gerade etwas?«

Grandma winkte sie herein. »Nein, Mary-Alice, natürlich nicht. Du gehörst praktisch zur Familie, da deine Großmutter die Schwester ist, die ich nie hatte.« Sie nahm Macs Arm und tätschelte ihn. »Ich habe Roberts Ring verloren.« Sie hielt ihre leere Hand vor. »Ich war auf dem Dachboden und bin Kisten durchgegangen – da stehen eine Menge davon –, und erst als ich mich an diesem Abend bettfertig gemacht habe, merkte ich, dass er fehlte.«

Grandma ließ sich in den Queen-Anne-Sessel vor dem Erkerfenster sinken, kreuzte die Knöchel und rang in ihrem Schoß die Hände. Jared konnte immer noch den Abdruck ihres Eherings am Finger sehen und rechnete kurz nach. Dieser Ring war fast fünfundsechzig Jahre lang dort gewesen, obwohl sein Großvater schon seit fünfunddreißig Jahren tot war.

»Ihr könnt euch vorstellen, dass ich in dieser Nacht nicht gut geschlafen habe, und am nächsten Morgen, nun ja, da war ich ziemlich außer mir. Ich bin jede Kiste durchgegangen, die ich am Vortag in der Hand hatte, in der Hoffnung, ihn zu finden.« Sie hielt ihre Hand hoch. »Wie ihr seht, habe ich es nicht geschafft. Und ich kann dieses Haus nicht verkaufen, bevor ich ihn nicht habe, denn was ist, wenn er hier bleibt? Robert hat so hart dafür gearbeitet. Wir sind nicht ausgegangen, weil er jeden Pfennig sparte, um ihn für mich zu kaufen. Ich kann ihn nicht verlieren. Das kann ich einfach nicht. Er ist das Kostbarste, was ich von ihm habe, außer dir, mein Schatz. Und nun ja, dich kann ich mir ja schlecht an den Finger stecken, oder?«

»»Eigentlich, Grandma, hast du mich sowieso um den Finger gewickelt.«

Er entlockte ihr das Lächeln, auf das er gehofft hatte, aber es war wahr. Es gab nicht viel, was er nicht für Grandma tun würde. Einschließlich Macs Verbleib hier.

Aber nur für eine Nacht, damit er nicht lügen musste.

»Natürlich werden wir danach suchen, Mrs. Nolan.« Mac ließ sich neben Grandma auf den Boden sinken und tätschelte ihr Knie. »Richtig, Jared?«

»Natürlich.«

Grandma tätschelte Macs Schulter. »Vielen Dank, Mary-Alice. Siehst du, warum ich niemand anderen mein Haus putzen lassen konnte? Ich hätte nicht jedem vertraut, gründlich genug zu suchen. Deine Großmutter hat einen wunderbaren Sohn und vier wunderbare Enkelkinder großgezogen, also bist du die perfekte Person, um Jareds zweites Paar Augen zu sein.«

Sie sah Jared an. »Ich hole dir etwas Wasser, um die Pillen runterzuspülen. Vielleicht kann Mary-Alice dir beim Aufstehen helfen.«

Gott sei Dank drehte Grandma ihm den Rücken zu, denn er stand tatsächlich auf – allerdings nicht so, wie sie es meinte.

»Du solltest vielleicht über andere Uniformen nachdenken, Mac«, sagte er, als er die Pillen nahm, die sie ihm hinhielt.

»Oh?«

Verdammt, er hatte das Lächeln aus ihrem Gesicht gewischt. »Ich meinte nur, dass, weißt du, die Hose ...«

»Was ist damit?« Sie sah an sich herunter und drehte sich dann so, dass sie über ihre Schulter schauen konnte.

»Sie ist, äh ...« Mist. Er hatte sich da in etwas reingeritten. Er hätte es einfach gut sein lassen und den Ausblick genießen sollen. Was ging es ihn an, wenn sie wollte, dass jeder männliche Kunde sie gaffend anstarrte?

*Hatte* sie viele männliche Kunden? Und wenn ja, putzte sie bei denen persönlich?

»Was denn, Jared? Hab ich sie zerrissen oder so?«

»Oder so.« Glücklicherweise tauchte Grandma genau in diesem Moment mit seinem Wasser auf, sodass er nicht antworten musste. Mit etwas Glück würde Mac die Frage vergessen.

»Was ist denn nun damit?«, fragte sie, sobald er die Pillen geschluckt hatte, überhaupt nicht abgelenkt. »Das ist die Uniform. Meine Marke. Wenn etwas damit nicht stimmt, würde ich es gerne wissen.«

»Ja, Jared, was ist falsch daran?« Grandma ging einen Kreis um Mac und betrachtete sie prüfend. »Ich habe Cate beim Entwurf geholfen.«

Natürlich hatte sie das. Warum *sollten* die Großmütter nicht für den Entwurf einer Folterform verantwortlich sein, die nur für ihn bestimmt war? Wahrscheinlich hatten sie diesen ganzen Hausputz-Job ausgeheckt, nur um ihn und Mac in dieselbe Umgebung zu bringen. Es war kein Geheimnis gewesen, dass sie schon immer gerne verwandt gewesen wären; ihre Enkelkinder miteinander zu verheiraten, würde die Sache endgültig besiegeln.

»Ich kann nichts Falsches daran finden. Fühlen sie sich okay an, Mary-Alice?«, fragte Grandma.

»Sie fühlen sich gut an.« Mac strich mit den Händen über ihre Hüften.

*Wirklich?* Ernsthaft? Er steckte noch nicht tief genug drin, dass sie jetzt auch noch die Kurven liebkosen musste, auf die er so krampfhaft versuchte, nicht zu starren?

»Sie sitzen gut und machen jede Bewegung mit, wenn ich auf Leitern klettere und so. Ich denke, sie sind in Ordnung.« Die beiden wandten sich ihm zu. »Also, was ist dein Problem, Jared?«

»Ich ... äh ...« Er fuhr sich mit der Hand durchs Haar, während die beiden Frauen ihn anstarrten. »Ich denke nur, sie könnten zu dünn sein. Glaubst du nicht, dass Jeans besser für den Job geeignet wären?«

»Ich werde es in Erwägung ziehen.« Mac nickte und wirbelte auf dem Absatz herum, womit sie ihn abfertigte und ihm gleichzeitig genau zeigte, *was* sein Problem mit dieser verflixten engen Hose war. »Mrs. Nolan, ich bin mit einem der Zimmer oben fertig und habe hinter einigen Möbeln ein paar Fotos und Erinnerungsstücke gefunden, die Sie vielleicht haben möchten.«

»Oh, das ist ja reizend, Mary-Alice. Schauen wir uns das mal an.« Grandma sah ihn an. »Bringen wir Jared aufs Sofa, und dann gehen wir hoch.«

»Ich schaff das.« Er wollte Mac gerade in keinster Weise in seiner Nähe haben.

Zähneknirschend hievte er sich aufrecht auf seinen Hintern. Die Bauchmuskeln anzuspannen, um seine Beine zu bewegen, war schmerzhaft, aber bei weitem nicht das, was er schon hinter sich hatte.

Dann bückte sich Mac vor, um die Kätzchen zu streicheln.

»Verdammt noch mal.« Die Worte waren aus seinem Mund, bevor er es verhindern konnte.

Wenigstens hatte er nicht gepfiffen.

»Oh, Jared.« Grandma kam eilig herbeigelaufen. »Schatz, hast du dir wehgetan?«

»Nein. Es sind nur die Rippen. Sie schmerzen immer noch.« Ja, schieb es auf sie, damit sie nicht merkte, dass er keine Luft bekam, weil Mac in dieser Hose ihm buchstäblich den Atem raubte.

»Das war's. Ich ziehe wieder ein. Ich fahre kurz nach Hause und hole ein paar Sachen. Dafna und die Mädels müssen heute Abend halt ohne mich Bridge spielen. Und morgen Bunco. Das ist nicht wichtig.«

Von wegen nicht wichtig. Grandma liebte ihr soziales Leben in der neuen Residenz, und er brauchte ihre Adleraugen definitiv nicht, wenn er mit Mac zusammen war. »Grandma, es wird schon gehen. Du musst mich nicht babysitten.«

»Aber du solltest nicht allein sein.«

»Wird er nicht. Ich bin ja hier.« Mac klang so fröhlich wie ein Bestattungsunternehmer.

»Bist du sicher, dass es für dich in Ordnung ist, Jared zu babysitten, Mary-Alice?«

*Babysitten*! »Hallo?« Er winkte mit der Hand. »Ich bin genau hier und brauche kein Babysitten. Mac hat sich bereit erklärt, bei den Kätzchen zu helfen, also passt das schon. Geh zurück zu deinen Freundinnen, Grandma. Du brauchst deinetwegen nicht auf deine Spiele zu verzichten.«

»Bist du ganz sicher, Liebes?«, fragte sie Mac.

Er brauchte Macs Zustimmung nicht. »Natürlich bin ich sicher, Grandma. Ich bin kein Invalide.«

»Ich meinte Mary-Alice, Jared. Ich weiß, wie mürrisch du sein kannst. Ich hoffe sehr, dass du dich von deiner besten Seite zeigst, während sie hier ist.«

Jared hielt klugerweise den Mund.

Mac funkelte ihn an. »Es wird schon gehen, Mrs. Nolan. Jared und ich haben eine Übereinkunft.«

Grandma tätschelte Jareds Schulter, als sie aufstand. »Kann ich dir noch was bringen, Schatz, bevor Mary-Alice und ich nach oben gehen, um zu sehen, was sie gefunden hat?«

Für einen Moment verspürte er den unwiderstehlichen Drang, sie um eine Umarmung zu bitten. Etwas, das manchmal so harmlos war, so alltäglich ... Er hatte nie gemerkt, wie sehr er das für selbstverständlich gehalten hatte, bis niemand mehr da war, um es ihm zu geben.

Gott, er wurde sentimental. Mussten die Schmerzen sein. »Nein, danke. Geht nur. Mir und den Stooges geht es gut.«

Grandma sah Mac an, als sie den Raum verließen. »Stooges?«

»Er hat die Kätzchen nach den Three Stooges benannt«, erklärte Mac.

»Aber es sind doch vier.«

»Es stellte sich heraus, dass es mehr als drei waren.«

»Warum nennen sie sich dann die *Three* Stooges?«

»Keine Ahnung. Das ist so ein Männerding, denke ich.«

Ja, Frauen verstanden die Stooges nicht. Genau wie Männer den Krimskrams-Tick nicht verstanden. Es war ein Wunder, dass die Menschheit so lange überlebt hatte.

Dann erhaschte er eine Seitenansicht von Mac in dieser figurbetonten Hose und dem eng anliegenden Poloshirt.

Vielleicht war es doch kein so großes Wunder.


Wieder in ihrem neuen Zuhause, wählte Mildred Cates Nummer und nahm dann das Pralinenkästchen von ihrer Schlafzimmerkommode in die Hand.

»Und?«, hielt sich Cate nicht einmal mit einer Begrüßung auf.

»Sie haben es geschluckt.« Mildred klappte den Deckel der Schachtel auf und lächelte über das, was darin lag. Das Einzige, was sie mehr liebte als Schokolade – neben ihrer Familie und ihren Freunden –, war dieser Ring, für den Robert so hart gearbeitet hatte.

Sie schob ihn sich an den Finger. Sogar für diese wenigen Stunden hatte sie sich ohne ihn nackt gefühlt. Als ob sie ihm gegenüber untreu wäre.

Aber es war für den guten Zweck gewesen. Diese beiden, Jared und Mac, passten perfekt zusammen und das hatten sie schon immer getan. Die Funken, die zwischen ihnen sprühten ... Puh. Sie erinnerten sie an sich und Robert.

»Sie haben nichts gemerkt, oder?«

»Ach komm, Cate, du kennst mich doch. Wer hat dir damals eingeredet, ich hätte Mumps, bis du so aufgelöst warst, dass du dachtest, du müsstest es auch bekommen, damit wir gemeinsam sterben können?«

»Es ist grausam von dir, mich daran zu erinnern. Die Kinder von heute haben das Internet, um Fakten zu prüfen. Die sind nicht mehr so leichtgläubig wie wir damals.«

»Nun, ich habe mein schauspielerisches Talent noch nicht verloren. Ich habe sogar ein paar Tränchen rausquetschen können.«

»Brillant.«

»Ich weiß.«

»Und bescheiden dazu.«

»Natürlich. Wann hast du mich jemals anders erlebt?«

Cate kicherte am anderen Ende der Leitung. »Stimmt. Mildred, du bist ein Unikat.«

Mildred hielt ihre Hand so, dass ihr winzig kleiner Diamant das Licht einfing und ihr zuzwinkerte – genau wie Robert es immer getan hatte. Dieser Ring war ihr kostbarer als all die Zehnkaräter-Monster, die die Promis heutzutage trugen.

»Eigentlich, Cate, stimmt das nicht. Wir beide sind ein ziemliches Gespann und wir werden aus dieser Sache mit einem verdammt starken Blatt hervorgehen, wenn wir die beiden erst einmal zusammengebracht haben.«

# Kapitel Dreizehn

Jared verzog das Gesicht, als er Shemp zurück in den Laufstall setzte, und warf einen Blick auf die Standuhr in der Ecke. Mac würde bald zurück sein, Gott sei Dank.

Er schüttelte den Kopf. Er hätte nie gedacht, dass er das einmal sagen würde.

Er richtete sich auf und zuckte erneut zusammen. Hmmm, vielleicht hatte er sich doch mehr zugemutet, als ihm guttat.

Er hinkte an seinen Krücken zum Spiegel im Foyer, zog sich das Hemd über den Kopf und begutachtete seine Rippen.

Die Blutergüsse waren weg. Sie schmerzten zwar noch, aber nicht mehr als heute Morgen. Eigentlich nicht mehr, als sie nach einem guten Training schmerzten. Aber er hatte Muskelmasse verloren – noch so eine Sache, die er Camille zu verdanken hatte.

Gott, wie konnte er nur so dumm gewesen sein? So blind? Hochmut kommt vor dem Fall, das passte perfekt; Frauen hatten ihn schon angemacht, seit er denken konnte. Er hatte bei Camille nie vermutet, dass sie ein anderes Motiv haben könnte, als sich zu ihm hingezogen zu fühlen. Er war nicht wie einige der anderen Typen, deren einzige Attraktivität für das andere Geschlecht aus dem Vertrag und dem Prestige eines Sportstars bestand. Er war mit diesem Aussehen aufgewachsen. Er wusste, wie es auf Frauen wirkte. Er hatte es öfter zu seinem Vorteil genutzt, als ihm lieb war. Er hatte nie geahnt, dass Camille einen Freund hatte. Oder dass sie Geschenke von *ihm* annahm, um sie an diesen Freund weiterzuleiten. Das machte sie zu einer Hure, aber als er sie so genannt hatte, hatte sie nur gelacht. Sie sagte, er sei derjenige gewesen, der dafür bezahlt habe, und wie erbärmlich das doch sei.

Nicht erbärmlich. Leichtgläubig. Vertrauensselig. Jemand, der an ein Happy End glauben wollte.

Mac tauchte im Spiegel hinter ihm auf.

»Klopfst du nicht an?«

»Angesichts der Tatsache, dass wir uns praktisch unser ganzes Leben lang kennen, ich hier bin, um dir einen Gefallen zu tun, *und* ich einen Schlüssel habe, dachte ich, ich müsste das nicht. Aber wenn es dich glücklich macht ...« Sie klopfte gegen die Tür. »Darf ich reinkommen?«

Verdammt, ja. Und nein. Und ... Mist. Er benahm sich wie ein Arsch. »Tut mir leid, Mac. Ich bin k.o.«

»Das verstehe ich.« Sie schloss die Tür hinter sich und reichte ihm eine Visitenkarte. »Hier. Das steckte an deiner Tür.«

Er verstand den Spott in ihrer Stimme erst, als er las, was auf der Karte stand.

*Ruf mich an, wenn du einsam bist ~ Renee.*

Echt jetzt? Leute bezahlten tatsächlich Geld dafür, so was drucken zu lassen? Er kam sich *so* besonders vor wie einer von fünfhundert aus einer Schachtel.

»Geh du schon mal hoch, ich bringe die Kätzchen nach. Falls du *einsam* bist.« Sie schwang sich ihre Reisetasche auf den Rücken.

»Sie herbringen? Wohin denn?«

»In das Zimmer deiner Großmutter. Keine Sorge, wir werden deinen Besuch mit *Renee* nicht stören.«

Er beschloss, den Sarkasmus zu ignorieren. »Warum bringst du sie dorthin?« Das Zimmer seiner Großmutter lag direkt neben seinem.

»Weil ich nachts in ihrer Nähe sein muss und keine Lust habe, im Dunkeln die Treppen zu steigen, wenn ich müde bin.«

Das entwickelte sich zu einem Albtraum. Er wollte Mac nicht so nah bei sich haben. Es war schon schlimm genug, dass sie unter demselben Dach schlief. »Ich dachte, du schläfst auf dem Sofa.«

»Sofas sind nicht gerade förderlich für einen erholsamen Schlaf. Wenn ich um zwei Uhr morgens ran muss, will ich den Rest der Nacht gut schlafen. Du und *Renee* werdet es also einfach ein bisschen leiser angehen lassen müssen.« Sie klemmte sich ein Kissen unter den Arm. »Also ab mit dir, Hopalong, damit ich die Kleinen vor der Fütterung ins Bett bringen kann. Und bevor dein Besuch kommt.«

»Es wird keine Renee geben.« Warum änderte sich das Bild in seinem Kopf in dem Moment, als sie *Babys* sagte? Warum um alles in der Welt stellte er sie sich mit *menschlichen* Babys im Arm vor, wie sie sie nach oben in ihre Gitterbettchen trug?

*Weil du erschöpft und frustriert bist. Verschwinde nach oben, bevor du etwas tust, das du bereust.*

Oder weil er etwas *nicht* tun würde und das noch mehr bereuen würde.


Mac zwang sich, wegzusehen und ins Wohnzimmer zu gehen. Es war ihr völlig egal, ob eine Renee kommen würde oder nicht, und sie war nicht hier, um Jared anzuglotzen. Verdammt, sie versuchte verzweifelt, ihn nie wieder anstarren zu *wollen*. Dafür waren die Renees dieser Welt da.

Aber verdammt, der Mann war ein Prachtexemplar.

Das *Pock-Pock* seiner Krücken auf der Treppe übertönte fast das Miauen der Kätzchen, aber die kleinen Kerle – und das Mädel – hatten Hunger. Das bedeutete, sie musste sie erst füttern und *dann* nach oben bringen, nicht umgekehrt.

Mac seufzte. Sie war müde und wollte nur noch ins Bett, aber daraus würde nichts werden, bis sie ihre Pflicht erfüllt hatte.

Warum hatte sie dem nur zugestimmt?

Diese Frage stellte sie sich die ganze Zeit, während sie die Fläschchen vorbereitete und sie zurück ins Wohnzimmer trug. Sie fand keine Antwort, nachdem sie alle vier mit einer kreativen Kissen-Flaschen-Konstruktion versorgt hatte, und als sie mit dem Fressen fertig waren, gab sie den Versuch auf, eine Lösung zu finden.

*Sieh es ein, Manley, du bist noch nicht über den Kerl hinweg. Nimm es einfach so hin und verbuche es unter Lektionen fürs Leben. Dann konzentriere dich darauf, diesen Job zu Ende zu bringen, damit du in dein echtes Leben zurückkehren kannst. Das ist der Plan; bleib dabei.*

Nach diesem inneren Aufmunterungsversuch fühlte sie sich besser. Es war nichts Falsches daran, Jared attraktiv zu finden – er war ein gut aussehender Typ, wie die Renees dieser Welt ihr so unverblümt klarmachten. Sie war also immer noch in ihn verschossen ... Das hieß ja nicht, dass sie darauf eingehen musste.

Wenn er sie jetzt nur nicht noch einmal küssen würde, wäre alles in Ordnung.

Sie verfrachtete die Kätzchen in einen Wäschekorb, füllte einen Plastikbehälter mit Katzenstreu und trug sie die Treppe hinauf, *gerade* rechtzeitig, um Jared zu begegnen, der aus dem Badezimmer kam. Ohne Hemd.

»Äh, das Bad gehört ganz dir«, sagte er und rubbelte sich das feuchte Haar trocken, von dem Wasser auf seine Schultern tropfte und in kleinen Rinnsalen seine Brust hinablief.

Die Brust, die sie eigentlich nicht anstarren sollte.

»Danke.« Hier zu übernachten war eine wirklich schlechte Idee.

»Du weißt, du hättest nicht zurückkommen müssen. Oma hätte es nicht gemerkt.«

»*Ich* hätte es gewusst. Mein Wort bedeutet mir etwas, Jared.«

»Meines bedeutet mir auch etwas.«

»Warum führen wir dann diese Diskussion? Deine Großmutter hat mich gebeten zu bleiben; hier bin ich.«

Er sah sie einige Sekunden lang an und fuhr sich mit der Hand über den Mund. »Dann lass uns das klären. Sie hat dich nicht gebeten, für immer zu bleiben. Also nur dieses eine Mal, und dann ist gut, okay?«

Mann, der Kerl konnte es wirklich nicht deutlicher machen, dass er sie nicht hier haben wollte. »Laut und deutlich.«

»Gut.«

»Schön. Sonst noch was?«

Er sah sie noch ein paar Sekunden an und schüttelte dann den Kopf. »Nach dir.« Er hielt ihr die Tür auf, und sie ging an ihm vorbei und bog rechts zu ihrem Zimmer ab.

»Gute Nacht«, rief er ihr hinterher.

»Gute Nacht«, sagte sie, bevor sie sich gegen die Rückseite der Tür lehnte, um sie zu schließen. Wow, seht sie euch an. Sie war in der Lage, einen vollständigen Satz hervorzubringen – okay, das entsprach *technisch gesehen* nicht der Version eines vollständigen Satzes ihres Englischlehrers, aber in dem Zustand, in dem sie war, war das ein ziemlich gutes Ergebnis.

Und erst recht in dem Zustand, in dem *er* war.


Es war eine lange Nacht. Diese alten Häuser … Er konnte jedes Huschen einer Maus hören, jedes Knarren, jeden Windstoß.

Dumm nur, dass es gar keinen Wind gab. Und er wusste mit Sicherheit, dass seine Großmutter letzte Woche einen Kammerjäger da gehabt hatte, was die Mäusetheorie zunichtemachte.

Er konnte sich nicht einmal selbst belügen. Er hatte auf Mac gelauscht. Und er hatte sie gehört. Und es machte ihn seit – er nahm sein Handy und blinzelte, als das Display aufleuchtete – vier Stunden lang wahnsinnig.

Die Kätzchen sollten nicht so lange wach sein. Als er sie gestern Abend gefüttert hatte, hatten sie gefressen, ihr Geschäft erledigt und waren dann wieder eingeschlafen – höchstens eine halbe Stunde. Zweimal.

Irgendetwas krachte in Macs Zimmer. Jared war schon auf den Beinen, noch bevor sie mit ein paar sehr kreativen Flüchen fertig war, und auf halbem Weg zur Tür, bevor ihm klar wurde, dass er seine Krücken nicht hatte.

Er humpelte zurück zum Bett, riss die verdammten Dinger vom Nachttisch weg und gelangte so schnell er konnte zu ihrem Zimmer.

»Ist alles okay?« Er betätigte den Lichtschalter neben der Tür.

»Ah!« Mac schirmte ihre Augen mit dem Unterarm ab —

Sie schlief in sehr kurzen Shorts und einem T-Shirt. Mit Rüschen am Saum.

Rüschen sollten eigentlich nicht sexy sein. Aber bei der Menge an nacktem Bauch, die man sah … Und dann all dieses Bein. Mac mochte vielleicht nicht groß sein, aber sie hatte Beine, die bis zum Himmel reichten. Trainiert, wohlgeformt, glatt … Sie würden sich wunderbar um die Taille eines Mannes schlingen.

»Ich habe einen Knall gehört.« Er schaltete das Licht aus, um das Offensichtliche zu verbergen, was sie in ihm auslöste, aber das Bild von ihr in diesem Pyjama hatte sich in sein Gehirn eingebrannt. Was zum Teufel war aus der Jogginghose geworden, in der sie aufgetaucht war?

Sie kratzte sich am Kopf, und ihr Haar – nicht mehr zum Pferdeschwanz gebunden – bauschte sich um ihr Gesicht auf, während das Mondlicht durch die Spitzenvorhänge drang. »Eines der Kätzchen ist vom Bett gesprungen und hat die Fernbedienung vom Nachttisch gestoßen.«

»Es ist gesprungen? Es hätte sich ein Bein brechen können.« Ihr Himmelbett war ziemlich hoch. »Wo ist es hin? Und welches?«

»Das Glückskätzchen.«

Larry schien das Sorgenkind der Truppe zu sein. »Hast du gesehen, wo er hin ist?«

»Wenn ich es gesehen hätte, glaubst du, ich würde hier stehen und mich fragen, wo ich zuerst suchen soll? Es war dunkel, bevor du die Sonne angeknipst hast, und jetzt sehe ich nur noch helle Flecken vor Augen.«

»Hey, ich wollte nur sichergehen, dass du dich nicht an irgendwas aufgespießt hast.«

»Nun, ich nicht, aber ich bin mir beim Kätzchen nicht so sicher. Mach schon das Licht an, jetzt bin ich vorbereitet.«

Jared musste prüfen, ob *er* vorbereitet war.

Nachdem er alles in, nun ja, Ordnung befunden hatte, schaltete er das Licht ein.

Ihre Brustwarzen waren hart.

Das war das Erste, was ihm auffiel. Verdammt.

Dann ging sie auf alle Viere, um unter das Bett zu schauen, und ihr Hintern —

Er wirbelte herum. Er musste nicht sehen, wie sich ihr Hintern unter Shorts wölbte, die weit genug hochrutschten, um ihm einen Blick zu gewähren —

Seine Krücke stieß gegen die Kommode neben der Tür und er hätte beinahe einen Kopfsprung gemacht.

»Jared? Alles okay?«

Sie blickte über ihre Schulter zu ihm zurück, und – erschießt mich jetzt – der Anblick von diesem —

»Ja. Bestens.«

Von wegen.

Er hinkte an ihr vorbei, den Blick fest auf den Boden gerichtet, angeblich auf der Suche nach dem Kätzchen.

»Da bist du ja, Kleiner. Komm mal her.« Mac klopfte mit den Nägeln auf den Parkettboden.

Diese Worte ... Jesus, er hatte ein ernsthaftes Problem, wenn er sich vorstellte, wie sie diese Worte zu ihm sagte. »Ist er da drunter?«

»Ja, aber er hat sich mitten unter dem Bett zusammengerollt. Kannst du ihn mit deiner Krücke in diese Richtung schieben?«

»Klar.« Ja, gebt ihm was zu tun, außer hier herumzustehen und davon zu fantasieren, wie Mac ihn lockte, so wie sie das Kätzchen gelockt hatte.

Er ließ sich auf den Boden sinken und führte die Krücke sanft hinter dem kleinen Ding her.

Es huschte in Richtung Fußende des Bettes.

»Nein, komm hierher!« Mac klopfte wieder auf den Boden. »Nimm deine andere Krücke auch dazu, Jared.«

Denn ja, er *war* eine riesige Schere.

Jared fühlte sich wie Johnny Depp in einer Titelrolle, legte sich auf seine rechte Schulter und Hüfte und bewegte die Krücken wie eine Schere links und rechts vom Kätzchen, um es in Macs Richtung zu treiben.

»Hab ihn!« Sie pflückte den kleinen Kerl vom Boden und sprang dann auf die Füße.

Jared kam gerade rechtzeitig auf die Beine, um zu sehen, wie Mac den Unruhestifter zurück in den Wäschekorb beförderte und dann ein Kissen oben drüber legte.

»Du solltest das vielleicht umdrehen, damit sie nicht rauslettern können«, sagte er, froh darüber, dass das Stechen in seinen Rippen verschwunden war.

Die Qual in seiner Leistengegend hingegen, als er einen Blick auf ihren straffen Bauch mit einem funkelnden Bauchnabelpiercing erhaschte, war eine ganz andere Geschichte. Diese Qual wurde eher schlimmer.

»Okay, Mac. Freut mich, dass alle wieder da sind, wo sie hingehören. Wir sehen uns morgen.« Er konnte nicht schnell genug aus ihrem Zimmer verschwinden.

Was natürlich bedeutete, dass er stolperte.

Die Krücke rutschte nach links weg, er kippte nach rechts und landete direkt auf Mac, unter der die Matratze nachgab.

Für einen Moment schien die Zeit stillzustehen, und er fühlte sich direkt in jenen Moment vor Jahren zurückversetzt, als sie aus dem Baum auf sein Date gefallen war, diese großen grünen Augen weit aufgerissen und ihn anstarrend.

Genau wie jetzt.

Ihre Lippen waren ebenfalls leicht geöffnet, genau wie damals, nur dieses

Mal ... Nur dieses Mal wusste er, wie sie schmeckten. Wie sie sich unter seinen anfühlten.

Und jetzt wusste er, wie *sie* sich unter ihm anfühlte. Jedes weiche, kurvige Teil von ihr, und die Art, wie ihr Brustkorb bebte, während sie nach Luft schnappte —

Er stöhnte auf, und das hatte nichts mit Schmerzen zu tun. Nun ja, nicht mit den Schmerzen vom Unfall, sondern mit einem sehr heftigen, sehr ziehenden Schmerz weiter unten, und schuld daran war allein diese Frau. Diese wunderschöne, sexy Frau, die den Bund seiner Shorts gepackt hatte und deren Finger Feuer auf seiner Haut entfachten.

»Mac —«

»Jared —«

Jemand küsste jemanden. Er war sich nicht sicher, wer es war, aber es gab auf keiner Seite ein Zögern, und der Kuss wurde innerhalb von drei Sekunden absolut leidenschaftlich.

Gott, die Art, wie ihre Fingerspitzen Funken unter seine Haut schickten, wie das Gleiten ihrer Zunge gegen seine ihn tiefer in sie hineinlockte, wie ihre Hüften, die seine Erektion umschlossen, ihn dazu brachten, sich gegen sie zu stemmen —

Die Art, wie sich vier scharfe Krallen in seine Rippen bohrten —

»Heilige Mutter Gottes —«

Jared fuhr zurück, brach den Kuss ab und blickte in das Gesicht einer plötzlich sehr wütenden Frau.

»Hey, ich habe dich nicht eingeladen, mich zu küssen. Wenn es so abscheulich ist, dachte ich nicht, dass du es ein zweites Mal tun würdest.« Mac wand sich unter ihm, und wenn sie nur wüsste, dass das *nicht* die abschreckende Wirkung hatte, die sie beabsichtigte. »Geh runter von mir, du großer, eingebildeter Trampel.«

»Gib mir eine Minute, Mac.« Er musste erst einmal wieder atmen können, und zwischen den Kätzchen und Mac war er sich nicht sicher, ob er hier lebend rauskommen würde.

»Jared, geh runter.« Sie stieß ihn weg, und schon folgte eine neue Welle Schmerz in seinen Rippen.

Er rollte von ihr herunter auf die Matratze. Die Rippen bekamen einen weiteren Stoß ab, aber wenigstens brachte der Schmerz seinen Schwanz dazu, verdammt noch mal Ruhe zu geben.

Macs Wirkung war eine ganz andere Geschichte.

»Darf ich fragen, was das sollte? Ist eine Frau in deinem Haus eine offene Einladung für einen Überfall? Was gibt dir das Recht, mich einfach so zu küssen, wann immer dir danach ist, um mich zu demütigen? Wie kannst du es wagen —«

»Dich demütigen?« Jared rollte sich auf die Seite und stützte sich auf den Ellbogen, um sich aufzusetzen. »Dich *demütigen*? Glaubst du ernsthaft, dass ich das vorhatte?«

Macs Schultern wurden straffer und sie verschränkte die Arme. »Ich bin *nicht* mehr das Kind, das dich vor all den Jahren für das Größte gehalten hat.« Sie warf einen Blick auf die Kätzchen im Korb. Welches auch immer ihn angesprungen hatte, gab es nicht zu. Jared hatte das Gefühl, dass es Larry gewesen war. »Entschuldigt, Kleinen. Ihr seid alle viel mehr wert als dieser Schleimbeutel.«

»Schleimbeutel?«, fragte Jared, als er sich mühsam auf die Beine hievte und sich am Bettpfosten festhielt. »*Schleimbeutel*? Du warst an diesem Kuss genauso beteiligt wie ich, Mac. Was sagt das also über dich aus, wenn du einen Schleimbeutel küsst?«

»Ich war nicht —«

»Versuch erst gar nicht, es zu leugnen. Ich war dabei, falls du dich erinnerst. *Genau* da. Und es war deine Zunge, die in meinen Mund geglitten ist. Ich habe dich nicht genötigt. Ich habe dich nicht gezwungen. Du hast mich gepackt und an dich herangezogen.«

»Ich —« Sie verschränkte die Arme noch fester und schnaubte.

»Was ist los? Hat's dir die Sprache verschlagen?« Jared stieß sich vom Pfosten ab und stellte sich vor sie. »Du wolltest mich küssen, Mac. Gib es zu.«

Sie sah zu ihm auf, und diese großen grünen Augen brannten förmlich ein Loch in ihn. Sie brannten sich durch ihn hindurch. Direkt bis in die Mitte seiner Brust, und plötzlich war *er* derjenige, der versuchte, wieder Luft in seine Lungen zu bekommen.

»Warum hast du mich geküsst, Jared? Warum spielst du Spiele mit mir? Findest du es lustig, mit den Gefühlen zu spielen, die ich vor all den Jahren für dich hatte? Wir müssen noch ein paar Wochen zusammen in diesem Haus verbringen. Wir müssen um Mildreds willen zusammenarbeiten. Ich kann so nicht weitermachen. Ich kann nicht ständig darauf warten müssen, dass du versuchst, mich jedes Mal zu demütigen, wenn ich hier bin.«

Jesus, er hätte nie gedacht, dass Worte so wehtun können. »Ich habe nicht versucht, dich zu demütigen, Mac. Ich ... du ... wir waren da und es war nichts, was ich geplant hatte. Es ist einfach ... passiert.«

Sie schob sich vom Bett und rutschte zum Fußende. »Dann sorge bitte dafür, dass es nicht wieder passiert. Ich würde unsere Großmütter nur ungern enttäuschen, aber ich werde nicht hierbleiben und nur dazu da sein, deine Langeweile zu vertreiben oder dir ein paar Lacher zu bescheren.« Sie packte die Tagesdecke und schüttelte sie auf. »Wenn es dir nichts ausmacht, würde ich jetzt gerne die Kätzchen zur Ruhe bringen und selbst etwas Schlaf finden, bevor ich morgen früh zur Arbeit muss.«

Er sah sie an, wie sie so steif dastand. Er ließ ihre Worte in seinem Kopf Revue passieren. Er hatte nicht versucht, sie zu demütigen; er hatte sie küssen wollen. Sie hatte ihn auch küssen wollen.

»Ich verschwinde ja schon, aber nur, weil dein Schlafzimmer nach diesem Kuss kein sicherer Ort für mich ist. In unser beider Interesse.« Er riss die Krücken vom Boden und schob sie sich unter die Arme. »Versteck dich ruhig hinter deiner Leugnung, Mac, aber du wolltest mich genauso sehr küssen wie ich dich. Das hier ist noch nicht vorbei.«

# Kapitel Vierzehn

Jared rubbelte seinen Kopf ein weiteres Mal mit dem Handtuch trocken, das er anschließend im Hauswirtschaftsraum auf die Waschmaschine warf. Er schauderte, als das kalte Wasser ihm auf die Schultern tropfte. Er hatte heute Morgen eine eiskalte Dusche gebraucht, um wach zu werden, da der Schlaf nach diesem Kuss so unerreichbar geblieben war wie das Spiel ohne gegnerischen Hit, auf das er vor dem Ende seiner Karriere gehofft hatte. So Gott will, würde er dazu noch eine Chance bekommen.

Eine Chance bei Mac hingegen ...

Chemische Verbrennung hin oder her – zu sehen, wie sie eine Schwäche für die Kätzchen und seine Großmutter hatte, und, verdammt noch mal, sogar für ihn ... Mac hatte eine gute Seele, und wenn ihm das jemand gesagt hätte, als sie noch Kinder waren, hätte er demjenigen geraten, seinen Kopf im Bach unterzutauchen, denn Mac Manley war damals ein Satansbraten gewesen.

Schon komisch, wie Zeit und Distanz die Perspektive eines Typen ändern konnten. Und leider auch ihre.

»Jared!«

»In der Küche.«

Wie ein Wirbelsturm fegte sie zurück in die Küche, doch obwohl er daran gewöhnt war, war er nicht darauf vorbereitet, sie so zu sehen, wie sie jetzt aussah.

Mac in Rock und hohen Schuhen war tödlich.

Dazu noch die Rüschen am Saum ihrer Bluse, als sie ihre Kostümjacke auszog, und sie steigerte sich zur Katastrophe.

Im Ernst, Rüschen sollten eigentlich nicht sexy sein, aber an ihr ... Jesus. Selbst wenn sie ihn nicht an letzte Nacht erinnert hätten – diese Beine ... und diese Absätze.

Schwarze Pumps.

Mit einer Rüsche an der Ferse.

Und dann war da noch ihr Haar: offen und wallend um ihre Schultern, während sie sich im Kreis drehte und ein Paar Schlüssel über ihrem Kopf schwenkte.

»Ich hab ihn!«

»Herzlichen Glückwunsch.« Und wenn sie so lächelte, brachte es ihr Gesicht zum Strahlen und raubte ihm schlichtweg den Atem. Mac war einfach ... wunderschön.

»... als die Finanzierung durch war, konnte ich endlich aufatmen. Aber Liam hat mich so lange davon abgehalten, tanzend von meinem Stuhl aufzuspringen, bis alle Papiere unterschrieben waren, und jetzt bin ich stolze Besitzerin eines Lieferwagens. Ich muss ihn nur noch mit meinem Firmenlogo und den Kontaktdaten bekleben lassen, und dann sind wir startklar. In der Zwischenzeit habe ich aber die Automagnete, die mit dem Grün auf dem weißen Hintergrund toll aussehen. Genau so, wie ich es mir vorgestellt habe.«

Mac war so gar nicht so, wie er sie sich vorgestellt hatte. All die Jahre, in denen er an sie gedacht hatte – *wenn* er an sie gedacht hatte –, hatte er das Kind vor Augen gehabt, das sie einmal gewesen war.

*Sie ist kein Kind mehr.*

Ja. Das hatte er begriffen.

Er räusperte sich. »Das schreit nach einer Feier.« Er hinkte zum Schrank und holte zwei Weingläser hervor. »Ich glaube nicht, dass Oma Champagner hier hat, aber wir könnten mit einem Glas Orangensaft anstoßen, bevor du mir den Wagen zeigst.«

Sie ließ sich auf einen der Küchenstühle fallen und streckte die Beine weit von sich. »Sehr gerne, aber Liam braucht ihn gerade. Er hat seinen Pickup an Cassidy Davenport verliehen.«

»Cassidy Davenport? Was will die mit einem Pickup? Besitzt ihr Vater nicht eine ganze Flotte von Sportwagen? Das ist doch eher ihr Stil.«

Mac zuckte mit den Schultern, wobei die Rüschen einige Haarsträhnen nach vorne schwingen ließen, genau hin zu dem Dekolleté, das er verzweifelt zu ignorieren versuchte. Er ging zum Kühlschrank. Vielleicht würde ein Schwall kalter Luft seine Libido bändigen.

*Nachdem die kalte Dusche nichts gebracht hat? Viel Glück dabei.*

»Anscheinend sind das keine Familienautos. Ich weiß nur, dass sie gerade kein Auto hat und Liam zur Arbeit muss, und da er in meinen Truck genauso schlecht reinpasst wie du, musste ich ihm den Lieferwagen geben.« Sie kicherte. »Es ist zwar doof, dass ich ihn nicht nutzen kann, aber ich bin so lange ohne ausgekommen, da kann ich den Truck noch ein bisschen länger nehmen.«

Solange er nicht mit ihr darin saß. Es war verdammt eng gewesen, und nach letzter Nacht musste er ihr nicht noch einmal so nah sein. Er öffnete den Kühlschrank, aber die kalte Luft tat nichts gegen die Hitze, die bei der Erinnerung durch seinen Körper schoss.

Er goss ihren Saft ein, reichte ihr ein Glas und hob sein eigenes. »Auf deine ganz persönliche Manley-Maids-Flotte.«

»Und wie geht es den Kätzchen?«, fragte sie, nachdem ihre Saftgläser mit einem *Kling* aneinandergestoßen waren. »Nach letzter Nacht sollten sie eigentlich bis mittags schlafen.«

Ein oder zwei Herzschläge lang herrschte Stille. Sie hatte die letzte Nacht genauso wenig vergessen wie er.

»Tatsächlich waren sie bis vor etwa zwanzig Minuten ziemlich aktiv. Ich schätze, wir haben gut drei Stunden Ruhe, bevor sie wieder übereinander herfallen. Zeit für eine weitere Chance für dich, mich im Rommé zu schlagen.«

»Nicht heute.« Sie setzte sich aufrecht hin und zog die Beine unter den Stuhl, während sie sich mit den Ellbogen auf dem Tisch abstützte. »Keine Zeit für Spielchen. Der Dachboden, weißt du noch?« Sie leerte den Rest des Orangensafts und stand auf, wobei sie im Vorbeigehen zum Waschbecken an ihm streifte.

Sie roch gut. Viel zu gut. »Wir machen den Dachboden jetzt?«, fragte er und folgte ihr aus der Küche, nachdem er die Gläser ausgespült hatte.

Sie war bereits im ersten Stock angekommen und lehnte sich über das Geländer, die Finger an den Knöpfen zwischen ihren Brüsten. »Frisch gewagt ist halb gewonnen. Deine Großmutter war aufgelöst. Wir sollten sie nicht warten lassen. Wir müssen das Zeug dort oben sowieso durchsehen, um zu entscheiden, was wir behalten und was wir weggeben.« Sie ging in ihr Zimmer und schloss die Tür.

Weggeben? Er hatte als Kind an Regentagen stundenlang auf diesem Dachboden gespielt. Hatte zwischen den Truhen und dem Nippes, den Oma dort gelagert hatte, Festungen und Schützengräben gebaut.

Ein hohles Gefühl breitete sich in seiner Brust aus, und er blieb auf der zweiten Stufe vor dem Treppenabsatz stehen. Den Kram wegzugeben, fühlte sich an wie ein weiteres Stück seines Lebens, das ihm genommen wurde. Und er hatte schon zu viel verloren.

Er brauchte etwas Luft.

Jared hüpfte auf seinem gesunden Bein die Treppe hinunter und biss die Zähne zusammen gegen den Schmerz in seinem Brustkorb, sei es nun wegen seiner Rippen oder wegen seines Herzens. Er wollte es nicht so genau untersuchen.

Unten angekommen, hüpfte er erneut über den Boden und riss die Tür auf –

Dort stand eine Frau. Mit noch mehr Backwaren.

Das konnte er jetzt absolut nicht gebrauchen.

»Hallo«, sagte sie mit diesem hoffnungsvollen Funkeln in den Augen. »Ich bin Renee. Ich habe gestern Abend eine Nachricht an deiner Tür hinterlassen.«

»Ah, ja. Das habe ich gesehen.«

Sie leckte sich über die Unterlippe und zog sie dann zwischen die Zähne, wobei sie den Kopf neigte und unter ihren Wimpern zu ihm aufsah.

Diesen Trick hatte er schon tausendmal gesehen. Dabei hätte diese Frau – Renee – diese Getue gar nicht nötig, da sie auf ihre Weise hübsch war. Aber er war nicht interessiert und würde es auch nicht sein, ob sie nun an ihrer Lippe knabberte oder nicht.

»Ich habe dir ein paar Brownies mitgebracht.« Sie hielt den Teller hoch.

Er war nicht in der Stimmung. Weder für das Essen noch für das, was es repräsentierte. »Danke, Renee, ich weiß das wirklich zu schätzen, aber ich kann sie nicht essen. Ich muss auf mein Gewicht achten, verstehst du?«

Ein großer Fehler. Renee ließ sich alle Zeit der Welt, ihn von oben bis unten zu mustern.

»Du scheinst damit kein Problem zu haben.«

Oh doch, das hatte er. Sogar zwei. Das Leben, das ihm gerade entglitt, und den eins zweiundsechzig kleinen, sexy, fürsorglichen Wirbelwind, der sich in diesem Moment wahrscheinlich in dem Zimmer über seinem Kopf den Rest ihrer Kleider auszog.

Er wusste genau, welches das größere Problem war.

Mac lehnte sich näher ans Fenster. »*Du scheinst damit kein Problem zu haben*«, wiederholte sie in einem näselnden Flüsterton. »Bitte. Fällt der Frau nichts Originelleres ein? Das hört Jared wahrscheinlich ein Dutzend Mal am Tag.«

Der Stich, der sich bereits bemerkbar gemacht hatte, als neulich die *erste* Möchtegern-Mrs.-Nolan aufgetaucht war, versetzte ihrem Magen einen weiteren schmerzhaften Hieb.

»Ich bin übrigens Physiotherapeutin. Ich könnte dir bei deiner Reha helfen.«

Meine Güte, die Frau gab wohl nicht auf.

Mac blickte hinunter auf die Bluse, die sie zwischen ihren Brüsten zusammenhielt. Und auf den Spitzen-BH, den sie darunter trug.

Es wäre falsch, sich so über das Geländer zu lehnen, oder?

Ein Lächeln umspielte ihre Lippen. Mildred *hatte* sie schließlich gebeten, Jared unter die Arme zu greifen ...

Sie öffnete die Schlafzimmertür und ging zum Geländer, wobei sie sich weit genug hinüberlehnte, um die neueste Hoffnungsvolle sehen zu können. »Jared, ich bin in ein paar Minuten aus diesen Klamotten raus, falls du mich oben treffen willst.«

Renees Blick schoss augenblicklich die Treppe hinauf.

Mac winkte und gab sich größte Mühe, nicht loszulachen.

Ein paar Sekunden lang herrschte Stille, bis Jared hustete.

Mac hätte schwören können, dass ein unterdrücktes Lachen darin mitschwang.

»Äh, ja. Okay. Bin gleich oben.«

Sie brauchte kaum die Hälfte der Zeit, um zurück in ihr Zimmer zu flitzen und sich ein T-Shirt und Shorts zu schnappen. Diese kleine Show da draußen war einzig und allein für Renee gewesen. Nach letzter Nacht versuchte sie nicht im Entferntesten, Jared in irgendeiner Weise zu verführen. Dafür konnte er Renee anrufen. Aber sie hatten eine Aufgabe zu erledigen, und je schneller sie fertig waren, desto schneller konnte sie sich jeder Versuchung entziehen.

Denn sie war versucht.

Als er die Treppe hinaufgeschlurft kam, war sie fertig angezogen, hatte ihr Haar zum Pferdeschwanz gebunden und wartete bereits flurfertig auf ihn.

»Das war gemein.« Jareds Lächeln passte nicht ganz zu seiner Aussage.

»Es hat sie dazu gebracht zu gehen, oder?« Sie vollführte eine militärisch anmutende Drehung zur Dachbodentreppe, wobei ihr Pferdeschwanz über ihre Schulter schwang.

»Ja, aber es hat ihr den völlig falschen Eindruck vermittelt.«

»Wolltest du denn, dass sie den richtigen bekommt?« Sie blickte über die Schulter zu ihm zurück. »Nach dem, was ich gehört habe, klang es so, als hättest du versucht, sie loszuwerden. Ich habe dabei nur ein bisschen nachgeholfen.«

»Und jetzt wird jeder im Ort denken, dass in meinem Haus eine halbnackte Frau herumläuft.«

Sie zerrte an der alten Holztür, aber sie bewegte sich nicht. Wahrscheinlich war sie im Rahmen verzogen. »Das werden sie vermuten. Wissen werden sie es nicht. Aber vielleicht verhindert das ja, dass noch mehr Snacks mit Kärtchen und Telefonnummern vor deiner Tür landen.«

Jared griff über ihre Schulter und stützte sich am Türrahmen ab. »Vielleicht *will* ich ja Kärtchen und Telefonnummern.«

Sie versetzte seiner Hand einen Klaps und riss erneut am Griff. Das Ding bewegte sich keinen Millimeter. »Dann stell einen Korb auf den Rasen mit einem großen Schild davor. Ich garantiere dir, der ist in weniger als vierundzwanzig Stunden voll, und ich muss nicht mehr den Butler spielen.«

Er legte seine Hand über ihre auf den Griff. »Mac, wenn ich es nicht besser wüsste, würde ich sagen, du bist eifersüchtig.«

»Natürlich würdest du das sagen.« Sie zog ihre Hand weg. »Weil es ja völlig unmöglich ist, dass eine Frau mit dir im selben Raum ist und dich nicht begehrt.«

»»Eigentlich, Mac«, presste er ihren Namen hervor, während er die Tür mit einem kräftigen Ruck öffnete. »Ich denke, Camille hat bewiesen, dass das *sehr wohl* möglich ist. Eine harte Lektion, aber eine, die ich gelernt habe.« Er deutete mit einer ausladenden Geste auf die Stufen. »Nach dir, *Prinzessin*.«

Da war es wieder, dieser kurze Moment der Verletzlichkeit, den sie sich vielleicht nur eingebildet hätte, wenn der Sarkasmus nicht gewesen wäre. Jared biss um sich, wenn ihn etwas belastete; das hatte sie im Laufe der Jahre öfter gesehen, und ihr Herz war, wen wundert's, immer bei ihm gewesen.

Genau wie jetzt. Camille hatte ihn verletzt.

Mac spürte das Echo jedes Schrittes, während sie auf den Dachboden stieg, bis hinauf in ihre Wirbelsäule und tief in ihr Herz. Eine Frau war Jared wichtig genug gewesen, um ihn verletzen zu können.

Es tat weh, dass diese Frau nicht sie gewesen war.

Und es tat weh, sich einzugestehen, dass sie so empfand.

Gott, warum konnte sie nicht endlich über ihn hinweg sein? Vielleicht, wenn er nicht verletzt wäre, niemanden verloren hätte, der ihm wichtig war, und sich keine Sorgen um seine Karriere machen müsste, wäre sie dazu in der Lage. Verdammt, nach dem, was er zu Dave gesagt hatte, *sollte* sie eigentlich dazu fähig sein … Aber sie hörte seine Stimme, wusste, wie sehr er es liebte, Profisportler zu sein, und verstand nicht nur seinen Schmerz, sondern *sah* ihn auch. Erkannte seinen Sarkasmus als Tarnung. Das war keine Überraschung; sie machte es selbst genauso, und hatte es auch nach jener Nacht vor Omas Haus getan, als Nan die ganze Welt hatte wissen lassen, dass er ihr eine Abfuhr erteilt hatte. Sie hatte es als Schutzschild gegen die mitleidigen Blicke und Kommentare benutzt.

Und vielleicht hatte er in diesem Gespräch mit Dave genau dasselbe getan.

Ein Gedanke, den man im Hinterkopf behalten sollte …

»Wow. Oma hat nicht übertrieben.« Jared benutzte das Geländer, um sich die letzten Stufen hinaufzuziehen. »Hier oben sieht's ja aus wie bei Hempels unterm Sofa. So unordentlich kenne ich sie gar nicht.«

Mac holte ihre Gedanken aus dem Reich der Möglichkeiten zurück in die Realität und richtete einen Deckenständer auf, der gegen das hölzerne Schaukelpferd lehnte, auf dem sie mehr als nur ein paar Mal geritten war, wenn Gran sie zu Besuch mitgebracht hatte. »Sie muss wirklich am Boden zerstört gewesen sein, als sie diesen Ring verlor.«

»Ja. Eine Wahnsinnsgeschichte, was?«

Sie tätschelte das Pferd. »Ich finde es süß.« Mac liebte es, Geschichten über Mildreds Ehemann Peter zu hören. Wenn man Mildred glaubte, war Jareds Großvater ein echter Märchenprinz gewesen. Es war nicht schwer gewesen, diese Vorstellung auf Jared zu übertragen, als sie jünger und törichter gewesen war.

»Genau das meine ich.« Jared bückte sich, um einen Bilderrahmen von einem Stapel bestickter Kissen aufzuheben. Er wischte das Glas an seinem Hemd ab und stellte ihn auf den alten Pflanzenständer neben dem Geländer. »Ich kann mir gar nicht vorstellen, all das zu tun, was mein Großvater getan hat, nur um für diesen Ring zu sparen.«

Sie wandte sich ab und ging auf ein altes Puppenhaus zu. »Wie sonst hätte er ihn sich leisten sollen? Es ist ja nicht so, als hätte dein Großvater einen Millionenvertrag unterschrieben.«

»Ich auch nicht.«

Sie wirbelte herum, bereit, ihn der Lüge zu bezichtigen, bis sie das Funkeln in seinen Augen sah.

»Es war mehr als eine Million.«

Sie warf das Nächstbeste nach ihm, einen hässlichen alten Sockenaffen, der der letzte Schrei gewesen war, als sie noch ein Kind war. Sie hatte diese Dinger gehasst. Sie fand sie furchterregend hässlich und gruselig, und die Zeit hatte an ihrer Meinung nichts geändert. »Soll mich das jetzt beeindrucken?«

Er fing den Affen auf – natürlich. Von einem Profiballspieler hätte sie nichts anderes erwartet. »Du *bist* nicht beeindruckt, oder?«

»Ich freue mich für dich, Jared. Du hast hart gearbeitet, um dahin zu kommen, wo du jetzt bist, also finde ich das großartig. Aber die Summe? Nein, die beeindruckt mich nicht. Weil sie mich nicht betrifft. Du wirst dafür bezahlt, beruflich das zu tun, was du liebst. Wenn ich meinen Lebensunterhalt mit dem verdienen könnte, was ich liebe, wäre mir die Zahl egal, denn dafür bezahlt zu werden, ist Belohnung genug.«

»Du liebst deinen Job nicht?«

Sie zuckte mit den Schultern. »Ich hasse ihn nicht. Ich bin gut darin, aber es ist nicht meine Leidenschaft. Nicht so, wie es Baseball für dich ist.«

»Was willst du dann machen? Was *ist* deine Leidenschaft?«

»Es ist nichts.« Sie wollte ihm gegenüber nicht so persönlich werden.

Er legte den Affen beiseite und hinkte über den abgetretenen Dielenboden, bis er in Reichweite war.

Er hob ihr Kinn mit einem Finger an. »Klingt nicht nach Nichts.«

Sie entzog sich seiner Berührung. In dieser Stimmung war Jared sogar noch gefährlicher für ihr Gleichgewicht, als wenn er sie geküsst hätte. Ein fürsorglicher, sanfter Jared brachte sie dazu, sich auszumalen: *Was wäre wenn?* »Nein, wirklich. Es ist nichts. Also, nichts Besonderes.«

Er strich ihr mit dem Finger über die Wange. »Alles, was deine Stimme so rauchig werden lässt und dich so schnell blinzeln lässt, *ist* etwas. Es ist das, was du tun willst. Woran du glaubst. Also sag mir, Mac, was ist deine Leidenschaft?«

Sein Gesicht war zu nah und seine Stimme zu sexy, als dass sie an etwas anderes hätte denken können, als sich an diesen harten Körper zu pressen und ihn ausgiebig zu küssen –

»Kinder.«

Jared wich zurück. »Kinder?«

Na toll, wenn sie gewusst hätte, dass Kinder ihn so abschrecken, hätte sie sie schon vor Jahren erwähnt. Keine Kinder zu wollen, war ein K.-o.-Kriterium, und wenn er so wenig davon hielt, hätte sie sich Jahre voller Herzschmerz ersparen können.

Es gab keinen besseren Zeitpunkt als jetzt, um damit anzufangen.

Sie nahm einen Karton und stellte ihn auf eine Kommode. Sie konnte genauso gut weitermachen. Sie hatten noch viele Kisten vor sich. »»Ja. Kinder. Du weißt schon, kleine Menschen?«

»Ich weiß, was Kinder sind, aber ... was? Willst du einen ganzen Haufen Babys haben?«

Sie sollte sich seine Babys nicht vorstellen. Seine und ihre. Mit seinen grünen Augen und Jareds blondem Haar.

Okay, ihr schwarzes Haar war wahrscheinlich genetisch dominant, aber es war ihre Fantasie, also konnten sie nach ihm kommen, wenn sie das wollte.

Und sie wollte.

Verdammt.

Sie riss den Karton etwas heftiger auf, als wahrscheinlich nötig gewesen wäre. »Ähm, nein. Noch nicht. Ich meine, irgendwann. Wenn ich den Richtigen finde.« Von dem sie gehofft hatte, dass er der Mann sei, der vor ihr stand, aber er war zu dumm, um es zu merken, also musste sie den *nächsten* Richtigen finden. »Aber ich meine Kinder im Allgemeinen. Mit ihnen zu arbeiten. Ich stelle Programme für den Kareers-for-Kids-Tag des Gemeindezentrums zusammen und gebe Kurse. Das ist ein Förderprogramm, nicht nur für die Gemeinde, sondern auch für Pflegekinder.«

Die Pflegekinder lagen ihr am meisten am Herzen. Ohne Gran wäre das die einzige Option für sie und ihre Brüder gewesen.

»Klingt nach einer guten Sache.«

»Mir haben Kinder nach meinen Kochkursen erzählt, dass sie Köche werden wollen, was so erfüllend ist. Viele von ihnen verlieren die Hoffnung. Ich habe das über die Jahre gesehen. Keine Adoption, von einem Heim zum nächsten... Wenigstens kann ich ihnen eine Vision für ihre Zukunft geben, etwas, wonach sie streben können. Eine Möglichkeit zu wissen, dass sie nicht immer der Gnade anderer ausgeliefert sein werden. Dass sie in der Lage sein werden, für sich selbst zu sorgen.«

»Hey, hol mal tief Luft, Mac.« Jared legte ihr seine Hand auf die Schulter. »Du musst mich nicht überzeugen. Kindern zu helfen, ist eine ehrenwerte Sache.«

»Glaubst du das wirklich?«

»Na ja. Klar. Offensichtlich.«

*Offensichtlich*? Nach seinem Zurückweichen war daran gar nichts offensichtlich. Aber jetzt hatte sie die Chance, den Boden zu sondieren... »Ehrenwert genug, um in Erwägung zu ziehen, etwas für sie zu tun?«

Da war er voll reingetappt. Er hätte es kommen sehen müssen, aber die Vorstellung von Mac und Babys hatte ihn wie ein Schlag in die Magengrube getroffen, und seine Abwehr war unten gewesen.

Schon allein aus diesem Grund hätte er fast Nein gesagt, aber etwas hielt ihn zurück. »Was hattest du denn im Sinn?«

»Wirklich?«

»Hast du erwartet, dass ich Nein sage? Warum hast du dann überhaupt gefragt?«

»Weil man nichts bekommt, wenn man nicht fragt. Und schau an, du hast Ja gesagt, also habe ich bekommen, was ich wollte.«

Wann war das mal nicht der Fall gewesen? »Ich habe nicht Ja gesagt. Ich habe nur gefragt, was du im Sinn hast.«

Sie tippte sich gegen die Lippen, und es kostete ihn alles, sich nicht daran zu erinnern, wie sich diese Lippen angefühlt hatten. Die Frau war auf eine ganz andere Art gefährlich als damals, als sie noch ein Kind war.

»Es steht eine Veranstaltung im Gemeindezentrum an und du solltest, ich weiß nicht, irgendwas mit Baseball machen.«

»Du meinst, ich soll mich in ein Wasserbecken setzen und die Leute versuchen lassen, mich mit einem gezielten Wurf zu versenken?«

Ihr Lächeln war blendend. »Das ist mal eine Idee.«

»Ich setze mich in kein Wasserbecken.«

»Wurfbude für Sahnetorten?«

»Nein.«

»Kussstand?«

Jetzt war *sie* voll reingetappt. »Meldest du dich dafür freiwillig?«

Verdammt, sie war hübsch, wenn sie rot wurde.

»Wohl kaum.« Sie räusperte sich. »Wie wäre es mit einem Freizeitspiel oder einem Wurftraining oder so etwas in der Art?«

Er vermisste Baseball. Neulich mit Chase zu spielen – ihm etwas beizubringen – hatte Spaß gemacht. Anders als mit seinen Teamkollegen zu spielen, aber durchaus befriedigend. Das könnte tatsächlich Spaß machen. »Wann ist es denn?«

»Dieses Wochenende.«

»Also in zwei Tagen?«

Sie nickte. »Ich habe gesehen, wie du mit dem Jungen einen Ball geworfen hast. Das Gleiche könntest du am Samstag machen, oder?«

»Ja.« Er verlagerte sein Gewicht auf sein linkes Bein und hielt mit den rechten Zehen das Gleichgewicht. »Okay, dann fange ich auf dieser Seite an, du da drüben, und wir arbeiten uns zur Mitte vor. Hoffentlich finden wir Großmutters Ring schnell, damit ich für Samstag etwas auf die Beine stellen kann.«

»Klingt nach einem Plan.« Mac umschiffte ein Sammelsurium aus Möbeln, Bilderrahmen, einer alten Nähmaschine und Kisten mit weiß Gott was darin, um sich so weit wie möglich von ihm entfernt niederzulassen – wofür er eigentlich dankbar sein *sollte*.

An der Haustür läutete die Glocke.

Zum ersten Mal war er dankbar dafür.

Mac sah ihn an. »Juliette, Maeve, Renee oder jemand anderes?«

»Ich weiß es nicht. Kann jeder sein. Aber du wirst aufmachen müssen, denn bis ich da unten bin, sind sie schon wieder weg.«

»Und warum ist das ein Problem? Ich sage, wir lassen sie das kleine Leckerli dalassen, von dem sie glaubt, dass es den Weg durch deinen Magen in dein Herz findet, und holen es uns, wenn wir eine Pause machen.«

»Willst du dich etwa an meinen Bestechungsgeschenken beteiligen?«

Sie lächelte. »Jupp.«

Er lächelte zurück. »Klingt nach einem Plan.«

Die Glocke läutete noch ein paar Mal. Mac spähte aus dem achteckigen

Fenster, sagte aber, dass sie wegen des Vordachs nichts sehen könne. »Ich wette auf Renee. Sie klang vorhin nicht so, als würde sie einfach aufgeben. Wahrscheinlich hat sie ihr Arsenal aufgestockt und ist mit schweren Geschützen zurückgekehrt. Was meinst du? Doppelter Schoko-Teufelskuchen oder Macadamia-Nuss-Schoko-Chips-Cookies?«

»Wie kommst du nur auf so was?« Jared musste lachen, obwohl ihm beides recht gewesen wäre.

»Der Einsatz scheint immer höher zu werden. Es würde mich nicht wundern, wenn wir bald bei Baked Alaska oder Cherries Jubilee angelangt sind.«

»Warum nicht ein schönes saftiges Steak? Mir scheint, Schokolade ist eher was für Mädels, und ein dickes Stück Fleisch eher was für Kerle.«

»Soll ich Flyer verteilen? Mit Speisekarten von Tür zu Tür gehen?«

»Frechdachs.«

»Ich nenne es schlau. Wie ich schon sagte: Wenn man nicht fragt, bekommt man nichts. Bei mir hat es doch auch geklappt, oder?«

Da hatte sie ihn erwischt. »Okay, Prinzessin, ich halte dagegen und setze mein Geld auf Schokoladenkekse.«

»Um wie viel wetten wir?«

Er wusste, was er am liebsten wetten würde... »Nicht um Geld. Wie wäre es mit einem Abendessen?«

Sie tippte sich an die Lippen. Was ihn nur dazu brachte, sie anzustarren.

Verdammt.

»Okay. Abgemacht. Ich sage Brownies. Aus der Backmischung, das ist das Einfachste, wenn jemand nicht kochen kann.«

»Abgemacht.« Er öffnete den nächsten Karton, der sich als voller Schallplatten herausstellte. »Oh Mann, weißt du noch?«

Und so ging es den Rest des Nachmittags weiter, der erstaunlich schnell verging. Er konnte kaum glauben, was Großmutter alles aufgehoben hatte. Die Dinge, die er noch wusste. Die Dinge, an die *Mac* sich erinnerte. Sie war ein größerer Teil seiner Kindheit gewesen, als ihm klar gewesen war. Fast so, als wären sie Geschwister.

Aber eben nur fast.

Eine Tatsache, die ihm immer wieder bewusst wurde, wenn er einen Blick auf sie erhaschte, wie sie sich bückte, um den Boden einer besonders großen Kiste zu durchsuchen, oder wenn sie sich streckte, um ein Stromkabel von

Großmutters Tiffany-Lampe zu entwirren, wobei ihr Hemd ein Stück über ihren Bauch hochrutschte. Bei dem Anblick all dieser straffen Haut war ihm der Mund trocken geworden – und dieses verdammt sexy Bauchnabelpiercing, das ihm vom anderen Ende des Raums rubinrot entgegenblitzte.

Sein Kopfkino lief auf Hochtouren. Dieses kleine baumelnde Ding zwischen seine Zähne nehmen, mit der Zunge über die Mulde ihres Bauches fahren, spüren, wie ihre Muskeln vor Erregung zuckten…

Bei ihm zuckte gerade auch etwas ganz Bestimmtes.

»Oh. Mein. Gott.«

Das sagte er auch gerade… »Was?«

Macs Mund stand offen und sie hielt etwas Rundes, Silbernes hoch. »Schmalspurfilme.«

»Wow. Die habe ich schon ewig nicht mehr gesehen. Die sollten wir uns anschauen.«

Mac hielt sie fest, als wären sie mit Knoblauch eingerieben oder so. »Ich finde, du solltest sie für deine Großmutter auf DVD überspielen lassen. Das wäre ein tolles Weihnachtsgeschenk. Stell dir nur vor, wie sehr sie sich freuen würde, deinen Großvater darauf zu sehen.«

Das dachte er auch. Er hatte seinen Großvater nie kennengelernt. *Er* würde seinen Großvater gerne darauf sehen.

»Ich frage mich, ob hier oben ein Projektor ist.« Er suchte den Raum ab. »Siehst du irgendwas, das so aussieht?«

»»Nein.« Sie stellte die Metalldose ab und klopfte sich die Hände sauber. »Aber Gran hat vielleicht einen. Ich schaue nach, wenn ich heute Abend nach Hause gehe.«

»Du gehst nach Hause?«

»Ich dachte, das wäre der Plan? Brauchst du mich wirklich hier? Nach all dem Zeug, durch das wir uns gewühlt haben, glaube ich nicht, dass die Kätzchen eine große Herausforderung sein werden.«

Das war nicht der Grund, warum er wollte, dass sie blieb.

Was genau der Grund war, warum sie gehen sollte.

# Kapitel Fünfzehn

Mac sammelte die neueste Ladung nachbarschaftlicher Aufmerksamkeiten vom Tisch neben der Haustür ein – inklusive Angeboten für Aufmerksamkeiten ganz anderer Art. Den Tisch hatte sie dort aufgestellt, nachdem sie gestern Abend auf dem Weg nach draußen über die Flasche Wein gestolpert war, die sie und Jared nicht erraten hatten.

Einen Moment lang war sie enttäuscht gewesen. Kein Gewinn aus der Wette um das Abendessen. Andererseits war das wohl auch gut so. Sie hätte die Wette gar nicht erst eingehen sollen, denn mit Jared so essen zu gehen, wäre seltsam gewesen.

Die heutige Gabe war ein selbstgebackener Apfelkuchen. Genau in der Mitte steckte ein kleines Zahnstocher-Fähnchen mit Sherisse's Namen und Telefonnummer.

Und natürlich hatte sie das Ding, wie jede zweite andere Frau (oder war es jede andere Single-Frau?), in einen teuren Servierbehälter gepackt. Das bedeutete, dass er zurückgegeben werden musste, was mindestens ein Gespräch mit Jared garantierte.

Mac zuckte mit den Schultern und schloss die Tür auf. Sie verstand diese Dating-Taktiken nicht, aber hey, ein Stück Apfelkuchen würde sie nicht ablehnen. Besonders, da das Abendessen ja flachfiel.

Sie lehnte den Teleskop-Mopp gegen die Standuhr und sah dann im Salon nach den Kätzchen im Laufstall, bevor sie in die Küche ging.

Dort herrschte ein riesiges Chaos. Über jeder Stuhllehne hingen Handtücher, eines hing über dem Wandtelefon, ein paar waren über die Schrankknäufe drapiert, und zwei waren mit Reißzwecken am Rahmen der Tür zur Waschküche befestigt worden.

Dazu kamen die Papiertücher, die überall auf dem Boden zerknüllt herumlagen, als hätte sie jemand als Schuhe benutzt; der Mülleimer quillte über, und auf der Abtropffläche neben der Spüle türmte sich Katzenfutter. Das erklärte wahrscheinlich, warum der Teppich im Salon fehlte.

Kein Wunder, dass die Kätzchen schliefen. Dem Anschein nach sollte Jared das auch tun.

Aber dann hörte sie oben ein Poltern, also räumte sie kurz auf, stopfte alles in einen Müllsack oder Wäschekorb, startete eine Maschine Wäsche und brachte den Müll raus, bevor sie nach oben ging, um ihm zu helfen. Sie hoffte wirklich, dass sie Mildreds Ring heute finden würden, denn die gestrige Reise in die Vergangenheit war nicht gerade ihr Verständnis von Vergnügen gewesen.

Sicher, sie hatte an den richtigen Stellen gelächelt und bei jedem Fund falsche Begeisterung vorgetäuscht, aber in Wahrheit erinnerte sie sich bei jedem Gegenstand aus ihrer Kindheit an den Moment, der damit verbunden war. Und unweigerlich hatten diese Momente – sofern sie nichts mit ihren Eltern zu tun hatten – etwas mit Jared zu tun. Keine Glanzzeiten in ihrem Leben.

Und dann die Heimvideos, die sie gefunden hatte … Sie hatte Mildreds Projektor unter einen Tisch geschoben und ein Abdecktuch darüber drapiert. Sie wollte nicht mit Jared in einem dunklen Raum sitzen und sich Filme von ihm in dem Alter ansehen, in dem sie sich zum ersten Mal in ihn verliebt hatte.

Und dann war auch noch der Wein aufgetaucht …

Das wäre nicht gut gewesen.

Wirklich nicht.

Sie rollte mit den Augen, schnappte sich ein Geschirrtuch vom Holzkalender an der Wand, warf es in die Waschmaschine und ging die Treppe hinauf – wo sie Jared mit jemandem reden hörte.

»Hey, ja, danke für gestern Abend. Ich weiß das wirklich zu schätzen.«

Bitte sag mir nicht, dass Sherisse zum Frühstück geblieben ist …

»Nächstes Mal geht der Wein auf mich.«

Nächstes Mal. Es würde also ein nächstes Mal mit Sherisse oder Renee oder mit wem auch immer er gerade sprach, geben.

»Ja, ich muss los. Wir hören uns.«

Ach, sein Handy. Wenigstens musste sie nicht der Person gegenübertreten, die ihren Anteil vom Wein getrunken hatte.

»Wie ich sehe, waren die Kätzchen in der Küche surfen.« Sie stieg die Stufen hinauf und stellte sicher, dass er bemerkte, dass sie da war.

Er stöhnte. »Was zum Teufel ist in ihrem Futter? Ich dachte, die hätten einen natürlichen Instinkt, das Katzenklo zu benutzen?«

»Du musst es ihnen zeigen. Wenn du siehst, dass sie an einer Stelle scharren, musst du sie ins Klo setzen, damit sie die Verknüpfung herstellen.«

»Das habe ich die ganze Zeit gemacht.«

»Gestern Nachmittag aber nicht. Da waren wir bis zum Abendessen hier oben.«

»Und sie haben es sich bis irgendwann mitten in der Nacht aufgehoben. Das war heute Morgen ein ganz schönes Aroma zum Wachwerden. Ganz zu schweigen von dem Putzaufwand. Die Küche sieht noch gut aus im Vergleich dazu, wie dieser Laufstall aussah.«

»Ich habe mich schon gefragt, warum du ihn weggestellt hast.«

»Wenn du den Teppich gesehen hättest, wüsstest du es. Sei froh, dass ich dir das erspart habe. Ich werde ihn wohl meiner Großmutter abkaufen müssen, denn retten lässt er sich nicht mehr.« Er wischte sich mit dem Handrücken über die Stirn. »Ich habe schon vor sieben ein komplettes Tages-Workout hinter mir. Und jetzt wird gleich Dave auftauchen und noch mehr wollen.«

Sie kannte das Gefühl …

Sie straffte die Schultern. Und ihr metaphorisches Rückgrat. »Ich bin nur für den Vormittag hier. Eine meiner Kundinnen hat ihr Haus zum Verkauf angeboten, und der Makler hat ganz kurzfristig beschlossen, morgen den ganzen Tag eine offene Besichtigung zu machen. Ich muss heute dort sauber machen, da wir morgen das Kareers for Kids-Event haben. Du wirst heute allein auf dem Dachboden Dienst schieben müssen.«

Er zuckte mit den Schultern. »Das ist okay. Es gibt viel zu tun. Ich hoffe immer noch, dass ich einen Projektor finde. Hatte deine Großmutter einen?«

Mac kreuzte die Finger hinter ihrem Rücken. »Wenn sie einen hat, habe ich ihn nicht gefunden.« Streng genommen war das keine Lüge – sie hatte nicht danach gesucht.

»Ich frage mich, ob ich einen mieten kann.« Er nahm den Karton mit den Filmspulen und nahm zwei davon heraus. »Ich musste gestern Abend ständig an sie denken. Ich frage mich, wie weit sie zurückreichen. Wer darauf zu sehen ist.« Er drehte sie um. »Keine Daten oder so.«

»Dann wird es eine Überraschung. Wie ein Geschenk auszupacken.«

»Ja, und schau dir die hier an.« Er legte die Filme ab und nahm einen anderen Karton. »Ein Haufen Familienfotos von Leuten, die ich nicht kenne.« Er hielt ein sepiafarbenes Foto mit einer großen Gruppe Kinder hoch. »Ich hatte ganz vergessen, dass mein Großvater neun Geschwister hatte. Mein Vater ist mit einem Haufen Cousins aufgewachsen. Ich wünschte, ich hätte sie kennengelernt.«

»Was ist mit Familientreffen und Feiertagsessen?«

Jared schüttelte den Kopf. »Machst du Witze? Meine Mutter und von Papptellern in irgendjemandes Wohnzimmer an einem Klapptisch essen? Auf keinen Fall. Wir sind zu unseren Feiertagsessen immer ins Bijou oder zu Landers gegangen, nur wir drei. Großes, aufwendiges Buffet, Personal in Gala-Uniform, tonnenweise Cocktails, Desserts mit Blattgold.«

»Wow. Das klingt ...« Mac musste überlegen, wie sie es formulieren sollte. »Einsam.«

Jared seufzte und legte das Bild weg. »Voll ins Schwarze getroffen.«

»Du hättest zu uns kommen sollen.« Wo ihr junges Herz sofort höher geschlagen hätte ... »Gran hatte keine große Verwandtschaft, aber sie hatte viele verwitwete Freundinnen. Bei uns war immer jemand zu Besuch. Manchmal Leute, die wir gar nicht kannten. Wenn es jemanden gab, der nirgendwo hinonnte, wussten alle, dass man ihn zu Gran schicken konnte.«

»Ich weiß.«

»Das weißt du?«

»Sicher. Wenn wir im Restaurant fertig waren, sind wir nach Hause gefahren. Da euer Haus direkt auf der anderen Seite des Feldes lag, konnte ich die Lichter und die Autos sehen, und wenn es schön draußen war, verlagerte sich die Party in den Garten. Ich habe immer gefragt, ob ich rübergehen darf, aber meine Mutter verstand nicht, dass ich bei euch eine offene Einladung hatte. Sie erwartete eine schriftliche Einladung, die an sie und meinen Vater adressiert war. Nicht, dass sie gekommen wäre. Weißt du, dass sie noch nie in deiner Nachbarschaft gefahren ist? Es hieß immer nur ‚um die Ecke‘.«

»Ist das so was wie die falsche Seite der Gleise?«

»Es fehlten nur noch die Bahnschwellen.«

Mrs. Nolan war ihr immer so imposant vorgekommen. Jetzt wusste sie, warum: Die Manleys waren nicht gut genug. »Wow. Das ist … hm …«

»Prätentiös.« Jared legte das Foto zurück in den Karton. »Willkommen in meiner Welt.«

Es war eine Welt, von der sie damals ein Teil sein wollte. Jared hatte in einem großen, individuell gebauten Haus mit schöner Einrichtung und modernster Technik gelebt, mit einem gepflegten Rasen und einem Pool. Ganz zu schweigen von diesem Schlagkäfig. Seine Eltern hatten teure Autos gefahren, und er hatte immer Designerklamotten getragen, sogar seine Sportbekleidung. Sie hatte die Aschenputtel-Fantasie damals voll ausgelebt und ihn sich als ihren echten Märchenprinzen vorgestellt, der sie in seinen wundervollen Palast entführte, weg von den Pflichten des Lebens in Grans kleinem Haus.

*Beurteile ein Buch niemals nach seinem Einband.*

»Aber genug davon. Ich werde diese Fotos das nächste Mal mit zu Oma nehmen und sehen, ob sie welche für ihre neue Wohnung haben möchte. Den Rest werden wir wohl wegwerfen. Ich meine, wer will schon Bilder von Leuten, die er nicht kennt, rumstehen haben?« Er zuckte mit den Schultern und lächelte, aber das Lächeln erreichte nicht seine Augen.

»Guter Punkt.«

Sie beobachtete ihn, während er den Karton ans Geländer stellte. Dass er keine Beziehung zu seiner erweiterten Familie hatte, machte ihm zu schaffen.

Jared war einsam.

Der Gedanke traf sie wie aus heiterem Himmel. Es war eine so persönliche, so intime Erkenntnis, dass Mac nicht wusste, was sie damit anfangen sollte. Er würde es sicherlich nicht besprechen wollen – würde es wahrscheinlich leugnen –, aber im Rückblick auf die vergangenen Jahre ergab es Sinn.

Gran musste es gesehen haben. Sie war zu scharfsinnig, um es nicht zu bemerken. Und warum sollte sie ihn nicht aufnehmen? Sie nahm jeden auf, der niemanden hatte. Nur weil Jared das ganze Geld und das ganze *Zeug* und all die Vorteile hatte, hieß das nicht, dass er glücklicher war als sie und ihre

Brüder. Tatsächlich würde Mac wetten, dass sie und ihre Brüder ihre gesamte Kindheit über glücklicher gewesen waren.

Und jetzt auch.

Der Gedanke erschütterte sie. Wen hatte er *tatsächlich*? Er hatte gesagt, dass seine Eltern nicht im Krankenhaus aufgetaucht waren, seine Teamkollegen waren irgendwo und machten ihren Job, seine Ex-Freundin hatte eine echt miese Nummer mit ihm abgezogen, bis hin dazu, ihn aus seinem eigenen Haus zu werfen, und hier war er nun auf dem Dachboden seiner Großmutter, allein mit den Erinnerungen.

Und ihr.

Was angesichts des Mitgefühls, das sie empfand, wahrscheinlich nicht der sicherste Ort für sie war.

»Ich werde, äh, nur noch kurz das Esszimmer putzen und dann los. Kommst du hier oben klar?«

Er würde Ja sagen. Natürlich würde er das.

»Ja.«

Aber Mac wusste es besser.

Was sie nun mit diesem Wissen anfangen würde, war etwas, worüber sie nachdenken musste.


Er hätte sie fast gebeten zu bleiben. Das Esszimmer zu vergessen und ihm Gesellschaft zu leisten.

Aber das war gefährlich. Mac verkörperte alles, was er wollte: bedingungslose Liebe – die er vor all den Jahren durch seine achtlose und absichtlich arrogante Art in ihrer Nähe dummervweise zerstört hatte – eine fürsorgliche, eng verbundene Familie, Traditionen und Feiertage, die Generationen zurückreichten und heute noch lebendig waren, Mitgefühl, Herzlichkeit, Zuneigung. Dazu kam noch die Tatsache, dass ihre Brüder seine besten Freunde waren; sie war zu einer Frau geworden, die er so nicht erwartet hatte, und sie zu küssen war das Nächstbeste nach dem Himmel. Und er wusste, wenn sie noch weiter gingen, *wäre* es der Himmel.

Aber ... wollte er Mac um ihrer selbst willen oder wegen dessen, was sie verkörperte?

Kapitel Sechzehn

»Wissen Sie eigentlich, wer hier ist?«, fragte eine Frau, die am nächsten Tag im Gemeindezentrum an Macs Stand vorbeiging.

»Ich habe ihn auf dem Parkplatz gesehen«, sagte eine andere und fächelte sich Luft zu – dabei war es draußen gar nicht so heiß. »Ich schwöre, wäre mein Mann nicht ein paar Schritte vor mir gewesen, wäre ich direkt zu ihm rübergegangen.«

Eine dritte zupfte sich die Haare zurecht. »Na, dann zeigt mir mal, wo er ist, und *ich* werde rübergehen, denn meiner ist gerade verreist. Was er nicht weiß, macht ihn nicht heiß – und mich hält nichts davon ab, das schärfste Teil in Uniform anzubaggern, das mir untergekommen ist, seit Bryan Manley oberkörperfrei in zerrissenen Camouflage-Hosen zu sehen war.«

Pfui, pfui, pfui. Mac hätte ihr Gehirn am liebsten mit einer Bürste geschrubbt. Sie wusste genau, welche Szene aus Bryans Film die Frau meinte, und obwohl ihr klar war, dass ihr Bruder attraktiv war, war es einfach nur eklig, diese Frauen so über ihn herfallen zu hören. Und es machte die Sache nicht besser, dass sie dasselbe über Jared sagten. Herrje, er war praktisch wie ein Bruder für sie.

*Aber er ist es nicht ...*

Stimmt. Aber trotzdem. Frauen zuzuhören, die über ihn sprachen, als sei er ein Stück Fleisch ... Es fühlte sich einfach falsch an.

*Oder du bist eifersüchtig.*

Wie auch immer. Mac wollte gar nicht erst darüber nachdenken. Heute drehte sich alles um die Kinder, und diese Frauen konnten ihre überschüssigen Hormone woanders ausleben. Sie hatte mittlerweile selbst genug davon, danke sehr.

»Hey, Mac!«

Sie blickte auf und sah Jared über das Feld hinken; seine Krücken dienten eher dem Gleichgewicht als der Fortbewegung.

Alle drei Frauen wirbelten herum, um sie anzustarren.

Mac biss sich auf die Lippe, um ein triumphierendes Lächeln zu unterdrücken. Sie könnten potenzielle Kundinnen sein, und wenn ihr Interesse an Jared sie dazu brachte, sich auch für sie zu interessieren, könnte sie sie vielleicht als Klientinnen gewinnen.

Oder ... nach den mörderischen Blicken in ihren Augen zu urteilen, wohl eher nicht.

Na gut, sie ließ doch ein wenig von ihrem zufriedenen Lächeln durchblicken und winkte ihm zurück. »Hey, Jared!«

Er kam zu ihr herüber. »Wie läuft's?«

*Viel besser, jetzt, wo du da bist.*

»Gut. Jede Menge Kinder hier. Ich habe niemandem erzählt, dass du kommst, sonst wärst du überrannt worden, aber ich habe das Gefühl, das wird sich ziemlich schnell herumsprechen.« Sie blickte hinter ihn. Jup, die Frauen machten Fotos, und Mac wettete, dass die in zehn Sekunden online sein würden.

»Ich habe da drüben einen Platz für dich abgesperrt.« Sie deutete auf die orangefarbenen Kegel, die sie aufgestellt und mit Absperrband verbunden hatte. »Vielleicht solltest du dich schon mal einrichten, damit du bereit bist, wenn die Horden einfallen.«

»Danke.« Er nickte in Richtung des Rucksacks, den er trug. »Kannst du mir mal kurz hiermit helfen?«

*Welche Hand hättest du denn gern und wo soll sie hin?*

Mac biss sich auf die Zunge, aus Angst, sie würde diese Fragen laut aussprechen. Sie sagte den Kindern, denen sie beim Keksteig half, sie sollten kurz warten, und eilte zu ihm, als er den Rucksack abstreifte.

Sie griff danach, aber er schlug mit einem dumpfen Knall auf dem Boden auf. »Meine Güte, was hast du da drin?«

»Schläger, Bälle, Bases, Handschuhe. Ein paar Flaschen Wasser. Sonnencreme. Das übliche Zeug für ein spontanes Spiel.«

»Das hattest du einfach so alles rumliegen?«

»Nein, Liam hat es neulich Abend vorbeigebracht. Wir haben übrigens die Flasche Wein gekillt. Eigentlich wollte ich sie dir geben, aber wir haben uns festgequatscht und ich hatte kein Bier mehr im Haus, also musste der Wein dran glauben. Ich stehe in deiner Schuld.«

Liam. Das Gespräch, das sie mitangehört hatte, ergab plötzlich Sinn – auf eine perfekte, kein-Grund-für-Eifersucht-Art.

Sie konnte das Lächeln nicht aus ihrem Gesicht wischen. Was sie unendlich ärgerte. Im einen Moment wollte sie ihn nicht, und im nächsten ...

Im nächsten wollte sie ihn mehr als jemals zuvor. Und das war schon eine Menge gewesen. Aber das war damals nur Schwärmerei gewesen. Jetzt ...

Sie wollte das »Jetzt« lieber nicht genauer untersuchen.

»Hey, Jared.« Eine Blondine im Minikleid winkte ihm zu, während sie sich die Haare über die nackte Schulter warf.

»Hey.« Er machte diese typische knappe Kopfbewegung der Männer.

»Eine Freundin von dir?«, konnte Mac sich nicht verkneifen zu fragen.

»Keine Ahnung.«

»Ach ja? Klang für mich ziemlich vertraut.«

Er zuckte mit den Schultern und hob den Rucksack hoch, als würde er gar nichts wiegen. »Man muss die Fans bei Laune halten. Sie zahlen einen Haufen Geld, um mir dabei zuzusehen, wie ich das tue, was ich liebe. Eigentlich sollte ich sie bezahlen.«

»Das würde ich an deiner Stelle nicht zu laut sagen, sonst finden sich gleich ein paar Freiwillige.« Nur dass die Frauen nicht dafür bezahlt werden wollten, dass er *Baseball* spielte.

»Hey, wusstest du, dass es hinten beim Parkplatz einen Streichelzoo gibt?« Jared bückte sich, um seine mitgebrachten Sachen in Stapeln zu sortieren.

Mac starrte angestrengt ganz woanders hin. Irgendwohin. »Der Zoo bringt die Tiere hierher, um Mitgliedschaften zu verkaufen. Außerdem ist Tierpfleger ein anerkannter Karriereweg, und die Tiere helfen dabei, das Eis bei den Kindern zu brechen. Das und der Wassereis-Stand. Der Besitzer erklärt den Kindern zwischen den Kostproben, wie man ein eigenes Unternehmen führt.«

»Hoffen wir mal, dass der gute alte amerikanische Baseball sie auch begeistern kann.«

Das tat er. Und nicht nur die Kinder.

Oder die Väter.

Die Mütter kamen in Scharen.

»Fass den Schläger weiter oben an, Kev«, sagte Jared zu dem Jungen, für den er gerade pitchte. »Genau so. Und jetzt halt ihn ruhig, damit du den Ball auch triffst.«

Jared warf, der Junge schwang ... und schlug daneben.

Die Menge stöhnte lautstark auf, aber Jared hob die Hände, um sie zu beruhigen. »Du hast den Ball aus den Augen gelassen. Du hast mich angeschaut, nicht den Wurf. Probieren wir es noch mal.«

Und so ging es die nächsten drei Stunden weiter. Mac erhaschte ab und zu einen Blick, aber die Kinder bei ihr davon abzuhalten, den rohen Keksteig aufzuessen, wurde zu einem Vollzeitjob.

Schließlich schob sie das letzte Kekstablech in den Kühlwagen. »Okay, Leute, bringen wir diese Runde rein zu den Öfen, und während sie backen, können wir hier saubermachen.«

»Och nö, ich will nicht putzen. Ich bin ein Koch. Köche kochen Sachen. Die putzen nicht.«

Mac kniff Calvin leicht in die Nase. »Doch, das tun sie, wenn sie gerade erst anfangen, und wir machen das auch. Wer glaubst du denn, wer es sonst macht?«

»Die Ameisen!«, rief Janey Weston.

Mac tätschelte Janey unters Kinn. »Netter Versuch, Kleines. Aber wir laden die Ameisen nicht zu unserer Keksbäckerei ein, also schnappt euch alle einen Lappen und an die Arbeit.«


Jared hatte einen Riesenspaß. Gott, er liebte diesen Sport. Kinder zu trainieren, war zwar nicht dasselbe, wie in der Profiliga zu spielen, aber als Überbrückung, bis er wieder zurückkonnte, war es toll. Und es war schön, bekannte Gesichter aus der Schulzeit zu sehen und sich auszutauschen, aber nach drei Stunden Pitchen meldeten sich seine Beine und seine Rippen lautstark zu Wort.

Und was die Kinder anging ... Sie nahmen seine Ratschläge dankbar an, waren begierig darauf zu lernen, und einige waren regelrecht ehrfürchtig. Das tat seinem Ego gut, aber noch wichtiger war, dass es seiner Seele gutat. Es war schön, für etwas geschätzt zu werden, worin man so hart gearbeitet hatte, um gut zu sein.

Er verbrachte weitere zwei Stunden damit, alles Mögliche zu signieren, von T-Shirts über Kinderwagen bis hin zu Visitenkarten. Er genoss es und lächelte, bis ihm die Wangen wehtaten, aber er brauchte dringend eine Pause. Mit all der körperlichen Anstrengung – hinter den Kätzchen herzuräumen, den Dachboden zu inspizieren, mit Chase Ball zu spielen und mit Dave zu trainieren, und dazu dieser Nachmittag – war er völlig am Ende, und die Schlange wollte einfach nicht kürzer werden.

»Okay, Leute, hört mal alle her.« Mac tauchte mit einem Teller Schokoladen-Chip-Cookies auf. Er hätte sie dafür küssen können.

Nun ja, unter anderem dafür.

»Wer schon ein Autogramm von Jared hat: Dort hinten am Backstand gibt es noch mehr Kekse. Wenn ihr dorthin geht, haben die anderen in der Schlange auch die Chance, ihn kennenzulernen, und wir kommen hier zum Ende. Das Reinigungsteam möchte schließlich auch irgendwann nach Hause.« Den letzten Teil sagte sie mit einem breiten Lächeln, was ihren Worten die Strenge nahm.

Schade nur, dass die nächste Frau in der Schlange nicht zuhörte. Gott weiß, sie hatte mehr als genug Zeug von ihm, um sicherzustellen, dass sie sich *nie* wieder anstellen müsste.

»Was willst du, Camille?«

Sie zog ein Stück Papier aus der scheußlichen Pelztasche, die sie unbedingt von seinem Geld für ihren eigenen Geburtstag hatte kaufen wollen. Nur Camille trug das ganze Jahr über Pelz. »Dein Autogramm natürlich.«

Jeder Erwachsene in Hörweite beobachtete sie. Jared hasste es. Und er hasste sie dafür, dass sie das tat.

Er griff nach dem Papier, bereit zu unterschreiben, nur um sie loszuwerden, doch dann sah er, was es war.

»Du willst, dass ich dir mein *Haus* überschreibe? Bist du völlig wahnsinnig geworden? Und das ist *keine* rhetorische Frage.«

»Wenn du willst, dass ich friedlich gehe, dann unterschreibst du.« Das Biest lächelte ihn so an, als wäre sie nur ein ganz normaler Fan.

Er hatte die S.C.H.N.A.U.Z.E. voll von ihren manipulativen Spielchen.

»Nur zu, Camille. Mach eine Szene. Ist mir egal. Du bekommst mein Haus nicht, und sobald die Räumungsklage durch ist, werde ich derjenige sein, der lächelt. Also geh bitte für jemanden beiseite, der mich tatsächlich mag.« Er gab sich größte Mühe, nicht die Beherrschung zu verlieren. Es waren Kinder in der Nähe. Sie sollten nicht sehen, wie ihr Idol jemanden anbrüllte. Selbst wenn sie es verdient hätte.

»Ich habe die ganze Nacht Zeit, Jared.« Camille verschränkte die Arme und ihr Grinsen wurde breiter, während die Rotfuchstasche an ihrer Hüfte baumelte. »Mein einziger Plan für heute ist, die Nacht zu Hause zu verbringen. In *meinem* Zuhause.«

Jared zerknüllte das Papier zu einem Ball, ohne den Blick von ihr abzuwenden. »Nur über meine Leiche.«

»Aber dann hättest du mich in dein Testament aufnehmen müssen, und ich habe so das Gefühl, das wirst du nicht tun.« Camille trommelte so gelassen mit den Fingerspitzen auf ihren Arm, dass er sie am liebsten geschüttelt hätte.

Herrje, er war noch nie ein Freund von körperlicher Gewalt gewesen. Er fuhr sich mit der Hand durchs Haar. Er würde jetzt nicht damit anfangen. Camille war es nicht wert.

»Verschwinde von hier, Camille. Ich weiß nicht, was dein Spielchen soll, aber ich spiele nicht mit. Dieses Stück Papier ist wertlos.« Er warf es auf den Tisch und forderte sie mit seinem Blick heraus, es zu nehmen.

»Ich habe Kopien, Jared. Dachtest du wirklich, damit wäre alles erledigt?«

Er wollte, dass *sie* erledigt war. Aber es war nicht einfach, mit jemandem zu streiten, der sich weigerte, zu streiten, also verschränkte Jared einfach die Arme, um sie auszusitzen.

Gott sei Dank tauchte Mac auf, um ihn mal wieder zu retten. Sie trat an den Tisch, ein Lächeln im Gesicht, als wüsste sie gar nicht, wer da vor ihr stand.

»Entschuldigung? Gibt es hier ein Problem?«

Sie wusste es. Er erkannte diesen Tonfall – den, den sie für die Renees und Maeves dieser Welt reserviert hatte und den sie schon so effektiv auf seiner Veranda eingesetzt hatte.

Jared lehnte sich zurück. Das würde er genießen.

»Nein. Es gibt kein Problem.« Camille würdigte Mac keines Blickes, als sie das sagte.

Großer Fehler. Mac mochte es gar nicht, ignoriert zu werden.

Zum ersten Mal war Jared froh darüber.

»Oh, das ist ja schön. Wenn Sie dann bitte zur Seite treten könnten? Wir versuchen, die Schlange voranzubringen, damit alle rechtzeitig zum Abendessen nach Hause kommen. Sie verstehen das sicher. Wenn Sie private Angelegenheiten mit Jared zu klären haben, hat er sicher nichts dagegen, zu warten, bis er seine *anderen* Fans begrüßt hat.«

Mann, die Frau war gut. Diese leichte Betonung auf *anderen* war ein so subtiler Seitenhieb, dass ihn außer dieser lügenden, hinterhältigen Zicke kaum jemand bemerkt hätte.

Camille jedoch bemerkte ihn.

Sie funkelte Mac böse an. »Oh nein. Ich habe keine *privaten* Angelegenheiten mit Jared. Es ist rein geschäftlich. Du wirst von meinem Anwalt hören.«

Sie konnte mit einer Klage drohen, so viel sie wollte, aber er hatte den längeren Atem und das nötige Geld, und er würde beides einsetzen, um sie aus seinem Leben zu streichen. »Nur zu.«

Mac lächelte die ganze Zeit über, während sie sich bei Camille bedankte und zur nächsten Person in der Schlange überging, um diese zu Jared zu führen.

Aber Jared sah, dass unter der Oberfläche etwas brodelte – und er war sich nicht sicher, ob er wissen wollte, was es war. Mac war die letzte Person, mit der er über Camille sprechen wollte.

Leider war Mac mit diesem Plan nicht einverstanden. »Du hast mit diesem ... diesem wandelnden PETA-Albtraum zusammengelebt?«, zischte sie, als die letzte Person seinen Tisch verlassen hatte und sie nach der Schüssel mit den Losen griff, die sie vorbereitet hatte, damit drei glückliche Gewinner einen signierten Baseball gewinnen konnten.

Abgesehen davon, dass sie eine gute Rausschmeißerin war, war Mac auch ein Naturtalent in Sachen Öffentlichkeitsarbeit.

»Falls es dich tröstet: Sie ist allergisch dagegen. Weiter geht ihr Pelzfimmel nicht. Sie muss das Teil zu Hause in eine Plastiktüte stecken. Das regt sie maßlos auf.« Was ihn verdammt glücklich machte. »Aber ja, mit ihr zusammenzuziehen, war nicht gerade einer meiner hellsten Momente.«

Mac stellte die Schüssel wieder ab, ihr ungläubiger Blick verstärkte sich. »Hast du gerade etwa zugegeben, dass du nicht perfekt bist?«

»Natürlich bin ich nicht perfekt, Mac. Wie kommst du darauf, dass ich das von mir denken würde?«

»Deine Arro– äh, dein Selbstbewusstsein.« Mac schob die Schüssel ans Ende des Tisches und machte ein großes Spektakel daraus, die Stifte einzusammeln, mit denen er signiert hatte – ohne ihn auch nur einmal anzusehen.

»Mein« – wenn er nicht schon gesessen hätte, hätte er es spätestens jetzt getan. »Du hältst mich für arrogant?«

»Nein. Natürlich nicht. Ich meine, man muss extrem selbstbewusst sein, um das zu tun, was du beruflich machst – ständig in der Öffentlichkeit zu stehen, die Erwartungen der Fans auf den Schultern zu tragen, immer abliefern zu müssen – ich meine ... nun ja, du weißt schon. Man könnte unter all dem Druck zusammenbrechen, wenn man sich seiner Sache nicht absolut sicher wäre. Manche Leute könnten das als Arroganz bezeichnen.«

Sie plapperte einfach drauflos, und es war irgendwie süß. Mac war verlegen. So hatte er sie noch nie gesehen. Nicht einmal damals, als er ihr junges Herz mit dieser unvergesslich verletzenden Abfuhr vor all den Jahren gebrochen hatte. Damals hatte sie einfach nur geschwiegen und sich zurückgezogen.

Gott, er *war* ein arroganter Kerl gewesen. Er hatte ihr in jener Nacht übel mitgespielt.

Mann, wenn er nur zurückgehen und es wiedergutmachen könnte ...

Vielleicht konnte er das ja.

Er stand auf; seine Beine brauchten nach dem langen Sitzen dringend eine andere Position.

»Und, hat es dir Spaß gemacht?« Mac tat furchtbar geschäftig und sortierte die Stifte in eine Zigarrenkiste.

»Ja, hat es. Danke, dass du das vorgeschlagen hast.« Er reichte ihr einen Stift, der weggerollt war.

»War keine große Sache.«

»Doch, das war es, Mac.«

Sie blickte zu ihm auf, und Jared dachte nicht eine Sekunde darüber nach, was er als Nächstes tat.

Er legte seine Hand sanft an ihre Wange.

Ein paar Sekunden lang starrten sie sich an, und Jared hätte schwören können, dass der Rest der Welt um sie herum einfach stehen blieb.

Aber dann wich Mac einen Schritt zurück, und er reagierte eine Sekunde zu spät, um sie daran zu hindern.

»Jared, vielleicht sollten wir …« Sie schob sich eine Haarsträhne, die aus ihrem Pferdeschwanz gerutscht war, hinter das Ohr. »Es ist spät. Wir hatten beide einen anstrengenden Tag. Wir sollten einfach nach Hause gehen und uns ausruhen.«

»Da stimme ich dir zu, Mac. Wir sollten nach Hause gehen.«

Sie schluckte und griff nach der Zigarrenkiste.

Er legte seine Hand auf ihre. »Zusammen, Mac.«

Ihr Blick schnellte zu seinem. »Zu … zusammen?«

Verdammt, das war falsch rübergekommen. Er machte ihr doch keine Avancen, um Himmels willen. »Ich meine, du solltest rüberkommen und dir mit mir die Filme ansehen.«

»Oh.« Sie stieß den Atem aus. »Oh. Ähm … das ist wahrscheinlich keine gute Idee.«

»Warum? Hast du ein heißes Date?« Er hatte neulich nicht wirklich gescherzt, als er sie gefragt hatte, und er scherzte jetzt ganz sicher auch nicht. Er wollte sie heute Abend bei sich haben.

Sie lächelte, aber es erreichte ihre Augen nicht. »Danke, Jared, aber ich habe den ganzen Tag geschwitzt, habe geschmolzene Schokolade in den Haaren und habe so viel Keksteig von meinen Fingern geleckt, dass ich eigentlich nur noch ein Antazidum und ein Kissen brauche. Ich muss nach Hause.«

»Das ist also ein Nein?«

Über seinen kleinen Witz wurde ihr Lächeln ein wenig echter.

Aber Jared scherzte nicht. Er musste hier langsam vorgehen. Das war ihm klar. Natürlich war sie vorsichtig. Er wusste selbst nicht so genau, was er da eigentlich tat, aber er wusste, dass er Mac heute Abend bei sich auf dem Sofa haben wollte, und wenn es nur zum Filme schauen war. Besonders wenn sie sah, wer darin vorkam.

»Was, wenn ich dir Wein und ein Kissen zu den Filmen anbiete? Es ist nicht heiß und es ist kein Date, aber ich habe den Projektor meiner Großmutter gefunden und ihn heute Morgen aufgebaut. Er funktioniert noch, und ich glaube, du würdest gern sehen, wer auf den Filmen zu sehen ist.«

»Wenn es Babyfotos von mir sind, bin ich raus.« Sie stapelte die Los-Schüssel auf die Zigarrenkiste und klemmte sich beides unter den Arm. »Ich will nicht danebensitzen, während du Kommentare über mich in Windeln abgibst.«

Er lachte. »Falls es solche Aufnahmen gibt, habe ich sie noch nicht gefunden.« Er legte eine Hand auf ihren Arm und brachte sie schließlich dazu, ihn anzusehen. »Aber deine Eltern sind drauf.«

»Meine ... Eltern?«

Er nickte. »Sie sind jung. Wahrscheinlich noch nicht verheiratet. Ich habe noch nicht viel gesehen; ich fand irgendwie, du solltest sie vor mir sehen, verstehst du?«

Sie schluckte mehrmals und blinzelte ganz schnell. Aber es dauerte eine Minute oder zwei, bevor sie ihm antwortete. »Gib mir eine halbe Stunde zum Duschen, dann komme ich rüber. Soll ich was mitbringen? Käse? Cracker?«

Er ließ sie nicht los, weil er spüren konnte, dass sie zitterte. »Ich habe alles da, Mac. Bring einfach nur dich selbst mit. Und dein Kissen, wenn es unbedingt sein muss.«

»Das ist schon da. Ich habe es in Mildreds Zimmer gelassen.«

Er wusste nicht warum, aber das berührte ihn. Ihr Kissen war in seinem Haus. So eine banale Sache, aber irgendwie ... war sie das nicht.

*Du steckst bis zum Hals in Schwierigkeiten, Nolan. Du solltest an einem Samstagabend keinen Wein servieren und auf dem Sofa neben einer Frau sitzen, die zweifellos hochemotional werden wird, wenn sie die Filme sieht. Einer Frau, die dich einmal geliebt hat.*

Ja, das war ein gewagter Schritt, aber einer, den er gehen musste. Camille wiederzusehen hatte ihm klargemacht, dass er vielleicht das Beste weggeworfen hatte, was ihm je hätte passieren können, und er würde diese Chance nicht vermasseln. »Lass dir ruhig Zeit. Sie laufen ja nicht weg.«

»Das liegt daran, dass sie das schon längst getan haben«, flüsterte sie. Dann, ganz die Mac, die er in Erinnerung hatte, straffte sie die Schultern und legte eine gewisse Entschlossenheit in ihr Lächeln. »Ich bin in dreißig Minuten da.«

Kapitel Siebzehn

»Du siehst aus wie sie.«

Mac betrat Mildreds Salon, unfähig, den Blick vom Bildschirm abzuwenden. Jared hatte den Film bei dem Gesicht ihrer Mutter angehalten. Sie sah ihr *tatsächlich* ähnlich. So sehr, dass es wehtat.

»Mac? Alles okay bei dir?«

Nein. Gott, sie vermisste ihre Eltern so sehr.

Sie ging auf das nächste Möbelstück zu – die Armlehne des Sofas. Weiter trugen ihre Beine sie nicht.

»Hier. Setz dich.« Jared rutschte nach rechts und machte ihr Platz, damit sie auf das Polster gleiten konnte.

»Sie sehen so glücklich aus.« Ihre Eltern kuschelten auf einem Korbsessel im Gras, gleich hinter Mildreds hinterer Veranda. Sie hielten Gläser mit etwas in den Händen, das wie Eistee aussah, und stießen damit an. Der winzige Diamantring ihrer Mutter funkelte in der Sonne.

»Das tun sie. Nach dem zu urteilen, was meine Großmutter sagt, schienen sie zusammen sehr glücklich gewesen zu sein.«

»Das waren sie.« Sie räusperte sich. »Ich erinnere mich nicht an viel, weil ich noch so jung war, aber ich erinnere mich an das Lachen. Mein Dad hat sie jedes Mal in die Arme geschlossen und hochgehoben, wenn er von der Arbeit nach Hause kam. Ich weiß das noch, weil Mom mir gerade einen Haufen

Märchen vorgelesen hatte und ich dachte, dass sich ein Prinz genau so verhält. Ich dachte, meine Mom wäre die glücklichste Frau der Welt.« Und sie hatte genau wie sie sein wollen.

Verdammt, die Tränen bahnten sich ihren Weg. Sie wischte sie hastig fort. Weinen löste gar nichts. Sie waren trotzdem weg. Und sie war kein Aschenputtel.

»Es ist okay zu weinen, Mac.« Jared griff nach ihrer Hand.

Sie ließ es geschehen. Die Emotionen drohten sie zu überwältigen, und sie brauchte etwas, an dem sie sich festhalten konnte.

»Soll ich es ausschalten?«

Ja. »Nein.« Sie schüttelte den Kopf, um dieses verräterische *Ja* daraus zu vertreiben. »Nein. Ich habe diese Aufnahmen noch nie gesehen.«

Als Nächstes kam Gran ins Bild. Sie sah so jung aus, dass Mac der Mund offen stehen blieb. »Sie sieht so hübsch aus.«

»Gute Gene liegen bei euch in der Familie.« Er drückte ihre Hand, was sie zum Lächeln brachte.

Gran winkte in die Kamera, drehte sich dann um und winkte jemanden drinnen zu sich heraus.

Macs Großvater kam heraus, seine Gehhilfe voran.

Mac stockte der Atem. »Wow, mir war nicht klar, wie schlecht es ihm ging. Das muss ganz kurz vor dem Ende gewesen sein.« Das brach ihr nur noch mehr das Herz. Alle waren so glücklich, die Gläser erhoben, Umarmungen überall, eine nachbarschaftliche Feier – und schon bald würde alles ganz anders sein. »Gott, das Leben kann sich in einem Augenblick ändern, nicht wahr? Schau sie dir an. Sie haben keine Ahnung, was passieren wird –«

Ihre Stimme versagte. Sie konnte nicht länger zusehen, in dem Wissen, dass sie in wenigen Jahren nicht mehr da sein würden, und doch wollte sie keinen Moment dieses kostbaren, kostbaren Geschenks verpassen.

Sie ließ Jareds Hand los und griff nach dem Glas Wein, das er für sie bereitgestellt hatte, in der Hoffnung auf die Entspannung, die es versprach. »Danke, dass du darauf bestanden hast, dass ich mir das ansehe.«

»Ich habe nicht darauf bestanden. Ich habe es dir angeboten.«

Sie zog die Augenbrauen hoch. »Gehopst wie gesprungen.«

Er nahm sein Weinglas in die Hand. »Zumindest hat es dich hergebracht.«

Sie wollte nicht darüber nachdenken, warum er das für eine gute Sache hielt; jahrelang hatte er schließlich versucht, sie loszuwerden.

»Oh, schau mal. Da ist dein Dad.« Mac zeigte auf den Bildschirm, froh, sich auf jemand anderen als ihre Eltern konzentrieren zu können.

Eine Frau trat ins Bild und schob ihre Hand in die von Mr. Nolan.

»Und das ist *nicht* meine Mom.«

»Wer ist sie?«

Jared nahm einen großen Schluck Wein. »Keine Ahnung. Aber Dad weiß ganz sicher, wer sie ist.«

Mr. Nolan küsste die Frau, und als sie sich voneinander lösten, lachten sie, während die Frau ihre linke Hand hochhielt.

»Heilige Scheiße, verlobt sind sie auch noch.« Jared lehnte sich vor. »Welches Jahr ist das?«

Mac stellte ein paar schnelle Berechnungen an.

»Das ist nicht möglich.«

Sie ging die Zahlen im Kopf durch. »Doch, eigentlich schon. Wenn mein Großvater zu diesem Zeitpunkt noch gelebt hat, was wir ja offensichtlich sehen, dann haben sich meine Eltern da verlobt, denn sie haben geheiratet, als er ins Krankenhaus kam. Sie haben die Zeremonie in der Krankenhauskapelle abgehalten, damit er sie zum Altar führen konnte. Da bin ich mir sicher. Gran hat es mir tausendmal erzählt. Er ist weniger als eine Woche später gestorben.«

»Aber das wäre etwa sieben Monate vor meiner Geburt.«

Sie sahen wieder auf den Bildschirm.

»Ähm...«

»Ja.« Jared ließ sich gegen das Sofa zurückfallen. »Kein Wunder, dass meine Mom ihn am Nasenring herumführt. Er hat sie geschwängert und dann eine andere gefragt, ob sie ihn heiraten will.«

»Aber er hat offensichtlich deine Mom geheiratet.«

»Aber zu welchem Preis?« Jared atmete schwer aus. »So viele Dinge ergeben jetzt einen Sinn. Er hat sich schuldig gefühlt, und sie hat ihn das nie vergessen lassen. Jesus.« Er fuhr sich erneut mit der Hand durchs Haar. »Kein Wunder, dass sie all die Jahre unglücklich waren.«

Auf dem Bildschirm kam Mildred aus dem Haus, trug eine weitere Runde Getränke und hatte etwas über den Arm gehängt. Sie stellte die Getränke ab und reichte das Ding ihrem Sohn, Jareds Vater.

Er hielt es mit einem breiten Lächeln im Gesicht vor sich hin.

»Heilige Scheiße! Wollen die mich verarschen?« Jared wäre fast von seinem Sitz aufgesprungen.

Mr. Nolan hielt ein Baseballtrikot in den Händen. Mit dem Namen NOLAN auf dem Rücken.

»Damals gab es doch noch keine personalisierten Fantrikots, oder?«, fragte Mac.

»Verdammt, nein.« Jareds Augen klebten an dem Bildschirm und dem deutlich sichtbaren Teamlogo. »Das ist echt. Und es ist seines.«

»Dein Dad hat also Profi-Baseball gespielt?«

Jared sah sie an, sein Gesichtsausdruck war... düster? Verwirrt? Irgendetwas davon.

»Ich habe keine Ahnung. Er hat es mir nie erzählt. In all den Jahren, in denen er mir gezeigt hat, wie man den Schläger hält, wie man schwingt, wie man fängt... Er hat nie ein Wort gesagt.«

»Warum?«

»Das ist wohl die große Frage, oder?«

»Du musst mit deinen Eltern reden.«

»Wozu? Ich wüsste gar nicht, was ich ihnen sagen sollte. Verdammt, ich *kenne* sie ja nicht mal richtig. Die Sache mit der Schwangerschaft und dass er mir nicht gesagt hat, dass er Profi war... Wie sollte ich dieses Gespräch überhaupt anfangen?« Er griff nach dem iPad auf dem Tisch neben dem Sofa, öffnete die Suchmaschine und gab den Namen seines Vaters ein.

Nichts tauchte auf, egal wie viele verschiedene Suchbegriffe sie ausprobierten.

»Du wirst sie fragen müssen.«

»Was soll ich denn sagen: Warum habt ihr mich mein ganzes Leben lang belogen?«

»Sie haben nicht gelogen; sie haben nur ein paar Dinge weggelassen.«

»Ein paar *ziemlich große* Dinge. Verteidigst du sie etwa?«

»Nun ja, nein, aber du kennst die Umstände nicht. Du kannst nicht wütend sein, bevor du nicht Bescheid weißt. Und um das zu tun, wirst du sie fragen müssen. Oder du könntest deine Großmutter fragen.«

»Oma.« Jared schüttelte den Kopf. »Sie hat es die ganze Zeit gewusst. Sie hat nie etwas gesagt.« Jared beugte sich wieder vor, eine Hand auf dem Knie, die andere am Kinn. »Warum hat niemand etwas gesagt? Was ist das große Geheimnis?«

Sie strich ihm über die Schulter. Der Kerl litt, und obwohl sie sich in dem emotionalen Zustand, in dem sie beide waren, eigentlich von ihm fernhalten sollte, musste sie ihn trösten. Er sah so verloren aus. »Ich glaube, *du* warst das Geheimnis. Denk dran, uneheliche Schwangerschaften waren damals, als wir geboren wurden, immer noch nicht gern gesehen.«

Er drehte sich zu ihr um. »Echt jetzt? Das war die Zeit von Sex, Drugs and Rock ’n’ Roll. Freie Liebe und Gras. Kein Mensch hat sich damals an einer unehelichen Schwangerschaft gestört.«

»Offensichtlich haben es doch manche getan, sonst würden wir diese Diskussion nicht führen. Hast du nie die Rechnung mit deinem Geburtstag und dem Hochzeitstag deiner Eltern aufgemacht?«

»Ich habe nie darüber nachgedacht.«

»Weil deine Eltern so etwas niemals tun würden, richtig?«

»Äh... ja. Schätze schon. Ich meine, das ist nichts, was einem Jungen im Teenageralter durch den Kopf geht, wenn er versucht, sowohl auf dem Feld als auch daneben zu punkten.«

Mac zuckte zusammen. »Und doch hast du mich eiskalt abblitzen lassen.«

Seine Hand sank in seinen Schoß.

Mist. Das hatte sie nicht laut sagen wollen.

»Tut mir leid, Mac.«

»Wofür? Dass du mich nicht ausgenutzt hast? Das ist nichts, wofür man sich entschuldigen müsste.«

»Nein.« Er legte seine Hand auf ihr Knie. »Es tut mir leid, wie wenig ich auf deine Gefühle Rücksicht genommen habe. Ich war egoistisch und ich habe dich verletzt. Es tut mir leid.«

Sie zuckte mit den Schultern und wollte es so aussehen lassen, als wäre es keine große Sache, aber die Siebzehnjährige in ihr wollte vor Freude laut aufschreien. Er sah sie endlich. Er erkannte endlich ihre damaligen Gefühle an. Das war alles, was sie sich damals gewünscht hatte: zu wissen, dass er merkte, wie viel er ihr bedeutete. Nun ja, eigentlich wäre es ihr lieber gewesen, wenn *er* ihre Gefühle erwidert hätte, aber der Spott und die Neckereien, die gefolgt waren, weil er von ihrer Schwärmerei wusste und deren Bedeutung für sie nicht begriff... Obwohl es viel von ihm verlangt gewesen wäre, war dies nun endlich die Bestätigung, die sie sich gewünscht hatte.

»Ist schon okay, Jared. Das gehört der Vergangenheit an.« Sie tätschelte seine Hand, und in den wenigen Sekunden, in denen er sie ansah, musste sie sich fragen, ob es *wirklich* der Vergangenheit angehörte.

Dankbarerweise räusperte sich Jared und zog seine Hand unter ihrer weg. »Nun, wie gesagt, es tut mir leid.«

»Entschuldigung angenommen.« Mac lehnte sich in die Polster zurück und konzentrierte sich auf den Rest des Films. Da war viel Umarmen, viel Küssen, überall lachende Gesichter. Alle schienen so glücklich gewesen zu sein. Wenn sie nur gewusst hätten...

Gott sei Dank waren sie glücklich gewesen. Ihre Kindheitserinnerungen an ihre Eltern waren vage, aber sie erinnerte sich an Lachen. Erinnerte sich an Umarmungen. An ein Lächeln. An Bruchstücke davon, wie sie von ihrem Dad in die Luft geworfen wurde, an liebevolle Umarmungen von ihrer Mom, die immer nach Schokokeksen duftete. Kein Wunder, dass das ihre Lieblingskekse waren und sie sie so gerne mit den Kindern teilte. Dieser Teil ihrer Kindheit war glücklich gewesen, und diese Erinnerungen würden für immer bei ihr bleiben. Die Liebe ihrer Eltern würde für immer bei ihr sein.

Jared hingegen...

Was für ein Schock. Erst zu sehen, dass sein Vater offensichtlich in eine andere verliebt war, und dann die Wahrheit über seine Herkunft zu erfahren...

Trotz all des Geldes, das die Nolans besaßen, waren sie und ihre Brüder weit reicher gewesen.

Sie betrachtete Jared mit neuen Augen. Sah ihn nicht mehr als irgendeinen Gott, dessen sie niemals würdig sein konnte, sondern als Mann. Mit Wünschen und Bedürfnissen, mit Schwächen und Triumphen, genau wie alle anderen.

Und in diesem Moment holte sie ihn vom Podest herunter und platzierte ihn direkt neben sich auf dem Sofa.

Als bloßer Sterblicher war er gar nicht mal so übel. Die Frage war nur: Wie sah er sie?

# Kapitel Achtzehn

Mac brannte am Montagmorgen darauf, wieder zu Jareds Haus zu fahren.

Sie erhaschte einen Blick auf sich selbst im Rückspiegel, als sie in seine Einfahrt bog; Bryans Maserati schluckte die Straße deutlich schneller als ihr alter Truck. Ja, es klang seltsam, sich darauf zu freuen, dort zu sein, und angesichts der Gefühle, die sie all die Jahre ohne Gegenliebe für Jared gehegt hatte, war es töricht, an den Ort des Geschehens zurückkehren zu wollen. Aber nach dem Filmabend am Samstag hatte sie einen besseren Einblick in ihn gewonnen. Und mehr Einsicht in sich selbst. Sie hatte ihn zu einem Prince Charming stilisiert, der er nicht war. Er war ein Mann mit denselben Altlasten und Bedürfnissen wie sie. Das klang theoretisch zwar gut, aber niemand wollte wirklich als Ideal verehrt werden; man wollte um seiner selbst willen geliebt werden.

Aber das war nicht der Grund, warum sie zurückkehren wollte. Sie war nicht naiv genug zu glauben, dass eine Nacht, in der man sich über alte Heimvideos nähergekommen war, ihn plötzlich in sie verlieben lassen würde – und sie musste den echten Jared sehen, nicht ihre idealisierte Version, um zu wissen, ob sie das überhaupt noch wollte.

Doch auch das war nicht der eigentliche Grund, warum sie hierher wollte. Sie hatte das ganze Wochenende über diese Filme nachgedacht, hatte sie sogar gegenüber Bryan erwähnt, als sie ihn wegen seiner improvisierten Pressekonferenz am Samstag angerufen hatte, und sie erinnerte sich, dass der Korbsessel, in dem ihre Eltern in dem Film gesessen hatten, immer noch auf Mildreds Hinterveranda stand. Seitdem war sie wie besessen davon. Es ergab keinen Sinn, aber sie wollte diesen Sessel.

Sie ließ sich selbst hinein, unsicher, ob Jared schon wach war oder nicht, und ging am Kätzchengehege vorbei, durch die Küche und den Hauswirtschaftsraum hinaus auf die Veranda.

Er war da. Mit demselben Kissen. Das Wetter hatte einen Großteil der Nähte zerfressen, und Mäuse hatten sich an der Füllung bedient, aber er war immer noch erkennbar.

»Mac?« Jared steckte den Kopf aus der Hintertür; sein Haar war zerzaust und sein T-Shirt klebte an der feuchten Haut. »Alles okay?« Er blickte hinter sie. »Das ist der Sessel.«

Sie nickte und versuchte, nicht darauf zu achten, dass er gerade trainiert haben musste. »Kann ich ihn haben? Ich kaufe ihn deiner Großmutter ab.«

»Sie wird kein Geld von dir annehmen. Tatsächlich war sie ziemlich bestimmt darin, dass sie dich sowieso für das Putzen des Hauses bezahlen will, also wie wäre es, wenn der Sessel Teil deiner Bezahlung ist?«

»Kein Teil. Die ganze. Ich nehme kein Geld von deiner Großmutter an. Dieser Sessel ist mehr als genug.«

Er humpelte ohne seine Krücken auf die Veranda hinaus. »Viel Glück dabei, sie davon zu überzeugen. Und weißt du, du wirst geschäftlich nie auf einen grünen Zweig kommen, wenn du ständig Müll als Bezahlung annimmst.«

»Des einen Abfall ist des anderen Schatz.«

»Gutes Argument.« Jared ging um sie herum und hob den Sessel aus dem Unrat, der sich darum angesammelt hatte. Planen, alte Strandtücher, ein paar zusammengeklappte Gartenstühle. »Ich glaube, das hier war der Haufen für den Sperrmüll meiner Großmutter. Was hältst du davon, wenn wir diese Ecke endgültig saubermachen?«

»Guter Plan.«

Mac schleppte ein paar Mülltonnen heran, damit Jared den Unrat hineinwerfen konnte, da ihre Gehfähigkeit im Moment besser war als seine. »Und, hast du den Ring am Wochenende gefunden?«

Er schüttelte den Kopf. »Ich habe zwei Drittel des Dachbodens durchkämmt und ihn nicht gefunden. Ich mache mir wirklich Sorgen, dass wir ihn nicht finden werden. Oma wird am Boden zerstört sein.«

»Wir werden ihn finden. Er hat ja wohl kaum Beine bekommen und ist von selbst weggelaufen.«

Beide hielten inne und sahen sich an.

»Du glaubst doch nicht etwa –«

»Sie würde doch nicht wirklich –«

»Nein. Natürlich nicht. Was sollte das bringen?«

»Stimmt. So hinterhältig wäre sie nicht. Nicht bei etwas, das ihr so wichtig ist.«

Mac war sich da nicht so sicher. *Jared* war ihr wichtig, und Mildred war mit Gran befreundet. Sie traute es den beiden durchaus zu, dieses Szenario ausgeheckt zu haben, nur um sie und Jared zusammenzubringen.

Und sie wusste nicht, wie sie darüber denken sollte.

»Willst du Hilfe beim Aufarbeiten des Sessels?« Jared hob das Kissen an. »Ich glaube nicht, dass du das retten kannst, aber das Rattan sieht noch brauchbar aus. Ein paar Flechtarbeiten an einigen Stellen und etwas Farbe, dann sieht er aus wie neu.«

»Du weißt, wie man einen Sessel aufarbeitet?«

»Hey, nur weil ich Knuckleballs werfe, heißt das nicht, dass ich ein Knucklehead bin. Ich habe in meinem Leben schon so einiges am Haus repariert. Ich weiß, wie man mit einem Hammer umgeht.«

»Ich bin beeindruckt.«

»Der Umgang mit dem Hammer beeindruckt dich, aber Millionenverträge nicht?«

Sie zuckte mit den Schultern und nahm ihm das Kissen ab, um es in die Tonne zu werfen. »Das eine beeinflusst mein Leben direkt, das andere nicht. Also schwing deinen Hammer hierher, Mr. Nolan, und lass uns die Nägel aus diesem Geländer ziehen. Sie haben zwar jahrelang Lichterketten gehalten, aber jetzt sind sie nur noch Tetanus-Futter.«

Sie arbeiteten sich durch den ganzen Kram auf der Veranda bis in den Hauswirtschaftsraum vor, wie eine gut geölte Maschine beim Wegwerfen, Organisieren und Putzen, wobei Jared die hohen Stellen übernahm und Mac sich um die Sachen in Bodennähe kümmerte. So strichen sie einen weiteren Punkt von der To-do-Liste und brachten ihre tägliche Interaktion einem Ende näher.

Mac war nicht mehr so erpicht darauf, dass es endete, wie sie es zu Beginn gewesen war.

»Du schuldest mir immer noch eine Partie Gin Rummy«, sagte Jared und rubbelte sich nach der Dusche, die er genommen hatte, während sie das Mittagessen zubereitete, mit dem Handtuch die Haare trocken.

Sie stellte die Teller mit den Sandwiches auf den Tisch. »Kommt Dave heute nicht vorbei?«

»Hast du etwa Schiss?« Er nahm zwei Gläser aus dem Schrank und ging zum Kühlschrank, um Saft zu holen.

»Schiss? Ich? Ich bin diejenige, die es mit drei Manley-Männern aufgenommen und sie in ihrem eigenen Spiel geschlagen hat. Ich habe vor nichts Angst.«

Er öffnete die Kühlschranktür. »Du musst mir mal zeigen, wie du das gemacht hast, Mac. Das kann nicht nur Glück gewesen sein.«

»Was ist mit Talent? Warum sollte ich nicht genauso gut Poker spielen können wie sie?«

Er griff nach der Flasche mit Grapefruitsaft. »Das kannst du sicher; ich glaube nur nicht, dass du es getan hast.«

»Bezeichnest du mich als Betrügerin?«

»Nein.« Er goss ihre Getränke ein. »Dafür bist du zu ehrenhaft. Ich nenne dich eine Opportunistin. Ich glaube, du hast einen Vorteil gefunden und ihn genutzt.«

»Du traust mir eine Menge zu, Jared.«

Er reichte ihr ein Glas und prostete ihr – wenn sie sich nicht irrte – zu. »Ehrlich gesagt, Mac, ich glaube, ich habe dir nie genug zugetraut.«


»Gin.« Mac legte ihr Blatt ab. »Das macht zwei für mich und wie viele für dich?«

»Keines.« Jared sammelte ihre Karten ein und klopfte sie auf den Tisch. »Du bist eine Glückspilzin.«

»Ich betrachte es lieber als Talent.« Sie reichte ihm den Rest des Decks und nahm dann ihre Teller. »Schließlich ist es nicht so, als ob ich –«

Ein Gesicht erschien am Fenster über dem Spülbecken.

Ein weibliches Gesicht.

Das aufstrahlte, sobald Jared hinübersah.

Dann winkte die Frau.

Mac zog eine Augenbraue hoch und sah Jared an. »Eine Freundin von dir?«

Er behielt sein Lächeln bei, sagte aber aus dem Mundwinkel: »Ich hatte gehofft, sie gehört zu deinen.«

»Nö. Meine Freunde schleichen nicht mitten am Tag um fremde Häuser herum. Meine Freunde benutzen tatsächlich die Haustür. Gut, dass du vor dem Essen geduscht hast. Nach dem perfekten Haar und all dem Make-up zu urteilen, würde die da dich wahrscheinlich nicht im Schmuddel-Look zu schätzen wissen.«

Mac hingegen schon. Jared sah gut aus, wenn er erhitzt und verschwitzt war. Zu gut. Es hatte sie direkt zurück auf die *Was-wäre-wenn*-Schiene katapultiert, und wenn Miss Perfekt-am-Fenster nicht aufgetaucht wäre, wäre sie sie vielleicht wieder weitergegangen. Nichts geht über eine Dosis Realität, um ihre *Was-wäre-wenns* wieder ins rechte Licht zu rücken. Sie maß den Filmen vom Samstagabend zu viel Bedeutung bei.

Davon zeugte auch die Tatsache, dass Jared aufstand, um mit der Frau zu sprechen. »Ich schätze, ich sollte mal sehen, was sie will.«

Als ob sie nicht alle wüssten, was...

Jared ging nach draußen, und Mac erledigte schnell den Abwasch. So viel zu den ganzen Zukunftsspekulationen. Ihre Zukunft bestand darin, diesen Job zu beenden, hier zu verschwinden und mit ihrem Leben weiterzumachen. Wenn Jared auch nur im Geringsten interessiert gewesen wäre, wäre er nicht aufgesprungen, um nach ihrer neuesten Besucherin zu sehen.

An der Haustür klingelte es. Meine Güte, das war ja wie im Taubenschlag hier. Wie sollte sie jemals etwas erledigen, wenn sie ständig den Butler spielen musste?

Sie riss die Haustür auf, bereit, demjenigen gehörig die Meinung zu sagen – »Dave. Hallo.«

Dave legte den Kopf schräg. »Hast du jemand anderen erwartet?«

Mac deutete auf den Tisch neben der Tür. Heute Morgen gab es noch mehr Opfergaben am Altar, und sie hatte sie genau dort liegen lassen. Vielleicht würde es andere Frauen abschrecken, wenn sie sähen, dass Jared sie nicht annahm – und wie viele andere Dinge anboten. »Könnte man so sagen.«

»Ah. Hat schon jemand sein Zelt aufgeschlagen?«

»Zelte noch nicht, aber er ist hinten und spricht mit einer, die die Haustür einfach ignoriert hat. Ich verstehe das nicht, wie Frauen so dreist sein können. Es ist ja nicht so, als ob sie ihn überhaupt kennen würden. Nur weil er ein Sportler ist.«

»Du siehst ihn nicht so, oder?«

»Jared? Ich kenne ihn mein ganzes Leben lang. Er und meine Brüder sind befreundet. Ich kenne jede seiner schlechten Angewohnheiten, also nein, für mich ist er einfach nur Jared. Der nervige Junge aus der Nachbarschaft.« Sie kreuzte hinter ihrem Rücken die Finger.

»Das ist gut zu wissen.« Dave legte seine Hand auf ihren Arm. »Denn ich habe mich gefragt, ob du Lust hättest, mit mir essen zu gehen.«

Ihr erster Gedanke war *Nein*. Ihr zweiter auch. Ihr dritter war: *Was würde Jared wohl denken?*

Das führte dazu, dass ihre Antwort »Das wäre schön. Danke« lautete.


»Willst du mich umbringen, Dave?«, fragte Jared grinsend, während er das Fitnessband weglegte und sich den Schweiß mit einem Handtuch aus dem Gesicht wischte. Dave wusste, wie er ihn fordern musste, und Jared brauchte diesen Ansporn. Dass er neulich mit den Kindern Ball gespielt hatte, bestärkte ihn nur in seinem Bedürfnis, zum Sport zurückzukehren, und je schneller er seine Reha durchzog, desto eher würde es so weit sein. Er hatte sich von Mac und dem Ring und den Kätzchen ablenken lassen. Aber er war wieder in Kampfesform und wollte sein gesamtes Trainingsprogramm wieder aufnehmen, um dahin zu kommen, wo er sein musste.

»Weichei.«

»Sadist.«

Dave warf ihm einen Ball ins Gesicht.

Jared fing ihn auf, bevor er Schaden anrichten konnte.

»Gut. Deine Reflexe sind in Ordnung. Gute Hand-Auge-Koordination und motorische Fähigkeiten. Wenn du so weitermachst, bist du noch vor dem Saisonende zurück.«

Jared warf den Ball und das Band in den Wäschekorb zu den anderen Folterinstrumenten. »Das habe ich vor.«

Mac erschien in der Tür. »Ich mache für heute Schluss. Bis morgen.«

»Okay. Soll ich den Sessel ins Auto laden?«

»In Bryans Maserati? Ich bezweifle, dass er da reinpasst, und wenn ich den Innenraum verkratze, reißt er mir den Kopf ab. Nein, ich lasse ihn einfach hier, bis ich mir den Van von Liam leihen kann.«

Sie sah Dave an und lächelte.

Jared hätte ihn am liebsten geschlagen. Dieses Lächeln gehörte *ihm* –

Halt mal. Was zum Teufel war das bitte? Dave war sein Freund.

»Wie viel Uhr morgen, Dave? Ich kann um sechs fertig sein.«

»Sechs Uhr abgemacht. Ich hole dich dann ab.«

Abholen? Was?

Dann gab Mac Dave ihre Adresse.

Oh.

Ach, du grüne Hölle.

Oh Scheiße.

Oh *nein*.

Dave war anscheinend *doch nicht* sein Freund.

Jared wartete, bis die Haustür hinter Mac zugefallen war und sie die Veranda verlassen hatte, bevor er das Lächeln aus seinem Gesicht verschwinden ließ. »Was soll die Scheiße, Dave? Du gehst mit Mac auf ein Date?«

»Ganz ruhig, Jare.« Dave hob abwehrend die Hände. »Komm mal runter. Ich dachte, du hättest gesagt, du hättest kein Interesse?«

»Hab ich auch nicht.«

Nicht viel.

*Lügner.*

»Na, wo ist dann das Problem? Ich finde sie hübsch, sie hat einen tollen Charakter und sie ist Single. Warum sollte ich nicht mit ihr ausgehen dürfen?«

»Weil...« Jareds Argumentation versiegte. Ja, warum sollte Dave sie nicht ausführen? Es war ja nicht so, als hätte Jared irgendwelche Besitzansprüche auf sie. Nur weil ihm plötzlich die Augen für Mac als Frau geöffnet worden waren, hieß das nicht zwangsläufig, dass sie das auch wollte. Nicht nach der Art und Weise, wie er sie all die Jahre behandelt hatte. Und sie dann so zu küssen...

Gott, das hätte er nie tun dürfen. Sie hatten mit den Filmen und auf dem

Dachboden erste vorsichtige Schritte aufeinander zugemacht, aber sie zeigte keinerlei Anzeichen mehr für die Schwärmerei, die sie einst für ihn empfunden hatte. Vielleicht war es vorbei. Vielleicht waren sie über ihre Verknalltheit hinausgewachsen und konnten einfach nur Freunde sein.

Er wollte nicht einfach nur Freunde sein.

»Jare? Alles okay?« Dave stand auf und schnappte sich seine Sporttasche. »Wenn du wirklich nicht willst, dass ich mit ihr ausgehe, kann ich es wohl absagen.«

Er wollte absolut *nicht*, dass Dave mit ihr ausging. Aber das war nicht seine Entscheidung. Solange er nicht wirklich einen Schritt auf sie zumachte – und Mac ihn akzeptierte –, hatte er keinerlei Anspruch auf sie.

Und vielleicht stand Mac ja auf Dave. Schließlich hatte sie ja gesagt.

»Nein.« Er schüttelte den Kopf, eher um die ... Traurigkeit zu vertreiben, die sich darin breitgemacht hatte. »Nein. Mach nur. Viel Spaß.«

»Bist du sicher?«

»Du brauchst nicht meine Erlaubnis. Wenn Mac ja gesagt hat, dann ist sie interessiert, also los. Viel Vergnügen. Nur nicht zu viel.«

»Nicht zu viel? Was bist du, ihr Vater? Was kommt als Nächstes? Fragst du mich nach deinen Absichten?«

Jared fühlte sich nicht wie ihr Vater. Und er fühlte sich nicht wie ihr Freund. Oder wie der von Dave, was das betraf, völlig ungeachtet der Absichten des Kerls.

Er fühlte sich wie ein Höhlenmensch. Er wollte sie sich über die Schulter werfen, sie durch die Stadt führen, damit jeder wusste, dass sie ihm gehörte, sie dann hierher zurückbringen, die Treppe hochtragen und mitten auf sein Bett werfen, wo sie die nächste Woche damit verbringen würden, chinesisches Essen zu bestellen.

»Behandle sie einfach gut. Bring ihr Rosen mit. Geh mit ihr an einen eleganten Ort, vielleicht zu Sanders'. Aber sei dir bewusst, dass ihre Brüder meine Freunde sind, Dave. Ich kenne sie mein ganzes Leben lang. Wenn du sie verletzt, hast du es mit mir zu tun.«

»Ich weiß nicht, Jare. Für jemanden, der sagt, er sei nicht interessiert, klingst du verdammt danach.« Dave schwang sich den Riemen seiner Sporttasche über die Schulter und ging zur Tür. »Es ist nur ein Abendessen. Ich sag dir dann, wie es gelaufen ist.«

Jared rührte sich nicht und hielt sich am Holzknauf der Sofa-Armlehne fest wie an einem Rettungsanker. Was er auch war – Daves Rettungsanker, denn Jared hätte kein Problem damit gehabt, dem Kerl in diesem Moment das Gesicht einzuschlagen. »Viel Glück.«

Dave blieb im Türrahmen stehen. »Sagst du das zu mir... oder zu dir selbst?«

Jared hörte Mac auf der Treppe, als er am nächsten Morgen aufstand, und er warf sich schnell eine Shorts über, bevor er sie im Flur abfing.

»Du bist aber früh dran.«

Sie sah erschrocken auf. »Ich, äh, tut mir leid. Ich wollte eigentlich ganz leise sein. Ich wollte früh fertig werden, damit ich, äh ...«

»Dich für dein Date mit Dave fertigzumachen?« Er versuchte, den Sarkasmus aus seiner Stimme herauszuhalten.

»Ja.«

»Du wirst nicht viel Zeit brauchen. Dave wird begeistert sein, selbst wenn du so auftauchst, wie du jetzt aussiehst.« Gott wusste, dass er es wäre. Das zartgrüne Oberteil brachte ihre Augenfarbe zur Geltung, eingerahmt von rußigen Wimpern, die perfekt zu ihrem seidigen Haar passten; dazu diese figurbetonte Hose, die genau richtig war, um den Appetit eines Mannes anzuregen – und ja, er war vielleicht genau dieser Mann.

Verdammt noch mal.

»Gib mir eine Minute, um mir ein Shirt überzuwerfen und mir die Zähne zu putzen, dann komme ich hoch und helfe dir.«

»Okay. Kein Problem.«

Mac wirkte ein wenig abgelenkt. Jared schob es auf das Date mit Dave. Freute sie sich wirklich darauf?

Nun, natürlich tat sie das. Das war eine dämliche Frage. Mac war nicht der Typ, der mit einem Kerl nur wegen eines kostenlosen Essens ausging.

Nicht wie Camille.

Jared schnappte sich ein blaues T-Shirt und zog es über, dann schlüpfte er in ein Paar Slipper mit Gummisohle. Der Arzt hatte ihm gesagt, dass er sein Bein jetzt wieder belasten durfte, also waren die sicher. Mit einer Krücke bewaffnet schaffte er es die Stufen hinauf.

Mac war über einen großen Karton in der Ecke gebeugt und holte einen Stapel Decken heraus.

»Gräbst du nach Gold?«, fragte er sie.

Macs Kopf schoss hoch, ihr Pferdeschwanz wirbelte über den Scheitel. »Weißt du, was hier drin ist?«

»Decken?«

»Nicht irgendwelche Decken. Das sind Quilts.« Sie hielt ein ganz weißes Exemplar hoch, das in der Mitte mit einem Muster aus ineinandergreifenden Ringen bestickt war. »Hochzeits-Quilts. Und schau mal. Sie haben alle unsere Namen eingestickt. Das hier ist meiner.« Sie zeigte ihm die Ecke, in der ein sehr kunstvolles MAM stand. »Und hier ist deiner.«

Seiner war ebenfalls weiß und passte zu ihrem. Was ... interessant war.

Er fühlte sich ein wenig besser, als sie sagte: »Und für Sean, Liam und Bryan sind auch welche dabei.« Ein blassblauer, ein blassgrüner und ein blassgelber. »Wie süß ist das denn, dass deine Großmutter sie für mich und meine Brüder gemacht hat.«

»Du kennst Oma ja.« Und er kannte sie auch. Er wusste genau, warum sein Quilt und der von Mac zusammenpassten, und es würde ihn nicht wundern, wenn Mrs. Manley dabei geholfen hätte. Die Großmütter hatten offensichtlich schon lange geplant, ihn und Mac zusammenzubringen. Schade nur, dass keine von beiden mit einem Dave gerechnet hatte.

Schade, dass *er* nicht mit einem Dave gerechnet hatte ... »Ich schätze, wir sollten jeder unseren mitnehmen. Das hilft dabei, den Dachboden auszumisten.« Nicht, dass er seinen in nächster Zeit gebrauchen würde. Nach Camille war Heiraten das Letzte, woran er dachte. Vielleicht konnte er ihn als Schlafplatz für die Kätzchen benutzen.

»Werden wir nicht.« Mac breitete einen aus und fing an, ihn zu falten. »Das sind Hochzeitsgeschenke. Die bleiben genau hier, bis sie gebraucht werden.«

»Das wird ein bisschen schwierig, wenn wir das Haus verkaufen.«

»Oh. Stimmt.« Sie hielt inne und kräuselte die Lippen. »Wir müssen sie irgendwie zu deiner Großmutter bringen, ohne dass sie merkt, dass wir sie gesehen haben.«

»Komm schon, Mac. Natürlich wird sie das merken. Sie hat uns doch hier hochgeschickt, um nach ihrem Ring zu suchen.« Den Ring, von dem er langsam vermutete, dass er nie gefunden werden würde. »Sie hat uns gesagt, wir sollen jeden Karton hier oben durchgehen. Glaubst du wirklich, sie wird nicht wissen« – oder erwarten –, »dass wir sie finden?«

Wenn er seine Oma richtig einschätzte, hatte sie die Decken bestimmt nur deshalb hier hochgebracht, *damit* sie sie fanden. Niemand bewahrte Erbstücke wie diese Quilts in einem Pappkarton auf dem Dachboden auf. Mäuse würden sie in kürzester Zeit in Fluffberge verwandeln.

»Ich schätze, du hast recht. Was sollen wir also damit machen?«

»Ich würde sagen, wir bringen sie ihr vorbei. Wer weiß, vielleicht wird aus deinem Date mit Dave ja mehr und du kannst deinen direkt mit nach Hause nehmen.« Er setzte ein künstliches Lächeln auf, aber ihm war ganz und gar nicht danach zumute.

Mac konzentrierte sich plötzlich sehr intensiv darauf, Liams Quilt wieder ganz unten in den Karton einzusortieren. »Äh, ja. Wer weiß?«

Er hatte nicht erwartet, dass sie ihm *zustimmen* würde. »Ich meine, ja. Dave ist ein guter Fang. Es hätte dich schlimmer treffen können.«

Mit hochgezogenen Augenbrauen warf sie ihm einen Blick zu. »*Das* ist deine Empfehlung für deinen Freund? Ich würde zu gerne hören, was du über Liam sagst.«

»Was soll ich denn sagen, Mac? Dass Dave ein toller Kerl ist und du ihn flachlegen solltest?«

*Junge, stelle nie eine Frage, auf die du die Antwort gar nicht wissen willst.*

»Wenn du das so siehst, dann ja, solltest du das.«

*Wie gerufen.*

»Schön. Dann mach doch. Schlaf mit ihm. Sieh zu, ob es mich kümmert.«

*Ernsthaft? Bist du irre?*

»Schön. Vielleicht werde ich das tun.«

»Gut. Mach das.«

»Gut.«

Sie standen da, starrten sich wütend an, und Jared spürte, wie sein Gewissen mit metaphorischen Fingern über sein Rückgrat trommelte.

Was hatte er gerade getan? Ihr einen Freifahrtschein gegeben, mit einem seiner besten Freunde ins Bett zu gehen? Anscheinend *war* er irre. »Ich muss nach den Kätzchen sehen.«

»Schön. Tu das.«

»Werde ich.« Er wirbelte herum – verdammt, er hätte dafür nicht sein krankes Bein nehmen sollen – und steuerte auf die Treppe zu, bevor er noch etwas sagte, das er bereuen würde.

Mac sah Jared nach. Was war da gerade passiert? In dem einen Moment hatten sie noch über Hochzeits-Quilts gesprochen und im nächsten versuchte Jared, sie mit Dave zu verkuppeln.

Gütiger Himmel, dieser Mann konnte einen um den Verstand bringen.

Nun, sie jedenfalls nicht. Sie würde heute Abend mit einem netten, normalen Mann essen gehen, der keinen Grund hatte, sie nicht zu mögen. Und falls sie noch einen Beweis gebraucht hatte, dass Jared nicht der Gott war, für den sie ihn gehalten hatte, dann hatte sie ihn gerade bekommen. Nein, ihre Zukunft würde definitiv nicht Jared Nolan beinhalten.


Jared fiel die Decke auf den Kopf.

Nach dem Albtraum von heute Vormittag war er fast eine Stunde bei den Kätzchen geblieben und hatte Mac oben auf dem Dachboden gelassen, damit sie Dinge sortierte, die eigentlich er hätte sortieren sollen. Als er dann nach oben gegangen war, war sie nach unten verschwunden, um das Wohnzimmer gründlich zu putzen, was dann in eine weitere Runde Kätzchenbaden gemündet war, das sie sehr hölzern und schweigend hinter sich gebracht hatten, bis mehr als offensichtlich war, dass sie es kaum erwarten konnte, von hier zu verschwinden.

Er konnte es ihr nicht verübeln.

Er war ein Arsch gewesen. Natürlich kam ihm diese glorreiche Erkenntnis erst, als sie noch keine drei Minuten weg war und ihm klar wurde, dass er sich eigentlich entschuldigen sollte, anstatt sie zu einem Date mit einem Typen zu schicken, der tatsächlich gut für sie sein könnte, während er hier hockte und darüber nachgrübelte, ob sie mit diesem Typen schlief oder nicht.

Und wie gestört war es überhaupt, so was zu ihr zu sagen? Mac war nicht so ein Mädchen. Natürlich würde sie nicht beim ersten Date mit Dave schlafen.

Außer, er hatte sie quasi dazu herausgefordert, und er wusste, wie Mac auf Herausforderungen reagierte.

Er drückte sich vom Sofa hoch und fuhr sich mit beiden Händen durchs Haar. Er konnte nicht hier rumsitzen und sich vorstellen, was bei ihrem Date gerade passierte. Vielleicht sollte er Renee anrufen oder Sherisse oder Juliette ... Verdammt, vielleicht sollte er alle drei anrufen. Sich Mac aus dem Kopf schlagen und sehen, ob es da draußen jemanden für ihn gab.

Er griff zum Telefon, nahm eine der Karten aus dem Körbchen daneben und wählte die ersten drei Ziffern.

Was machte er da eigentlich? Das würde nur wieder eine ganze Reihe neuer Probleme nach sich ziehen, auf die er keine Lust hatte. Er war nicht an diesen Frauen interessiert und es wäre falsch, ihnen etwas vorzumachen. Er brauchte diesen zusätzlichen Ballast nicht in seinem Leben, und wenn er mal über seinen Schatten springen würde, sähe er das auch ein.

Jesus. Er hatte Dave und Mac zu Sanders' geschickt. Ausgerechnet. Er hasste den Laden; er war mit zu vielen frustrierenden Erinnerungen verbunden – wie er dort im Anzug und mit Krawatte herumsitzen und auf seine Manieren achten musste, um den »perfekten kleinen Jungen« zu spielen, während alle anderen, die er kannte, zu Hause in Jogginghosen Berge von Geschenkpapier aufrissen oder selbstgemachten Truthahn mit Füllung und Kartoffelbrei aßen und Videospiele spielten.

Er hatte es vorgeschlagen, weil er wollte, dass Dave scheiterte.

Aber der Haken war, dass Sanders' für Dave und Mac nicht dieselben Erinnerungen parat hielt wie für ihn, also könnten sie dort tatsächlich eine *schöne* Zeit haben. Zu der *er* sie geschickt hatte.

Mist. Er wollte nicht, dass Mac Dave mochte. Nicht so jedenfalls.

Was von ihm völlig egoistisch war.

Er nahm sein Handy und scrollte durch seine Kontakte. Er musste raus. Ein paar Jungs aus der alten Nachbarschaft waren noch da. Er würde es bei einem von ihnen versuchen, denn er hatte nicht vor, Liam zu schreiben. Er wollte heute Abend keinen der Manleys um sich haben – jedenfalls nicht, wenn er nicht die eine um sich haben konnte, die er wirklich wollte.

. . .

»Du siehst fantastisch aus.« Dave stand mit einem süßen Lächeln und einem duftenden Blumenstrauß vor ihrer Tür. »Hier. Die sind für dich.«

»Wow. Ich wusste gar nicht, dass Männer das noch machen.«

»Ich habe gehört, dass du Rosen magst.«

»Ach ja? Von wem denn?« Eigentlich mochte sie Gänseblümchen.

»Von Jared.«

Na, das war merkwürdig. Jared hatte ihr ihre allererste Blume geschenkt, und das war ein Gänseblümchen gewesen. Sie hatte sich das Knie aufgeschlagen und versucht, nicht zu weinen; dann hatte Jared ihr das Gänseblümchen unter die Nase gehalten und die Tränen waren versiegt. Sie hatte das Gefühl, dass damals ihre »Was wäre wenn«-Träumereien angefangen hatten.

»Danke dafür. Das ist wirklich lieb von dir. Lass mich sie kurz ins Wasser stellen, dann können wir los.«

Er folgte ihr in die Küche. »Schönes Haus.«

Sie blickte über die Schulter zurück. »Ach, bitte. Es ist das 50er-Jahre-Relikt meiner Großmutter, das eine Menge Arbeit braucht. Sie ist in dieselbe Anlage gezogen, in der auch Jareds Oma lebt, also bringe ich es nach und nach auf den neuesten Stand. Wird aber wohl eine Weile dauern, bei meinem Geschäft.«

»Ja, selbstständig sein bedeutet, dass man ständig selbst arbeitet.«

»Wem sagst du das, aber es ist immer noch besser, als für jemand anderen zu arbeiten.«

Sie schnitt die Stiele einen Zentimeter weit an, stellte die Rosen in eine Vase mit Eiswasser, gab etwas Zucker hinzu, räumte dann das Chaos weg und klopfte sich die Hände ab. »Okay, ich bin bereit. Wo geht's hin?«

»Ich dachte, Sanders' wäre ganz nett.«

Sanders' war der Ort, an dem Jared seine Feiertage verbracht hatte.

Verdammt, sie wollte heute Abend nicht an Jared denken. Heute Abend ging es um Dave und darum, ihr Leben voranzubringen.

»Ich habe gehört, dass es dort wunderbar ist.« Und sie würde dafür sorgen, dass es das wurde.

»Jared hat es vorgeschlagen. Er meinte, es würde uns gefallen.«

So viel dazu.

Dave hielt ihr sowohl die Haustür als auch die Autotür auf; sein Märchen-prinz-Punktestand stieg beträchtlich an. Blumen, gehobenes Restaurant, ritterliche Manieren ...

Die einzige Sache war, dass er ständig über Jared sprach. Sie hörte davon, wie sie sich zum ersten Mal getroffen hatten, wie sie angefangen hatten, zusammen abzuhängen, ein paar Geschichten von Auswärtsspielen, als Dave der Physiotherapeut des Teams gewesen war ... Es war fast so, als hätte Dave Angst, über etwas anderes zu reden, für den Fall, dass sie feststellten, dass sie gar keine Gemeinsamkeiten hatten. Wenn aus ihnen beiden wirklich etwas werden sollte, durften sie sich nicht darauf verlassen, dass Jared sie zusammenhielt. Vor allem, da sie händeringend versuchte, *nicht* an den Kerl zu denken. Sie wollte an Dave denken.

»Dave, warum fängst du ständig mit Jared an? Wir finden doch sicher noch ein anderes Gesprächsthema außer ihm.«

Dave zuckte mit den Schultern. »Er ist unser gemeinsamer Nenner, und da er uns beiden wichtig ist, dachte ich, es gäbe keinen Grund, *nicht* über ihn zu reden. Oder?«

Sie blieb an dem Wort »wichtig« hängen. War sie so offensichtlich?

»Schon, aber ich habe jetzt mehr über ihn gehört als über dich. Hast du zum Beispiel Geschwister? Ich weiß, dass Jared ein Einzelkind ist.« Und der Grund dafür fiel ihr plötzlich wieder ein. Als sie aufgewachsen war, hatte sie sich gefragt, ob seine Eltern keine weiteren Kinder bekommen konnten; jetzt fragte sie sich, ob sie es überhaupt jemals versucht hatten.

»Ich bin einer von dreien. Das Sandwichkind. Der einzige Junge. Jared ist wie der Bruder, den ich nie hatte.«

Und da waren sie wieder bei Jared. »Wie alt sind deine Schwestern?«

Es gelang ihr, ihn für die nächsten zehn Minuten oder so vom Thema Jared wegzulenken, während sie etwas über seine Familie erfuhr, wo er aufgewachsen war und über die Campingausflüge, die seine Eltern etwa fünf Jahre lang jedes Wochenende im Sommer mit dem Klappwohnwagen gemacht hatten – Geschichten, die in ihr tatsächlich einen Stich Neid auslösten. Gran hatte sich keine Urlaube leisten können. Ein Ausflug in den Zoo oder die kostenlosen Bibelfreizeiten waren das Höchste der Gefühle für sie und ihre Brüder gewesen. Sie war nie am Strand gewesen, bis eine Freundin sie in der Highschool für eine Woche mit ihrer Familie eingeladen hatte.

»Wir haben es geliebt, zu den Kreideminen im Süden zu fahren. Da gab es diese riesigen Kreidehügel – na ja, Gips eigentlich –, auf denen wir wahnsinnig gerne herumgeklettert sind. Wir haben uns braune Papiertüten aus dem Supermarkt besorgt, sie mit dem Zeug vollgestopft und mit nach Hause genommen. Meine Schwestern waren die Hüpfkastenköniginnen der Nachbarschaft. Die Spielfelder, oder wie auch immer man diese Kreidezeichnungen nennt, zogen sich über den ganzen Block. Ich kann dir gar nicht sagen, wie viele verstauchte Knöchel es gab, wenn die Leute versuchten, das ganze Ding in einem Rutsch durchzuhüpfen.«

»Schade, dass du damals noch nicht wusstest, was du mal beruflich machen würdest. Stell dir mal vor, wie viel Spaß du gehabt hättest, all diesen Mädchen die Knöchel zu bandagieren.«

»Ach, ich habe mich auch ohne die Bandagen nicht schlecht geschlagen.«

Ja, das konnte sie sich vorstellen. Er sah gut aus, er war klug, er war lustig, und er wusste, wie man ein Gespräch führte. Und wie man eine Frau behandelte. Er hatte dem Kellner unauffällig ein Zeichen gegeben, als ihr Wasserglas fast leer war, er hatte ihr den Stuhl zurechtgerückt, ihr den Vortritt gelassen, als es ans Bestellen ging, ihr etwas von seiner Garnelencocktail-Vorspeise angeboten ...

Es war lange her, dass sie auf einem Date gewesen war. Verdammt, es war lange her, dass sie überhaupt einen freien Abend gehabt hatte, um auch nur darüber nachzudenken, etwas anderes zu tun als Papierkram zu erledigen oder neue Kunden zu akquirieren – beides Dinge, die sie eigentlich heute Abend tun sollte.

Aber das tat sie nicht. Sie war hier. Und versuchte, Dave zu dem Mann zu machen, über den sie nicht aufhören konnte nachzudenken, weil Jared in dieser Rolle nicht so recht funktioniert hatte. Selbst nachdem sie Samstagabend zusammen Filme geschaut hatten, hatte er gestern zwanzig Minuten lang mit Miss Fensterguckerin gequatscht. Mac brauchte keinen Wink mit dem Zaunpfahl, um das zu kapieren.

»Jared erzählt mir also, dass ihr beide schon euer ganzes Leben lang befreundet seid.«

»Das hat er wirklich gesagt?«

»Ja, warum?«

Mac zuckte mit den Schultern und versuchte es mit der weniger peinlichen Version ihrer Geschichte. »Er war mit meinen älteren Brüdern befreundet. Ich war die kleine Schwester, die immer mitgeschleppt wurde und auf die jeder aufpassen musste. Er war, gelinde gesagt, nicht gerade begeistert, mich an der Backe zu haben.«

»Schande über ihn. Ich wette, du warst süß.« Dave nahm die Weinflasche und bot ihr noch etwas an.

Sie lachte leise und winkte ab. Ja, Dave war definitiv charmant, aber Wein auf einem Date war nicht immer der klügste Schachzug. »Ich bin sicher, es hat genervt. Schließlich hatte er keine Schwester. Er musste sich nie damit auseinandersetzen, auf jemand anderen aufpassen zu müssen. Meine Brüder waren das gewohnt.«

»Vielleicht war er eifersüchtig.«

»Eifersüchtig?«

»Denk doch mal nach. Er hatte den ganzen Erwartungsdruck seiner Eltern wegen des Sports im Nacken; sie haben ihm sogar einen Trainer engagiert und einen teuren Schlagkäfig im Garten gebaut. Und die paar Stunden Freiheit und Spielzeit, die er hatte, musste er mit der kleinen Schwester seiner Kumpels verbringen. Für deine Brüder war es einfach nur ein normaler Tag, an dem sie abgehangen haben, aber für ihn wurde seine einzige Chance auf Freiheit gekapert. Von dir.«

»Aber das hätte ihn wütend gemacht, nicht eifersüchtig.«

»Es sei denn, er hätte gerne eine kleine Schwester gehabt. Oder er mochte dich.«

Sie verschluckte sich fast an ihrem Wasser. »Ein schöner Gedanke, aber nein, das war bei Jared und mir definitiv nicht der Fall.« Jared hatte sie gemocht? Kaum.

»Ach, ich weiß nicht, Mac. Ich war während des ganzen Dramas mit Camille an seiner Seite. Vom Anfang der Beziehung bis zum bitteren Ende. Und ich muss sagen, ich habe in zwei Tagen mehr über deine Kindheit gehört als in all der Zeit über die von Camille.«

»Jared hat über mich geredet?« Jetzt war sie völlig verwirrt.

Dave griff nach ihrer Hand. »Na ja, ich habe ihm vielleicht ein paar Fragen gestellt. Nenn es Neugier.«

Das entlockte ihr ein Lächeln. Sie spürte bei Dave nicht denselben Funken wie bei Jared, aber vielleicht würde sich das ändern, wenn er sie küsste.


Tat es nicht.

Mac stand auf ihrer Treppe, sehr bewusst wahrnehmend, dass sie dort standen, dass Daves Arme um sie lagen und seine Lippen auf ihren waren, den

Kopf leicht nach rechts geneigt, damit sich ihre Nasen streiften, aber nicht aneinanderstießen, sein Atem warm und nach Wein duftend an ihrer Wange, er ein paar Zentimeter größer als sie, mit breiten Schultern und starken Händen, die genau wussten, wie sie sie halten mussten, und sie fühlte …

Nichts.

Oh, es war angenehm, aber die Tatsache, dass sie die Grillen hören konnte und bedauerte, dass ihr Außenlicht brannte, und dass sie genau spürte, wie seine Nase ihre streifte, und wie sie dastand, und wie er dastand, und ein ganzer Haufen anderer Details, zog sie total runter.

Als Jared sie geküsst hatte, hatte sie nicht mehr gewusst, welcher Wochentag war, geschweige denn, wo sie gestanden hatten und wie er seinen Kopf hielt, weil sie gar nicht *fähig* gewesen war zu denken. Sie war ein einziges großes Bündel aus Gefühlen gewesen, und jetzt … war sie es einfach nicht.

Dave legte seine Hand an ihre Wange, als er sich löste, und sah ihr in die Augen. »Ich schätze, das sagt alles, oder?«

»Was?«

Er fuhr mit dem Zeigefinger ihren Nasenrücken hinunter und tippte am Ende leicht dagegen. »Danke, dass du heute Abend Zeit mit mir verbracht hast, Mac. Ich habe es wirklich genossen.« Er trat einen Schritt zurück.

»Ich hatte auch eine schöne Zeit, Dave.«

Er lächelte. »Aber du hättest eine bessere Zeit mit jemand anderem.«

»Das ist nicht—«

Er legte einen Finger auf ihre Lippen. »Lass es.« Er nahm den Finger wieder weg. »Lüg dir nicht selbst etwas vor, Mac. Und lüg Jared nicht an. Er ist ein guter Kerl. Er hat eine gute Frau verdient.« Er ließ seine Hand an ihrem Arm hinuntergleiten und drückte ihre Hand. »Er hat dich verdient. Und ich hoffe, er ist schlau genug, das zu begreifen.«

# Kapitel Zwanzig

»Hey, Jared. Das hing an deiner Haustür.«

Mac reichte ihm einen Umschlag, als sie am nächsten Morgen in seine Küche rauschte und dabei viel zu glücklich aussah, als dass es Jareds Seelenfrieden gutgetan hätte. Bedeutete das etwa, dass ihr Date gut gelaufen war? Und *wie* gut?

Sie stellte ein weiteres vorbeigebrachtes Tablett mit Süßigkeiten auf die Arbeitsplatte. »Sieht aus wie eine Einladung.«

War es falsch, dass sein erster Gedanke war, sie zu fragen, ob sie ihn begleiten würde?

»Danke.« Er nahm es ihr ab und achtete peinlich genau darauf, sie nicht zu berühren.

Er hatte die ganze Nacht versucht, die Bilder von ihr und Dave mit den zahllosen Bieren zu verdrängen, die er und die alte Highschool-Truppe konsumiert hatten. Er war so spät nach Hause gekommen, dass er sich um eine weitere Runde Kätzchen-Saubermachen kümmern musste, was die kleinen Dinger so sehr weckte, dass sie gefüttert werden wollten. Er hatte also etwa vier Stunden Schlaf hinter sich, und sein Körper tat ihm höllisch weh, weil er gestern tonnenweise Kisten auf dem Dachboden herumgeschleppt hatte. Und dann sah er sie hier, so munter und fröhlich ...

Er nahm die Einladung zur Hand und wusste schon vor dem Öffnen, was es war. Er hatte über die Jahre viele davon bekommen.

*Wir erbitten die Ehre Ihrer Anwesenheit*
*zur Einweihung des Schwimmbads im Gemeindezentrum*
*als unser Ehrengast auf dem Podium*
*und für die feierliche Durchschneidung des Bandes.*

»Nach deinem Gesichtsausdruck zu urteilen, tippe ich darauf, dass eine alte Freundin heiratet und dich zur Hochzeit eingeladen hat.« Mac hatte dieses Grinsen im Gesicht, das ihn früher genervt hatte, sie jetzt aber einfach nur hinreißend aussehen ließ.

*Nicht gerade hilfreich ...*

»Es ist eine Einladung zur feierlichen Eröffnung des Schwimmbads im Gemeindezentrum an diesem Wochenende. Sie wollen mich auf dem Podium haben, was bedeutet, dass ich mir eine Rede ausdenken muss, und wahrscheinlich überreichen sie mir einen symbolischen Schlüssel.«

»Und das ist etwas Schlechtes?« Sie legte den Kopf schief, und ihr Pferdeschwanz fiel ihr über die Schulter.

Einen Moment lang erinnerte er sich daran, wie ihr Haar offen aussah. Im nächsten Moment fragte er sich, ob Dave wusste, wie es aussah.

Wahrscheinlich schon. Mac würde bei einem Date keinen Pferdeschwanz tragen.

»Du solltest es so tragen.«

»Wie bitte?«

Verdammt. Das wollte er eigentlich nicht sagen. Er hätte die letzten paar Biere weglassen sollen. Und er hätte früher ins Bett gehen sollen. »Ich, äh, meine, du würdest das nicht verstehen. Ich gehe nicht hin.«

»Das Recht dazu hast du wohl, schätze ich, aber warum nach letztem Samstag nicht? Die Leute wissen, dass du wieder unterwegs bist, außerdem bist du ein Lokalmatador. Natürlich wollen sie dich ehren. Warum ist das eine schlechte Sache?«

»So wie das hier?« Er rüttelte an seinen Krücken. »Das ist eine Mitleids-
nummer. Sie haben niemand anderen bekommen, weil die Saison läuft.
Niemand ist verfügbar. Also fragen sie den verletzten Typen.«

»Und du behauptest, *ich* wäre verbittert? Meine Güte, Jared, vielleicht
fragen sie dich auch, weil du zur Abwechslung mal tatsächlich in der Stadt
bist. Niemand eröffnet mitten im Winter ein Gemeindebad, wenn *du* sonst
Zeit hast. Dass du also tatsächlich hier bist, ist ein vollkommen legitimer
Grund, dich zu bitten. Und sie wollen dich *ehren*. Das sollte keine Last sein.
Ich verstehe nicht, warum du ihnen absagen willst. Das scheint mir ein
sicherer Weg zu sein, einen schlechten Eindruck zu hinterlassen.«

Nun, wenn sie es so ausdrückte ... »Na gut. Ich schätze, ich mache es.«

»Gut. Ich wollte nämlich nicht erst zu deiner Großmutter gehen
müssen.«

»Das würdest du nicht tun.«

Sie hob die Einladung hoch. »Wette nicht drauf. Ich kenne tatsächlich
Leute im Vorstand des Gemeindezentrums.«

Er musterte sie. Er war keine Mac gewohnt, die ihn nicht anhimmelte, und
obwohl ihm das früher auf die Nerven gegangen war, hätte er gewettet, dass
ihm eine, die ihn zurechtwies, noch weniger gefallen würde.

Das wäre eine verlorene Wette gewesen.

Er mochte es, dass sie ihm Kontra gab. Dass sie ihn auf Dinge ansprach.
Dass sie ihn in seine Schranken wies und sich weder von seinem Beruf noch
von seinem Promistatus oder seinem Bankkonto beeindrucken ließ.

Dass sie mit seinem Freund zum Abendessen gegangen war, begeisterte
ihn hingegen weniger. »Aber du musst mich begleiten.«

»Was? Warum? Niemand will mich sehen.«

Er schon.

Da war es. Kein Ausweichen mehr möglich. Er wollte Mac dabei haben.
Wenn er sich den mitleidigen Blicken stellen musste, wollte er jemanden an
seiner Seite haben, der definitiv kein Mitleid mit ihm hatte.

*Oder vielleicht willst du einfach nur, dass sie mitkommt, weil du sie gern um
dich hast.*

»Denk an die Werbung. Du kannst deine Uniform tragen und dich neben
mich stellen –«

»Als deine *Begleitung?*«

Verdammt ja. »Du willst Werbung für das Unternehmen? Wie ginge das besser? Sie werden mich definitiv filmen.«

»Ich dachte, du wolltest nicht, dass ich dich für Werbezwecke benutze?«

»Nennen wir es eine Win-win-Situation durch gegenseitige Ausnutzung.«

»Aber was hast du davon, wenn ich dabei bin?«

»Schutz.« Er deutete auf den neuesten Stapel Desserts, den die Nachbarn heute Morgen hinterlassen hatten. »Und denk an das Medienecho.«

»Wann ist es denn?«

»Samstag um zwei.«

»Wirst du ein Manley-Maids-Shirt tragen? Wenn schon, dann will ich so viel Publicity wie möglich herausholen.«

»Sowas, wie du gerade trägst?«

Sie nickte.

»Gibt es das auch in einer anderen Farbe als Pistazie?«

»Das ist nicht Pistazie. Es ist Grün.«

»Pistazie *ist* grün.«

»Aber nicht dieser Farbton.«

»Wie würdest du es denn dann nennen?«

»Minze.«

»Als ob das so viel besser wäre. Ich werde in einem *minzfarbenen* Polohemd herumlaufen. Schlimm genug, dass diese Verletzung an meiner Männlichkeit kratzt, jetzt verlangst du auch noch eine minzfarbene Dienstmädchen-Uniform als Teil des Deals.«

Sie verschränkte die Arme.

Er wünschte wirklich, sie würde das lassen.

»Glaub mir, Jared, deine Männlichkeit ist absolut sicher.«

Bei diesem Kommentar schaltete sich sofort sein ... nun ja, sein *anderes* Gehirn ein. Sie sah ihn als männlich an. Das war ein Anfang. Aber wie schnitt seine Männlichkeit im Vergleich zu Daves Männlichkeit ab?

Und seit wann hinterfragte er *sowas* überhaupt?

Jared schüttelte den Kopf. Er brauchte Kaffee, und zwar literweise. Er sollte Mac niemals verkatert gegenübertreten. Besonders nicht, nachdem sie ein Date gehabt hatte.

»Trotzdem ... du solltest vielleicht die Uniformen überarbeiten, Mac.

Zumindest für die Männer. Ich kann mir deine Brüder in diesem Aufzug nicht vorstellen.«

»Vielleicht solltest du mal bei einer ihrer Baustellen vorbeischauen, sie haben nämlich absolut kein Problem damit, das zu tragen.«

»Dann gib ihnen wenigstens Jeans dazu. Vielleicht Blau statt Grün für das Shirt?«

»Du willst unseren Großmüttern sagen, dass dir ihr Entwurf nicht gefällt? Du bist ein weitaus tapfererer Mensch als ich.«

Mist. Er würde das grüne Shirt tragen.


Mac klopfte sich gedanklich selbst auf die Schulter, als sie die Flügeltüren zum Arbeitszimmer schloss. Sie hatte die Interaktion überstanden, ohne irgendetwas Dummes zu tun. Daves Bemerkung, dass Jared eine gute Frau wie sie verdient hätte, war ihr die ganze Nacht im Kopf herumgegangen.

Es war schön, dass Dave so dachte, aber Jared hatte seine Chance gehabt und nichts getan. Tatsächlich hatte er sie sogar ermutigt, mit seinem Freund auszugehen. Deutlicher konnte er es kaum sagen, es sei denn, er hätte es ihr direkt ins Gesicht gesagt, dass er nicht interessiert war. Was er ja gewissermaßen getan hatte, als sie sein Gespräch mit Dave belauscht hatte.

Also hatte sie Daves Bemerkung aus ihrem Kopf verdrängt, sich auf das konzentriert, weswegen sie hier war, und die morgendliche Begrüßung hinter sich gebracht. Jetzt würde sie einfach das Arbeitszimmer putzen und dann mit Jared auf dem Dachboden nach dem Ring suchen. Sie hatte kurz überlegt, ihn allein auf Ringjagd gehen zu lassen, aber sie konnten das Haus nicht zum Verkauf anbieten, bevor er gefunden war.

»Mac, hast du Moe gesehen?« Jared öffnete die Tür zum Arbeitszimmer mit drei der Kätzchen im Arm.

»Ich wusste nicht, dass ich mit Aufpassen dran war.« Okay, vielleicht war sie ihm gegenüber ein bisschen zickig. Soll er mich doch verklagen. Eine Frau konnte nur so viel ertragen, und sie hatte mit Jared schon mehr als genug mitgemacht.

Eigentlich hatte Dave Unrecht. Jared verdiente eine Frau wie sie *nicht*, und zum Glück hatte der Kerl nichts unternommen, als er es hätte tun können.

»Verdammt.« Er hievte die Kätzchen ein Stück höher. »Als ich das letzte

Mal nachgesehen habe, waren sie alle im Laufstall, aber als ich gerade das Katzenklo sauber machen wollte, war sie weg.«

Das war nicht gut. Die Kleinen waren noch Babys. Sie brauchten jemanden, der sich um sie kümmerte. Sie durften noch nicht allein auf Erkundungstour gehen, wie das Fast-Unglück an der Kellertreppe bewiesen hatte. »Glaubst du, sie ist rausgekrabbelt?«

»Ich weiß nicht wie. Die Löcher sind nicht so groß.«

»Wir müssen sie finden.«

»Ich weiß. Kannst du kurz auf die Bande hier aufpassen, während ich etwas Maschendraht aus dem Schuppen hole? Ich werde ihn um den Boden des Laufstalls wickeln, damit sie nicht ausbrechen können, bevor wir nach ihr suchen.«

Sie nahm die drei Brüder entgegen, die ihre Schwester vermissten.

Oh … Mist.

Sie setzte sich mit einem Kloß im Hals. Vier Geschwister, die ihre Mutter verloren hatten. Eine kleine Schwester, die gerettet werden musste. Die Parallele zu ihrer eigenen Familie … Vielleicht war sie deshalb so versessen darauf gewesen, dass Jared sie behielt.

Na ja, zum Henker, sie mussten Moe finden.

Innerhalb von zehn Minuten hatte Mac im Erdgeschoss Thunfischdosen verteilt, und Jared hatte den Laufstall mit Maschendraht ausgekleidet und zudem einen provisorischen »Deckel« gebastelt, damit die Jungs dort blieben, wo sie hingehörten.

Zehn Minuten später fand Jared Moe tatsächlich.

Und warum auch nicht? Er hatte schließlich viel Übung darin, verzweifelte Damen in Not zu retten.

Mac wollte gar nicht erst in diese Richtung denken. Er war nicht Prinz Charming und sie nicht Cinderella. Auch wenn sie ihren Lebensunterhalt mit Putzen verdiente.

Sie rannte die Treppe hinunter und streckte die Hände nach Moe aus. »Was hast du bloß getrieben, du kleiner Schlingel?«

»Sie hat sich auf die Suche nach dem Katzenklo in der Waschküche gemacht, obwohl sie hier ein absolut ordentliches hatte. Ergibt keinen Sinn.«

»Haben diese fiesen alten Jungs dir zu viel Dreck gemacht?« Mac rieb ihre Nase an Moes Näschen. »Warst du ganz allein auf Entdeckungstour?«

Große blaue Augen blinzelten sie an.

»Ich glaube nicht, dass sie dachte, sie hätte sich verlaufen«, flüsterte Mac theatralisch aus dem Mundwinkel.

»Erinnert mich an jemand anderen, den ich kenne.« Er stieß sie leicht mit der Schulter an. »Wie damals, als wir dich in dieser Höhle am Wanderweg gefunden haben, erinnerst du dich?«

Mac drückte Moe an ihr Kinn und versuchte, ein Gesichtszucken zu verbergen. Sie hasste diese Geschichte. »Ich erinnere mich.«

Sie hasste es, dass man sie hatte finden müssen, hasste die Erinnerung daran, wie viel Angst sie gehabt hatte – sie hatte gerade zum ersten Mal den *Zauberer von Oz* gesehen, und diese »Löwen und Tiger und Bären, oh weh« waren in ihrem verängstigten kleinen Kopf herumgegeistert. Als sie also den Felsvorsprung gesehen hatte, hatte sie sich gegen die Wand gedrückt, ihre Knie fest umschlungen und versucht, ihren Kopf darin zu vergraben, in der Annahme, dass die Monster sie nicht sehen würden, wenn sie die Monster nicht sah. Die Logik einer Fünfjährigen.

Jared war der Erste gewesen, der sie gefunden hatte – und er hatte sie verbal so richtig fertiggemacht, bis ihre Brüder auftauchten.

Zu diesem Zeitpunkt war sie so verängstigt und so elend gewesen, weil sie ausgeschimpft worden war, dass sie ihn angeschrien und gesagt hatte, sie wüsste *genau*, wo sie sei, und er sei der Idiot. Als sie ihn aus dem Weg geschubst hatte, hatte Liam sie auf den Arm genommen und nach Hause getragen.

Sie war zu Tode erschrocken gewesen. »Du hast mich angeschrien.«

»Ich weiß. Es tut mir leid. Ich konnte nur daran denken, dass dir etwas hätte passieren können.« Er lehnte sich gegen den Sekretär und verschränkte die Arme. »Aber du hast mir eine Heidenangst eingejagt, Mac. Ich hatte vorher noch nie jemanden verloren. Ich wusste nicht, was ich tun sollte. Wir waren völlig außer uns, haben nach dir gerufen, im Bach nachgesehen, die Böschungen abgesucht ... Ich dachte, du wärst ertrunken. Ganz im Ernst, Mac, ich war zehn Jahre alt und dachte, du wärst tot. Und als ich dich dann fand ... Du hast keine Vorstellung davon, welche Erleichterung ich empfunden habe.«

»Wieso?«

»Warum?«

»Ja, warum? Du mochtest mich nicht, warum also die Erleichterung? Du hast überdeutlich gemacht, dass du mich nicht um dich haben wolltest, also wäre es doch besser gewesen, wenn ich aus dem Weg gewesen wäre.«

Jared nahm ihr Moe ab und setzte sie zurück in den Verschlag, wobei er sorgfältig darauf achtete, den Deckel zu verriegeln. Dann ging er auf Mac zu und hob ihr Kinn an. »Du weißt, wie ich bei diesen Kätzchen war, diese ganze Sorge um sie?« Er wartete, bis sie nickte. »Bei dir war ich zehnmal schlimmer. Du warst ein Kind. Ein kleines Mädchen. Etwas, das nicht in meine Welt gehörte. Aber ich sah, wie sehr deine Brüder an dir hingen, ich sah, wie sehr deine Großmutter dich liebte, und ich wusste, dass wir dich beschützen mussten. Doch jedes Mal, wenn ich dir einen Vorschlag machte, hast du es absichtlich genau andersherum gemacht.«

»Das liegt daran, dass ich es nicht mochte, herumkommandiert zu werden.«

»Was du als Kommandieren empfunden hast, war als Vorsicht gemeint.« Jared tippte ihr leicht auf die Nasenspitze.

Oh mein Gott, sie spürte das bis hinunter in ihr –

Warte. Das war albern. Es war ein Tippen auf die Nase. Die Nasenspitze war keine erogene Zone. Und hey, Dave hatte gestern Abend dasselbe gemacht und sie hatte nicht dieses ... Prickeln gespürt. »Und die Neckereien? Der Sarkasmus?«

Jared zuckte zusammen und lehnte sich wieder gegen den Schreibtisch, wobei er seine kribbelnden Finger mitnahm. »Darauf bin ich nicht stolz, Mac, aber ich war ein Teenager. Du warst die kleine Schwester meines besten Freundes, die in mich verknallt war. Ich war mir nicht sicher, wie ich damit umgehen sollte. Also habe ich den falschen Weg gewählt. Das bedeutete nicht, dass ich dich nicht mochte, ich wusste nur nicht, was ich mit dir anfangen sollte. Wegen dir.« Er berührte kurz ihren Arm. »Aber hey, erinnerst du dich an die Seilrutsche? Und die Heuwagenfahrt? Und das Mal im Maislabyrinth, als wir deine Brüder belauscht haben, die so viel Angst hatten, dass wir anboten, sie hinauszuführen, wenn sie uns ein Eis kaufen? Weißt du noch, wie sehr wir versuchten, nicht zu lachen, als wir auf der anderen Seite der Hecke standen und das Ende schon in Sicht war? Und dann war da noch die Sache am See mit diesem aufblasbaren Steg-Ding, von dem wir alle runtergeschubst haben. Erinnerst du dich?«

Jared zählte immer weiter Erinnerungen auf, und Mac musste tief durchatmen. Sie *hatte* diese anderen Momente vergessen, aber es gab sie.

»Kannst du mir verzeihen, Mac?«

Konnte sie? Jared war noch ein Kind gewesen, und es war nicht seine Schuld gewesen, dass sie ihn in einem ganz neuen Licht gesehen hatte. Dass sie ein paar Schritte weiter gegangen war.

Sie hatte ihn all die Jahre für etwas verurteilt, das sie selbst heraufbeschworen hatte.

»Natürlich kann ich das, Jared.«

# Kapitel Einundzwanzig

»Hey, Jare, deine Kutsche wartet schon.«

Jared, Liam und Bryan waren im Baseballstadion – er hatte in letzter Minute Tickets für das heutige Spiel ergattert – und Bryan rüttelte an dem Rollstuhl neben der Rampe. Er grinste dabei dieses fiese Grinsen, das die Medien als *charismatisch* bezeichneten, Jared, Liam und Sean jedoch als *nervtötend*. Bei Frauen funktionierte es, aber bei Jared zog es überhaupt nicht.

»Ich bin kein Invalide, Leute.«

»Sagt der Typ mit der Schiene am Bein und einem Paar Krücken.« Liam reichte ihm die verdammten Dinger. »Halt einfach die Klappe und setz dich in den Rollstuhl. Du weißt doch, dass du es genießt, wenn wir dich von vorne bis hinten bedienen.«

An einem guten Tag vielleicht. Aber jetzt? Nicht im Traum.

Doch sie würden die ersten drei Innings verpassen, wenn er zu ihren Plätzen hinken müsste, und sein Bein tat höllisch weh. Er hatte heute Morgen zu viel Maschendrahtzaun ohne seine Krücken eingesammelt. Er hatte es übertrieben. »Schon gut. Gehen wir.«

Er zog sich seine Baseballkappe tief in die Stirn und wünschte, Bryan würde dasselbe tun. Herr Filmstar genoss das Rampenlicht jedoch, und es war nur eine Frage der Zeit, bis ihn jemand erkennen würde.

»Hey, sind Sie nicht Bryan Manley?«, fragte ein Junge.

Wie gerufen.

Verdammt. Sie waren direkt bei ihren Plätzen; sie hätten es fast geschafft.

Liam stieß Bryan an. »Sieht aus, als wärst du dran, Brüderchen.«

»Nenn mich nicht so«, murmelte Bryan, während er Liam seinen Speiseträger reichte. Er drehte sich zu dem Jungen um. »Ja, der bin ich. Möchtest du ein Autogramm?«

»Ja«, sagte der Junge und zerrte ein Mädchen im Teenageralter mit sich. »Auf den Arm meiner Schwester. Sie sagt, sie wäscht ihn nie wieder, wenn Sie das tun, und ich will den Streit mit Mom miterleben.«

Jared musste lachen. Er hatte nie Kontakt zu Geschwistern gehabt, aber er hatte die gleiche Art von Interaktion zwischen Lee und seinen Brüdern beobachtet. Er hatte sich immer einen Bruder gewünscht, deshalb wollte er Liam als Freund. Der Typ kam im Dreierpack mit seinen Brüdern; es war die Familie, die er nie gehabt hatte.

Und dann war da noch Mac –

Glücklicherweise stellte Liam einen Speiseträger auf seinen Schoß, bevor er sich zu sehr in diesen Gedanken verlieren konnte. Heute Abend ging es darum, Mac zu vergessen. Es war seine Zeit, um mit den Jungs abzuhängen und einfach zu entspannen.

»Hier, mach dich nützlich«, sagte Liam. »Diese vorgetäuschte Verletzung entbindet dich nicht von der Arbeit.«

»Vorgetäuscht?« Er drehte sich um, um Liam anzusehen, während er versuchte, das Bier nicht zu verschütten. »Wenn ich aus diesem verdammten Ding rauskommen würde, würde ich dir zeigen, was vorgetäuscht ist. Und glaub mir, ich arbeite heutzutage hart. Deine Schwester ...« Er entschied sich dafür, nur den Kopf zu schütteln. Es war eine Sache, von Mac frustriert zu sein, aber eine ganz andere, sich bei ihren Brüdern über sie auszukotzen.

»Erzähl mir nicht, dass sie dich zum Arbeiten eingespannt hat.«

In mehr als einer Hinsicht.

Aber das würde er ihren Brüdern sicher nicht auf die Nase binden. Sie alle wussten, wie er für sie empfunden hatte – *hatte*. Was er jetzt fühlte, war seine Sache. »Tut mir leid, Lee, aber sie ist eine echte Nervensäge, auch wenn sie deine Schwester ist.«

»Hey, das musst du mir nicht sagen.«

Gut. Denn er hatte es auch nicht vor. Die letzte Person, mit der er über Mac diskutieren wollte, war ihr älterer Bruder.

Oder Dave.

Dave.

Er hatte die heutige Physiositzung abgesagt; er wollte nicht hören, wie toll das Date war und wann Dave sie wiedersehen würde und ob er ihr einen Gute-Nacht-Kuss gegeben hatte –

Eigentlich war er in dieser Hinsicht hin- und hergerissen. Er wollte nur davon hören, wenn es Dave nicht gefallen hatte.

Natürlich müsste Dave schon tot sein, damit ein Kuss von Mac keine Wirkung bei ihm hinterließ. Jared wusste das aus erster Hand.

Bryan schloss zu ihnen auf. »Danke, dass ihr mich im Stich gelassen habt, Leute.«

»Ach, komm schon«, sagte Liam und neckte ihn erneut. Bryan machte es einem auch zu leicht. »Du liebst das doch. Bist du nicht deswegen ins Geschäft eingestiegen? Damit du all die Frauen abkriegst?«

»Das ist einfach nur falsch. Das Kind war fünfzehn.«

»Eine lange Zeit, sich nie wieder den Arm zu waschen.« In dem Moment, als Jared es aussprach, durchfuhr ihn ein schlechtes Gewissen. Sie machten sich über die Schwärmerei dieses Mädchens lustig, dabei war sie wahrscheinlich überglücklich, dass ein Filmstar ihr Aufmerksamkeit geschenkt hatte. Er hatte denselben hoffnungsvollen Blick in Macs jungem Gesicht gesehen, damals in der Nacht bei ihrer Großmutter.

Gott, würde dieses Schuldgefühl jemals verschwinden?

Es war gut, dass Mac morgen frei hatte. Na ja, nicht arbeitsfrei, denn sie hatte einen anderen Klienten, dem sie den Donnerstag versprochen hatte, aber sie kam nicht zum Haus ihrer Großmutter. Er konnte eine Atempause gebrauchen – und sei es nur, um ernsthaft darüber nachzudenken, was er vom Leben erwartete und wo – und ob – Mac hineinpasste.

Und ob sie es zulassen würde, dass sie hineinpasste.

»Ich habe ihr T-Shirt unterschrieben«, sagte Bryan. »Das, das sie gerade gekauft hatte, nicht das, das sie trug. Für was für einen Perversen haltet ihr mich eigentlich?«

»Nur für den ganz gewöhnlichen Perversen von nebenan, schätze ich«, sagte Jared und versuchte, etwas Humor einzubringen, den er eigentlich gar nicht verspürte, um vom Thema der Schwärmerei eines jungen Mädchens wegzukommen. »Wo ist da der Unterschied?«

Bryan schlug ihm hinten gegen die Baseballkappe, sodass sie ihm ins

Gesicht rutschte. »Pass bloß auf, du. Wenn ich deinen Namen nur ein bisschen lauter sage, wird dich auch ein ganzer Schwarm belagern.«

Jared drehte sich so schnell um, dass die Kappe fast weggeflogen wäre. »Wag es dich bloß nicht, Bry. Diesen Albtraum brauche ich nicht.«

Bryan hob kapitulierend die Hände. »Schon gut, ich nehme alles zurück. Kein Grund, gleich auszurasten.«

Jared rückte seine Kappe zurecht und versuchte, sein Gesicht zu verbergen. Die Leute sahen sie an. Es war kein Geheimnis, dass er mit einem Filmstar befreundet war, und er wollte nicht, dass irgendwer eins und eins zusammenzählte und herausfand, wer er war, sonst würden in Sekundenschnelle Kameras und Handys gezückt werden. »Du stehst heutzutage total auf Publicity, und das verstehe ich, aber ich? Bei mir dreht sich seit dem Unfall alles nur um die Genesung. Ich brauche keine Kameras und Mikros in meinem Gesicht, die mich fragen, wie es läuft oder wann ich zurückkomme. Wenn ich es wüsste, würden sie es auch wissen, verstehst du? Ich habe diese Eingriffe in meine Privatsphäre so satt. Glauben die, mir *gefällt* es, dass ich wieder laufen lernen muss? Dass ich *freiwillig* im Rollstuhl in einem Stadion auftauche? Oder dass ich hören will, was meine Ex-Freundin, die mir das eingebrockt hat, heute so treibt?« In der Hölle schmoren, hoffentlich. »Warum zur Hölle ist das überhaupt eine Nachricht wert? Können sie einen Kerl nicht einfach in Ruhe seinen Job machen lassen?«

Keiner der beiden antwortete, und ein paar Leute traten einen Schritt zurück.

Klasse. Verletzt *und* wahnsinnig. Das würde jetzt eine wirklich gute Story abgeben.

Er wand sich in seinem Sitz und ordnete die Speiseträger neu an. Bringt mich einfach an meinen Platz, und alles kann wieder normal werden.

An der Wand hing ein Poster einer wunderschönen Frau, als sie ihren Sitzbereich betraten. Cassidy Davenport, eine lokale Society-Größe und Alleinerbin des Davenport Hotel- und Bauimperiums. Sie machte allein dadurch Schlagzeilen, dass sie atmete. Überraschenderweise konnte sie Mac jedoch das Wasser nicht reichen, obwohl sie eine klassische Schönheit war. Und das war die reine Wahrheit.

Jared schüttelte den Kopf. Wie und wann sich alles verschoben hatte, war schwer zu sagen. Aber es hatte sich verschoben.

»Verdammt, das ist eine umwerfende Frau«, sagte er. Lee würde diesen

Kommentar erwarten; sein Ruf als Playboy war nicht völlig aus der Luft gegriffen. Ein Teil davon, ja, weil es ihn in die Schlagzeilen brachte – Profisportler unterschieden sich in dieser Hinsicht nicht von anderen Berühmtheiten. Aber wenn er *wirklich* so romantisch aktiv wäre, wie die Boulevardblätter behaupteten, käme er nie zum Trainieren.

»Halt dich fern, Jare«, sagte Bryan, während er ihm vom Rollstuhl auf einen Sitz half. »Eine Frau wie die ... ich weiß nicht, ob dein Bankkonto reicht, um sie glücklich zu machen. Und selbst wenn, ist sie nur darauf aus. Kein Material zum Heiraten.«

Jared legte sein Bein auf einen anderen Stuhl hoch. »Wer sagt denn, dass ich heiraten will? Aber sie könnte der *perfekte* Anreiz sein, um wieder auf die Beine zu kommen.« Er sprach die Worte aus, aber er fühlte sie nicht. Es war, als würde er über einen anderen Jared Nolan sprechen – denjenigen, der Mac hatte gehen lassen.

»Auf den Beinen ist wohl nicht der Ort, an dem du mit ihr landen willst.« Bryan schnappte sich einen der Plastikbecher. »Lee? Hier ist dein Bier. Du wirkst, als könntest du es gebrauchen. Ich wette, es ist die Hölle, für sie zu arbeiten, oder?«

*Ach, richtig.* Mac hatte Liam *Cassidy Davenport* als Klientin vermittelt. Was hatte Mac nur gegen den armen Kerl? Lees letzte Beziehung war mit einer B-Promi-Socialite gewesen, während Cassidy Davenport die absolute A-Liga war. Sie war tatsächlich Camilles Vorbild gewesen – was sein erster Hinweis hätte sein müssen.

Armer Liam.

»Ich bedauere den Kerl, der bei ihr landet.« Bryan reichte als Nächstes Jared ein Bier. »Wir haben gelernt, uns von Papas Töchterchen fernzuhalten. Stimmt's, Lee?«

Liam leerte das halbe Bier in einem Zug, und Jared konnte es ihm nicht verübeln. Verdammt, wenn er für Cassidy arbeiten müsste, wäre er *ständig* betrunken.

»Siehst du, was das für eine Belastung ist?« Bryan nickte in Liams Richtung. »Er muss erst mal ein paar wegpumpen, nachdem er den Tag damit verbracht hat, ihren Schickimicki-Kram zu putzen. Ich wette, alles ist rosa und voller Spitzen, hab ich recht?«

Trug Mac rosa und Spitzen?

Ach verdammt, so sollte er nicht denken. Er nahm einen weiteren Schluck von seinem warmen Stadionbier. Ah, nichts geht darüber.

Liam wischte sich den Mund mit dem Ärmel ab. »Was ist mit der Stelle, an der du arbeitest, Bry? Wie läuft es da?«

Jared bemerkte, dass Lee die Frage nicht beantwortet hatte. Interessant.

»*Wie?*« Bryan setzte sich und legte die Füße auf das Geländer vor sich. »Nun, fangen wir mal so an: Beth ist Witwe. Und Mutter. Von fünf Kindern.«

»*Fünf?*« Jared verschluckte sich fast an seinem Bier. Er hatte sich immer einen Bruder gewünscht, aber fünf? »Wer hat heute noch fünf Kinder? Wer *will* schon fünf Kinder?«

»Magst du keine Kinder?«, fragte Bryan.

Jared musste überlegen, wie er das beantwortete, da diese Jungs zwei von vieren waren, und vier nicht weit weg von fünf war. »Ich mag Kinder eigentlich ganz gern, schätze ich. Aber fünf? Das ist ein bisschen viel.«

»Das ist eine ganze Basketballmannschaft.«

Jared schmierte Ketchup auf einen Hotdog. Wenn er den Mund voll hatte, konnte er ihn nicht so leicht aufreißen. »Für ein Baseballteam reicht es nicht, also was soll das Ganze?«

»Warte mal. Willst du etwa *neun* Kinder?«

Jetzt verschluckte er sich fast am *Hotdog*. Er wollte nicht über Kinder diskutieren. Nicht, wenn ihm dieses Bild von Mac, wie sie ein Baby im Arm hielt, in den Kopf geschossen war und er sie täglich sehen musste. »Nein. Ich sage nur, wenn man sich schon für fünf entscheidet, was machen da schon vier weitere aus?«

»Äh, eine Menge mehr Mäuler zum Stopfen«, sagte Bryan. »Windeln kaufen. Studiengebühren bezahlen. An Stadion-Imbissständen pleitegehen. Ich kann mir nicht vorstellen, auch nur eines zu haben.«

Oh, Jared konnte sich das vorstellen – zumindest das Zeugen. Es gab einen Grund, warum die Welt überbevölkert war.

Trotzdem nichts, worüber er nachdenken sollte, wenn man bedachte, dass Mac ihre Schwester war ... »Ja, aber sobald man mehr als zwei hat, sind es nur noch Zahlen.« Er aß seinen Hotdog auf, nahm sich dann einen weiteren und versuchte, das Gespräch von diesem Thema wegzulenken, indem er das nächste Offensichtliche ansprach. Bryan war ein leichtes Ziel. »Aber eine Witwe, hm? Wie lange ist sie schon Single?«

»Dein Ernst?« Bryans Augen quollen ihm fast aus dem Kopf. »Hast du mir nicht zugehört? Ich habe gesagt *fünf* Kinder. Muss ich noch mehr sagen?«

Die Sache war die, dass Bryan es wahrscheinlich tun würde. Was untypisch für ihn war. Wenn es um Frauen ging, war Bryan die Ruhe selbst, also war dieser Ausbruch ungewöhnlich. Vielleicht protestierte er ein bisschen zu laut?

Jared sah zu Liam, um zu sehen, ob er das auch bemerkte.

Liam nahm einen Schluck von seinem Bier, und Jared glaubte, ein leichtes Lächeln hinter dem Becher zu erkennen.

»Also, wie ist die Prognose, Jared? Wann bist du wieder im Spiel?«, wechselte Liam wie immer als Friedensstifter das Thema.

Aber nicht zum Besseren.

Jared sog die Wangeninnenseite ein und verzog das Gesicht. »Ich muss diese verdammte Schiene noch eine Weile tragen und verdammt viel Reha machen. Der Doc sagt insgesamt neun Monate. Ich plane, schneller fertig zu sein.«

»Neun Monate?« Bryan lehnte sich zurück. »Das ist ätzend. Aber du hörst besser auf den Arzt. Du willst nicht zurückkehren, bevor der Körper bereit ist. Das habe ich getan, nachdem ich mir am Set in Sri Lanka das Knie verletzt habe, und verdammt, ich habe es schwer bereut. Sicher, es hatte vielleicht auch mit der weniger als erstklassigen medizinischen Versorgung zu tun, aber trotzdem: Der Doc sagte, ich solle es einen Monat lang ruhig angehen lassen, aber ich *musste* zurück ans Set. Hatte Angst, die Rolle zu verlieren.« Er schüttelte den Kopf. »Dumm. Es dauerte noch einen Monat, bis es nachgab, während ich Ava Stone im Arm hielt.« Das wölfische Bryan-Manley-Grinsen erschien wieder – nicht unerwartet, wenn es um diese Schauspielerin ging. »Nicht, dass es so schlimm gewesen wäre, Ava Stone auf mir landen zu haben.«

»Wenn man bedenkt, dass das eure Beziehung eingeleitet hat«, sagte Liam sarkastisch, »kann ich verstehen, warum es das nicht war.«

»Keine Beziehung. Eine für beide Seiten vorteilhafte Vereinbarung.«

Jared verschluckte sich bei diesem Satz an seinem Hotdog. Das klang ein bisschen zu vertraut. Okay, *viel* zu vertraut. »Und, Jungs, habt ihr Pläne für das Wochenende? Ich habe eine Einweihungszeremonie im Gemeindezentrum. Es wäre schön, ein paar freundliche Gesichter dort zu sehen.« Und das würde ihn davon abhalten, irgendetwas Dummes in der Nähe ihrer Schwester zu tun.

»Gott, Jare, ich weiß nicht ... Zu einer steifen Zeremonie zur Banddurchschneidung gehen oder zu Hause abhängen und ein Spiel schauen. Mal sehen ...« Bryan legte das Handgelenk an die Stirn, um Rodins Denker nachzuahmen.

Gott sei Dank zog er sich nicht dabei aus, sonst gäbe es in ihrem Sektor eine Massenhysterie.

»Hey, es macht keinen Sinn zuzuschauen, wenn ich nicht selbst spiele.« Jared schnippte einen unbenutzten Strohhalm auf Bryan, um witzig zu sein, aber in Wahrheit fraß ihn der Gedanke, nicht auf dem Wurfhügel zu stehen, innerlich auf. Die Welt war für den Rest der Bevölkerung nicht stehen geblieben, als er aufgehört hatte, Baseball zu spielen.

Bryan fiel aus der Rolle, nahm sein Bier und prostete ihm zu. »Weißt du was? Da hast du recht. Weymouth hat nicht das, was du hast. Ihm fehlt die Beständigkeit. Kein Stil. Es ist, als würde er auf eine Ballmaschine schauen, wenn er wirft.«

Weymouth war ein guter Pitcher, und Jared wusste Bryans Versuch, sein Ego zu retten, zu schätzen. »Gut. Dann könnt ihr ja kommen. Ich reserviere zwei Plätze in der ersten Reihe für euch. Glaubst du, Sean schafft es?«

»Keine Ahnung«, sagte Liam. »Aber mit mir kannst du nicht planen. Ich habe Inspektionen für das neue Objekt vor mir und muss noch einiges erledigen. Mit diesem Putzjob hinke ich dem Zeitplan hinterher. Ich muss arbeiten, Kumpel. Nicht jeder von uns kann Millionen verdienen.«

Er korrigierte Liam nicht, was den Betrag anging. Er schämte sich fast dafür. *Fast*, aber er war nicht dumm. Sie wollten ihm Millionen zahlen? Er nahm sie, denn es würde eine Zeit kommen, in der sie es nicht mehr tun würden.

Er hatte Angst, dass diese Zeit genau jetzt gekommen sein könnte.

# Kapitel Zweiundzwanzig

Jared war überrascht, dass er keine Scheu davor hatte, zuzugeben, wie sehr er sich darauf freute, Mac am Samstagmorgen zu sehen.

Er hatte sie in den letzten zwei Tagen vermisst. Sie war bei einem anderen Auftrag gewesen, und nach einem langen, enttäuschenden Telefonat mit seinem Anwalt über die Zivilklage gegen Camille und ihren Freund wegen des Überfalls sowie dem weiteren Warten auf die Räumung hatte er hier mit den Kätzchen, dem Putzen und dem Dachboden allein festgesessen. Er hatte zwar viele Kisten geschafft, aber die Tage hatten sich wie eine Ewigkeit angefühlt. Nicht einmal die Nachbarn waren mit Leckereien vorbeigekommen.

Er wollte nicht die Nachbarn; er wollte Mac. Es war fast schon komisch, wie aufgeregt er war, sie zu sehen, aber an dem, was er allmählich für sie empfand, war überhaupt nichts komisch.

Jared stützte sich am Nachttisch ab, um aufzustehen, und testete sein verletztes Bein. Es trug einen Teil seines Gewichts, ohne zu schmerzen, das war also gut. Dave sagte, es sei ein hervorragendes Zeichen für seine Genesung.

Dave.

Sie hatten gestern die Fronten geklärt. Wie sich herausstellte, hatte Dave schon vor Jared begriffen, was dieser für Mac empfand, und beschlossen, die Sache auf die Spitze zu treiben, indem er sie selbst um ein Date bat.

»Versteh mich nicht falsch, Kumpel«, hatte er gesagt, während er Jared trainierte. »Wenn sie Interesse gehabt hätte, würden wir jetzt ein ganz anderes Gespräch führen. Aber das hat sie nicht, also tun wir es nicht. Die Frau hat es, aus welchen Gründen auch immer, deinetwegen voll erwischt. Also vermassel es nicht, denn das würde dich zu einem Verlierer machen, nicht diese Verletzung.«

Der Ball lag nun eindeutig wieder in seiner Spielfeldhälfte. Er musste nur noch herausfinden, was er damit anfangen sollte.

Er humpelte in das winzige mit Mosaikfliesen ausgelegte Badezimmer und stellte die Dusche an. Dann stützte er sich am Waschbecken ab und starrte sein Spiegelbild an.

*Was willst du eigentlich, Nolan?*

Er betrachtete sich. Er sah sich wirklich an, forderte sich fast selbst dazu heraus, zu antworten.

Er war noch nie jemand gewesen, der vor einer Herausforderung zurückwich.

Jared holte tief Luft, um sich zu wappnen, und nickte seinem Spiegelbild zu.

Er wollte nicht allein sein.

Da. Er hatte es zugegeben. Er wollte nicht allein sein. Er war schon als Kind allein gewesen; seine Eltern waren distanziert zueinander und zu ihm gewesen. Das waren sie heute noch. Camille hatte ihn ausgenutzt, ihre ganze sogenannte Fürsorge war nur eine Fassade gewesen. Er hatte Liam und seine anderen Freunde, aber das war nicht das, wovon er sprach; und seine Teamkollegen waren berufliche Partner, keine Busenfreunde. Baseball war ein Job. Eine Karriere. Es war kein Leben.

Er wollte jemanden, zu dem er nach Hause kommen konnte. Jemand, der am Morgen da war, der sich um ihn sorgte, an ihn dachte, dem er etwas bedeutete. Jemand, der im verdammten Krankenhaus auftauchte, weil sie den Gedanken nicht ertragen konnte, dass er nicht mehr Teil ihrer Welt war, und die sich vergewissern musste, dass er nach Hause kam. Zu ihr.

Er wollte eine Familie. Eine echte. Das ganze Gerede über Kinder mit Liam und Bryan gestern Abend... Vielleicht wollte er keine fünf, aber andererseits, warum eigentlich nicht? Es war ja nicht so, als könnte er sie sich nicht leisten.

Dampf beschlug den Spiegel, und Jared ließ es geschehen. Gott, war er erbärmlich oder was? Stand hier und trauerte dem nach, was er nicht hatte, wo er doch dankbar sein sollte für das, was er besaß.

Aber er wollte mehr – nein, nicht mehr. Etwas anderes. Die Leute dachten, Ruhm und Reichtum wären alles, aber am Ende des Tages konnte man das nicht mitnehmen. Sie legen nicht die Arme um einen, wenn die Welt kopfsteht, und sagen einem, dass sie bei einem bleiben werden, egal was passiert. Sie hinterließen keine Notiz auf dem Kopfkissen und malten keine Lippenstiftherzen auf den Badezimmerspiegel – wobei er sich nicht vorstellen konnte, dass Mac das tat; sie müsste es ja hinterher nur wieder wegputzen.

Er lächelte, als er unter die Dusche stieg, aber es war ein wehmütiges Lächeln.

Mac.

Er kannte sie fast sein ganzes Leben lang und hatte sie doch nicht wirklich gekannt. Was er jetzt über sie erfuhr, gefiel ihm sehr. Sie war nicht die Nervensäge, für die er sie gehalten hatte, und der Wirbelwind, der sie umgab, lag daran, dass sie eine Million Dinge gleichzeitig tat: Menschen helfen, ihr Geschäft aufbauen, Teil ihrer Familie sein. Sie liebte ihre Brüder und ihre Großmutter – liebte *seine* Großmutter – half kleinen Tieren, ließ sich seinen Mist nicht gefallen, hatte ein Lächeln, das einen Raum erhellen konnte, und vor allem war sie ganz sie selbst. Sie war Mac Manley und entschuldigte sich bei niemandem dafür.

Nein, er war derjenige gewesen, der sich entschuldigen musste. Wie es sich gehörte.

Er stellte das Wasser auf kalt und schnappte nach Luft bei dem Schock durch den Temperaturwechsel. Oder vielleicht war es der Schock über die Erkenntnis, dass er seine Chance bei ihr vielleicht verspielt hatte, indem er nicht gemerkt hatte, dass das letzte Mal, als sie ihm ihre Gefühle so offen gezeigt hatte, seine letzte Chance gewesen sein könnte.

Er hatte Mac und ihre Gefühle für ihn als selbstverständlich hingenommen. Dass sie immer da sein würden. Genau wie er es als selbstverständlich angesehen hatte, dass er seine Karriere immer unter Kontrolle haben würde.

Camille hatte ihn auch in diesem Punkt eines Besseren belehrt.

Er rieb sich mit dem Waschlappen über die Brust. Es war erst vorbei, wenn die dicke Dame sang, und im Moment sang niemand, schon gar nicht er. Er würde Camille so oder so aus seinem Haus werfen, und er würde herausfinden, ob er bei Mac eine Chance hatte.

Er spülte sich ab, wickelte sich ein Handtuch um die Taille und fing an, sich einen Schlachtplan zurechtzulegen.


Mac setzte ein Lächeln auf und winkte Bekannten zu. Sie hatte die Realität dessen, was es bedeutete, mit Jared zu dieser Veranstaltung zu kommen, nicht ganz zu Ende gedacht – dass jeder, den sie kannte (und Leute, die sie nicht kannte), sie zusammen sehen würde.

Er trug ein Shirt der Manley Maids, was ihr die Ausrede einer PR-Aktion lieferte, aber trotzdem wussten ihre Freunde von ihrer Schwärmerei. Die halbe Stadt hatte damals davon gewusst, und der Großteil der Stadt wohnte immer noch hier. Und die meisten, die schon seit Jahren hier lebten, waren heute anwesend.

Der Tratsch ging bereits los.

Dann klinkten sich die Reporter ein.

»Nolan, wie sieht die Prognose aus? Wann kommen Sie zurück?«

»Werden Sie nächste Saison in der Startaufstellung stehen?«

»Glauben Sie, dass das Team es ohne Sie in die Series schafft?«

»Ist das Ihre neue Geschäftspartnerin?«

»Putzen Sie heutzutage Häuser, Nolan?«

Mac entging der Sarkasmus und die Herablassung nicht. Jared war ein Lokalmatador. Warum wollten sie auf ihn eintreten, wenn er am Boden lag?

Jared konterte jedoch mit seinem unwiderstehlichen Lächeln, schob seine Baseballkappe in den Nacken und zog Mac nach vorne. »Eigentlich nein, Mike. Ich putze keine Häuser, ich habe die Manley Maids engagiert, damit sie das für mich erledigen. Das hier ist Mary-Alice Manley, die Inhaberin. Nehmen Sie eine Karte von ihr. Der beste Service der Stadt. Zufriedenheit garantiert.«

Sie nahmen ihre Karten, was allerdings mehr damit zu tun hatte, dass Jared sie dazu aufforderte, aber wer wusste schon? Vielleicht würde sie eine Erwähnung finden – obwohl sein *Zufriedenheit garantiert* für hochgezogene Augenbrauen und ein paar Lacher gesorgt hatte. Na ja. Es würde ihr nichts ausmachen, wenn Jareds Bild in ihrer Uniform in der Zeitung stünde, und bei dem Blitzlichtgewitter, das hier herrschte, würde *sie* es vielleicht auch in die Presse schaffen.

Meine Güte, wenn sie gewusst hätte, dass es so einfach war, hätte sie etwas

Schlaf bekommen können, anstatt zu lernen, wie man seine Brüder beim Poker schlägt. Alles, was sie brauchte, war Jared.

Das schien das Mantra ihres Lebens zu sein.

Die Zeremonie begann damit, dass Ted Bakersfield, der Leiter des Gemeindezentrums, die Menge begrüßte und dann zu Jareds Einführung überleitete – all seine Karriere-Highlights, angefangen bei der Highschool über das College bis hin zu den Profis.

Jared rutschte neben ihr unruhig hin und her, fast so, als wäre es ihm peinlich... oder als hätte er Sorge, dass dies wegen seiner Verletzung seine einzigen Statistiken bleiben würden.

Und wieder einmal wurde ihr Herz weich. Sie würde niemals über ihn hinwegkommen.

»Begrüßen Sie bitte Jared Nolan.« Ted stimmte den Applaus an, und Jared unterdrückte seine Gefühle angesichts dessen, was er erreicht hatte, während er sich fragte, ob er die Chance bekommen würde, noch mehr zu erreichen. Dann trat er ans Pult.

»Vielen Dank, dass Sie alle heute gekommen sind. Ich bin stolz darauf, gefragt worden zu sein, an der heutigen Zeremonie teilzunehmen. Wie Ted schon sagte, habe ich mit dem Baseball genau hier in unserer T-Ball-Liga angefangen, daher freue ich mich sehr, etwas zurückgeben zu können.« Er fuhr fort, die Organisatoren der Spendenaktion, die Spender und die Mitarbeiter zu loben, die das Wohl der Gemeinschaft durch all die Aktivitäten und Dienstleistungen, die das Gemeindezentrum bot, in den Vordergrund stellten. Er vergaß nicht, Kareers für Kids zu erwähnen, und flocht Macs Namen mit ein, während er mit einer Handbewegung auf sie deutete. Er machte so reibungslos Werbung für ihr Unternehmen, wie er früher Sponsorennamen in jedes Interview eingebaut hatte. Das war Routine; das kannte Jared. Darin war er gut.

Gott, was, wenn das Management ihn nicht zurückwollte? Wenn sie mit fünfunddreißig und diesen Verletzungen dachten, er sei das Risiko nicht wert? Dass er nicht mehr der Alte sein konnte?

Es würde ihn umbringen. Baseball war alles, was er hatte. All diese Leute hier waren seinetwegen da, wegen dem, was er war. Wegen dem, was er beruflich tat. Wenn es erst einmal vorbei war, warum sollten sie sich dann noch für ihn interessieren?

*Warum solltest du wollen, dass sie es tun? Definieren sie dich?*

Glücklicherweise hatte er seine Rede beendet, bevor diese kleine philosophische Erkenntnis sein Gehirn erreichte.

Nein, sie definierten ihn nicht. *Er* definierte sich selbst. Aber er hatte sich über den Baseball definiert; er war sich nicht sicher, wer er wäre, wenn er das Spiel nicht mehr hätte.

Er blickte ins Publikum, während man ihm die überdimensionale zeremonielle Schere zum Durchschneiden des Bandes überreichte. Bryans Platz war leer; er hatte angerufen und gesagt, dass bei den Kindern in dem Haus, das er gerade putzte, etwas dazwischengekommen war, aber Oma war da, zusammen mit Mrs. Manley. Und dann war da noch Mac.

Die Menschen, denen er etwas bedeutete.

Er schnitt das Band durch und spürte denselben Stich im Herzen darüber, dass seine Eltern nicht da waren.

Mac hatte recht; er musste mit ihnen reden. So lange hatte er das Spiel als seine Familie benutzt. Seine Teamkollegen, den Trainerstab, die Fans, sogar die Reporter. Er kannte die Stammgäste beim Namen und die meisten vom Sehen. Er spielte für sie, weil er wusste, dass er Bestätigung bekommen würde, und sei es nur für ihre Story. Bestätigung, die er von seinen Eltern nicht bekommen hatte.

Jared lächelte für die Fotos, den Arm um den Leiter und sein Team gelegt, aber seine Gedanken waren woanders.

Jahrelang hatte er die Anerkennung seiner Eltern gewollt. Hatte gedacht, Baseball sei der Weg dorthin. Aber trotz seines Erfolgs hatten sie sich nicht dazu entschieden, für ihn da zu sein, als er es am nötigsten hatte. Er hatte die verdammten weißen Wände seines Zimmers in der Reha-Klinik angestarrt und sich gefragt, was zur Hölle er tun müsste, damit sie auftauchten.

Wenn eine schwere Verletzung es nicht war, wusste er am Ende nicht, was es sonst sein sollte.

Aber Oma war gekommen. Mrs. Manley auch. Liam und die Jungs... Er verstand, warum Mac nicht gekommen war, aber sie hatte Liam dieses eine Mal Kekse mitgegeben...

Er warf ihr einen Blick zu. Sie lehnte sich über ihre Großmutter, um mit seiner zu sprechen, griff nach Omas Hand, ihr Lächeln warm, liebevoll und echt.

Warum hatte er das an Mac früher nicht gesehen? Warum war er so verblendet von Bitterkeit gewesen, dass er nicht hatte sehen können, was für ein herzlicher Mensch sie war? Warum hatte er ihr ihre Gefühle so an den Kopf geworfen?

*Weil du im College warst. So was passiert. Mach dich nicht fertig deswegen, bring es in Ordnung.*

Das hatte er vor.

Nachdem die Fotoserie beendet war, klopfte er dem Leiter auf den Rücken, schüttelte ein paar Hände und überquerte dann mit ein paar weiten Schwüngen seiner Krücken die Distanz zu Mac. Die Dinger waren endlich mal zu etwas nutze.

»Hey, bist du bereit zu gehen?«, fragte er, als er ihre Seite erreichte. »Ich bin sicher, die Kätzchen haben mir ein paar Geschenke hinterlassen.«

»Oh, aber Jared«, sagte Oma. »Wir wollten noch mit jemandem über die Kurse für Senioren sprechen, die hier angeboten werden. Wir würden gerne sehen, ob sie die auch in unserem Gemeinschaftsraum machen könnten. So viele unserer Bewohner sind nicht mobil und verpassen das alles.«

Er würde am liebsten von hier verschwinden und etwas Zeit allein mit Mac verbringen, aber für seine Großmutter konnte er noch ein wenig warten. »Gehen wir zum Leiter. Wenn es am Geld scheitert, sag ihm, ich übernehme die Kosten.«

»Echt jetzt?« Oma strahlte ihn an.

Er musste sie einfach umarmen. So oft hatte sie ihn in den Arm genommen, wenn er es gebraucht hatte und seine Mutter nicht da gewesen war… Wenn er diese kleine Sache für sie tun konnte, um sie glücklich zu machen, war er dazu mehr als bereit. »Natürlich. Ihr Damen verdient etwas Spaß in eurem Leben.«

»Oh, das ist so lieb von dir, Jared. Du warst schon immer so ein rücksichtsvoller Junge.«

Mac hustete neben ihm.

Er warf ihr einen flüchtigen Blick zu. Ja, er verstand schon. Rücksichtsvoll zu jedem außer ihr. Das würde er wiedergutmachen.

Er rief den Leiter herbei und brachte ihn mit seiner Großmutter und Mrs. Manley zusammen. »Was auch immer sie wollen, Ted«, sagte er, während er sich Mac zuwandte und die Großmütter allein ließ, damit sie ihre kollektive Überzeugungskraft beim Leiter einsetzen konnten. »Wollen wir ein Eis essen gehen?«

Sie legte den Kopf schief und sah ihn nachdenklich an, als wäre die Entscheidung für ein Eis eine lebenswichtige Angelegenheit.

Oder vielleicht war es nur eine Metapher dafür.

»Okay. Abgemacht.«

Oh ja, das war es wohl irgendwie...

Es dauerte eine halbe Stunde, bis sie den Eisstand auf der anderen Seite des Footballfeldes erreichten – was etwa zweihundert Autogramme später war. »Tut mir leid«, sagte er, als das letzte Kind endlich weg war.

»Entschuldige dich nicht. Das sind deine Fans. Sie haben es genossen. Wer bin ich, sie zu enttäuschen?«

»Die Frau, die geduldig auf das Eis wartet, das ich ihr versprochen habe.«

»Diese Frau kann warten. Ich beobachte die Kinder gerne, besonders wenn du ihnen dein Autogramm gibst. Ihr ganz persönlicher Held wird lebendig.«

»Meine Güte, Mac, pass lieber auf, sonst steigt mir das noch zu Kopf.«

»Ich sagte, das sei der Eindruck der Kinder. Keine Sorge, Jared, du hast ja mich, um dich auf den Boden der Tatsachen zurückzuholen.«

Das gefiel ihm. »Hältst mich schön geerdet, was?«

»Einer muss es ja tun. Mit deiner und Bryans heißer Luft könnte man ein ganzes Stadion füllen, wenn ich nicht da wäre, um euer Ego im Zaum zu halten.«

Er wollte nach ihrer Hand greifen, tat es aber nicht, weil er sie sowieso wieder loslassen müsste, sobald sie weitergingen. Außerdem hatte er noch den Rest seines Lebens Zeit, ihre Hand zu halten –

Er stolperte.

»Jared!« Macs Arm schlang sich um ihn, um ihn zu stützen.

Nun ja, nicht wirklich. Das war vielleicht ihre Absicht gewesen, aber die Berührung ihrer Hände auf seiner Haut machte ihn alles andere als standfest.

Dies war definitiv nicht der richtige Ort dafür. Besonders wenn drei Kameraobjektive auf ihn gerichtet waren, die er sehen konnte, und wahrscheinlich noch ein halbes Dutzend mehr, die er nicht sah.

Er brachte seine dämliche Krücke wieder in die Senkrechte und klemmte sie sich unter den Arm, wodurch er sich aus Macs Umarmung löste. Er wollte nicht, dass ihre Beziehung – mangels eines besseren Wortes – in den Medien für alle sichtbar ausgeschlachtet wurde. Jedenfalls nicht am Anfang, obwohl er am liebsten von den Dächern geschrien hätte, dass er endlich zur Vernunft gekommen war, aber er sollte es wohl erst einmal mit ihr besprechen.

»Was hättest du gerne?«, fragte er, als sie an der Reihe waren, ihr Eis zu bestellen.

»Ich nehme Vanille mit Schokoguss.«

Überhaupt nicht die Antwort, die er hören wollte.

Jared kicherte in sich hinein.

*Erbärmlich, Junge. Reiß dich gefälligst zusammen.*

Das würde er gerne – sich an sie reißen und sie dann umhauen.

»Und Sie, Sir? Was darf es für Sie sein?«, fragte die jugendliche Bedienung.

Er musste sich zwingen, nicht genau das herauszuposaunen, was er *wirklich* wollte. »Äh –«

»Er nimmt ein Doppel-Schoko-Eis in der Waffel mit Schokostreuseln.«

Jared sah sie an. Genau das bestellte er immer. »Du hast also wirklich aufgepasst.«

Sie zuckte mit den Schultern und sah weg, während eine leichte Röte ihre Wangen überzog. »Manche Dinge bleiben einem eben im Gedächtnis.«

Er konnte nicht anders; er fuhr mit einem Finger ihren Unterarm entlang. »Ich bin froh, dass es so ist, Mac.«

Sie warf ihm einen Blick aus ihren grünen Augen zu, die unsicher aufblitzten, und Jared hätte sich selbst ohrfeigen können für all das, was er an ihr nicht zu schätzen gewusst hatte.

»Es tut mir leid, Mac.«

Sie schüttelte den Kopf, machte eine wegwerfende Handbewegung und blinzelte ein wenig zu schnell. »Lass es. Alles okay.«

Die Jugendliche reichte Mac ihr Eis, und er konnte es ihr nicht verübeln, dass sie vom Stand wegging.

Er kramte ein paar Dollar zum Bezahlen heraus, schnappte sich sein Eis und –

Mist. Wie zur Hölle sollte er jetzt die Krücken benutzen und gleichzeitig die Waffel halten?

»Mac?«

Sie drehte sich mit einem Gesichtsausdruck um, der ihn mitten ins Herz traf, aber dann sah sie sein Eis und lächelte.

»Moment mal, Nolan.« Sie schritt zu ihm zurück, nahm ihm die Waffel ab und deutete mit dem Kopf zu einer Bank. »Echt jetzt, was würdest du nur ohne mich anfangen?«

Es war eine rhetorische Frage, aber er würde sie trotzdem beantworten.

Er folgte ihr zur Bank und setzte sich, lehnte seine Krücken dagegen und nahm dann sein Eis entgegen. »Ich will gar nicht herausfinden, was ich ohne dich tun würde, Mac.«

»Wie bitte?« Sie hielt mitten beim Lecken an ihrem Eis inne.

Er räusperte sich, um dieses Bild aus seinem Kopf zu bekommen. »Ich war all die Jahre ein Idiot, und es tut mir leid. Es tut mir leid, dass ich dich verletzt habe, und es tut mir leid, dass ich dich nicht geschätzt habe.«

»Woher kommt dieser plötzliche Sinneswandel?«

Er zuckte bei ihrem Sarkasmus zusammen, aber er wusste, woher er rührte. Wenn Mac verletzt war, fing sie entweder an zu schreien und nannte ihn einen Idioten, oder sie begegnete ihm mit Sarkasmus.

Er wusste das, weil unweigerlich er derjenige gewesen war, der sie verletzt hatte – eine Erkenntnis, auf die er nicht stolz war.

»Sagen wir einfach, dass ich endlich erwachsen geworden bin.«

Ihr Blick streifte ihn skeptisch. »Oder es liegt daran, dass du verletzt, gelangweilt und einsam bist und ich gerade zufällig zur Stelle bin –«

»Hör auf.« Er legte ihr einen Finger auf die Lippen. »Mach das nicht schlecht, bitte. Das ist eine große Sache für mich. *Du* bist eine große Sache für mich, und ich bin ein Arsch, dass ich das nicht früher gesehen habe. Das ist nicht, weil du gerade da bist und ich einsam bin. Es ist, weil du hier bist und weil du du bist, und das sehe ich endlich. Würde ich mich so fühlen, wenn wir uns in den letzten zwei Wochen nicht tagtäglich gesehen hätten? Ich weiß es nicht. Ich war so auf diese Verletzung und darauf fokussiert, was sie für meine Karriere bedeutet, dass ich mich nicht umgesehen habe. Genau deshalb weiß ich, dass es echt ist; du hast dich unter meinen Schutzwall geschlichen.«

»Oh, hey! Schaut mal, wer da drüben ist! Hallooo! Jared!«

Irgendeine Frau winkte ihm von der anderen Seite des Footballfeldes zu, ihre laute Stimme war ein Garant dafür, jedermanns Aufmerksamkeit zu erregen.

Jared unterdrückte einen Fluch. Er liebte seine Fans. Selbst wenn es bedeutete, unterbrochen zu werden, aber dies war einer der wichtigsten Momente seines Lebens, und er konnte auf die Aufmerksamkeit verzichten.

Er drückte Macs Schulter. »Können wir dieses Gespräch auf später verschieben? Ich möchte dir noch viel sagen, Mac. Und ich hoffe verdammt noch mal, dass du es hören willst.«

Mac war sich nicht sicher, ob sie es hören wollte. War das derselbe Typ, der ihr gesagt hatte, sie solle mit seinem Freund schlafen? Sie verstand die Welt nicht mehr.

Aber sie hatte mehr als genug Zeit, darüber nachzudenken, während sie neben ihm für eine weitere Autogrammstunde saß, seine Eiswaffel hielt und sie schließlich aufaß, als die Zahl der Fans immer größer wurde.

Glücklicherweise tauchten nach einer Weile die Großmütter auf, und die Fans machten Platz wie das Rote Meer und verzogen sich dann, als sie merkten, wer die Frauen waren.

»Hallo, Oma. Mrs. Manley.« Jared beugte sich hinunter, um ihnen einen Kuss auf die Wange zu geben, und Mac konnte ein kollektives Seufzen seiner weiblichen Fans hören, als diese abzogen.

Sie lächelte in sich hinein. Wenn diese Frauen nur wüssten, dass er sie auch geküsst hatte. Und nicht auf die Wange.

Verdammt, sie spürte, wie ihr bei der Erinnerung die Röte ins Gesicht stieg.

»Mary-Alice?« Gran sah sie erwartungsvoll an.

Mist. Sie hatte Grans Frage verpasst. »Ja, Gran?«

»Oh, gut. Dann ist das ja abgemacht.«

»Was ist abgemacht?« Sie sah Jared hilfesuchend an, aber der zog nur eine Augenbraue hoch.

»Die Strandparty natürlich.«

»Was für eine Strandparty?«

Gran tätschelte ihren Arm. »Die, die wir im Gemeinschaftsraum feiern. Meine Freunde werden sich freuen, dich wiederzusehen. Und Jared natürlich auch.«

»Natürlich«, sagte Mildred.

Mac war sich nicht sicher, ob sie in der Lage war, nach diesem kryptischen Kommentar noch mehr Zeit mit ihm zu verbringen. Er war völlig unerwartet gekommen, und sie könnte etwas Zeit gebrauchen, um sich an seinen Sinneswandel zu gewöhnen, bevor sie etwas Dummes tat, wie zum Beispiel wieder ihre *Was-wäre-wenn*-Gedankenspiele zu spielen.

»Ich bin so froh, dass du kommst, Mary-Alice.« Gran drückte sie kurz. »Ich habe dich neulich beim Abendessen mit den Jungs vermisst.«

Sie hatte arbeiten müssen, und Gran hatte das gewusst, also war es nicht fair, das als Druckmittel zu benutzen.

Aber so kam es, dass Mac sechs Stunden später beim Aufbau für das Abendessen half, sich beim Limbo unter der Stange durchbog, um eine Trophäe zu gewinnen (was keine große Leistung war, wenn man bedenkt, dass sie die Jüngste war und eine der wenigen ohne Rollator), so viel Hula tanzte, dass sie überrascht war, dass die älteren Damen sich nicht die Hüfte ausrenkten, und genug alkoholfreie Mai Tais trank, um ihre Unschuld praktisch zurückzugewinnen. Nun ja, abgesehen von der Tatsache, dass sie Jareds Blicke die ganze Zeit auf sich gespürt hatte und an der Art, wie er sie ansah, absolut nichts Unschuldiges war.

Oder wie er sie sich fühlen ließ. Besonders nach seiner vorangegangenen Entschuldigung.

»Wir sollten langsam los, Mac.« Jared leerte den Rest seiner alkoholfreien Margarita. »Ich habe den Kätzchen etwas Nassfutter hingestellt, aber ich bin nicht sicher, ob sie wissen, wie man es frisst. Ich sollte wohl nach Hause fahren und sie füttern.«

Was bedeutete, dass sie ihn dorthin fahren musste.

Sie war nicht sicher, ob das so eine gute Idee war. Weil sie immer noch nicht begriffen hatte, woher sein Sinneswandel rührte.

Und weil sie vielleicht gar nicht mehr weggehen wollte.


»Du warst heute Abend eine richtige Tanzgöttin«, sagte Jared mit seinem unwiderstehlichen Lächeln, als er in die Kabine seines Trucks stieg.

»Mir ist Tanzkönigin lieber. Klingt würdevoller.« Sie legte ihren Sicherheitsgurt an. Nur keine Versuchung aufkommen lassen, über den Sitz zu rutschen, für den Fall, dass er weiterhin solche Dinge sagte wie vorhin auf der Bank.

»Seit wann ist Limbo würdevoll?«

Da hatte Jared einen Punkt. Sie hatte den Wettbewerb nur gewonnen, weil sie die Einzige ohne Arthritis war.

Er fuhr mit einem Finger ihre Schulter entlang. »Ich hatte heute Abend viel Spaß, Mac.«

Oje. Jared in dieser Stimmung war schwer zu widerstehen. »Ich auch.«

»Das sollten wir wiederholen.«

»Ich bin nicht sicher, wann und wo der nächste Limbo-Wettbewerb steigt, aber ich halte die Augen offen.« Sie versuchte, es leicht zu nehmen, denn das Alleinsein mit ihm im Auto, die Dunkelheit und das Zirpen der Grillen durch die offenen Fenster erzeugten eine Atmosphäre, auf die sie nicht vorbereitet war.

Ebenso wenig wie auf Jareds Einladung, als sie in seine Einfahrt einbog. »Kommst du noch mit rein, Mac?« Jared schob ihr eine Haarsträhne hinter das Ohr.

Das Prickeln, das durch ihren Körper raste, drängte sie dazu, Ja zu sagen. Aber ihr verbeultes Herz stellte überall »*Vorsicht*«-Schilder auf.

»Ich glaube nicht, dass ich das sollte, Jared.«

Er schürzte die Lippen und nickte. »Verstehe ich.«

Er starrte sie noch eine Weile an, sein Blick huschte zu ihren Lippen.

Er wollte sie küssen.

Sie wollte es zulassen.

Stattdessen öffnete sie die Beifahrertür und rutschte hinaus. Diesen Weg war sie schon zu oft gegangen. Sie musste wissen, dass Jared es ernst meinte, bevor sie sich darauf einließ. Und im Moment war sie sich nicht sicher. »Ich muss jetzt los. Ich habe morgen einen anstrengenden Tag.«

»Ich dachte, du arbeitest am Sonntag nicht.«

»Ich arbeite nicht für andere Leute, aber ich habe Papierkram zu erledigen und meine eigene Wohnung zu machen. Wenn man selbstständig ist, hat man eigentlich nie einen freien Tag.«

»Denk immer dran, wer nur arbeitet...«

Jared wäre der Teil mit dem *Vergnügen*, und es war so verdammt schwer, sich davon abzuwenden.

Was der Grund war, warum sie es tat.

# Kapitel Dreiundzwanzig

Jareds Hintern war das Erste, was Mac sah, als sie am Montagmorgen den Dachboden betrat.

Kein schlechter Start in die Woche.

»Geht der Mond heute etwa früher auf?«, kicherte Sean über ihre Schulter hinweg.

Jared war gestern offenbar fleißig gewesen und wie ein Tornado durch den Dachboden gefegt. Noch immer kein Ring, aber ein Haufen Zeug stand bereit, und Sean war der Einzige ihrer Brüder, der heute Zeit hatte, mit anzupacken.

»Uff!«, Jared stieß sich den Kopf an dem Sofa, unter das er gerade kroch.

»Vorsicht, Jare«, sagte Sean, ging an Mac vorbei und hob das Sofa an. »Man sagt doch, dass Profisportler ihre Gehirnzellen schneller verlieren als der Rest von uns.«

»Nur die jungen und dämlichen. Diejenigen von uns, die im Spiel reifer geworden sind, haben mehr im Köpfchen.« Er rieb sich den Scheitel. »Einen brummenden Schädel vielleicht, aber trotzdem mehr.« Er setzte Moe auf das Polster und hielt Sean dann die Hand zur Begrüßung hin. »Du bist also das Umzugsteam?«

»Räusper.« Mac meldete sich zu Wort. Sie war durchaus in der Lage, Möbel zu rücken.

»Mac und ich.« Sean stieß Jareds verletztes Bein an. »Da du nicht in der Verfassung dazu bist, dachten wir uns, wir erledigen das lieber, bevor du etwas Dummes tust, wie zum Beispiel zu versuchen, alles auf einem Bein nach unten zu tragen.«

»Ich bin nicht dumm.«

»Stur... dumm... kommt aufs Gleiche hinaus.«

»Das sagst du nur, weil du weißt, dass ich dir gerade nicht den Arsch versohlen kann. Warte nur ab, bis ich wieder gesund bin.«

»Dann wirst du es erst recht nicht tun, weil du Angst hast, dir wieder was zu brechen, du alter Mann.«

Jared reichte Mac Moe. »Hier. Sie ist schon wieder abgehauen. Ich schwöre, diese kleine Dame bringt mich noch unter die Erde.«

Mac unterdrückte ein Lächeln und brachte das Kätzchen zurück zu seinen Brüdern. Jared hatte große Fortschritte gemacht, seit er noch keinen Schimmer gehabt hatte, wie man sich um sie kümmerte.

Wenn er sich in dieser Hinsicht geändert hatte, konnte er sich dann auch in einer anderen ändern?

»Wow, an den erinnere ich mich.« Sean hielt einen potthässlichen Clown hoch, als sie zurückkam.

»Das verdammte Ding war verdammt frustrierend«, sagte Jared. »Es kam immer wieder hoch.«

»Bis Bryan sich damals draufgesetzt hat.«

»Und ihn fast zum Platzen gebracht hätte. Meine Großmutter war nicht begeistert.«

»Wir hätten es trotzdem tun sollen. Das Teil hat mir Alpträume bereitet.«

Mac erklomm die letzten Stufen zum Treppenabsatz. »Ach, sagt mir nicht, dass ihr Jungs Angst vor einem kleinen Clown habt.«

»Schau dir das Ding doch an.« Jared deutete mit einer Handbewegung darauf. »Wenn das nicht direkt aus einem Horrorfilm stammt, kannst du mich Chucky nennen.«

Der Clown war das Erste, was die Treppe hinunter wanderte. Die alten Fotos folgten, dann die Chaiselongue und weitere Kisten mit Spielzeug und Erinnerungsstücken, die über so viele Generationen weitergegeben worden waren, dass niemand mehr genau wusste, wer in welchem Verwandtschaftsverhältnis zu wem stand. Mac legte einiges für den örtlichen Geschichtsverein beiseite und anderes für ein paar Obdachlosenheime, aber der Rest landete größtenteils im Gebrauchtwarenladen oder auf der Mülldeponie.

Sean verstaute die erste Ladung auf der Ladefläche seines Pickups und in ihrem alten Arbeitswagen, während sie die Stufen für eine weitere Runde hinaufstieg. Als sie oben ankam, sah sie Jared in einem Buch blättern. Sie wollte ihn gerade fragen, was es war, als ihr Handy klingelte.

Das Büro von Mitchell Davenport. Ihr wichtigster Klient – nicht nur in finanzieller Hinsicht, sondern auch, was das Nervpotenzial anging, seit er seine Tochter aus ihrem Penthouse geworfen hatte und Liam, die treue Seele, ihr eine Bleibe angeboten hatte.

Soweit Mac wusste, wusste Mitchell nicht, wo Cassidy steckte, und Mac wollte, dass das so blieb.

»Mac Manley.«

»Guten Tag, Ms. Manley, hier spricht die Assistentin von Mr. Davenport. Er würde gerne ein geschäftliches Angebot mit Ihnen besprechen.«

»Ein geschäftliches Angebot für Manley Maids?« Mac betonte ihren Firmennamen, da sie nicht sicher war, ob die Frau die richtige Nummer gewählt hatte.

»Ja. Er bittet Sie, in zwanzig Minuten hier zu sein, um es zu besprechen. Er glaubt, dass Sie es als äußerst lukrativ empfinden werden. Soll ich einen Wagen für Sie schicken?«

»Ähm, nein. Ich komme selbst vorbei.« Sie war ungern von jemandem abhängig, und da Mitchell Davenport so völlig unvermittelt anrief, wollte sie angesichts gewisser Umstände *wirklich* nicht auf seine Gnade angewiesen sein – denn um die müsste sie wahrscheinlich betteln, falls er herausfand, wo seine Tochter war.

»Alles okay?«, fragte Jared, als sie das Gespräch beendete.

Sie schob ihr Handy in die Gesäßtasche. »Geschäftlich. Ich muss los. Wir sehen uns später.«

*Versprochen?* hätte er fast gefragt, während er beobachtete, wie ihr Pferdeschwanz die Treppe hinunterwippte, und den Drang unterdrückte, sie zurückzurufen. All die Erinnerungen auf diesem Dachboden – und das Sammelalbum, das er gefunden hatte – machten ihm zu schaffen. Mac zu begehren, war nur eine Sache mehr, die er gerade absolut nicht gebrauchen konnte. Nicht mit ihrem Bruder im Haus.

Besagter Bruder streckte den Kopf zwischen den Geländerstäben hindurch. »Hey, Jare, brauchst du sonst noch bei etwas Hilfe?«

Er entschied sich für »Das hier« anstelle von *deine Schwester* und reichte Sean das Buch.

»Ach, das ist ja schön. Oma hat das für uns auch gemacht, obwohl Bryans Buch bei weitem das dickste ist. Ich glaube, sie hat nicht eine Erwähnung von ihm in den Boulevardblättern verpasst. Man muss allerdings zugeben, dass es irgendwie schräg ist, wenn die eigene Großmutter Artikel über den Bruder und seinen Harem ausschneidet.«

»Ich weiß nicht, wie er all diese Frauen unter einen Hut bringt. Eine ist mehr als genug für mich.«

»Ja, sie hat dich ganz schön mitgenommen.«

Jared brauchte ein paar Sekunden, um zu begreifen, dass Sean von Camille sprach. Gut. Er ließ ihn in dem Glauben, denn er war sich nicht sicher, wie Sean reagieren würde, wenn er wüsste, dass er Mac gemeint hatte.

Sean klemmte sich das Sammelalbum unter den Arm. »Besteht also irgendeine Chance, dass du sie rauswirfst?«

Nicht die geringste Chance – oh, wieder Camille. »Mein Anwalt arbeitet daran, aber eine Räumungsklage ist eine mühsame Angelegenheit.« Weshalb er sich etwas anderes einfallen lassen musste.

»Und wo willst du hin, wenn die Bude hier verkauft ist?«

Jared zuckte mit den Schultern. »Ich werde schon was finden. Oder vielleicht ziehe ich einfach wieder in meine eigene Bude und gehe Camille und Burke so lange auf den Sack, bis sie ausziehen.«

Ja, die Option fiel flach. Selbst die paar Minuten im Gemeindezentrum in Camilles Nähe waren schon zu viel gewesen.

Oder vielleicht zog er bei Mac ein, in das Haus, in dem er sich mehr zu Hause fühlte als in jenem, in dem er aufgewachsen war.

Der Gedanke hatte aus vielerlei Gründen einen gewissen Reiz.


Mac zählte zum sechsten Mal bis hundert, während sie zu Liams neuestem Renovierungsprojekt fuhr, und versuchte herauszufinden, was verdammt noch mal sie wegen dieser neuesten Entwicklung unternehmen sollte. Sie liebte ihren Bruder, aber sie musste auch den Ruf ihrer Firma makellos halten, und nach diesem spontanen Treffen, bei dem Mitchell Davenport ihr den

Auftrag für all seine Immobilien im Dreiländereck angeboten hatte, war dieser Ruf wichtiger denn je.

Genauso wichtig war das Problem, das sie mit Liam besprechen musste.

Sie öffnete die Tür zu seinem neuen Objekt. »Liam! Ich habe ein Problem. Ich muss mit dir reden!«

Besagtes Problem kletterte gerade im vorderen Zimmer eine Leiter herunter.

Liam nickte in Richtung der Leiter. »Mac, das ist Cassidy Davenport. Cassidy, das ist meine Schwester Mac.«

»Oh. Äh, hallo.« Verdammt. Sie wollte dieses Gespräch nicht vor Cassidy führen. Nicht, bevor sie wusste, wie sie damit umgehen sollte. Aber sie setzte ein Lächeln auf und nickte. »Schön, dich kennenzulernen. Wir haben, glaube ich, schon telefoniert.«

»Eigentlich war das Deborah, die Assistentin meines Vaters.« Cassidy wischte sich die Hände ab und streckte eine aus. »Hallo. Ja, ich bin Cassidy. Freut mich, Sie kennenzulernen.«

Mac gab sich Mühe, nicht zu starren. Cassidy Davenport in Kleidung, bei der ihr Stylist die Krise bekommen würde, wie sie Holzarbeiten strich? Das passte hinten und vorne nicht zusammen, aber zurzeit passte bei den Davenports ohnehin nichts zusammen. Sie hätte Liam niemals in dieses Penthouse vermitteln dürfen. Oma hatte keine Ahnung gehabt, wovon sie redete, und jetzt war es nur ein weiterer Kopfschmerz, mit dem sie sich herumschlagen musste. Dass Liam Cassidy Unterschlupf bot, roch förmlich nach einer Katastrophe – *nicht*, dass Davenport irgendetwas hätte sagen müssen. Das war gar nicht nötig gewesen; allein die Tatsache, dass er ihr das Du angeboten hatte, war die unmissverständliche Botschaft gewesen: Spiel in seinem Team oder trage die Konsequenzen. »Liam hat mir erzählt, was passiert ist, aber ich hätte nicht gedacht, dass er dich körperlich arbeiten lässt, um es ihm zurückzuzahlen.«

»Oh, ich bin nicht—«

»Mac, darum geht es hier nicht.« Liam legte ihr eine Hand auf den Rücken. »Komm schon. Lass uns in die Küche gehen, dann kannst du mir sagen, was los ist. Cassidy muss eigentlich an ihren eigenen Projekten weiterarbeiten. Hast du was dagegen, Cass?«

»Nein. Du hast recht. Ich habe wirklich zu tun.«

Mac ließ sich von Liam in die Küche führen und fragte sich, an was für

Projekten Cassidy wohl arbeitete – ihren Kleiderschrank umgestalten, damit die aktuelle Kollektion reinpasste? Muss schön sein.

Mac schüttelte den Kopf. Cassidy Davenports Kleiderschrank war ihre geringste Sorge.

»Davenport hat mich angerufen, Lee. Er will, dass ich mich um all seine Gebäude im Dreiländereck kümmere.«

»Hey, das ist ja großartig! Glückwunsch!«

»Nein, Lee, du verstehst das nicht. Ich kann den Vertrag nicht unterschreiben, solange ich weiß, dass Cassidy bei dir wohnt.«

»Warum zum Teufel nicht? Was spielt es für eine Rolle, was dein Bruder mit seinem Leben anfängt, wenn es darum geht, dass Davenport dich anheuert?«

»Du bist doch nicht so naiv, Lee. Er hält mir diese Karotte vor die Nase, weil er weiß, wo sie ist.« Und er wusste, dass Mac die Karotte unbedingt haben wollte und deshalb etwas unternehmen würde.

»Und? Cassidy ist eine erwachsene Frau; sie kann wohnen, wo sie will. Er wird ja wohl kaum etwas über seine Tochter in den Vertrag schreiben.«

Mac atmete tief aus. »Wenn ich es mir recht überlege, bist du vielleicht *doch* so naiv. Er *muss* gar nichts über sie in den Vertrag schreiben; wenn er sie zurückhaben will, muss er nur drohen, meine Firma schlechtzumachen. Der Typ hat Einfluss. Ich kann keine schlechte Publicity für mein Unternehmen gebrauchen, und ich brauche erst recht keine Kunden, die meine Moral infrage stellen. Ich kann nicht alles für diesen einen Vertrag riskieren.«

»Und natürlich willst du ihn.«

»Würdest du das nicht?«

Liam seufzte laut. »Du willst, dass ich sie rauswerfe.«

Ja. »Nun, nein. Natürlich will ich nicht, dass du das tun musst, aber wie lange wird sie noch bei dir bleiben? Ich will nicht länger so tun müssen, als wüsste ich von nichts. Das ist eine riesige Chance für mich, Lee. Das könnte meine Firma ganz nach vorne bringen.«

»Hat er ausdrücklich gesagt, dass du seine Tochter ausliefern sollst?«

»Nun, nein, aber—«

»Dann ist es auch kein Problem.«

»Aber es könnte eines werden.«

»Mac, wenn er bis jetzt nicht hinter ihr her war, wird er es auch nicht mehr tun. Der Typ hatte Gelegenheiten genug.«

»Ich wünschte, ich könnte mir da so sicher sein.«

»Hey, er ist ein mieser Vater. Glaubst du ernsthaft, er ändert plötzlich seine Meinung?« Liam schnippte mit den Fingern. »Ich meine, wie armselig muss man sein, seine eigene Tochter einfach so wegzuwerfen? Was ich nicht alles geben würde—«

Liam sah weg, seine Stimme klang belegt.

Mac verstand. Sie ging auf ihren Bruder zu und nahm ihn in den Arm. »Ich weiß. Es ist traurig, dass Menschen nicht begreifen, wie kurz das Leben ist und dass sie die Zeit miteinander genießen sollten, solange sie können.«

»Ich vermisse sie, Mac.«

»Ich auch.«

Sie hielten einander eine Weile fest und schöpften Kraft beieinander. Das war es, was sie vier immer taten.

»Wir müssen jeden Tag schätzen, den wir noch mit Oma haben«, sagte Liam. »Sie wird alt.«

»Ich weiß.«

»Sie will, dass wir heiraten.«

»Ich weiß.« Mac war froh, dass ihr Gesicht an Liams Hemd gedrückt war, sodass er die Schuldgefühle in ihrer Miene nicht sehen konnte.

»Was sollen wir da nur tun?«

»Ich glaube, in diesem Bundesstaat sieht man es nicht gern, wenn Geschwister einander heiraten.«

»Ha ha.« Er drückte sie fester. »Ich hab dich lieb, Mary-Alice.«

»Vorsicht, Lee. Wir mögen zwar gerade sentimental sein, aber ich verpass dir trotzdem eine, wenn du diesen Namen benutzt.«

Er drückte sie noch fester. »Und das würdest du auch tun, *Mac*.« Er küsste sie auf den Scheitel. »Lass uns der Sache mit Davenport noch ein paar Tage Zeit geben. Vielleicht hat es sich bis dahin ohnehin erledigt.«

»Oh? Wird Cassidy im Lotto gewinnen und ausziehen können?«

Liam trat einen Schritt zurück und zuckte mit den Schultern. »Sowas in der Art.«

»Das klingt jetzt aber interessant.«

»Sagen wir einfach, dass Cassidy Davenport nicht das verwöhnte kleine Society-Girl ist, für das ich sie gehalten habe. Willst du zum Abendessen kommen und dich selbst davon überzeugen?«

»Willst du damit sagen, sie ist nicht wie Rachel?« Die Frage platzte aus

Mac heraus, bevor sie nachdenken konnte, so überrascht war sie über die Einladung. Seit Rachel hatten sie, Sean und Bry sich bewusst bemüht, ihn *nicht* mehr zu verkuppeln oder über die Frau zu sprechen, die ihm das Herz gebrochen hatte.

Er zuckte erneut mit den Schultern, wandte sich diesmal ab und ging zurück ins Wohnzimmer. »Sagen wir einfach, man soll ein Buch nicht nach seinem Einband beurteilen. Man muss einen Menschen erst wirklich kennenlernen, bevor man versteht, wie er tickt, und das Zusammenleben mit Cassidy hat mich einiges gelehrt.«

Mac konnte sich lebhaft vorstellen, was das für Dinge waren, denn eine einzige Nacht unter demselben Dach mit Jared hatte ihr schon viel gezeigt.

Vor allem, dass sie eine weitere wollte.

# Kapitel Vierundzwanzig

»Mary-Alice ist wirklich erwachsen geworden, nicht wahr?«

Jared gab seiner Großmutter einen Kuss auf die Wange, nachdem er am Mittwoch für seinen Arzttermin in ihr Auto gestiegen war. Den gestrigen Tag hatte er wieder allein verbracht, weil Mac losgemusst hatte, um einen Brand zu löschen: Bryan hatte es tatsächlich geschafft, achtkantig vom Hof der Witwe zu fliegen. Wenn eine alleinerziehende Mutter von fünf Kindern die Hilfskraft rauswarf – noch dazu einen Filmstar –, musste etwas Gewaltiges vorgefallen sein. Jared brannte darauf, *diese* Geschichte zu hören; er hoffte nur für Macs Nerven, dass er nicht erst aus den Nachrichten davon erfuhr. »Wir sind alle erwachsen geworden, Oma.«

Sie tätschelte seine Wange. »Erinnere mich nicht daran, Jared. Eine Dame hört nicht gern, dass sie älter wird.«

»Aber du bist immer noch so hübsch wie eh und je.«

»Schmeichler. Kein Wunder, dass du Groupies hast.«

»Bryan ist der mit den Groupies. Ich habe Fans.«

»Weibliche. Eine Menge davon.«

Es gab nur eine, auf die es ankam. Und das war ein Gespräch, das er nicht mit seiner Großmutter führen wollte. Nicht, bis es sich nicht mehr vermeiden ließ. Etwa wenn er und Mac anfangen würden, sich zu treffen –

Jared lehnte sich mit einem Zischen zurück. Er schoss weit über das Ziel hinaus. Vor zwei Wochen war er mit dem Thema Frauen endgültig durch gewesen, Mac war nicht einmal an seinem Horizont aufgetaucht, und sie stand ohnehin nicht mehr auf diese Art auf ihn.

»Alles in Ordnung, Jared?« Seine Großmutter drehte sich auf ihrem Sitz um, tiefe Sorge in ihrem Gesicht.

»Ah, ja. Mir gehts gut. Es war nur ein … Ziehen.« Zumindest war das keine Lüge. Das Ziehen war in seiner Brust gewesen, nicht in seinem Bein, aber auch das musste sie nicht wissen.

»Bist du sicher?«

»Ja, Oma, ganz sicher. Außerdem fahren wir zum Arzt; der wird mich schon wieder hinkriegen.« In etwa sieben Monaten mit dutzenden Therapiestunden, aber hey, wenigstens waren es zwei Monate weniger, als es zu Beginn geheißen hatte.

»Wie geht es mit dem Ausmisten des Dachbodens voran?«

Er sah sie an. Ihr Tonfall und ihr Blick waren eine Spur zu unschuldig.

»Es geht voran. Etwas langsamer, als mir lieb ist. Mac muss sich eine Weile um ein paar andere Kunden kümmern, also bin ich auf mich allein gestellt.« Ein Zustand, den er allmählich zu hassen begann. Ihm war nie klargeworden, wie sehr der Baseball sein Leben ausgefüllt hatte, sowohl persönlich als auch beruflich, bis er plötzlich weggefallen war.

»Wusstest du, dass das Mädchen wirklich viel für dich übrig hatte? Cate und ich hatten gehofft…« Seine Oma warf ihm einen flüchtigen Blick zu. »Nun ja, du weißt, was wir gehofft hatten. Aber wir sind nur albern. Man kann sich schließlich nicht auf Befehl verlieben. Ich meine, wenn zwischen euch beiden etwas hätte passieren sollen, wäre es ja längst geschehen.« Sie stahl einen weiteren Blick. »Richtig?«

»Richtig. Wäre es.« Sie angelte nach Informationen, aber er biss nicht an. »Da ist kein Ring, oder, Oma?«

»Was?« Ihr Kopf wirbelte in seine Richtung – und mit ihm das Lenkrad.

Jared riss es zurück, damit sie wieder geradeaus fuhren.

»Oh… oh weh. Danke, mein Schatz.« Die Großmutter strich sich das Haar wieder zurecht und umklammerte das Lenkrad, bis ihre Knöchel weiß hervortraten.

Und sie beantwortete seine Frage nicht.

Genau wie er gedacht hatte. Sie hatte gewollt, dass die beiden zusammen auf diesem Dachboden waren.

»Ich habe das Sammelalbum gefunden.«

Sie schaute kurz herüber, aber diesmal ohne das Lenkrad zu verreißen. »Oh, gut. Es wäre schade gewesen, das wegzutun. All deine harte Arbeit.«

»Du meinst wohl, all *deine* harte Arbeit. Was hast du gemacht – jede Zeitung im Land abonniert?«

»Ich habe dieses Album nicht zusammengestellt, mein Schatz.«

»Nicht? Wer war es dann?« Ganz sicher nicht seine Mutter. So sehr er es sich auch wünschen mochte, er wusste es besser.

»Dafür war natürlich Mary-Alice verantwortlich. Sie hat mir jede neue Seite gezeigt, wenn sie fertig war.«

Hätte Jared mit jemandem gewettet, dass er sich nicht noch schlechter fühlen könnte wegen der Art, wie er Macs Gefühle vor Jahren abgetan hatte, hätte er diese Wette gerade verloren. Die Arbeit, die in diesem Buch steckte... das war definitiv keine bloße Schwärmerei gewesen. »Ich habe auch einen Haufen alter Schmalfilme gefunden.«

Der Themenwechsel funktionierte perfekt. »Ach ja? Mir war gar nicht klar, dass die noch da oben liegen. Ich frage mich, ob sie noch gut sind. Ich muss wohl einen Projektor auftreiben.«

»Du hast einen, und die Filme sind in Ordnung. Ich habe mir einen davon angesehen.«

»Oh? Welchen? War es der von dir kurz nach deiner Geburt? Dein Großvater hat Stunden gebraucht, um die Beleuchtung perfekt hinzukriegen, und dann hast du die ganze Zeit verschlafen. Ich glaube, wir haben eine Stunde Filmmaterial, auf dem du einfach nur schläfst.« Sie drückte sein Knie. »Du warst so ein süßes Baby. Den Film könnte ich mir immer wieder ansehen.«

»Ähm, nein. Das war nicht der, den ich gesehen habe.«

»Oh, war es unsere Reise zu den Niagarafällen? Ich habe Peter gesagt, dass in vierzig Jahren niemand eine Menge Wasser sehen will, das eine Klippe hinunterstürzt, aber er musste es unbedingt filmen.«

»Nö, der war es auch nicht.« Er setzte sich aufrechter hin, bereit, nach dem Lenkrad zu greifen, wenn er sie nach der mysteriösen Frau seines Vaters fragte. »Es war der Film, auf dem Macs Eltern sich verlobt haben.«

»Oh... der...«

Er beobachtete, wie ihr die Erkenntnis dämmerte. »Ja. Genau der. Mit wem war mein Vater verlobt?«

Seine Großmutter schaffte es zu ihrer Verteidigung, nicht gegen einen Baum zu fahren, und überzeugte ihn fast davon, dass er das Entsetzen in ihren Augen nicht gesehen hatte.

Aber er hatte es gesehen.

»Ach je, das ist schon so lange her. Ich erinnere mich gar nicht mehr. Aber dann hat er deine Mutter geheiratet und dich bekommen, und was spielt es da schon für eine Rolle, wer sie war? Das ist doch alles ewig her.«

»Ich glaube nicht, dass es vorbei ist, Oma.«

»Was?« Diesmal zog das Lenkrad tatsächlich nach rechts, und Jared war froh, dass seine Reflexe nicht völlig im Eimer waren. Vielleicht hätte er dieses Gespräch woanders führen sollen, aber das Wartezimmer beim Arzt war auch keine bessere Wahl.

»Willst du damit sagen, dass du denkst, dein Vater hätte eine Affäre mit Olive?«

»Olive? So heißt die Frau?«

Die Lippen seiner Großmutter pressten sich fest aufeinander, und sie starrte stur durch die Windschutzscheibe.

Jared seufzte. Er kannte diesen Blick. Sie würde nicht reden, bis sie bereit dazu war. »Nein, das meinte ich nicht. Ich meinte, ich glaube, dass Dad immer noch Gefühle für sie hat.«

Eine Träne rann über die Wange seiner Großmutter.

»Fahr rechts ran, Oma.« Er hatte recht gehabt; das war kein Gespräch, das man führen sollte, während sie am Steuer saß.

Er sah auf die Uhr am Armaturenbrett. Sie hatten noch ein paar Minuten Zeit bis zu seinem Termin.

Er lotste sie in eine Seitenstraße, und seine Oma bog in die erstbeste Lücke ein.

Er beugte sich hinüber und stellte den Motor ab. »Erzähl mir von ihnen.«

Die Oma lächelte. Ein echtes Lächeln. Eines, das den besorgten Ausdruck wegwischte, mit dem sie fast von der Straße abgekommen wäre. »Olive Tremayne. Er hat sie geliebt, seit er sechs Jahre alt war. Sie ihn auch. Die beiden waren unzertrennlich.«

»Warum haben sie dann nicht geheiratet? Erzähl mir jetzt nicht, dass Dad sich Hals über Kopf in Mom verliebt hat, denn ich habe schließlich mit ihnen zusammengelebt. Zwischen den beiden gab es keine Liebesgedichte oder Picknicks.«

»Oh, das stimmt so nicht, Jared –«

»Ich habe nachgerechnet, Oma. Ich weiß, dass sie nur wegen mir geheiratet haben.«

Ihre Hand sank herab, und auch ihr glücklicher Gesichtsausdruck verschwand. »Oh.«

»Ich kann nur nicht glauben, dass ich nicht schon früher darauf gekommen bin.«

»Ja, nun, es war nichts, was wir zur Sprache bringen wollten.«

»Also, was ist passiert?«

Seine Großmutter sah ihn an, ihre Unterlippe bebte. »Ich glaube, darüber musst du mit deinem Vater reden. Es steht mir nicht zu, das zu erzählen.« Sie strich mit den Fingerspitzen von seiner Schläfe zu seinem Kinn, das sie dann sanft umfasste. »Denk nur daran: Wenn die Dinge nicht so gelaufen wären, hätte ich nicht dich. Was also auch immer passiert ist, nichts davon ist wichtiger als die Tatsache, dass ich dich in meinem Leben habe, Jared.« Sie lehnte sich vor und küsste seine Wange.

»Aber du hättest ein anderes Enkelkind. Vielleicht sogar mehrere.«

»Würdest du dir eine andere Großmutter wünschen?«

»Nun ja, nein, aber –«

»Genau. Ich kann die Vergangenheit nicht ändern oder das, was geschehen ist, aber ich kann verdammt noch mal dankbar sein für den Segen, den ich daraus erhalten habe. Du bist hier und ich liebe dich, mein Schatz. Die Vergangenheit ist vergangen. Lass sie ruhen.«

Sie hatte recht; er konnte die Vergangenheit nicht ändern.

Aber er konnte daraus lernen.


Jared ging um das Haus seiner Eltern herum. Er hatte es nie als sein Zuhause betrachtet; es war bloß der Ort, an dem er schlief, bis er auf eigenen Beinen stehen konnte.

Sein Vater saß auf der Terrasse, wo die Haushälterin ihn vermutet hatte, und las Zeitung.

Allein.

Nicht, dass er etwas anderes erwartet hätte. Offensichtlich hatte der Urlaub seine Eltern einander nicht nähergebracht.

»Hey, Dad.«

»Jared.« Sein Vater sah über den Rand der Zeitung hinweg. »Das ist eine Überraschung. Was kann ich für dich tun?«

Jared setzte sich. »Ich habe gehört, du hast früher mal Baseball gespielt.«

Sein Vater legte die Zeitung ab. »Von wem hast du das gehört?«

»Ich habe ein paar alte Filme gesehen. Du hattest ein Trikot an.«

»Alte Filme...« Die Schultern seines Vaters sackten ab. »Die Verlobungsfeier.«

Es war keine Frage. »Ja.«

Sein Vater sog tief die Luft ein, hielt sie einige Sekunden lang an und atmete dann langsam aus. »Du willst wissen, warum ich es dir nie erzählt habe.«

»Ja.«

»Deine Mutter. Sie hasste es, wenn ich davon anfing.«

»Und trotzdem hast du Bill engagiert und mir den Schlagkäfig gebaut.«

»Du hattest das Talent, und ich habe ihr gesagt, dass es nicht fair wäre, wenn sie dich für meine Fehler bestraft.«

»Olive.«

Sein Dad atmete erneut schwer ein, Schmerz zeichnete sich in seinem Gesicht ab. »Ja. Olive. Ich konnte deiner Mutter keinen Vorwurf machen, also tat ich, worum sie mich bat.« Er knetete sich den Nacken. »Es ist keine Geschichte, auf die ich stolz bin.«

»Ich will sie trotzdem hören.«

Dad faltete die Zeitung mit akribischer, fast schon pedantischer Sorgfalt zusammen. »Olives Vater fand, dass meine Ambitionen, Profi zu werden, unverantwortlich waren. Er sagte, aus mir würde nie etwas werden. Er verbot mir, sie zu sehen.«

»Und so hast du eines Nachts deinen Kummer ertränkt, bist in Moms Bett gelandet und hier bin ich.«

Sein Vater zuckte zusammen. »Kurz gefasst: ja.«

»Hast du nie etwas von einer Erfindung namens Kondom gehört?«

»Ich war betrunken, Jared. Betrunken und stinksauer, und die Chancen, dass ich es wirklich ins Team schaffe, waren tatsächlich gering. Aber ich hatte diesen Traum, verstehst du? Und alles war noch möglich. Alles war in greifbarer Nähe. Als er mir sagte, ich solle mich von ihr fernhalten, dachte ich …, ich dachte, ich würde das Beste verpassen, was mir je passiert war, und, nun ja, was soll ich sagen? Ich war jung, besoffen und dumm. Und hier bist du.«

»Wow. Bei so einer Geschichte grenzt es ja an ein Wunder, dass ihr euch entschieden habt, mich überhaupt zu behalten.«

»Komm schon, Jared. Das ist nicht fair. Natürlich wollte ich dich. Aber ich wusste noch nichts von dir in diesem Film, den du gesehen hast. Ich hatte diese Nacht mit deiner Mutter, und zwei Tage später erfuhr ich, dass das Team mich wollte. Ich bin sofort zu Olive gefahren, habe ihrem Vater das Angebot gezeigt und noch auf der Stelle um ihre Hand angehalten. Ich hätte anfangs nicht viel verdient, aber es war ein Job. Ein richtiger Job. Plötzlich war ich gut genug für seine Tochter. Also habe ich mir das Geld von meinen Eltern geliehen, um ihr diesen Ring zu kaufen, und alles war perfekt. Ich war der glücklichste Mensch der Welt.«

»Und dann hast du erfahren, dass du Vater wirst.«

»Ja. Ich hatte alles. Ich war ganz oben –«

»Und dann bin ich dazwischengekommen.« So vieles ergab jetzt Sinn. Er hatte für die Sünden seines Vaters bezahlt – büßend vor seinem Vater. Und seiner Mutter, wenn er so darüber nachdachte.

»Weiß Mom von Olive?«

»Natürlich. Jeder wusste von Olive. Wir hatten unsere Verlobung in der Zeitung bekannt gegeben. Drei Wochen später stand dein Großvater vor der Haustür, und der Rest ist Geschichte.«

»Warum hast du dann nicht trotzdem weitergespielt?«

»Die PR. Das Team wollte sich damit nicht belasten. Wenn ich die Verlobung mit Olive nicht so öffentlich gemacht hätte, wäre ich vielleicht damit durchgekommen. Ich hätte deine Mutter heiraten und trotzdem spielen können. Aber da es in der Zeitung gestanden hatte und dein Großvater nicht wollte, dass du unehelich geboren wirst, gab es keine Wahl. Der Skandal wäre für das Team schlimmer gewesen als der Verlust meiner Person. Also habe ich verloren.«

»Ihr zwei habt also geheiratet, mich bekommen und so halbwegs glücklich bis ans Ende gelebt.«

»Wir haben es versucht. Ich wollte dich wirklich, Jared. Das stand nie infrage.«

»Aber um mich zu haben, musstest du alles aufgeben, was du wolltest. Das Spiel, Olive, das Leben, das du geplant hattest.«

»Aber ich habe mir den Arsch aufgerissen, um *dir* das alles zu ermöglichen.«

»Warum warst du dann nie da, um es zu genießen?«

Sein Vater seufzte und stand diesmal von seinem Stuhl auf, um zu der Steinmauer am Rand der Terrasse zu gehen. »Ich dachte, ich könnte stellvertretend durch dich leben. Dass es keine Rolle spielen würde, dass nicht ich auf dem Feld stand. Dass ich stolz darauf sein könnte, einen Profispieler als Sohn zu haben. Und versteh mich nicht falsch, ich bin stolz auf dich. Aber jedes Mal, wenn ich dieses Stadion betrete, wird mir klar, dass ich das hätte sein können. Dass es ich hätte sein sollen. Ich habe einen saudummen Fehler gemacht, der mich alles gekostet hat, was ich je wollte, und es ist jedes Mal wie ein Messerstich. Ich habe nicht nur die Frau verloren, die ich liebte, und die Karriere, die ich wollte, sondern ich habe auch die Fähigkeit verloren, das Spiel zu genießen.«

»Du musst dir Hilfe suchen, Dad. Das ist nicht gesund. Es ist fünfunddreißig Jahre her.«

»Sechsunddreißig Jahre und drei Monate.«

Was allein schon bewies, dass er Hilfe brauchte. »Wie auch immer. Es ist lange her. Du hast es weit gebracht. Du hast eine Karriere und ein Zuhause, auf das du stolz sein kannst. Wenn du nicht zu meinen Spielen kommen kannst, nun ja, dann verstehe ich das wohl. Aber du musst aufhören, dich deswegen fertigzumachen. Man hat nur ein Leben; du könntest genauso gut genießen, was davon noch übrig ist.«

»Das sagst du so leicht, Jared. Du hast alles, was du willst.«

»Vielleicht auch nicht. Wegen der Verletzung nehmen sie mich vielleicht nicht zurück.«

»Und damit kommst du klar?«

Jared zuckte mit den Schultern. »Ich muss wohl. Ich meine, irgendwann wissen wir alle, dass wir nicht mehr zur Startformation gehören werden. Mit dem Alter rückt dieser Tag nur näher. Wenn man dann noch so eine Verletzung dazu bekommt, steht das Ende festgeschrieben. Aber ich habe andere Optionen. Andere Dinge, die ich verfolgen will. Andere Dinge in meinem Leben.«

Sein Vater sah ihn an. Sah ihn wirklich an. Auf eine Weise, wie er es schon lange, lange nicht mehr getan hatte. Vielleicht noch nie. »Du bist der Mann, der ich sein wollte.«

»Das kannst du immer noch sein, Dad. Dein Leben ist nicht vorbei. Du kannst es immer noch zählen lassen. Du kannst immer noch...« Jared blickte zur Glasschiebetür, hinter der seine Mutter stand und sie beobachtete. »...die Dinge in Ordnung bringen.«

Auch Dad sah zur Tür.

Mom drehte sich hastig um und ging weg.

»Ich glaube, der Zug ist abgefahren, Jared.«

»Das glaube ich nicht, Dad. Du kennst Mom. Sie ist nicht der Typ, der mit irgendeinem Typen schläft.«

»Stimmt.«

»Doch bei dir hat sie es getan. Vielleicht war es für sie nicht bloß ein One-Night-Stand. Vielleicht wollte sie dich. Denn an deinem Geld lag es damals kaum, oder? Du hattest weder einen Job noch einen Vertrag. Vielleicht wollte sie einfach nur dich.«

Die Augen seines Vaters weiteten sich, und er ließ sich wieder auf den Stuhl sinken. »Nein. Das ist nicht –« Er schüttelte den Kopf. »Nein. Es war bloß ein Abend mit ihren Freundinnen. Ein paar Drinks und –«

»Sie war mit ihren Freundinnen unterwegs? Dad, warst du jemals mit einem Haufen Frauen zusammen? Da geht keine einfach mit einem Typen nach Hause, wenn sie es nicht wirklich will, denn Frauen reden sich solchen Mist gegenseitig aus. Nein, sie wollte dich, Dad.« Jared drückte im Stillen die Daumen, obwohl er den Blick im Gesicht seiner Mutter erkannt hatte.

Das sollte er auch; es war derselbe Blick gewesen, den Mac in seiner Gegenwart immer gehabt hatte.

Mom liebte Dad. Und sie hatte all die Jahre darauf gewartet, dass er sie erwidert. Alles, was sie bräuchte, wäre, die Worte zu hören...

Er stand auf und griff nach seiner Krücke. »Ich muss los, Dad. Denk über das nach, was ich gesagt habe. Du hast vielleicht nicht das Leben, das du dir erträumt hast, aber das, das du hast, ist gar nicht so übel. Sei dankbar, dass du überhaupt eine Familie hast. So viele Menschen haben keine. Zu viele verlieren sie viel zu früh.«

Und manche Menschen begreifen nie, worum es im Familienleben eigentlich geht.

Dazu würde *er* nicht gehören.

· · ·

Jared lenkte seinen Wagen schwungvoll in die Parklücke vor Liams neuestem Projekt und hinkte auf seinen Krücken zur Tür, bevor er es sich doch noch anders überlegen konnte – was eine der wichtigsten Entscheidungen seines Lebens sein könnte.

Die Tür schwang nach innen auf. »Jared? Was gibt's?«

»Hey, Lee. Ich will mit deiner Schwester ausgehen.«

<h1 style="text-align:center">Kapitel Fünfundzwanzig</h1>

Liam brauchte weniger Zeit, um sich von dieser Aussage zu erholen, als Jared.

»Weiß sie das?«, fragte Liam überraschend ruhig.

Das galt zumindest für einen von ihnen. »Nein.«

»Hast du vor, es ihr zu sagen?«

»Offensichtlich.«

»Aber ich dachte, du magst meine Schwester nicht.« Liam machte eine Kopfbewegung als Einladung, hereinzukommen.

Jared verzog das Gesicht, als er die Schwelle überquerte. »Ich habe gelogen.«

»Du hast gelogen.«

»Ja.«

»Und warum?«

Jared atmete schwer aus. »Es ist kompliziert.«

»Und du glaubst, dass es nicht kompliziert wird, wenn du was von meiner Schwester willst?« Liam öffnete zwei Biere und hielt ihm eines hin. »Schieß los, Jare.«

Jared nahm es und humpelte zu der umgedrehten Kiste neben dem Kamin. Er legte sein verletztes Bein auf einen Eimer mit Spachtelmasse davor und stellte das Bier neben sich auf den Boden. So sehr er dieses Gespräch auch gerne mit Alkohol aufgelockert hätte, brauchte er jetzt eher einen klaren

Kopf. »Mac... sie ist...« Er kratzte sich am Kiefer. »Herrje, Lee. Es ist kompliziert.«

»Ja, das verstehe ich. Sie hat dich schon als Kind in den Wahnsinn getrieben, deshalb kapiere ich nicht, warum du plötzlich mit ihr ausgehen willst.« Liam nahm einen großen Schluck aus seiner Flasche und ging dann um den Sägebock-Tisch herum. »Gott, allein das auszusprechen, bringt mich zum Kotzen. Ich meine, du. Du bist Jared. Mein bester Freund. Wir haben über Frauen geredet. Darüber, was wir mit ihnen angestellt haben. Wie zur Hölle soll ich dich noch ansehen können, wenn du mit meiner Schwester zusammen bist?« Er drehte einen weiteren leeren Eimer um, setzte sich darauf und rieb sich die Schläfen.

»Du wirkst nicht überrascht.«

Liam sah ihn an. »Bin ich auch nicht. Ihr zwei wart schon immer wie Feuer und Flamme. Ich schätze, es war unvermeidlich, dass da noch ein paar Funken übrig sind. Aber trotzdem... meine Schwester?«

»Ich weiß, oder? Ich meine, ich habe damals nie einen Versuch bei ihr gewagt. Sie ist deine Schwester, das war mir klar. Aber jetzt...« Jareds Finger zuckten. Er wollte dieses Bier. »Jetzt ist sie auch eine Frau.«

»Sag nichts mehr.« Liam rieb sich mit dem Handballen ein Auge. »Du. Mac. Gott.« Er schüttelte den Kopf. »Ich muss mir das Gehirn waschen. Das ist einfach zu bizarr.«

»Hey, so seltsam ist das gar nicht. Ich meine, sie ist wunderschön und wir kennen uns praktisch unser ganzes Leben lang. Wir haben als Kinder zusammen gespielt...«

»Nein, du hast sie bis aufs Blut gereizt und ihr das Leben zur Hölle gemacht.«

»Du übertreibst, Lee.«

Liam lehnte sich vor. »Wirklich? Hast *du* etwa die Zettelchen gefunden, auf denen *Mrs. Mary-Alice Nolan* stand und die überall im Flur verteilt waren? Musstest *du* die Tränen sehen, wenn du wieder etwas Verletzendes zu ihr gesagt hast? Musstest *du* zusehen, wie ihr die Gesichtszüge entglitten, jedes Mal, wenn du mit einer neuen Freundin aufgetaucht bist? Mac war unsterblich in dich verknallt und du hast es im Keim erstickt. Ich bin schockiert, dass sie nach Camille überhaupt noch ein Wort mit dir redet.«

»Dreh das Messer doch noch ein bisschen tiefer, ja?« Jared kniff sich in den Nasenrücken. »Hör zu, ich weiß, dass ich unmöglich zu ihr war. Und es wäre seltsam gewesen, mit deiner Schwester auszugehen, als wir Teenager waren. Wir waren hormongesteuerte Mistkerle, und wenn ich bei Mac irgendwas versucht hätte, hättest du jedes Recht gehabt, mir die Eier abzuschneiden. Aber wir sind jetzt erwachsen und, nun ja, sie ist... sie ist... Mac.«

Liam stützte die Ellbogen auf die Knie. »Sag das noch mal.«

»Was? Dass du mir die Eier abschneiden darfst? Nein danke.«

»Nein, das andere.«

Jared kratzte sich am Kopf. »Was? Dass sie Mac ist?«

Liam lächelte und nahm einen Schluck Bier. »Du magst sie. Du magst sie wirklich.«

»Hey, Sally Field, genau das versuche ich dir doch die ganze Zeit zu sagen.«

»Nein, ich meine, du *magst* sie wirklich. Vielleicht liebst du sie sogar.«

»Whoa, gehen wir mal nicht so weit. Ich gewöhne mich gerade erst an den Gedanken, sie zu wollen.« Liebe? Das war einfach nur... Einfach nur...

Nein. Er war nicht in Mac verliebt. Verdammt, er freundete sich gerade erst mit dem Gedanken an, sie wirklich zu *mögen*, sie zu begehren. Liebe? Nein. Definitiv nicht.

*Bist du dir da sicher?*

Liam hielt sich die Finger in die Ohren. »Zu viele Infos, Alter. Sie ist immerhin meine Schwester.«

Jared verstand das. Für ihn war es auch nicht gerade ein Zuckerschlecken. Obwohl Mac Gänseblümchen bevorzugte. Warum er das wusste, hatte er keine Ahnung, aber irgendetwas in seinem Hinterkopf erinnerte ihn daran. »Äh, ja, das muss echt schräg für dich sein.«

»Vor allem, weil ich es selbst sehen kann. Du bist anders, wenn es um sie geht.«

Jared konnte es nicht einmal leugnen, denn es stimmte. »Ich kann nur hoffen, dass ich in der Vergangenheit nicht zu viel verbockt und all ihre Mädchenträume für immer zerstört habe.« Obwohl es ihm recht geschehen würde.

Liam wackelte mit den Augenbrauen. »Überleg dir mal, wie viel Spaß es machen wird, sie jetzt zu erfüllen.«

Das hatte er. In minuziöser Detailarbeit und in Technicolor.

Was er aber sicher nicht mit ihrem Bruder teilen würde. »Ich, äh, glaube, wir begeben uns wieder auf merkwürdiges Terrain, Lee.«

»Ja, du hast recht.« Liam lachte und schwenkte seine Bierflasche. »Ich weiß einfach nicht... Keine Ahnung. Ich schätze, es ist besser, als wenn sie mit irgendeinem Typen zusammen wäre, den ich nicht kenne. Was, wenn das so ein Vollidiot wäre?«

Jared hatte diesen Albtraum bereits durchlebt – und Dave war kein Vollidiot gewesen. »Also, habe ich deine Erlaubnis, die Sache weiterzuverfolgen?«

»Meine Erlaubnis?« Die Bierflasche hielt auf halbem Weg zu Liams Mund inne. »Jared, du bist ein erwachsener Mann. Seit wann brauchst du eine Erlaubnis?«

Jared hob das Bier an. »Seit es um die Schwester meines besten Freundes geht und ich unsere Freundschaft nicht ruinieren will.«

»Stimmt. Jungs vor Mädels.« Liam nahm einen Schluck.

Jetzt war Jared an der Reihe, die Flasche abzusetzen, bevor sie seine Lippen berührte. »Hast du gerade deine Schwester eine Tussi genannt?«

»Was geht es dich an?« Liam zog eine Augenbraue hoch, in dieser Ich-bin-schlauer-als-du-Manier, die er so effektiv bei seinen Brüdern einsetzte, die bei Jared aber überhaupt nicht zog.

Jared grüßte ihn mit der Flasche. »Wenn ich wieder ganz fit wäre, würde ich dir dafür eine scheuern.«

»Du und welche Armee?«

Sie starrten sich einen Herzschlag lang an und brachen dann in Gelächter aus.

»Das ist echt abgefahrener Scheiß.« Jared hielt sein Bier hin und Liam stieß mit ihm an. Er meinte nicht nur dieses Gespräch.

»Ja. Ist es. Aber wenn ich bedenke, was ich für Cassidy Davenport empfinde, sollte ich wohl besser nicht mit Steinen werfen.«

Jared verschluckte sich an dem Schluck, den er gerade genommen hatte. »Cassidy Davenport? Willst du damit sagen...«

»Ich will nicht darüber reden.« Liam leerte den Rest seines Bieres.

Jared musste das Gleiche tun. Mac lieben... Cassidy Davenport... Dieses kleine Gespräch hatte sich als echter Augenöffner entpuppt.

Jared lenkte das Gespräch zurück in sicherere Gewässer. »Was, wenn deine Schwester von Cassidy erfährt? Ist ihr Vater nicht einer ihrer wichtigsten Kunden?«

»Ja. Und das wird wohl noch zunehmen, weil der Kerl will, dass Mac all seine Immobilien im Dreiländereck verwaltet. Du siehst also mein Dilemma.«

»Aber... Cassidy Davenport? Ist sie nicht eine ganz andere Hausnummer als deine letzte Freundin? Wie eine Society-Lady auf Steroiden?«

»Wie gesagt, du siehst also mein Dilemma. Aber wir reden hier nicht über mich. Wir reden über dich. Und meine Schwester.« Liam fuhr sich mit der Hand durchs Haar. »Heilige Scheiße.«

»Da mache ich nicht mit, Lee. Das ist so ein Fall, in dem ich *nicht* aus dem Nähkästchen plaudere.«

»Das weiß ich zu schätzen. Ich glaube nicht, dass ich das ertragen könnte. Allein der Gedanke daran...«

»Denk gar nicht erst drüber nach. Sonst explodiert dir der Kopf.«

»Weißt du, wenn es um irgendwen außer meine Schwester ginge, würde ich jetzt was Unflätiges sagen.« Liam stellte seine Flasche ab und verschränkte die Hände hinter dem Kopf. »Also, was wirst du wegen Camille unternehmen?«

»Camille hat nichts mit dem zu tun, was ich für Mac empfinde.«

»Das verstehe ich, aber trotzdem. Sie wohnt in deinem Haus. Irgendwann wirst du den Schlussstrich ziehen müssen. Ich kann dir garantieren, dass meine Schwester keinen Bock darauf hat, dass deine Ex noch bei dir wohnt.«

Ein sehr guter Punkt. Er wollte, dass Mac ihm vertrauen konnte; Camille im Haus zu haben, war dafür nicht gerade förderlich. »Ich kann nicht einfach die Schlösser austauschen, solange sie dort wohnt, und der Räumungsprozess ist mühsam. Und außer mir hat es niemand besonders eilig.«

»Komm schon, Jare, du bist ein schlauer Kerl. Ich bin sicher, dir fällt ein Weg ein. Vorzugsweise, bevor es mit meiner Schwester zu ernst wird. Tatsächlich ...« Liams Augen verengten sich, und Jared wusste, was jetzt kam. »Ich *wette*, du schaffst das.«

»Ich nehme diese Wette nicht an.«

»Feigling.«

»Idiot.«

»Weichei.«

Jared ging im Kopf den Rest der üblichen Litanei durch: *Arsch, Depp, Penner, Lakai...* Sie warfen sich seit Jahren die gleichen Sprüche an den Kopf. Und am Ende gewann immer die Wette. »Ich glaube nicht, dass es eine gute Idee ist zu wetten, wenn Mac im Spiel ist.«

»Wenn du eine Chance bei ihr haben willst, dann sieh zu, dass Camille verschwindet.« Liam hob die Flasche an die Lippen. »Da lasse ich nicht mit mir verhandeln.«

Jared sah ihn an. Sie mochten Freunde sein, aber Mac war Lees Schwester. Dem Kerl war es todernst.

Mist. Das war eine ausweglose Situation, sofern ihm nicht etwas einfiel.

»Haben wir einen Deal?«

»Habe ich eine Wahl?«

»Ich liebe meine Schwester, Jare.«

Ja, das verstand Jared. »Nun, Mac muss mir erst mal verzeihen. Sie muss gewissermaßen mitspielen, damit das klappt.«

»Oh, das wird klappen. Überlass das nur mir. Aber denk dran, Freund hin oder her, wenn du meine Schwester verletzt, muss ich dich verletzen. Und in deinem Zustand«, Liam stieß mit dem Fuß gegen Jareds verletztes Bein, »wird das nicht besonders schwer sein.«

Da hatte Lee verdammt recht. Wenn Mac der Sache keine Chance geben wollte, würde das Jared ohnehin tiefer treffen, als ihr Bruder es jemals könnte.

# Kapitel Sechsundzwanzig

»Sorry, Mac«, sagte Liam, als er ihr die Haustür zum Abendessen öffnete, »aber Cassidy ist nicht da. Sie musste arbeiten.«

»Arbeiten? Sie hat einen Job?« Mac hielt ihm den Teller mit Brownies entgegen, die sie aus Jareds Vorrat stiebitzt hatte. Sie konnte Brownies genauso gut backen wie all die Maeves oder Renees oder Juliettes dieser Welt, aber warum sollte sie sich die Mühe machen, wenn Jared mehr hatte, als er essen konnte?

»Ja, sie, ähm, macht so eine Art Auftragsarbeit.«

»Auftragsarbeit? Wofür? Personal Shopping?«

»Hey, lass sie in Ruhe, okay? So ist sie nicht.«

Mac folgte Liam in die Küche und fragte sich, von wem er da eigentlich redete. Die Cassidy Davenport, die sie kannte, war dafür berüchtigt, lokale Designer mit einem einzigen Einkaufsbummel über Wasser zu halten. Davon abgesehen war die Frau für kaum etwas qualifiziert, außer vor Kameras gut auszusehen und das Geld ihres Vaters auszugeben. Geld, von dem Mac jetzt gern etwas abhaben wollte, nachdem sie angeboten hatte, das Geld von Bryans Klienten zurückzugeben, und Tina sich für die nächsten Tage krankgemeldet hatte. Mac konnte es sich nicht leisten, jemand anderen für den Job einzustellen, also musste sie ihn selbst erledigen.

Mildreds Projekt rückte erst mal in den Hintergrund, aber wenigstens war Jared da, um es voranzutreiben.

»Und was gibt's zu essen?« Mac schwang sich auf einen von Liams Barhockern und befahl ihren dämlichen Hormonen, nicht länger herumzuheulen, nur weil sie Jared eine Zeit lang nicht sehen würden. Das war etwas *Gutes*.

»Du hast die Wahl zwischen Omas Rinderschmortopf, Omas Lasagne oder Omas Makkaroni mit Käse.«

Mac lächelte und verschränkte die Finger auf der Arbeitsplatte. »Ja, bitte.«

»Ja? Zu was?«

»Zu allem.«

»Zu allem? Meine Güte, Mac, isst du eigentlich nie was?«

»Doch, aber das Essen, das sie mir gemacht hat, ist schon alle.«

»Und jetzt vergreifst du dich an meinen Vorräten?«

»Du hast es mir angeboten.«

»Punkt für dich.«

Er wuselte in seiner Küche herum, holte das Essen heraus, wärmte es auf, richtete es an… Oma hatte ihnen beigebracht, selbstständig zu sein. Ihre Brüder würden eines Tages irgendwelche Frauen sehr glücklich machen. Und wenn es nach Oma ginge, dann eher früher als später.

Sie griff nach ihrer Gabel, als er den Teller vor sie hinstellte. »Also, wegen Cassidy, Lee—«

»Ich will nicht über Cassidy reden.« Er zog seinen Barhocker an das Ende der Küchentheke und setzte sich.

»Aber wir müssen. Ich muss herausfinden, wie ich diese Sache mit ihrem Vater regle.«

»Du sagst einfach: ›Jawohl, Sir‹, und unterschreibst auf der gepunkteten Linie. Kein Konflikt. Wenn er fragt, sagst du, dass sie hier wohnt. Ende deiner Zuständigkeit.« Er legte sich ein Stück Lasagne auf seinen Teller.

Mac schaufelte sich etwas von den Makkaroni auf. Niemand machte Makkaroni mit Käse so wie Oma. »Und warum lädst du mich dann ein, wenn du mich aus der Davenport-Sache heraushalten willst? Zusammen zu essen und seine Tochter kennenzulernen, scheint mir da eher kontraproduktiv zu sein.«

»Ich, äh, hatte einen Hintergedanken.«

Mac legte ihre Gabel ab; die Makkaroni wurden ihr im Mund trocken. »Einen Hintergedanken?«

»Ja.« Liam fuchtelte mit seiner Gabel voll Lasagne in der Luft herum. »Ich will sehen, wie du uns beim Poker geschlagen hast.«

»Sehen, wie—Willst du damit sagen, ich hätte geschummelt?« Die richtige Terminologie war für ihre Empörung sehr wichtig. Nur der Form halber spießte sie noch ein paar Nudeln auf.

»Nein, du würdest nicht schummeln. Aber es fällt mir schwer zu glauben, dass du einfach so reingeschneit kommst und uns drei schlägst. Du musst ein System haben.«

»Eilmeldung, großer Bruder: Es liegt alles daran, wie die Karten fallen.« Was auch stimmte. »Es sei denn, du willst mir irgendwelche ausgefeilten Zaubertricks vorwerfen?« Was sie nicht getan hatte.

»Nein, es ist nur...«

»Hat Jared dich darauf angesetzt?« Herrje. Und sie hatte schon gedacht, er hätte sich geändert.

»Jared hat damit nichts zu tun.« Liam legte seine Gabel ab. »Lass uns ein paar Runden spielen. Ich will dich gewinnen sehen.«

Mac kratzte sich an der Nase. Sie hätte gewettet, dass er etwas im Schilde führte, aber er trug ein Basketballtrikot ohne Ärmel. Wenn sie sich weigerte, hätte er Grund, misstrauisch zu sein. Wenn sie spielte, könnte sie verlieren und seinen Verdacht zerstreuen. Und vielleicht verlor sie sogar ganz ehrlich.

Das war ein Selbstläufer. »Okay. Schön. Meinetwegen. Aber wenn ich dich wieder schlage, sagst du dann, dass ich geschummelt habe?«

»Nur wenn du es tust.«

Sie gewann die ersten beiden Runden, verlor dann aber in der dritten. So. Verdacht abgewendet.

Liam klopfte mit der langen Kante des Kartendecks auf die Theke. »Und, hast du mich dieses Mal nur gewinnen lassen, um deine Theorie zu beweisen?«

»Glaubst du wirklich, ich bin so hinterhältig?« Sie kreuzte die Finger unter der Tischkante. Eigentlich *hatte* sie ihn diese Runde nicht gewinnen lassen; sie hatte ganz ehrlich verloren. Genau wie sie die ersten beiden gewonnen hatte. Es war schwierig, Karten zu zählen, wenn nicht viele im Spiel waren.

»Nein, Mac, aber niemand hat so viel Glück, uns drei bei so hohen Einsätzen zu schlagen.«

»Was wird dich davon überzeugen, dass ich nicht nachgeholfen habe? Willst du um etwas wetten, damit ich nicht ›mit Absicht verliere‹? Zum Beispiel: Der Verlierer muss einen Monat lang putzen?«

Liam stützte sich auf die Ellbogen und musterte sie. Mac wünschte, sie könnte das Angebot zurückziehen. Das war eine aussichtslose Situation. Sie musste gewinnen, weil sie keine Zeit hatte, einen Monat lang für ihn zu putzen, aber ein Sieg würde Liams Theorie nur bestätigen.

Liam lehnte sich zurück und klopfte mit den Karten auf die Theke. »Okay, ich nehme die Wette an, aber ich möchte sie abändern, da ich nicht brauche, dass du meine Bude putzt.«

»Schön. Was willst du stattdessen?«

»Ein Date.«

»Im Ernst, Lee, das ist wahrscheinlich genauso illegal wie eine Heirat zwischen uns.«

»*Nicht* mit mir, Kleines.« Er schnippte ein paar Karten in ihre Richtung. »Ich will, dass du mit einem Freund von mir ausgehst.«

Einen Moment lang dachte sie, er meinte Jared. Aber natürlich tat er das nicht; er wusste, was sie für Jared empfand. Lee wollte sie vielleicht schlagen, aber er würde sie nicht demütigen. »Ein Date. Und wovon reden wir hier? Eine lange Radtour? Ein Kinobesuch? Nur Abendessen... was? Wie lange muss ich in der Gegenwart dieses Typen verbringen?«

»Abendessen ist okay.«

»Wer ist es? Kenn ich ihn?«

»Er ist ein Freund. Und er hat Interesse. Belassen wir es dabei, denn falls ich nicht gewinne, will ich ihn nicht in Verlegenheit bringen.«

Sie sah Liam an. Das war nett von ihm, und wenn er dieses Date absegnete, musste der Kerl zumindest anständig sein. Liam würde sie nie mit einem Ungetüm verkuppeln.

»Nur Abendessen?«

»Nur Abendessen.«

Eigentlich wollte sie die Wette nicht eingehen. Blind Dates waren peinlich und unbehaglich und brachten eine ganze Menge Erwartungsdruck mit sich. Aber wenn sie es nicht tat, würde Liam keine Ruhe geben, was ihr Pokertalent anging.

Sie seufzte und sagte: »Schön«, obwohl sie mit überhaupt niemandem essen gehen wollte. Zumindest mit niemandem außer Jared.

»Das Essen ist morgen Abend.« Liam zog den Pott aus Zahnstochern zu sich herüber, als er die Runde gewann. »Er holt dich um sechs ab.«

»Wer holt mich ab?« Sie sammelte die Karten ein und ordnete das Deck. »Ich kriege keinen Namen?«

Liam zuckte mit den Schultern. »Wie gesagt, ich will den Kerl nicht in Verlegenheit bringen. Vielleicht taucht er gar nicht auf.«

Irgendetwas war faul. Das sah Liam gar nicht ähnlich, so geheimnisvoll zu sein. Sie überlegte, ihn darauf festzunageln, aber da er aufgehört hatte, darauf zu beharren, dass sie »ein System« hätte, wollte sie keine schlafenden Hunde wecken.

Sie legte das Deck vor ihn hin und tippte auf die oberste Karte. »Schön. Morgen Abendessen. Das war's dann, ja? Danach sind wir quitt?«

Liam nahm das Deck und stand von seinem Barhocker auf, um die Karten in die Schublade neben dem Kühlschrank zu legen. Mac glaubte, ein Grinsen zu erhaschen, bevor er sich abwandte.

»Oh, ich weiß nicht, Mac. Vielleicht stehst du am Ende tief in meiner Schuld.«

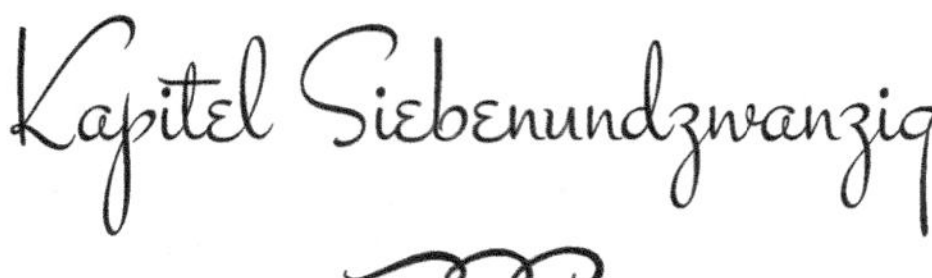

# Kapitel Siebenundzwanzig

Jared stand auf ihrer Türschwelle, eine Krücke unter dem einen Arm und einen Blumenstrauß in der anderen Hand.

Ein Strauß Gänseblümchen.

»Du?« Mac hätte ihm fast die Tür vor der Nase zugeschlagen.

Fast.

Jared hielt die Blumen hoch. »Hi, Mac.«

Sie nahm sie instinktiv entgegen, während sie versuchte, die Tatsache zu begreifen, dass Jared Liam nicht nur erzählt haben musste, dass er an ihr interessiert war, sondern dass Liam offensichtlich auch seinen Segen gegeben hatte.

Oder hatte er das? Vielleicht war das die Rache für die Wette?

»Du solltest sie vielleicht ins Wasser stellen. Es hat keinen Sinn, verwelkte Gänseblümchen zu haben.«

»Was?« Wenn es *wirklich* eine Revanche war, würde sie keinem von beiden die Genugtuung gönnen, sie nervös zu sehen.

Und wenn nicht, nun, dann würde sie *Jared* vielleicht zeigen, wie sehr er sie aus der Fassung brachte.

*Echt jetzt?*

Sie schüttelte sich innerlich. Sie war ihren Gedanken viel zu weit voraus. Im Moment wollte sie einfach nur das Abendessen hinter sich bringen. »Oh. Richtig. Warte kurz.«

Sie ging in Richtung Küche, dann bemerkte sie, dass sie ihn an der Tür hatte stehen lassen.

Sie drehte sich um. »Komm rein. Es ist ja nicht so, als würdest du dich hier nicht auskennen.«

Vielleicht nicht gerade die charmanteste Art einer Gastgeberin, aber andererseits fühlte sie sich gerade auch nicht besonders *charmant*. Eher verwirrt.

»Ich kann dich denken hören, Mac«, sagte Jared aus dem Wohnzimmer.

»Du kannst niemanden denken hören. Das ist unmöglich.«

»Nicht wahr. Die Stille ist so laut, dass sie ohrenbetäubend ist.«

Sie streckte den Kopf aus der Küche. »Du kannst Stille hören? Wir sollten dich zur CIA bringen, denn ich bin sicher, sie fänden deine Superkraft ziemlich praktisch.«

Er lächelte dieses verdammt sexy Lächeln. »Du hältst mich also für Superman?«

Sie verdrehte die Augen. Sie mochte zwar in ihn verknallt sein, aber für sein Ego war sie noch nie blind gewesen.

Sie stellte die Gänseblümchen in eine Vase und lächelte. Jared hatte ihr Gänseblümchen mitgebracht.

*Bedeutet das, dass er am Ende des Abends einen Kuss bekommt wie Dave? Und da er deine Lieblingsblumen mitgebracht hat, vielleicht sogar mehr?*

Meine Güte, ihr Gewissen sollte mal Ruhe geben. Sie wollte den Abend genießen.

*Solange du ihn nicht zu sehr genießt. Brauchen wir hier noch ein gebrochenes Herz?*

Ein berechtigter Einwand.

Und außerdem musste sie herausfinden, was es mit diesem Date auf sich hatte. Jared konnte nicht plötzlich nur aus Langeweile und Einsamkeit heraus interessiert sein und glauben, dass sie einfach so mitspielen würde. Und *sie* musste sichergehen, dass sie nicht ihre Wünsche und Träume aus Teenagertagen auf ihr Erwachsenen-Ich projizierte.

Nun, sie wusste bereits, dass sie ihn wollte; das war schlichtweg Chemie. Daran hatte sie keine Sekunde gezweifelt. Aber der Rest? Das war noch nicht entschieden. Sie musste alles in der richtigen Relation sehen.

Aber Jared machte es ihr schwer. Er hielt ihr die Autotür auf, hielt ihr den Stuhl zurecht, überließ ihr die Wahl des Essens ... Und nachdem sie bestellt hatten, stand er auf, als die Musik einsetzte, und hielt ihr seine Hand hin, wobei die eine Krücke, die er mitgebracht hatte, an seinem Stuhl lehnte. »Darf ich?«

»Du willst tanzen?«

»Unbedingt.«

Es war ein langsames Stück. Mac war sich nicht sicher, wie sie das finden sollte.

Aber sie wusste, dass sie sich diese Gelegenheit nicht entgehen lassen würde.

Er legte seinen Arm um ihre Taille. »Jede Chance, dich im Arm zu halten, Mac.«

Bei diesen Worten schmolz sie dahin, als wäre ihr Teenagertraum aus ihrem Kopf direkt in ihren Körper gewalzt. Aber was sie fühlte, war definitiv nicht mehr teenagerhaft. Und definitiv kein Traum.

Seine Finger bewegten sich an ihrem Rücken. Nur leicht, aber sie entfachten ein Feuer unter ihrer Haut, das sie nicht ignorieren konnte. Sein Atem war warm an ihrer Schläfe und seine Brust streifte die ihre gerade genug, um sie zu necken. Sie hätte ein lockereres Oberteil tragen sollen, denn noch ein paar Tanzschritte mehr, und es würde sehr offensichtlich werden, dass es zwischen ihnen gewaltig knisterte.

Die Drehung, das Heranziehen und das Eintauchen waren genau diese Schritte.

Als er sie in die Beuge legte, konnte Mac den Blick nicht abwenden. Seine grünen Augen starrten so intensiv in ihre, als könnte er ihre Gedanken lesen.

»Gott, du bist wunderschön, Mac.«

Sie würde dasselbe über ihn sagen – wenn sie fähig wäre zu sprechen.

Er richtete sie auf und legte seine Lippen an ihr Ohr. »Ich will dich küssen, weißt du.«

Sie wusste, dass sie wollte, dass er es tat – was genau der Grund war, warum er es nicht durfte.

»Nein.« Sie trat einen Schritt zurück.

Er ließ es zu. Aber er ließ sie nicht los.

Und sie zwang ihn auch nicht dazu.

Jared drückte ihre Fingerspitzen. »Wenn ich verspreche, es nicht zu tun, beendest du dann dieses Lied mit mir?«

Wenn er versprach, es nicht zu tun, würde sie vielleicht weinen, aber da sie es war, die die Bremse gezogen hatte, musste sie nun damit klarkommen.

»Mac?«

Sie nickte und trat diesen Schritt zurück in seine Arme.

»Zu schnell?«

Sie nickte.

»Ich glaube, ich habe dich noch nie so schweigsam erlebt.«

Sie lächelte an seiner Brust. »Ich dachte, du wärst derjenige, der die Stille hören kann?«

»Ich würde viel lieber hören, was in deinem Kopf vor sich geht.«

Nein, das würde er nicht. Es war ein wirres Durcheinander aus Vergangenheit und Gegenwart, das aufeinanderprallte, und nicht einmal *sie* wollte das hören.

»Mac?« Er drückte sie ein wenig enger an sich. »Sag was. Ich komme mir gerade etwas verloren vor.«

Sie hatte keine Ahnung, was sie sagen sollte. Verdammt, sie hatte keine Ahnung, was sie überhaupt *denken* sollte. Im Moment wollte sie einfach nur fühlen und genießen und alles seinen Lauf nehmen lassen.

»Mac?«

Sie kramte in ihrem Gehirn nach etwas Kohärentem. »Unser Essen ist da«, war das Beste, was sie zustande brachte.

Jared zog sich zurück und suchte in ihrem Gesicht, dann lächelte er dieses Grinsen, das heiß genug war, um Seide zu schmelzen.

Die sie trug.

Unter ihrem Kleid.

»Wir sind mit diesem Gespräch noch nicht fertig.« Jared führte sie zurück zu ihrem Tisch, ihre Finger fest mit seinen verschlungen, wobei sein Hinken deutlicher wurde, je näher sie dem Tisch kamen.

Sie rüttelte ihren Stuhl zurecht, damit er ihr nicht helfen musste und Gefahr lief, ihre Haut noch mehr in Brand zu setzen, als sie es ohnehin schon war. »Das hätten wir nicht tun sollen.«

»Es hat dir nicht gefallen?« Er ließ sich auf den Stuhl neben ihr gleiten und breitete seine Serviette auf seinem Schoß aus. »Ich fand es schön. Viel mehr als nur schön, ehrlich gesagt.«

»Ich meinte nur … dein Bein. Solltest du es so beanspruchen?«

Sein Lächeln wurde brüchig. Nur für einen Moment, und wenn sie nicht jede seiner Miene kennen würde, hätte sie es vielleicht übersehen. Aber sie kannte Jared wie ihre Westentasche. Schon immer.

»Mir geht's gut, Mac. Der Arzt sagt, ich darf es belasten. Wir haben ja keinen Jitterbug getanzt, also sollte es passen.«

Wenn es passen würde, würde er nicht so hinken, aber sie wollte nicht mit ihm streiten und den Abend ruinieren. Wenn sie nie wieder so einen Abend haben würde, falls das alles *tatsächlich* nur an der Pokerwette lag, wollte sie ihn dennoch auskosten. Heute Abend würde sie Cinderella auf dem Ball sein. Oder vielleicht wäre sie Scarlett O'Hara und würde morgen darüber nachdenken.

Sie schnitt in ihr Chicken Divan. »Und, wie geht es den Kätzchen?«

»Ihnen geht's gut. Wir haben eine Übereinkunft getroffen: Ich gebe ihnen keine Ersatzmilch und sie ruinieren keine Teppiche.« Jared schob sich ein Stück seines Steaks in den Mund.

»Keine Ersatzmilch? Aber was fressen sie dann?«

»Ich weiche das Kätzchenfutter in Wasser ein. Das macht es weich, aber es ist immer noch fest genug, damit ihr, äh, Output auch fest bleibt. Ein bisschen mehr Arbeit am Anfang, aber viel weniger am hinteren Ende. Wenn du verstehst, was ich meine.«

Sie kicherte. »Verstanden.«

Er schnitt ein weiteres Stück Steak ab, den Kopf gesenkt, sodass er sie nicht ansah. »Sie vermissen dich aber.«

»Das sind Kätzchen. Sie vermissen mich nicht.« Es war ein netter Gedanke, aber trotzdem …

»Sicher tun sie das. Sie haben sich daran gewöhnt, dich um sich zu haben. Sie blühen auf, wenn du da bist. Wenn du nicht da bist, fühlen sie sich einsam.« Er schob sich mehr Steak in den Mund.

Er redete nicht von den Kätzchen. Sie wusste das so sicher, wie sie wusste, dass sie aus diesem Date nicht mit unversehrtem Herzen hervorgehen würde. »Jetzt fügst du also auch noch Katzenflüsterer zu deiner Liste der Superkräfte hinzu?«

Er setzte sein charmantes, schiefes Lächeln auf und wackelte mit den Augenbrauen. »Du solltest mich mal sehen, wenn ich mit einem Satz über die Wohnzimmermöbel springen will. Die Kleinen sind fasziniert von irgendetwas im Keller. Das sollte das Nächste auf der Liste zum Ausmisten sein.«

»Dann ist der Dachboden fertig?«

»Bis auf den Ring alles. Und ich bin mir nicht sicher, ob er jemals dort war. Als ich Oma erzählte, dass ich ihn nicht gefunden habe, war sie nicht so untröstlich, wie ich es erwartet hätte, wenn er wirklich weg wäre. Ich meine, mein Großvater hat zehn Stunden am Tag, sechs Tage die Woche gearbeitet, um ihn für sie zu kaufen, und sie hat es zugelassen und auf Verabredungen verzichtet, damit er es konnte.« Er drückte ihre Finger, als er das sagte. »Früher dachte ich immer, er wäre verrückt. Dass niemand so ein Opfer wert sei. Oma hätte gewartet oder darauf verzichtet.«

Die Scarlett in ihr meldete sich, um sie daran zu erinnern, dass die Formulierung *früher dachte ich* und ihre Implikationen besser morgen bedacht werden sollten. Es wäre zu einfach, sich bei dem sanften Licht, der Musik, dem Wein und dem neben ihr sitzenden Jared, der in seinem marineblauen Hemd so unglaublich umwerfend aussah, auf diesen Pfad zu begeben. »Aber dieser Ring war ein Zeichen seiner Hingabe. Ich finde das romantisch.«

»Romantik wird völlig überbewertet. Also, nach meinen bisherigen Erfahrungen zu urteilen.«

Camille.

Stimmt. Wie konnte sie Camille vergessen? Die Frau, die Jared gebeten hatte, bei ihm einzuziehen. Die Frau, die er vielleicht geheiratet hätte, wenn sie ihn nicht verletzt hätte. Es wäre eine Sache, wenn Jared die Beziehung beendet hätte, aber das hatte Camille getan. Er könnte immer noch Gefühle für sie haben.

Schmerz zog sich in Macs Magen zusammen. So oft hatte sie sich vorgestellt, wie er die Frau heiratete, mit der er gerade zusammen war, wann immer sie nach ihm gesucht hatte. Doch in all der Zeit hatte er es nie getan, und sie hatte gehofft, dass er vielleicht ... dass er vielleicht auf sie gewartet hatte.

*Schöner Traum, aber er hatte seine Chance und hat sie nicht genutzt.*

*Aber vielleicht war es das, worum es heute Abend ging.*

Gott, sie hoffte es so sehr.

Denn sie war immer noch in ihn verliebt.

Mac atmete aus und schüttelte den Kopf, dann griff sie nach ihrem Wasserglas und nahm einen kräftigen Schluck.

»Mac? Alles okay? Ist irgendwas?«

Das hing davon ab, wie er *irgendwas* definierte. »Nein. Alles gut.« Auf eine Bitte-Gott-lass-mich-nicht-schon-wieder-verletzt-werden-Art. »Dann erklär mir doch mal, warum wir hier sind, Jared.« Sie konnte genauso gut die Antwort auf die Frage verlangen, die sie wirklich stellen wollte. Kurz und schmerzlos das Pflaster abreißen.

Er sah sie an, die Augenbrauen zu einem V zusammengezogen. »Um zu essen?«

»Nein, ich meine uns. Warum sind *wir* hier? Wie kam es dazu? Wir zwei.«

Er nahm einen Schluck von seinem Wein. »Weil Liam sagte, er hätte erwähnt, dass ich dich ausführen wollte, und du gesagt hast, du würdest mitkommen? Dann hat er mich angerufen und mir gesagt, ich soll dich heute Abend um sechs abholen.«

»Das ist alles? Er hat dir nicht gesagt, *wie* er es ›erwähnt‹ hat?«

»Ich nehme an, er hat so was gesagt wie: ›Mac, Jared hat mir erzählt, dass er mit dir ausgehen will‹, und du hast gesagt: ›Okay.‹«

»Die Pokerrunde hat er nicht erwähnt?«

»Was hat dieses Spiel mit irgendetwas zu tun? Dass du das Haus meiner Großmutter putzt, hatte nichts mit dieser Wette zu tun ... Warte.« Er legte sein Besteck beiseite. »Du und Liam habt noch mal gespielt. Mit diesem Abendessen als Einsatz.«

Das war keine Frage.

Also musste sie auch nicht antworten.

»Ach, verdammt.« Er tippte mit dem Daumen gegen den Rand seines Tellers und starrte sie an. »Lee hat mit dir gewettet, dass du mit mir ausgehst, wenn er gewinnt, oder? Ich war nicht der Preis, sondern die Wette, die du verloren hast. Ich war die Wette, die du verloren hast.«

Manchmal war es echt ätzend, dass er ihre Familie so gut kannte wie sie selbst.

Sie nahm noch einen Schluck Wasser.

»Vergiss es. Du musst darauf nicht antworten.« Er fuhr sich mit der Hand übers Kinn und lehnte sich mit einem gemurmelten »Mistkerl« in seinem Stuhl zurück.

Eigentlich sollte sie das genießen. Und wenn er ihr nichts bedeuten würde, täte sie es vielleicht auch. Aber sie hatte Jared von dem ersten Moment an geliebt, als sie ihn sah – nun ja, nachdem sie aufgehört hatte, ihn wegen der Dreckhügel für das Motocross-Bike anzuschreien –, und daran hatte sich seither nichts geändert.

Er schüttelte den Kopf mit einem ungläubigen Gesichtsausdruck. »Geschieht mir recht, oder? Es tut mir leid wegen jener Nacht, Mac, als du mit dem Herzen in der Hand zu mir kamst und ich so ein Idiot war.«

»Und mir tut es leid, dass es so aussieht, als wärst du die Wette, die ich verloren habe. Das bist du nicht.«

»Nein?« Er lehnte sich vor. »Was bin ich denn dann?«

Noch nie in seinem Leben hatte er sich sehnlicher eine Antwort gewünscht. Er war begeistert gewesen, als Liam sagte, sie hätte zugestimmt, und er hatte ihr Schweigen heute Abend der Befangenheit zugeschrieben, die entsteht, wenn die Vergangenheit auf die Gegenwart trifft. Und auf das, was die Zukunft auch bringen mochte.

Aber zu wissen, dass sie nur hier war, weil sie eine Wette verloren hatte ... Was für ein Spiel trieb Liam da?

»Das habe ich noch nicht herausgefunden. Ich versuche immer noch, den Gedanken zu fassen, dass du Liam gesagt hast, du wolltest mich zum Essen einladen, und dass er zugestimmt hat.«

»Das liegt daran, dass ich ihm die Wahrheit gesagt habe, Mac. Dass ich damals ein blinder Idiot war und mir jetzt die Augen geöffnet wurden.«

»Und er hat dir geglaubt.«

»Warum sollte er nicht? Es ist die Wahrheit.«

Da sah sie ihn an, direkt in seine Augen, und Mann, die Hoffnung, die er in ihren sah ...

Herrje. Wie konnte er es je wiedergutmachen, dass er ihr das Herz gebrochen hatte?

*Gib ihr deins.*

Jared schluckte. Oh, klar. Einfach so herausplatzen, dass er sich nach all den Jahren, in denen er sie von sich gestoßen hatte, plötzlich in sie verliebt hatte.

Warte mal. *Hat* er sich in sie verliebt?

Jared lehnte sich zurück. War das möglich?

Er sah sie an, das Kerzenlicht und das blasse Grün ihres Kleides ließen ihre Augen noch strahlender wirken, und der hoffnungsvolle Ausdruck darin traf ihn mitten ins Herz.

Er war der Junge ihrer Träume gewesen, aber in seiner Dummheit, das nicht zu schätzen, hätte er fast die Frau seiner Träume verpasst.

Er lehnte sich wieder vor und griff nach ihrer Hand. »Mary-Alice Catherine Manley, du bist eine unglaubliche Frau und ich bin der glücklichste Kerl auf dem Planeten, heute Abend mit dir essen zu gehen. Es tut mir leid wegen des Schmerzes, den ich dir früher zugefügt habe, aber wenn du mich lässt, werde ich es wiedergutmachen.«

Er wartete mit angehaltenem Atem, während sie auf ihrer Unterlippe kaute. Dann, als ihre Zunge darüber strich. Und noch einmal, als sie den Mund öffnete, um etwas zu sagen, es sich dann aber anders überlegte und ihn wieder schloss. Er hatte in seinem Leben noch nie gebettelt, aber für Mac war er bereit, diesen ersten Schritt zu tun. »Bitte?«

Unentschlossenheit spiegelte sich in ihrem Gesicht wider. Zögern. Er konnte das alles verstehen. Aber er wettete darauf, dass dieses kleine Fünkchen Hoffnung sie dazu bringen würde, ja zu sagen.

»Ich will diesen Schmerz wiedergutmachen, Mac. Ich möchte, dass wir uns so kennenlernen, wie wir jetzt sind. Diese Seite unserer Beziehung erkunden, ohne dass die Vergangenheit sie trübt. Ich würde gerne neu anfangen. Gibst du mir – uns – diese Chance?«

»Warum, Jared? Warum jetzt?« Ihre Stimme war leise und er hoffte inständig, dass es nicht daran lag, dass sie den Tränen nahe war. Er hatte sie schon genug zum Weinen gebracht.

»Weil man, wenn man nur mit sich selbst als Gesellschaft festsitzt, hart nachdenkt. Viel Introspektion betreibt. Ich habe mein Leben betrachtet und die Fehler gesehen, die ich gemacht habe, ebenso wie die Erfolge. Baseball war ein Erfolg, aber du ...«

»Ich bin ein Misserfolg? Toll, dieses Gespräch läuft ja super.« Sie entzog ihm ihre Hand und griff erneut nach ihrem Glas.

Er hielt sie auf, bevor sie sich dahinter verstecken konnte. »Nicht du, Mac. Ich. Ich habe bei dir versagt.«

»Du warst mir nichts schuldig.«

»Doch, das war ich. Das bin ich.« Er stellte ihr Glas ab und griff wieder nach ihrer Hand. »Deine Gefühle für mich waren ein Geschenk, das ich nicht zu schätzen wusste. Ich schiebe es auf mangelnde Reife und die Egozentrik von Teenagern, aber ich hätte besser damit umgehen können. Ich suche keine Ausreden; ich bitte dich um Vergebung. Weil ich jetzt den Wert dessen sehe, was du mir angeboten hast, und ich ... ich würde gerne sehen, ob diese Gefühle noch existieren.«

»Warum?«

»Weil ich ...« Wie zum Teufel sollte er das sagen, damit sie ihm glaubte? »Weil ich das Beste, was mir je passiert ist, nicht verpassen will.«

Er hielt den Atem an, während sie ihn ansah, und betete, dass das, was sie einst für ihn empfunden hatte, noch da war und ausreichen würde, damit sie ihr Herz noch einmal riskierte.

»Ich ...« Sie räusperte sich und setzte sich ein wenig aufrechter in ihrem Stuhl hin. »In Ordnung, Jared. Ich werde es versuchen.«

Er konnte sein Lächeln nicht zurückhalten. Er unterließ es jedoch, sie in seine Arme zu ziehen und sie besinnungslos zu küssen. Er würde Mac den Hof machen. Sie davon überzeugen.

Und er würde einen Weg finden, Camille aus seinem Haus zu bekommen, damit Mac seine Gefühle nie wieder infrage stellen musste.

Er hob sein Weinglas. »Dann auf heute Abend. Auf dieses Essen. Möge es das erste von vielen sein.« Er nickte ihr zu und nahm einen Schluck.

Die Atmosphäre änderte sich daraufhin. Wenn Mac nicht mehr befangen war, weil sie mit ihm zusammen war, war sie ein Riesenspaß. Intelligent, witzig, mitfühlend ... alles Dinge, die er schon immer über sie gewusst hatte, die er aber jetzt erst richtig zu schätzen begann.

Sie sprachen darüber, wie es war, nur ein Feld voneinander entfernt aufzuwachsen, und über die Schule. Sie waren altersmäßig weit genug auseinander, um nie im selben Gebäude gewesen zu sein, aber sie hatten Freunde in denselben Familien. Und es gab immer die Gemeindeveranstaltungen, bei denen sie beide gewesen waren.

»Erinnerst du dich an das Halloween, als Kelly Martinez diese abscheuliche Maske trug und niemand reagierte?«, fragte Mac während des Desserts. »Der Blick in seinem Gesicht, als wir einfach nur ›Hi, Kelly‹ sagten, als wäre es nichts Besonderes.«

»Das lag daran, dass Liam und ich jedem erzählt haben, wer er war«, sagte Jared. »Er hatte vor, all deine Freundinnen so zu erschrecken, dass sie der Footballmannschaft in die Arme laufen, und, nun ja, sagen wir mal, die Footballmannschaft als soziale Gruppe war nicht gerade die netteste Truppe. Herdentrieb in seiner schlechtesten Form. Das hat Liam und mich angekotzt. Wir mussten nie zu solchen Taktiken greifen.« Mädchen hatten sich schon an sie herangemacht, seit sie auf der Welt waren, also war das nie ein Problem gewesen. Und in seiner Arroganz hatte er Mac mit all den anderen in einen Topf geworfen.

Er lernte gerade aus seinen Fehlern.

Sie tanzten noch zu ein paar weiteren Liedern, und jedes Mal fiel es ihm schwerer, sie wieder loszulassen.

Sie an ihrer Türschwelle zu verabschieden, war sogar noch schwerer.

Er nahm ihr Gesicht in seine Hände, strich mit dem Daumen über die weiche Kurve ihres Kiefers und legte ihren Kopf leicht in den Nacken. Das Mondlicht fing das Funkeln in ihren Augen ein, kurz bevor er seinen Kopf senkte.

Er hielt einen Atemzug von ihren Lippen entfernt inne. »Ist es okay, wenn ich dir einen Gute-Nacht-Kuss gebe, Mac?«

Sie lächelte dieses ehrliche, den Raum erhellende Lächeln, das sie schon immer für ihn gehabt hatte.

Gott sei Dank.

»Ja, Jared. Du darfst mich küssen.«

Dann griff sie nach oben und verschlang ihre Finger in seinem Haar, zog ihn zu sich herunter, und Jared schlang seine Arme um sie, drückte sie an sich und hob sie fast von den Füßen.

Er vergaß oft, wie klein Mac war, weil ihre Präsenz sie größer wirken ließ, als sie war. Aber jetzt, in seinen Armen, passte sie perfekt.

Der Kuss erschütterte ihn zutiefst, und es war gut, dass er direkt neben der Stütze des Vordachs stand. Er lehnte sich dagegen, hob sie ein Stück höher und küsste sie leidenschaftlich. Mac schmeckte noch besser als bei ihrem Kuss zuvor.

Sie schauderte in seinen Armen und er lächelte. Es war nicht kalt draußen heute Abend, und selbst wenn, war er groß genug, um sie vor dem Wind abzuschirmen.

Er küsste sich an ihrer Kieferlinie entlang. »Du kriegst mich auch rum, Mac.« Als ob sie das nicht merken würde.

Sie lächelte an seiner Wange. »Ich sollte reingehen, Jared.«

Nicht die Worte, die er hören wollte, aber die, die sie sagen musste. Er verstand das.

Ein letzter Kuss auf die süße, weiche Stelle unter ihrem Ohr, dann ließ er sie hinuntergleiten, bis ihre Füße die Veranda berührten.

»Uff.« Sie stolperte gegen ihn.

»Was ist los?«

Sie lachte leise. »Mein Schuh ist abgefallen.«

Er sah den Schuh an, dann sie. Es war, als würde das Universum ihm die perfekte Gelegenheit bieten. »Gestatten Sie, Prinzessin.«

Es war ein total kitschiger Moment und gleichzeitig ein verdammt heißer, als er auf seinem gesunden Bein niederkniete und ihr den hohen Schuh an den Fuß schob, wobei seine Finger ihre Wade ein wenig länger liebkosten, als ein Märchenprinz es tun sollte. Andererseits war er kein Prinz. »Er passt.«

»Oh, bitte.« Sie klapste ihm gegen die Schulter. »Steh auf, bevor du dich verletzt, Jared.«

Das Aufstehen war nicht sein Problem – oh, sie meinte *aufstehen* im Sinne von sich hinstellen.

Eine ganz andere Geschichte.

Er stützte sich am Ziegelsockel des Vordachs ab, und seine Schulter streifte ihre Hüfte, als er aufstand.

*Das macht die Sache gerade nicht leichter ...*

Er trat eine Stufe von der Veranda hinunter – was ihn nun auf Augenhöhe mit ihr brachte.

Er sah ihr nicht in die Augen.

Ihre Lippen waren noch ganz geschwollen von seinem Kuss.

Er trat noch eine Stufe hinunter. Und noch eine. Weg von der Versuchung.

»Gute Nacht, Mac. Schlaf gut.«

Er würde es sicher tun.

Mac saß am nächsten Morgen in Bryans Maserati in Mildreds Einfahrt und starrte auf die Haustür. Jared war da drinnen. Sie sollte reingehen.

Aber was, wenn sich alles verändert hatte?

Gestern Abend war einer der magischsten Abende ihres Lebens gewesen, bis hin zum waschechten Cinderella-Moment.

*Ich dachte, du glaubst nicht an Cinderella?*

Es gab nur einen Weg, es herauszufinden. Sie stieg aus dem Wagen und ging über den Steinweg zur Veranda.

Chase, der Junge, mit dem Jared auf dem Rasen Baseball gespielt hatte, kam auf sie zugelaufen.

Mit einer Gänseblümchen-Margerite.

»Hier, Miss Manley. Jared hat gesagt, ich soll Ihnen die geben.«

»Hat er das, ja?«

»Ja, Ma'am. Hat er. Haben Sie einen schönen Tag.« Der Junge zog seine Baseballkappe – die mit Jareds Unterschrift auf dem Schirm – tiefer ins Gesicht und rannte mit einem Winken die Einfahrt hinunter.

Mac sah ihm nach, wie er am Ende um den Immergrün bog, während ihre Wangen vor lauter Lächeln wehtaten. Vielleicht war an dieser ganzen Märchensache ja doch etwas dran.

»Ähm, Miss?« Ein anderer Junge trat hinter den Rhododendren neben der Veranda hervor.

Auch er hielt eine Margerite in der Hand.

»Hallo. Bist du nicht einer der Bradfords?«

»Ja. Ich bin Michael. Und die hier ist für Sie. Jared hat gesagt, dass Sie sie mögen.«

»Das tue ich.« Sie nahm die Blume entgegen. »Danke, Michael. Grüß deine Eltern von mir.«

»Mach ich, gern geschehen. Haben Sie einen schönen Tag.« Und auch er rannte die Einfahrt hinunter.

Jungen tauchten hinter diesem Rhododendronbusch auf wie Präriehunde aus ihren Erdlöchern. Jeder mit einer Margerite.

Sie hatte bereits ein Dutzend Blumen gesammelt, bevor sie die erste Stufe der Veranda erreichte.

»Kommen da noch viele mehr?«, fragte sie das zwölfte Kind.

»Ein paar.« Er kräuselte den Mund und legte den Kopf schräg. »Macht das echt Spaß? Jared hat gesagt, Sie fänden das toll, aber ich versteh's nicht. Es ist doch nur ein Haufen Blumen.«

»Das stimmt, aber mehr als die Blumen zählt die Geste. Also danke, dass du Jared dabei hilfst, mir zu zeigen, dass er an mich denkt.«

Der Junge zuckte mit den Schultern. »Meinetwegen. Scheint mir eine ziemliche Verschwendung eines Nachmittags zu sein, wenn wir eigentlich Ball spielen könnten.« Er wandte sich zum Gehen, dachte dann aber doch noch daran, ihr einen schönen Tag zu wünschen.

»Dir auch«, sagte sie, während er kopfschüttelnd wegging.

Mac konnte sich ein Lächeln nicht verkneifen. Sie wettete, dass er eines Tages genau dasselbe tun würde, wenn er die Bedeutung dahinter erst einmal verstand.

Die Nummern vierzehn bis neunzehn waren Wiederholungen; der erste Junge – Chase – zwinkerte ihr zu, als er wieder an der Reihe war. »Das ist echt kitschig. Aber meine Mom hat gesagt, sie fände es toll, wenn mein Dad das machen würde. Und da er im Rollstuhl sitzt, glaube ich, dass ich das für ihn mache. Meine Mom könnte so ein Lächeln wie Ihres gut gebrauchen.«

Mac legte die Handflächen an ihre Wangen, vorsichtig darauf bedacht, keine einzige Blume zu verlieren. Sie spürte, wie sie errötete, aber es machte ihr nichts aus. »Tu das, Chase. Ich garantiere dir, dass deine Eltern es lieben werden.«

»Glaub ich auch. Na ja, ich hoffe, es gefällt Ihnen, denn es sind nicht mehr viele Blumen übrig.«

Genau darauf zählte sie.

Jared war Blume Nummer zwanzig. Er humpelte mit einer Krücke unter dem Arm und einem Strauß Gänseblümchen-Margeriten in der anderen Hand um den Rhododendron herum.

»Ich wollte dir eigentlich neunundzwanzig einzeln geben, aber uns sind die Kinder ausgegangen und Jungs im Vorpubertätsalter machen bei so viel Gefühlsduselei nur begrenzt mit, bevor sie das Interesse verlieren. Ich bin schockiert, dass ich sie dazu gebracht habe, bis Nummer neunzehn durchzuhalten.« Er blieb vor ihr stehen. »Hier. Das sind doch deine Favoriten, oder?«

Sie brachte kaum ein Wort heraus.

»Du ...« Sie sog tief Luft ein. »Du hast dich erinnert.«

»Ich kapiere die Dinge vielleicht nicht immer sofort, Mac, aber sie bleiben im Tresor.« Er tippte sich an die Schläfe. »Um dann herausgeholt zu werden, wenn sie am dringendsten gebraucht werden.« Er strich mit der Hand ihren Arm hinunter. »Ich habe dich vermisst.«

Sie fühlte sich, als wäre sie wieder siebzehn, und diesmal sagte Jared genau das Richtige.

»Schau mich nicht so an, Mac, sonst kommen wir vielleicht nicht zu den Plänen, die ich für heute habe.«

»Pläne? Ich dachte, wir machen sauber.«

»Du kannst putzen, wenn du willst, aber ich habe Besseres vor.«

»Und zwar ...?«

»Nun, zuerst werden wir die hier ins Wasser stellen.« Er nahm ihr die Blumen ab. »Ich will nicht, dass meine ganze harte Arbeit und die Nötigungstaktiken bei den Jungs umsonst waren. Ich stehe bei ihnen für mindestens zwei Freundschaftsspiele in der Kreide.«

»Das werden sie lieben.«

»Ich auch.« Er wies mit der Hand in Richtung der Stufen. »Ich habe mir gedacht, wenn das Team meinen Vertrag nicht verlängert, könnte ich mich hier in einem Jugendsportprogramm engagieren. Ich bin sicher, Ted würde mir eine Chance geben.«

»Ich glaube, Ted wird dich erschießen, wenn du es nicht tust.« Sie stupste ihn im Vorbeigehen mit der Schulter an. »Es kommt nicht jeden Tag vor, dass ein MVP anbietet, Trainer zu sein.«

»Ich weiß nicht, ob Trainieren das Richtige ist. Ich dachte eher daran, weißt du, ein paar Spiele zu organisieren.«

»Und dann einfach nur am Rand zu sitzen? Als ob die Eltern das zulassen würden.« Sie blickte zur Haustür. Der Tisch fehlte. Der, auf den die Nachbarn ihre Aufmerksamkeiten gestellt hatten. »Wo ist der Tisch?«

Er öffnete die Fliegengittertür. »Den habe ich weggeräumt.«

»Warum?«

Er griff nach ihrer Hand und küsste ihren Handrücken. »Weil ich keine Körbe mit Telefonnummern mehr will.«

Sie merkte, wie sie bei diesen Worten errötete.

»Verdammt, Mac, das macht dich noch hübscher, als du ohnehin schon bist.« Seine Lippen schwebten über ihrer Hand und sie starrten sich einen Herzschlag lang an.

Er wollte sie küssen.

Sie wollte es auch.

Die Kätzchen hatten jedoch andere Pläne.

Drei von ihnen purzelten über den Rand des Laufstalls und flitzten auf die Haustür zu.

Die offene Haustür.

»Larry, nein!« Jared ließ ihre Hand los und schaffte es, die Glückskatze zu schnappen, bevor die Tür vor seiner Nase zufiel.

»Shemp, komm her!« Der Graue wich Macs Beinen aus und hielt auf die Holzverkleidung unten an der Tür zu, als Jared es schaffte, auch ihn hochzuheben.

»Schnapp dir Curly!«, sagte er, als der letzte versuchte, sich auf die Bank neben der Tür zu katapultieren und dann mit dem Hintern wackelte, um an das Fliegengitter zu springen.

Mac fing ihn mitten im Sprung ab. »Hab dich, du kleiner Monster.« Sie hielt die Hand auf. »Hier. Gib mir die anderen. Ich glaube, wir brauchen diesen Maschendrahtdeckel als dauerhafte Lösung.«

Jared reichte ihr die zwei zappelnden Dinger. »Schau mal. Moe ist noch drin geblieben. Frag mich, warum sie nicht mitgekommen ist.«

Mac zog die Augenbrauen hoch. »Soll das irgendetwas bedeuten?«

»Häh?« Er sah sie an, dann Moe. »Oh. Wow. Nein, so war das nicht gemeint. Ich wollte nur sagen, dass ich erwartet hätte, wenn drei Katzen irgendwohin rennen, dass die vierte auch mitgeht. Das hatte nichts mit dir und deinen Brüdern zu tun.«

Er musterte sie einige Sekunden lang, strich ihr dann mit den Fingerspitzen über die Wange, und sie wollte sich in diese Zärtlichkeit hineinschmiegen und daraus mehr machen.

»Au.« Dankenswerterweise krallte sich Larry in ihren Arm und forderte ihre Aufmerksamkeit, bevor sie es tun konnte. Trotz der ganzen Schuh-verlieren-Sache von gestern Abend bedeutete Jareds sanfte Berührung nicht, dass sie Cinderella war, und er würde sich auch nicht über Nacht in sie verlieben.

»Toll gemacht, Larry. So ruiniert man einen Moment.« Jared hob den Mini-Freddy-Krueger hoch und tippte ihm auf die Nase. »Im Ernst, Kater. Ich muss dir noch einiges über Frauen beibringen.«

»Oh, und du weißt so viel über sie?«

Jared schüttelte den Kopf. »Auf keinen Fall werde ich diese Frage beantworten. Ich habe dich gerade erst dazu gebracht, mich wieder zu mögen.«

Hatte er nicht; sie hatte nie damit aufgehört.

»Komm schon, Mac. Lass uns die Gänseblümchen ins Wasser stellen und diese Kerle hier sicher in ihrem Gehege einsperren, damit wir unseren gemeinsamen Tag genießen können. Ich verspreche dir, du wirst Spaß haben.«


Und den hatte sie. Angefangen bei der Limousine, die fünf Minuten nachdem sie mit den Kätzchen fertig waren vor Mildreds Haus vorfuhr – samt einer Flasche prickelndem Traubensaft auf Eis im Inneren –, über die Shorts, das T-Shirt und die Sneaker aus einem schicken Laden in der Innenstadt bis hin zu seinem Arm, den er die ganze Fahrt über um sie gelegt hielt. Mac stufte diesen Tag auf eine Stufe mit dem Abendessen von gestern ein.

»Wo fahren wir hin?« Sie sah zu ihm auf und wollte sich kneifen, um sicherzugehen, dass sie nicht träumte.

Nein. Tat sie nicht.

Er lächelte dieses sexy schiefe Lächeln. »Das verrate ich nicht.«

»Ist es der Zoo?«

»Verrate ich nicht.«

»Die Applewood Gardens?«

»Verrate ich nicht.«

»La Maison?« Das teuerste Restaurant der Gegend.

Er zog eine Augenbraue hoch. »Träum groß oder geh nach Hause – gute Einstellung. Aber nein. Jetzt lehn dich zurück und genieß die Fahrt. Ich verspreche dir, es wird dir gefallen.«

Damit hatte er recht; sie würde es lieben, weil er es geplant hatte und weil er bei ihr war.

Die Fahrt mit dem Heißluftballon hatte sie nicht kommen sehen. »Da steigen wir ein?«

»Sag mir nicht, dass du Angst hast, Mac. Du warst diejenige, die mich über eine Motocross-Strecke gejagt hat.«

»Ich habe keine Angst. Ich habe nur nicht damit gerechnet. Es ist so ...«

»Gruselig? Verrückt? Komisch?«

»Romantisch.«

»Gut. Genau darauf wollte ich hinaus.«

Sie wusste ehrlich gesagt nicht, was sie darauf antworten sollte.

Praktischerweise hielt die Limousine an und einer der Ballon-Mitarbeiter öffnete die Tür, bevor sie es tun musste.

»Willkommen bei ›In-Flight Extravaganza‹, wo wir hoffen, dass Sie den Flug Ihres Lebens haben.«

Auf diesem Flug befand sie sich schon, seit sie gestern Abend um sechs Uhr ihre Tür geöffnet hatte.

Die Aussicht war atemberaubend, das Gefühl, im Korb zu schweben, entsprach dem Gefühl, das sie hatte, wenn sie im Schlaf träumte zu fliegen, und Jared an ihrer Seite machte die Fahrt zu einem unvergesslichen Erlebnis.

»Schau mal. Da ist dein Haus.« Jared legte seinen Arm um ihre Schulter und zeigte auf das winzige Haus, in dem sie aufgewachsen war. Früher hatte sie sich oft vorgestellt, es zu verlassen, um an einem größeren Ort zu leben, aber jetzt, wo Gran weg war und sie auf sich allein gestellt war, sah sie das anders. Das Haus war voller Erinnerungen. Sie würde es niemals verkaufen und freute sich darauf, dort einmal ihre Familie großzuziehen.

Sie blickte zu Jared auf, der blinzelnd in die Sonne schaute. Vielleicht mit ihm?

Sie wollte, dass er es war. Nichts hatte sich geändert. Jared hatte ihr Herz schon vor Jahren gestohlen, und es gehörte ihm noch immer.

Der Champagner, als sie auf dem Feld eines Bauern landeten, war der perfekte Abschluss eines perfekten Vormittags.

Aber Jared hatte noch andere Tricks im Ärmel.

Eine Führung durch ein lokales Weingut mit anschließendem Drink auf der Terrasse. Dann eine weitere Fahrt in der Limousine zu einem Open-Air-Restaurant mit Blick auf den See im Stadtzentrum und seine Springbrunnen und schließlich zurück zu Mildreds Haus.

»Spaß gehabt?«, fragte Jared, als die Limousine davonfuhr.

»Das weißt du.« Sie lehnte sich an seine Schulter. Er hatte seinen Arm den ganzen Tag kaum von ihrer Schulter genommen, und sie hatte sich nicht beschwert. Sie mochte es, wenn Jared sie berührte. Gott wusste, sie liebte es, ihn zu berühren.

»Willst du noch mehr Spaß?«

Ihr fielen so viele Möglichkeiten ein … Aber sie war nicht sicher, ob sie den nächsten Schritt wagen sollten. Schließlich war sie schon ewig in ihn verliebt, während er gerade erst anfing, etwas für sie zu empfinden. Er war noch nicht ganz so weit wie sie in der *Was-wäre-wenn*-Frage. »Was hast du denn im Sinn?«

»Heimvideos.«

Es war das perfekte Ende eines perfekten Tages. Zu sehen, wie alles begann, in dem Wissen, dass sie genau hier landen würden.


Es fiel Jared schwer, sich auf die Bilder auf der Leinwand zu konzentrieren. Er erinnerte sich an diese Tage, als wären sie gestern gewesen, aber er hatte jetzt eine ganz neue Perspektive darauf, da Mac neben ihm auf dem Sofa saß.

Er war in sie verliebt. Es sollte keine Überraschung sein und war es auch nicht. Nicht wirklich. Die Überraschung war, dass er es nicht schon früher gemerkt hatte. Er hielt sich für einen intelligenten Kerl, aber er war so verblendet von seinem Groll gegen sie gewesen, dass er *sie* gar nicht gesehen hatte. Wer sie wirklich war.

Er war ein Idiot gewesen. Mac wusste den Wert von Familie zu schätzen. Es gab einen Grund, warum er mit ihren Brüdern befreundet war, also sollte es keine Überraschung sein, dass sie dieselben Qualitäten besaß.

Und die Tatsache, dass er heute kaum die Hände von ihr lassen konnte … Er hatte ihre Finger bei jeder Gelegenheit verschränkt, damit er sie nicht küsste, bis ihnen schwindelig wurde. Er würde nichts lieber tun, als die nächste Woche oder so mit ihr in seinem Schlafzimmer eingesperrt zu verbringen, aber Mac musste ihm und dem, was er für sie empfand, vertrauen können. Er zermarterte sich das Gehirn und versuchte herauszufinden, wie er Camille loswerden konnte.

»Hey, ich erinnere mich an diesen Tag. Wir hatten so viel Spaß.« Mac nahm eine Handvoll von dem Mikrowellen-Popcorn, das sie gemacht hatte, bevor sie es sich mit der Schüssel und den vier Kätzchen gemütlich gemacht hatten. »Du hast diesen Stofffrosch für mich gewonnen.«

Jared konzentrierte sich auf den Bildschirm, wo er gerade einen riesigen grünen Amphibien überreichte, der fast so groß war wie sie. »Das hatte ich ganz vergessen. Was hast du mit ihm gemacht?«

»Behalten, natürlich.«

Das ungesagte *weil du ihn mir gegeben hast* schwang in der Luft mit.

»Wie hast du ihn genannt?«

Mac atmete aus und sah weg, aber er sah ein Lächeln auf ihren Lippen. »Jared.«

»Ah. Ich schätze, ich *war* ein Frosch, was?«

»Nein, du solltest der Prinz sein, in den sich der Frosch verwandelt.«

»Aber das hätte ja bedeutet, dass du ihn hättest küssen müssen.«

»Wie glaubst du wohl, habe ich geübt?«

Er stöhnte auf. »Gott, ich war wirklich dumm, oder? All das Küsstraining, das ich hätte haben können, und ich habe dir meinen Ersatz überreicht.« Er stellte die Schüssel Popcorn auf den Tisch und ließ seinen linken Arm auf der Rückenlehne des Sofas hinter ihr gleiten. »Besteht die Chance auf ein Nachholen?«

»Es ist kein Regen angesagt.«

»Dann ein Sonnen-Gutschein?«

»Es ist Nacht.«

»Wie wäre es mit einem Gute-Nacht-Kuss?«

Sie strich sich mit einem Schmunzeln eine Haarsträhne hinter das Ohr. »Oh, na gut, das ist wohl okay.«

Das war es verdammt noch mal. Mehr als okay. Es war ein Kuss und so viel mehr.

Mac war ihm unter die Haut gegangen, als er gar nicht hingesehen hatte.

Sie war die ganze Zeit da gewesen, und erst jetzt, wo sein Leben eine Wendung genommen hatte, konnte er endlich klar sehen.

»Ich will dich, Mac.«

Sie versteifte sich.

Verdammt, verdammt, verdammt. So viel zu seinem Vorsatz, es langsam angehen zu lassen. *Und* sein Versprechen – seine Wette – mit Liam.

Letztere war seine kleinste Sorge. »Warte. Ich …«

Sie legte einen Finger auf seine Lippen. »Pscht. Sag nichts, Jared. Küss mich einfach.«

Dem kam er nur zu gerne nach.

Er rückte näher, scheuchte dabei die Kätzchen auf, und ausnahmsweise machte Larry keinen Ärger, sondern ließ sich mit seinen Geschwistern auf dem Kissen am fernen Ende nieder.

Jared hob Mac auf seinen Schoß, ohne den Kuss zu unterbrechen; das Gefühl ihrer Arme, die sich um ihn legten, war eines der besten Gefühle der Welt.

Sie grub ihre Finger in sein Haar und zog ihn näher, und Jared folgte bereitwillig.

Aber es war nicht genug. Und so wie sie auf ihm saß, musste sie es wissen. Musste wissen, was sie in ihm auslöste. Wie sehr er sie wollte.

Er bewegte sich ein wenig, um den Druck zu lindern, aber es half nichts. Er hätte Mac ans andere Ende des Raumes setzen können, und er hätte sie immer noch genauso sehr gewollt.

»Mac, das wird so nicht funktionieren.«

Sie sprang so schnell von ihm herunter, dass er keine Gelegenheit hatte, sich zu erklären, bis sie *am* anderen Ende des Raumes stand. »Okay. Gut. Wie auch immer. Wo sind meine Schlüssel?«

»Warte. Halt mal.« Mit seinem Bein war es schwierig, vom Sofa hochzukommen. »Du hast das missverstanden.«

»Steh nicht auf, Jared. Ich finde den Weg alleine raus.«

»Verdammt noch mal, Mac. Warte mal kurz, ja?« Er stützte sich vom Sofa hoch, aber sein verdammtes Knie gab nach, sodass er wieder zurückfiel. »Ich meinte nicht, dass das mit uns nicht funktionieren wird. Ich meinte, dich auf dem Sofa zu küssen, wird so nicht funktionieren.«

»Oh.«

Er streckte die Hand aus. »Bitte, Mac. Komm zurück.«

Sie rührte sich nicht. Aber sie ging auch nicht.

*Ganz langsam, Nolan.*

»Ich ... du liegst mir am Herzen, Süße. Ich will dich nicht verletzen. Nie wieder.«

Er hielt den Atem an, während sie ihn ansah. Er wünschte, er könnte ihre Gedanken hören, denn er wollte wissen, was in ihrem Kopf vorging.

Sie machte einen Schritt auf ihn zu.

Dann noch einen.

Aber dann griff sie sich ihre Schlüssel auf dem Projektortisch. »Ich will dir glauben, Jared. Du weißt gar nicht, wie sehr ich das will. Aber ich sollte nach Hause gehen. Wir sollten beide eine Nacht darüber schlafen. Sehen, wie wir uns morgen fühlen.«

»Ich weiß, wie ich mich morgen fühlen werde, Mac.«

»Dann ist ja immerhin einer von uns sicher.« Sie umklammerte die Schlüssel in ihrer Faust. »Wir sehen uns morgen, Jared. Dann reden wir.«

# Kapitel Neunundzwanzig

Der Geruch von Speck begrüßte sie, als sie am nächsten Morgen Jareds Haustür öffnete.

Die Spritzigkeit von frisch gepresstem Orangensaft regte ihre Geschmacksknospen an, und der süße Duft von geschmolzener Butter ließ ihr das Wasser im Mund zusammenlaufen.

Genau wie Jared, der nur in Basketballshorts, einem Trikot und Flip-Flops ein Frühstückstablett in den Flur trug, komplett mit einer weiteren Margerite in einer Vase darauf.

»Was ist das denn?«

Er hob das Tablett an. »Frühstück. Ich dachte, wir essen draußen.«

»Seit wann kochst du?«

»Seit ich beweisen will, dass ich kein egoistischer Mistkerl bin, der nicht an die Gefühle anderer denkt.«

»Das habe ich nicht gesagt.«

»Aber du hast es gedacht. Ich weiß, Mac, und ich verstehe es. Ich habe damals keine Rücksicht auf deine Gefühle genommen, also hast du keinen Grund, darauf zu vertrauen, dass ich es jetzt tue. Das werde ich ändern.«

Sie ließ ihn nur zu gerne gewähren.

Sie hatte eine sehr einsame und sehr frustrierende Nacht in dem Zimmer verbracht, in dem sie aufgewachsen war. Sie hatte sich umgesehen, sich an all ihre Hoffnungen und Träume bezüglich Jared erinnert und sich grün und blau geärgert, dass sie gestern Abend hier einfach abgehauen war.

Aber gestern war fast zu schön gewesen, um wahr zu sein. Und als er dann gesagt hatte, dass es nicht funktionieren würde ... All ihre alten Unsicherheiten hatten ihr die Kehle zugeschnürt, und sie hatte etwas Abstand gebraucht.

Doch sie war zurückgekommen, weil sie irgendwann in den frühen Morgenstunden erkannt hatte, dass sie diese Chance ergreifen musste. Denn wenn Jared es *wirklich* ernst meinte, wenn er das hier wollte – wenn er sie wollte –, dann würde sie es wegwerfen, nur weil sie Angst hatte.

»Kannst du mir die Tür aufmachen?« Er nickte in Richtung der Fliegengittertür.

»Klar.« Sie ging zuerst hinaus und hielt sie offen. »Setzen wir uns auf die Stufen?«

»Dort drüben.«

Sie folgte seinem Kopfnicken und sah den Tisch, der früher neben der Tür gestanden hatte, unter dem Kirschbaum, flankiert von zwei Stühlen.

Einer davon war der Korbsessel von der hinteren Veranda.

»Hier, lass mich das tragen.« Sie nahm ihm das Tablett ab.

»Danke. Wollte nicht wieder diese Nummer mit dem Hintern abziehen müssen«, sagte er, während er vor ihr die Stufen hinunterhumpelte. »Du starrst auf meinen Hintern, oder?«

Ja. »Nein.«

»Lügnerin. Vergiss nicht, ich kann dich denken hören.«

Jared hatte sie schon *immer* zum Lächeln bringen können.

Sie stellte das Tablett auf den Tisch. Er hatte ein Kissen aus dem Wohnzimmer in den Korbsessel gelegt. »Bist du sicher, dass das Teil nicht unter mir zusammenbricht, wenn ich mich draufsetze?«

Er zog eine Augenbraue hoch. »Habe ich nicht gerade gesagt, dass diese ganze Frühstücksnummer eine Vertrauenssache ist? Wie vertrauenswürdig wäre ich wohl, wenn ich nicht dafür gesorgt hätte, dass dein Stuhl sicher ist? Setz dich, Mac. Iss deine Eier, bevor sie kalt werden. Ich habe stundenlang am heißen Herd geschuftet.«

Der Schweiß, der auf seiner Haut glänzte, war der Beweis dafür.

Es weckte auch einen Appetit, der rein gar nichts mit Eiern zu tun hatte.

Ja, sie würde dem Ganzen – ihnen beiden – definitiv eine Chance geben, und wenn es ihr um die Ohren flog, nun, dann hätte sie wenigstens die Erinnerungen. Und keine *Was-wäre-wenn-Fragen* mehr, die sie quälten.

»Wie sind deine Eier? Weich genug für dich?«

Sie nahm einen Bissen: Spiegeleier, von beiden Seiten kurz angebraten, so wie sie sie mochte. Er hatte während ihrer Kindheit oft genug bei ihr gefrühstückt, um das zu wissen, aber sie war überrascht, dass er sich erinnerte. »Sie sind perfekt. Fast so gut wie die von Gran.«

»Fast?«

Sie zuckte mit den Schultern und schob sich noch eine Gabel voll in den Mund. Eigentlich *waren* sie genau so gut wie die von Gran, aber nach gestern Abend hielt sie sich bedeckt, bis sie genau wusste, worauf das hier hinauslief.

»Also, Mac. Wegen gestern.«

»Ja?«

»Ich hatte eine schöne Zeit.«

»Ich auch.«

»Ich würde das gerne wiederholen.«

»Ach ja?«

»Ja.«

»Wann?«

»Heute? Jetzt? Diese Woche?«

»Warum?«

»Warum?« Er ließ seine Gabel fallen. »Warst du etwa *keine* aktive Teilnehmerin bei der Knutschsession gestern Abend auf dem Sofa? Oder bei den anderen Malen, als wir uns geküsst haben? Verdammt, Frau, wir haben zumindest eine wahnsinnige Chemie. Allein das ist es wert, dem nachzugehen.«

»Aber nur weil die Chemie stimmt, heißt das noch lange nicht, dass es ein *Wir* gibt.«

Er kniff die Augen zusammen, und Mac kannte diesen Blick. Das war der Blick, den er immer kurz davor bekam, wenn er –

»Wetten wir?«

Jemanden herausforderte.

»Du forderst mich heraus, herauszufinden, ob es ein *Wir* gibt?«

»Ja.«

Da war sie, ihre Chance. *Ihre* gemeinsame Chance. Ganz oder gar nicht. »Okay, Jared. Abgemacht. Was schlägst du vor? Gin Rummy?«

Er beugte sich vor. »Ich dachte, Poker wäre dein Spiel.«

»Aber darin bin ich gut. Bist du bereit, eine Niederlage zu riskieren?«

»Ich habe nicht vor zu verlieren, Mac.«

Worte, die dazu angetan waren, ihre Knochen zum Schmelzen zu bringen, und das taten sie auch sehr erfolgreich. »In Ordnung, dann abgemacht. Five Card Stud.«

Er lächelte dieses absolut sexy Lächeln von ihm. »Prinzessin, ich bin jede Art von Stud, die du willst.«

Sie konnte sich ein Grinsen nicht verkneifen. »Funktioniert dieser Spruch wirklich bei dir?«

»Sag du es mir.« Er beugte sich vor und streifte mit seinen Lippen über ihre Wange.

Verdammt, er roch gut, und nicht nur wegen des Specks. Nein, Jared roch … nach Jared.

»Bist du sicher, dass du für dieses Spiel bereit bist?«

»Mac, wir spielen schon unser ganzes Leben lang ein Spiel«, flüsterte er. »Wenigstens kennen wir jetzt die Regeln.«

»Freut mich für dich, denn ich habe keine Ahnung, wie die Regeln für dieses Spiel lauten.«

»Sicher tust du das«, sagte er. »Fünf Karten, das beste Blatt gewinnt.

Er hatte fantastische Hände. »Darf ich vorher mein Frühstück aufessen?«

»Willst du das denn?«

Nicht mit seinem Gesicht so nah, dass er sie küssen könnte, aber sie würde sich ihm nicht einfach an den Hals werfen und auf das Beste hoffen, wenn am Ende alles durcheinandergewirbelt wurde wie bei einer Runde 52-Karten-Chaos. »Ja. Ich will aufessen. Und dann spielen wir dieses Spiel. Wer zuerst sieben Siege hat, gewinnt.«

»Wer zuerst einen hat.«

»Fünf.«

Jared fuhr mit seinem Zeigefinger über ihren Nasenrücken und ihre Lippen, zeichnete ihr Kinn nach und berührte sie kaum, während sein Finger dieser Linie bis zur Kuhle an ihrem Hals folgte. Dort ließ er seine Finger in einer quälend sexy, kaum spürbaren Berührung über ihr Schlüsselbein huschen, was ihr eine Gänsehaut bescherte. »Einen.«

»Drei. Und das ist mein letztes Gebot.« Sie bemühte sich, ihren Worten Nachdruck zu verleihen. Wenn es ein *Wir* geben sollte, musste es gleichberechtigt sein; jeder musste so viel Macht in der Beziehung haben wie der andere, sonst würden sie nie Partner sein. Den machtlosen Part hatte sie schon hinter sich; das war kein schöner Ort.

Er musterte sie ein paar Sekunden lang und lächelte dann. »Drei also. Und was bekommt der Gewinner?«

»Du hast dieses Spiel vorgeschlagen. Was hattest du im Sinn?«

»Dich.«

Ein Wort. So viele Möglichkeiten.

Das war mal ein hoher Einsatz. »Und wenn ich gewinne?«

»Dann bekommst du mich.«

»Ist das nicht dasselbe?«

»Genau wie du, Mac, lasse ich mich auf kein Spiel ein, wenn ich keine Chance auf den Sieg habe.«

Seine grünen Augen bohrten sich förmlich in sie; es war, als könnte er in ihre Seele blicken und jeden geheimen Wunsch finden, den sie je gehabt hatte. Da sie sich jedoch alle um ihn gedreht hatten, war das wohl kaum eine Überraschung.

»Iss, Mac.«

»Häh?«

Er nahm ihre Gabel, schaufelte etwas Ei darauf und hielt sie ihr an den Mund.

»Iss. Je eher du fertig bist, desto eher können wir anfangen.«

Sie musste sich die Lippen lecken, bevor sie zubiss.

Als er auf ihren Mund starrte, tat sie es zum Vergnügen gleich noch einmal.

»Du machst mich fertig.«

»Gut.« Sie tippte gegen seine Hand, die die leere Gabel hielt, und deutete auf ihren Teller.

»Soll ich dich füttern?«

»Fang nichts an, was du nicht zu Ende bringen kannst, Nolan.«

»Oh, ich bringe das zu Ende.« Er schaufelte mehr Ei auf die Gabel und hielt sie hoch.

Sie ließ sich Zeit, öffnete ihren Mund und schob das Ei von der Gabel, wobei sie darauf achtete, jeden letzten Rest abzulecken.

»Verdammt, Frau. Das war gut.«

»Sollte das nicht eigentlich mein Spruch sein, da du das Frühstück gekocht hast?«

»Mac, wenn du Eier so isst, koche ich dir für den Rest unseres Lebens jeden Morgen Frühstück.«

Der Gedanke, nach einer gemeinsamen Nacht neben ihm aufzuwachen – in jeglicher Hinsicht –, reichte aus, um ihr den Appetit zu verschlagen. Zumindest den auf Essen.

»Willst du den English Muffin noch?« Jared hielt ihn hoch.

»Warum? Hast du Hunger?«

»Ja.« Die Art, wie er sie ansah, verriet, dass es nicht um Nahrung ging.

Also nahm sie einfach so einen Bissen von dem Muffin.

Butter lief aus ihrem Mundwinkel, und sie leckte sie mit der Zunge weg.

Jared kam ihr zuvor.

Ein Schauer überlief sie, als er sie ableckte.

»Willst du noch mehr?«, fragte er.

»Ja, bitte.« Sie meinte nicht den Muffin.

»Willst du das *wirklich* zu Ende bringen?« Jared hielt ihr das Gebäck wieder an den Mund.

Nicht wirklich. »Hey, abgemacht ist abgemacht.«

»Dann beeil dich, Frau, denn du hältst gerade das wichtigste Geschäft unseres Lebens auf.

Sie schaffte noch drei weitere Bissen von dem Muffin, bevor sie nachgab.

Sie brachten alles zurück in die Küche, räumten auf, sahen nach den Kätzchen – damit es keine Unterbrechungen geben würde – und teilten dann die Karten aus. Das Pokerspiel mit dem höchsten Einsatz ihres Lebens hatte gerade begonnen.

Aber Mac fiel es schwer, sich zu konzentrieren, und daran war allein Jared schuld. Er berührte sie ständig. Zuerst war es sein Fuß auf ihrem. Dann begann dieser eigenwillige Fuß, ihren Knöchel zu reiben. Als er ihn an ihrer Wade hochgleiten ließ, während er ein Bein über das andere schlug, wurde ihr klar, dass er einen Plan verfolgte.

»Du versuchst, mich aus dem Konzept zu bringen.« Sie widerstand dem Drang, ihre verdeckte Karte anzusehen. Beim Five Card Stud drehte sich alles um das Glück beim Geben; Kartenzählen würde ihr höchstens helfen, eine vage Vermutung über seine verdeckte Karte anzustellen. Und selbst dann gäbe es nichts, was sie dagegen tun könnte.

»Kaum, Mac. Ich versuche definitiv, dich dazu zu bringen, dich auf etwas zu konzentrieren. Aber das sind keine Karten, Princess.« Er schob sich einen Zahnstocher in sein Märchenprinzenlächeln und wackelte mit den Augenbrauen.

Selbst wenn er albern war, war er sexy.

Er mischte den Stapel und legte dann die erste Karte verdeckt auf den Tisch zwischen ihnen. »Einsatz bitte.«

»Ich dachte nicht, dass wir Geld in diese Gleichung einbeziehen.«

»Tun wir auch nicht. Aber du hast andere Dinge, die du setzen kannst.«

Sie traute dem Blick in seinen Augen nicht. »Ach ja?«

Sein Blick glitt an ihrem Körper hinunter.

»Du meinst doch nicht etwa – du denkst doch nicht –«

Doch, das tat er. Der raffinierte Hund.

Mac musste ihr Lächeln unterdrücken. Strip-Poker. Der Typ kannte alle Tricks.

Aber sie auch. Jared sollte sie nicht unterschätzen. Besonders nicht, wenn er nur ein Paar Shorts und ein Trikot trug.

Sie griff nach oben und nahm einen Ohrring ab. Einen von fünf.

Sie musste sich *wirklich* fest auf die Lippe beißen, um nicht zu lächeln, als er die Augen verdrehte.

Dann musste sie noch fester zubeißen, als er sein Trikot auszog. Aus einem völlig anderen Grund.

Er machte eine große Show daraus, sein Shirt zusammenzuknüllen und es auf ihren Ohrring zu legen, was seine Brustmuskeln nur noch mehr betonte. Er hatte sich definitiv wieder in Form gebracht. Und zwar *überall*.

Er versuchte wirklich, sie vom Spiel abzulenken.

Er teilte die nächste Karte offen aus. Eine Dame für sie, eine Drei für ihn.

Er sagte kein Wort, als er unter den Tisch griff, und Mac widerstand dem Drang, nachzusehen, was er noch zum Ausziehen übrig hatte. Jared trug wahrscheinlich nichts darunter, und in diesem Fall würde das Spiel *verdammt* schnell vorbei sein.

Sein Flip-Flop gesellte sich zum Stapel.

Er teilte die nächste Karte aus. Ein Ass für ihn, eine Zehn für sie.

Sie überlegte, seinen Bluff zu callen – diesen sehr muskulösen Bluff – und *ihr* Shirt auszuziehen, aber dazu war sie noch nicht ganz bereit.

Ein zweiter Ohrring gesellte sich zum Stapel.

Jared zog eine Augenbraue hoch, teilte aber lediglich die nächste Karte aus. Eine Vier für ihn, eine Zwei für sie.

Sie fügte den letzten Ohrring hinzu.

»Offen oder verdeckt?« Er hielt ihre nächste Karte fest.

»Offen. Wir können genauso gut sehen, womit wir es zu tun haben.«

Sie hätte schwören können, dass er »Das versuche ich ja« murmelte, während er ihre Zehn offen hinlegte. Sie hatte ein offenes Paar. Sah so aus, als würde Jared einen weiteren Schuh verlieren.

Japp, seine Sechs machte das zur Realität.

Er hatte nur noch ein oder zwei Kleidungsstücke an, und sie würde ihn nicht fragen, wie hoch die Zahl genau war.

»Lass sehen, Mac.«

Sie brauchte eine Sekunde, um zu begreifen, dass er von ihrer verdeckten Karte sprach.

Mac drehte sie um. Eine Fünf. Bis jetzt hatte sie das gewinnende Blatt.

Bis er einen König umdrehte. Ein Paar Könige schlug ein Paar Zehnen.

»Keine Ohrringe mehr, Mac. Ich habe gewonnen, ich darf bestimmen.«

»Die Bedingung hättest du stellen sollen, bevor wir angefangen haben.« Sie hatte das eine oder andere darüber gelernt, das Kleingedruckte zu klären, bevor ein Spiel anfängt.

Sie nahm die Creole aus ihrem rechten Ohrläppchen.

Jared seufzte und zog seinen Kleiderstapel und ihre Ohrringe auf seine Seite des Tisches. »Du spielst hart auf hart.«

»Du kennst mich seit Jahren, hast du wirklich etwas anderes erwartet?«

»Das ist es ja, Mac. Ich habe dich nicht wirklich gekannt, sonst hätte ich dich niemals durch die Hölle gehen lassen, durch die ich dich geschickt habe. Es tut mir leid.«

Er entschuldigte sich immer wieder, und obwohl sie es schätzte, war es nicht mehr nötig. »Jared, jetzt ist gut. Ich nehme deine Entschuldigung an. Ich bin ein großes Mädchen, ich weiß, dass Menschen Dinge sagen und tun, die sie nicht so meinen. Ich weiß auch, dass man jemanden nicht mit Absicht *nicht* mag. Du hattest deine Gründe, und die gehören der Vergangenheit an. Du hattest recht. Lass uns von hier aus anfangen. Davon, wer wir jetzt sind. Wie wir jetzt füreinander empfinden.« Sie streckte die Hand nach den Karten aus. »Aber ich werde dir trotzdem den Hintern versohlen.«

Er legte den Stapel in ihre Handfläche und schloss dann seine Hand darüber. »Lass es uns interessant machen.«

Diesmal war sie an der Reihe, ihren Blick über seinen Körper gleiten zu lassen. »Ich finde eigentlich, dass es das schon ist.«

»Oh, glaub mir, Princess. Es wird gleich *richtig* interessant werden. Und zwar schnell.« Er ließ ihre Hand los und lehnte sich im Stuhl zurück, die

Finger auf dem Tisch zwischen ihnen verschränkt, als würde er darüber diskutieren, welchen Film sie sich ansehen sollten. »Nur Kleidung. Und Schuhe zählen nicht.«

»Ich habe nicht genug an, um das Spiel zu überstehen, wenn ich jede Runde verliere.«

»Jetzt verstehst du, warum es interessant ist.« Er lehnte sich vor und bedeutete ihr, sich ebenfalls vorzubeugen. »Und ich habe sogar noch weniger an als du.«

Sie sollte eigentlich verlegen sein. Sie sollte nervös sein, aber sie war es nicht. Das Bild, das ihr in den Kopf schoss ... Sie wollte Jared nackt sehen. Sie wollte *selbst* nackt sein.

*Alles oder nichts.*

»Abgemacht.« Sie mischte die Karten, ohne den Blick von ihm abzuwenden.

»Dann ist das Spiel eröffnet.« Er knüllte sein Shirt zusammen und warf es in die Mitte des Tisches. »Einsatz bitte.«

Mac vollführte eine Flashdance-Bewegung und zog das Camisole unter ihrem Golfshirt aus, wobei sie Jareds starren Blick sichtlich genoss.

Sie teilte jedem die verdeckte Karte aus, drehte dann seine erste offene Karte senkrecht, deckte sie aber noch nicht auf.

»Bereit dafür?«

»Mehr als du glaubst.«

Das gefiel ihr.

Sie spielte die Karte aus. Eine Sieben.

Ihre war eine Zwei.

Jareds Lächeln konnte unmöglich noch breiter werden. »Was hast du denn da drunter noch so versteckt?«

Um ihre vorherige Aktion noch zu toppen, streifte sie ihre Schuhe ab, ließ ihre Arbeitshose bis zu den Knien gleiten und lockerte ihren Tanga so weit, dass sie es mit etwas Gymnastik schaffen konnte, ihn im Sitzen auszuziehen, ohne zu viel preiszugeben.

Als sie den Tanga auf den Stapel legte, verriet Jareds Gesichtsausdruck natürlich, dass das keine Rolle spielte; seine Fantasie arbeitete bereits auf Hochtouren.

»Du steckst voller Überraschungen, was?«

»Du hast ja keine Ahnung.« Verdammt, ihre Stimme war ein wenig heiserer, als ihr lieb war.

»Ich habe aber nichts dagegen, es herauszufinden.«

Sie legte die nächste Karte ab. Ein König für ihn. Ihre einzige Hoffnung war es, ein offenes Paar von irgendetwas zu bekommen.

Eine Acht.

»Weg damit, Mac.« Jared schnippte gegen den Ärmel ihres Shirts.

»Ganz ruhig, Herr Ungeduldig.« Als Nächstes kam die Arbeitshose. Gott sei Dank war das Golfshirt lang genug, um alles Peinliche zu verdecken.

»Echt jetzt, Mac, wenn ich gewusst hätte, dass du so eine Verführerin bist, hätte ich das nie vorgeschlagen.«

»Hast du aber. Und jetzt musst du dazu stehen.« Sie drehte seine nächste Karte um. Eine Zwei.

Wenn sie kein Ass bekäme, würde Jared Nolan seiner Erzfeindin aus Kindertagen nackt gegenübersitzen.

Sie bekam eine Vier.

Er stützte die Hände auf den Tisch. »Willst du mir helfen, da ich ja verletzt bin?«

Nein, sie wollte ihm helfen, weil sie ihre Hände an diesen Körper legen wollte. Aber er genoss seine Niederlage viel zu sehr. Sie hatte Jared jahrelang gewollt; sie würde es ihm nicht zu leicht machen. Der Kerl musste für die Qualen bezahlen, die er ihr bereitet hatte.

»Du solltest dich wahrscheinlich setzen, um sie auszuziehen. Wir wollen nicht, dass du umkippst. Du könntest dir was wehtun.«

»Feigling.« Aber er blieb sitzen, und mit einigem interessanten Hin- und Hergewackel landeten seine Shorts wie durch Zauberei oben auf dem Stapel.

»Letzte Karte. Offen oder verdeckt?«

»Willst du nicht sehen, ob ich noch was übrig habe?«

Nicht besonders. Denn *sie* hatte nicht mehr viel übrig – und damit meinte sie nicht die Kleidung. »Offen oder verdeckt, Jared?«

»Du weißt doch, Mac, dass man diese Frage auf sehr viele Arten verstehen kann.«

»Das Kartenspiel, Jared. Konzentrier dich.«

»Oh, ich bin voll konzentriert.«

Sie schnippte gegen seine Karte. »Offen oder verdeckt.«

Er seufzte und schüttelte den Kopf. »Offen. Bringen wir alles auf den Tisch.«

»Scheint mir, als hättest du das bereits getan.« Sie legte die Karte hin.

Dame.

Er hatte einen hohen König liegen; sie brauchte ein Paar, um ihn zu schlagen.

»Dreh sie um, Mac.« Jareds Stimme war heiser, und er deckte seine verdeckte Karte auf, noch bevor er den Satz beendet hatte.

Ein Paar Könige.

Es spielte keine Rolle mehr, was sie hatte.

»Ich gewinne.«

»Ja, das tust du.« Mac zupfte ihr Shirt nach unten und ging um den Tisch herum. »Und was gedenkst du jetzt dagegen zu tun, Jared?«

Er stand langsam auf. »Was willst du, dass ich dagegen tue, Mac? Ich möchte nämlich nichts tun, wobei du dich unwohl fühlst.«

»Ist es dir denn angenehm, nackt in der Küche deiner Großmutter zu stehen?« Sie legte den Kopf schief und grinste ihn an, wobei sie versuchte, ihren Blick auf sein Gesicht zu konzentrieren.

»Ich kenne einen Ort, an dem es viel angenehmer wäre.«

»Ach ja? Und wo genau soll das sein?«

Er zeigte nach oben.

»Jetzt bist du also auch noch Spiderman?«

Er lachte darüber. »Gott, Mac. Ich liebe es, dass du die Dinge nicht so ernst nimmst.«

»Da irrst du dich aber gewaltig, Jared. Ich nehme es definitiv ernst, nackt in Mildreds Küche zu stehen.«

»Du bist nicht nackt.«

Sie streifte ihr Shirt ab. »Jetzt schon.«

Danach war es egal, wer was sagte. Jared zog sie an sich und küsste sie.

Mac bekam keine Gelegenheit, Luft zu holen, was aber auch egal gewesen wäre, da er ihr ohnehin den Atem raubte. Seine Zunge vollführte Wunderdinge in ihrem Mund, seine Hände wanderten über ihren Rücken, und ein sehr beharrlicher Teil von ihm drückte gegen ihren Bauch.

Dann glitt eine Hand an ihrer Rückseite hinunter.

Jared riss seinen Mund von ihrem los und lehnte seine Stirn gegen ihre.

»Gott, Mac. Du fühlst dich so unglaublich gut an.« Seine andere Hand glitt zu ihrer anderen Pobacke, und er verlagerte sein Gewicht und hob sie hoch. »Schling deine Beine um mich.«

»Aber Jared, dein Bein –«

»Ich krieg das schon hin, Mac.« Er stützte sich mit einer Hand auf dem Küchentisch hinter ihr ab. »Schling deine Beine um mich.«

Sie tat es und sein Schwanz war genau da. Nur ein paar gezielte Bewegungen und sie würde ihn in sich spüren.

»Kondom«, brachte sie heraus, bevor er sie erneut küsste.

Es war ein kurzer Kuss. »Verdammt«, presste er hervor. »Nach oben.«

»Dann los.«

Sie löste ihre Beine und stürmte zur Tür hinaus.

Jared war ebenso motiviert wie sie und schaffte es, ihr bis zur Treppe, dann hinauf und in sein Schlafzimmer direkt auf den Fersen zu bleiben. Dort nahm er sie in die Arme und warf sie mit einem halben Schritt Schwung auf sein Bett. Dann riss er die Schublade des Nachttischs auf und schüttete eine Schachtel Kondome auf das Laken.

»Such dir eins aus«, sagte er, während er sich neben sie auf die Hüfte gleiten ließ.

»Bitte sag mir, dass die nicht mit Geschmack sind.« Sie hatte dieses Konzept nie verstanden – entweder man mochte den Geschmack des Partners oder nicht, Wildkirsche würde den Sex auch nicht heißer machen.

»Nein, die leuchten im Dunkeln.«

»Oh ja, genau das will ich mitten in der Nacht sehen: ein blau leuchtendes Lichtschwert, das auf mich zukommt.«

»Hey, Baby, ich geb dir ein Lichtschwert in jeder Farbe, die du willst.«

Sie verdrehte die Augen, als er das nächstbeste nahm. »Lila? Ernsthaft? Das weckt einfach zu viele alte Nackenbeißerklischees.«

»Und woher willst du bitteschön was über alte Nackenbeißer wissen?«

»Hey, ein Mädchen braucht schließlich auch ein gewisses Fantasieleben.«

»Ich will die einzige Fantasie sein, die du hast.«

Und als er sie wieder küsste, seine Hand von ihrem Schlüsselbein bis zu ihrem Oberschenkel gleiten ließ, dann ihren Bauch von Hüfte zu Hüfte umspannte und tiefer drang, war er es. Oh, das war er wahrlich, und er führte sie direkt in den Himmel.

# Kapitel Einunddreißig

Jared war im siebten Himmel und genoss das Gefühl ihrer Bauchmuskeln, während seine Handfläche über ihre Haut glitt. Keine der anderen Frauen, die er gedatet hatte, hatte sich so gut angefühlt wie sein ganz eigener Baumhaus-Schreck.

Gott, wenn er das damals schon gewusst hätte –

Er schob seine Zunge in ihren Mund. Die Küsse von vorhin waren nichts im Vergleich dazu. Mac rieb ihre Zunge gegen seine, sog sie dann tiefer ein, und er spürte diese Bewegung bis hinunter in seine Eier. Er sollte sich besser bald das Kondom überziehen, denn er wollte in diesem Moment nichts lieber, als in ihr zu sein.

Dann ließ sie ihre Hand über seine Brust gleiten, kreiste über seine Brustwarze und strich an seinen schrägen Bauchmuskeln entlang.

Okay, vielleicht gab es doch etwas, das er noch mehr wollte. Er wollte, dass Mac ihn berührte. Er wollte ihre Hände auf sich spüren. Überall. An jeder Stelle.

Sein Hintern war ein guter Anfang. Sie ließ ihre Hand seinen Rücken hinuntergleiten und schlang ein Bein über das seine, woraufhin er sich bewegte und sich gegen sie stemmte, während sein Schwanz pochte. Verdammt, es gab einen Grund für diese Klischees.

Er riss seinen Mund von ihrem los. »Wo ist das Kondom?«

Sie wischte mit der Hand über das Bett hinter ihrem Kopf.

»Hattest du nicht eins, Mac?«, keuchte er, während er mit seiner Hand ebenfalls die Laken absuchte. Wo zur Hölle waren diese verdammten Kondome?

»Ich glaube, wir liegen drauf.«

Er lachte leise und schüttelte den Kopf. *Ganz stark, Nolan.* Die erste Frau, bei der es wirklich darauf ankam, und er hatte die Kondome vom Spielfeld verbannt.

»Warte kurz.« Er meinte das nicht wörtlich, aber er war froh, dass sie es so auffasste, als er sich über sie stemmte, während ihr Bein und ihre Hand fest an seinen Hintern gepresst blieben. »Da. Schnapp dir ein paar.«

»Hab sie.«

Mac riss die Folie mit den Zähnen auf, während er wieder seinen Platz neben ihr einnahm, und dann rollte sie das Kondom wie ein Profi ab.

Er schüttelte den Kopf, da er nicht daran denken wollte, wie Mac das mit jemand anderem machte. Mac gehörte ihm. Sie hatte ihm schon immer gehört; er war bloß zu dumm gewesen, es zu merken. Er hatte es immer als selbstverständlich angesehen, dass sie da sein würde. Dass sie warten würde.

Gott sei Dank hatte sie es getan.

»So, bitteschön.« Sie drückte seinen Schwanz sanft, aber das war nicht genug.

Bei Weitem nicht genug.

»Nein, Schätzchen, *jetzt* geht's erst los.« Er rollte sie auf den Rücken, legte sich über sie und glitt hinein.

Ja, der reine Himmel.

»Gott, Mac, du fühlst dich unglaublich an.«

Sie knabberte an seinem Ohr. »Du hast recht. Tu ich.« Sie spannte ihre Muskeln um ihn an, und Jared musste die Luft anhalten, damit er nicht auf der Stelle kam.

»Hey, ganz langsam, Süße. Ich will nicht, dass es zu schnell vorbei ist.«

»Du hast mehr als genug Kondome, damit wir das noch mal machen können, Jared. Im Moment will ich, dass du dich bewegst. Ich will spüren, wie du mich nimmst.«

Jesus. In diesem Moment war sie nicht mehr Liams kleine Schwester, wodurch dieser Aspekt völlig ausgeblendet wurde. Jetzt, von diesem Augenblick an, war sie Mary-Alice Catherine Manley, die Frau, die er wollte.

Die Frau, die er liebte.

Er stieß hart in sie vor. Sie fühlte sich so verdammt gut an. Heiß und eng und nass um ihn herum, und er wollte sich einfach nur bewegen und spüren, wie sie mit ihm ging.

»Ja, Jared. Genau so.« Sie zog ihre Beine an und drückte ihre Fersen gegen seinen Hintern. »Gott, ja«, stöhnte sie nun unter ihm und passte ihre Bewegungen den seinen an, das perfekte Yin und Yang. Er hätte das schon vor Jahren tun sollen.

Um die Vergangenheit würde er sich später sorgen. Jetzt zählte nur das Hier und Jetzt.

Er stieß wieder tief vor, genoss es, wie sie sich an ihn klammerte und diesen Rausch mit ihm ritt.

»Oh ... Jared ...«

»Genau so, Baby. Lass mich hören, wie sehr du das willst.«

»Gott, Jared. Ja. Ja.« Sie bäumte sich ihm entgegen, als er mit der Zunge um ihre Brustwarze fuhr und sie mit den Zähnen streifte.

»Mehr.« Sie packte seinen Kopf und hielt ihn dort fest, während sie ihre Knöchel über seiner Taille verschränkte und ihr Becken kippte, um ihn noch tiefer aufzunehmen.

Jared würde in diesem Augenblick die Beherrschung verlieren, wenn er nicht etwas unternahm.

Also tat er es – er rammte sich in sie und erwiderte jeden ihrer Stöße. Das nächste Mal würden sie es langsamer angehen lassen. Jetzt musste er sie einfach haben.

Er küsste sie erneut, wobei seine Zunge imitierte, was zwischen ihnen geschah, und sie wimmerte dabei leise auf. Gott, er liebte die Laute, die sie von sich gab. Die Art, wie sie sich gegen ihn bewegte, die Brustwarzen hart, während sie seine Brust streichelte.

Er schob eine Hand unter ihren Hintern, zog sie näher an sich heran und rieb sich gegen sie, während sich seine Hoden zusammenzogen.

Er war kurz davor zu kommen und musste sicherstellen, dass sie es auch tat.

Er drückte sich wieder über sie hoch, ohne ganz aus ihr herauszugleiten, sondern gerade so weit, dass er ein langes, langsames Zurückgleiten provozieren konnte, das beide aufstöhnen ließ.

»Jared.« Sie packte seine Hüften. »Was machst du da?« Sie krallte sich fester in ihn. Er spürte, wie ihre Nägel Abdrücke in seiner Haut hinterließen, und es war ihm völlig egal. »Komm zurück.«

»Das werde ich, Mac. Das werde ich. Versprochen.« Und er tat es. Zentimeter um Zentimeter.

Das Tempo brachte ihn fast um.

»Bitte, Jared.« Sie wölbte sich nach oben, ihre Brüste glänzten vor Schweiß, und es kostete ihn jede Unze Beherrschung, die er besaß, nicht über sie herzufallen und die Sache zu Ende zu bringen.

Stattdessen ließ er einen Finger von ihrem Halsansatz über ihre Brust und ihr klopfendes Herz bis hinunter zu ihrem Bauch gleiten und sah zu, wie dieser erzitterte, während er tiefer wanderte.

Sie bewegte ihre Hüften, und Jared achtete darauf, dasselbe mit seinen zu tun und sie von innen heraus zu liebkosen.

Ihr Kopf warf sich hin und her. »Gott, Jared. Bitte.«

»Ich werde es ja, Baby. Ich komme ja. Versprochen.«

Er schob seinen Finger unter ihren Bauchnabel und ließ ihn ganz langsam nach unten wandern ...

»Gott, ja!« Sie bäumte sich auf, als er sie an dieser Stelle berührte, so bereit dafür. Ihre Beine fielen zur Seite, ihre inneren Muskeln zogen sich um ihn zusammen, und Schweiß rann zwischen seinen Schulterblättern hinab bei der Konzentration, die es erforderte, sie nicht einfach nur für seine eigene Befriedigung zu nehmen.

»Bitte, Jared ...« Sie packte sein Handgelenk und presste seine Hand gegen sich.

Er gab ihr, was sie wollte, spielte mit ihr, rieb sie, trieb sie bis ganz kurz vor den Höhepunkt und hielt dann inne, bis Mac inmitten ihrer kehlig geflehten Bitten nach Erlösung nicht einmal mehr seinen Namen aussprechen konnte.

Dann gab er es ihr, stieß wieder tief in sie vor, passte sich ihrem Rhythmus an und führte sie beide auf diesen Gipfel. Und kurz bevor er zuließ, dass sie darüber hinausstürzten, hatte er einen letzten klaren Gedanken.

Nichts würde jemals wieder so sein wie zuvor.

Wenig später spürte Mac, wie ihre Haarspitzen an ihrer Wange kitzelten.

»Weißt du, Mac, du warst wirklich extrem auf das Kartenspiel konzentriert. Ich hätte fast Komplexe bekommen.«

Mac hielt klugerweise die Augen geschlossen und den Mund zu. Er fischte nach Komplimenten, aber ein Dutzend Mal seinen Namen geschrien zu haben, war der einzige Egopush, den sie ihm gönnen würde. Sie konnte immer noch nicht glauben, dass sie das getan hatte. Dass sie das getan hatten. Das hier. Jetzt. Hier.

»Ich weiß, dass du wach bist. Ich kann dich denken hören.«

Das entlockte ihr ein Lächeln.

Jared strich mit einer Haarsträhne über ihre Nase. »Hat es dir die Sprache verschlagen, Prinzessin?«

Ihre Augen flogen auf. »Die Kätzchen! Wie spät ist es? Wie lange waren sie –?«

»Ganz ruhig. Ich habe mich um sie gekümmert, während du geschlafen hast.«

»Ich bin eingeschlafen?«

Die Grinsekatze hätte nicht breiter grinsen können als er. »O ja, das bist du. Sogar ziemlich fest. Du hast sogar ein bisschen geschnarcht.«

»Ich schnarche nicht.«

»Ich sage es ja nur ungern, Prinzessin, aber doch, das tust du. Es ist allerdings süß.«

»Es ist nicht besonders gentlemanlike von dir, darauf hinzuweisen.« Sie verschränkte die Arme – was ihre Brüste nach oben drückte.

Jareds Blick wanderte von ihrem Gesicht nach unten. »Ich fühle mich im Moment auch nicht besonders gentlemanlike.«

»Wie fühlst du dich denn, Jared?« Sie leckte sich vorsorglich über die Lippen.

»Dich.«

Diese Antwort war eines weiteren Egopushes würdig.

Oder dreier …

Aber Mac achtete darauf, diesmal nicht einzuschlafen. Sie wollte keinen einzigen Moment des Kuschelns mit Jared verpassen, nachdem sie sich erneut geliebt hatten.

Und ja, sie hatte sich mit ihm *geliebt*.

Er hatte die Worte nicht ausgesprochen – sie auch nicht, Gott sei Dank. Aber sie hatte sie gefühlt.

»Du denkst schon wieder nach.« Jared strich ihr eine Haarsträhne aus der Wange, und schon das allein löste ein Kribbeln aus.

»Wie geht es deinen Rippen?« Sie rollte sich in seinen Armen auf die Seite, stützte dann ihren Kopf auf die Handfläche und klemmte die andere unter ihre Brüste, wohl wissend, dass das seine Aufmerksamkeit erregen würde. Jetzt, da sie hier auf Augenhöhe waren, behielt sie gerne die Oberhand. Sozusagen.

»Meinen was?« Jared blickte von dort auf, wohin er gerade gestarrt hatte.

»Deinen Rippen. Du weißt schon, diese hier?« Sie streichelte sie und hielt inne, als er scharf die Luft einsog.

»Mach das noch mal, Mac.«

Ah. Ein scharfes Einatmen voller Erregung.

Sie tat, worum er bat, ließ dann ihre Hand über seine Hüfte gleiten und rieb mit ihrer Handfläche über diese Linie an seiner Taille. Dieser Teil des männlichen Körpers hatte es ihr schon immer angetan.

»Du solltest besser noch ein Kondom bereitlegen, Frau, denn ich glaube, du hast eine erogene Zone gefunden, von der ich gar nichts wusste.«

Offenbar tat es ihm auch etwas an.

Sie rieb ihn dort erneut.

»Das war's. Betrachte dich als gewarnt.«

»Gefahr erkannt, Gefahr gebannt.« Sie hielt ein weiteres Kondom hoch, das unter ihrer Taille gelegen hatte. »Lass sehen, was du draufhast, Nolan.«

Und oh, wie er es ihr zeigte.

Kapitel Zweiunddreißig

Am Montagmorgen spürte Mac Muskeln an Stellen, von denen sie gar nicht gewusst hatte, dass sie sie besaß.

Und sie fühlte sich an anderen Stellen, von denen sie es sehr wohl wusste, überaus befriedigt.

Sie und Jared hatten das gesamte Wochenende zusammen verbracht, den Großteil davon im Bett. Aber nicht alles. Sie hatten Zeit gefunden, eine Spritztour in Bryans Maserati zu machen – jetzt, da Jared die Schiene nicht mehr brauchte –, und sie waren ohne bestimmtes Ziel durch die Antiquitätenläden im Dorf gebummelt. Den Samstagabend hatten sie in einem lokalen Pub mit Live-Band ausklingen lassen. Am Sonntag gab es ein Picknick im Park am Fluss mit chinesischem Essen zum Mitnehmen. Sie hatten gelacht, Händchen gehalten, sich geküsst ... und sie hatten miteinander geschlafen.

Mac verliebte sich immer tiefer in Jared, und sie hatte beschlossen, sich einfach darauf einzulassen. Wenn es böse endete, hätte sie zumindest diese Momente gehabt. Und wenn es *nicht* endete, nun ja, dann hätte sie Jared.

»Hier drin ist es echt laut.« Jared kam zurück ins Schlafzimmer, nur mit einem Handtuch um die Hüften und Wassertropfen auf der ganzen Brust.

Sie wollte sie am liebsten ablecken. »Wovon redest du? Hier ist es totenstill.«

»Äh-äh. Du denkst schon wieder.«

Sie setzte sich auf. »Nein, habe ich nicht.«

»Doch, hast du. Und es war etwas Schwerwiegendes. Du bekommst hier immer so ein kleines V«, er deutete auf die Stelle zwischen seinen Augenbrauen, »wenn du dir große Gedanken machst.«

»Ach wirklich? Jetzt hörst du schon den Unterschied zwischen großen und kleinen Gedanken, Superman? Was *sind* denn überhaupt kleine Gedanken?«

»Kleine Gedanken sind so Sachen wie: Was ziehe ich heute an, welchen Schuh ziehe ich zuerst an, wann sollte ich zur Bank gehen? Große Gedanken sind Lebensfragen, wie zum Beispiel: Wird er heute Morgen oder heute Abend mit mir schlafen wollen? So was in der Art.« Er riss sich das Handtuch herunter. »Die Antwort ist übrigens: *beides*.«

»Das sehe ich.« Sie warf ein Kissen nach seinem Schritt. »Du bist unverbesserlich, Nolan.«

»Aber du liebst mich trotzdem.«

Jetzt war es *tatsächlich* totenstill.

Mac ließ sich gegen das Kopfteil zurückfallen.

»Äh, ich meinte ... das ist nur so eine Redewendung, Mac.«

Sie stand auf und riss das Laken vom Bett, das sie schützend vor sich hielt; sein Scherz gab ihr das Gefühl, zu entblößt zu sein. Sie setzte ihr perfektes Lächeln auf und tat so, als hätte er keinen empfindlichen Punkt getroffen. »Oh, ich weiß, Jared. Schon gut.« Sie wickelte sich das Laken um den Rücken. »Ich gehe jetzt duschen. Ich hoffe, du hast mir noch etwas warmes Wasser übrig gelassen. Bin gleich wieder da.«

Jared konnte ihr nur nachsehen, seine eigene Idiotie verschlug ihm die Sprache.

Oh Mann. Sie liebte ihn. Natürlich tat sie das. Sie tat es schon so lange, dass er ein Idiot sein müsste, um die Zeichen nicht zu erkennen – und er war fertig damit, ein Idiot zu sein. Nun ja, nach diesem neuesten Fauxpas jedenfalls.

Er musste ihr sagen, dass er sie liebte, aber nicht so. Nicht, um irgendeinen leichtfertigen Kommentar zu überspielen, den er nicht hätte machen sollen, im Haus seiner Großmutter, während sie beide nur in ein Handtuch oder ein Laken gewickelt waren. Wenn er Mac sagte, dass er sie liebte, musste es ein besonderer Moment sein. Mac verdiente nichts Geringeres, nachdem sie über die Jahre so viel mitgemacht hatte.

Er hatte das ganze Wochenende darüber nachgedacht, wie er es anstellen sollte. Jedenfalls, wenn er überhaupt fähig gewesen war zu denken. Was nicht oft der Fall war. Die wenigen Male, in denen sie nicht im Bett gelegen und gemeinsam den Verstand verloren hatten, hatten sie andere Dinge getan: geredet, Sightseeing gemacht, die Gesellschaft des anderen genossen, gegessen. Das Timing und der Moment waren einfach nicht richtig gewesen.

Und heute würden sie den Tag mit Liam und Sean und ein paar anderen Leuten auf dem Anwesen verbringen, das Sean gerade reinigte, um dem Besitzer bei irgendetwas zu helfen ... Er konnte sich nicht erinnern, was sie genau tun würden, aber es war ein weiterer Grund, warum er es ihr nicht sagen konnte. Man sagte einer Frau nicht einfach so zwischen Tür und Angel, dass man sie liebte, und hing dann acht Stunden lang mit anderen Leuten rum.

Er seufzte und hob das Kissen auf. Ihm würde schon was einfallen; Mac war zu wichtig, als dass er es vermasseln dürfte.

Und weil sie ihm so viel bedeutete, hatte er den perfekten Weg ausgetüftelt, um Camille und ihren Toyboy aus seiner Wohnung zu befördern, und es gab keinen besseren Zeitpunkt als jetzt, um seinen Plan in die Tat umzusetzen. Er wollte nicht, dass Lee herausfand, dass er sich in Bezug auf Mac nicht gerade an die Regeln gehalten hatte.

Er warf einen Blick auf die Uhr und zog sich dann ein paar Shorts an. Er wollte gerade die Badezimmertür öffnen, um Mac zu sagen, dass er kurz weg müsse, als er es sich anders überlegte. Wenn er da jetzt reinginge, würden sie sich verspäten und er müsste den Plan auf einen anderen Tag verschieben. Außerdem glaubte er nicht, dass sie es nach letzter Nacht zu schätzen wüsste, jetzt von Camille zu hören.

Stattdessen kritzelte er eine Notiz auf die Rückseite seiner *Sports Illustrated*: »Musste kurz weg. Treffe dich beim Anwesen. – Jared«

Er hätte fast »Alles Liebe« geschrieben, aber Worte, die so wichtig waren, sollten persönlich gesagt werden.


Jared blickte die Straße vor seinem Apartmenthaus auf und ab, bevor er aus seinem Wagen stieg, und fühlte sich wie ein Dieb. Was lächerlich war. Camille war diejenige gewesen, die ihn bestohlen hatte. Sein Vertrauen, sein Herz, seine Karriere, und jetzt sein verdammtes Haus. Jeder Mann hatte seine Grenzen.

Er klemmte sich die Krücke unter den linken Arm und den Karton unter den rechten.

»Miau.« Larry stupste mit der Nase durch die Öffnung, wo sich die Pappklappen kreuzten.

Jared schob ihn wieder zurück. »Heute ist also der Tag, an dem du lernst zu miauen? Konntest du nicht noch vierundzwanzig Stunden warten? Ich will nicht, dass sie dich hört, bevor du tust, was du tun musst.«

»Hey, Preston.« Er nickte dem Portier zu. Preston arbeitete hier schon ewig. Er kannte alle Mieter. Und alle Geheimnisse der Mieter. »Wenn Camille durchdreht, kannst du diese kleinen Kerle für mich einsammeln? Es sind vier. Oh, und ruf diesen Mann hier an.« Er schob Preston die Karte des Schlüsseldienstes und tausend Dollar in Hundertern zu. Billiger als seinen Anwalt zu bezahlen und effektiver.

Preston spähte in den Karton. »Das dürfte interessant werden.«

»Schade, dass ich nicht hier sein werde, um es mitzuerleben.«

»Ich werde kostenlos ein paar Fotos machen.«

»Du bist ein Schatz, Preston.«

»Und Sie, Mr. Nolan, sind der Teufel. Sie nennt Sie ja oft genug so.«

Camille würde ihn noch mit ganz anderen Namen betiteln, sobald er diese Kerle in der Wohnung freiließ. Ihre Allergien waren so schlimm, dass eine Katze eigentlich schon ausreichen würde; vier würden die Wohnung unbewohnbar machen. Er hatte zwar kein Katzenklo mitbringen können, aber Lee hatte recht; neue Teppiche wären es wert, sie endlich loszuwerden.

Jared lächelte und ging zum Aufzug, sehr froh darüber, dass Mac darauf bestanden hatte, die Kätzchen zu behalten. »Bis dann, Preston. Ich muss los, meinem Ruf alle Ehre machen.«


»Wo warst du eigentlich?«, fragte Mac ihn, als er beim Anwesen ankam, gerade als sie aus ihrem Wagen stieg.

»Ich musste eine Erledigung machen.«

»Hatte das mit den Kätzchen zu tun? Geht es ihnen gut? Sie waren nicht im Laufstall.«

»Ihnen geht es bestens. Da wir nicht zu Hause sein würden, dachte ich, sie könnten eine Abwechslung vertragen.« Es war riskant, sie freizulassen, aber Preston würde ein Auge darauf haben. Camille würde erst nach dem Abendessen nach Hause kommen – ihre Montagsausflüge mit ihren Freundinnen waren regelmäßig auf seinen Kreditkartenabrechnungen aufgetaucht, als sie noch Zugriff darauf hatte –, es würde also ein komplettes Tohuwabohu herrschen, wenn sie zur Tür hereinkam und mit so viel Katzenhaaren konfrontiert würde, dass sie kaum in der Lage sein würde, eine Tasche zu packen, geschweige denn nach den Kätzchen zu suchen.

Aber auch er und Mac gerieten mitten in ein Tohuwabohu.

Bryan hatte einige der Kinder der Witwe mit zum Anwesen gebracht. Was er schon wieder im Haus der Witwe zu suchen gehabt hatte, wollte Jared noch herausfinden, aber nicht jetzt. Die Jungen rannten mit Lichtschwertern herum und entgingen nur knapp den unbezahlbaren Antiquitäten an diesem Ort, während ein Rudel Hunde hinter ihnen her jagte. Das kleine Mädchen – Maggie – schleifte ihre Babypuppe hinter sich her, nuckelte am Daumen und folgte Bryan, als wäre er der Rattenfänger von Hameln.

»Hey Leute, kommt rein«, sagte Sean und klopfte ihm auf die Schulter. »Wir können jede Hilfe gebrauchen.«

»Ich hätte meine Beinschiene mitbringen sollen«, murmelte Jared, als er die Leitern sah, die an den Wänden des Foyers lehnten. Jemand sollte sie lieber schnell wegstellen, sonst würden die Jungen sie wie riesige, sehr zerstörerische Dominosteine umwerfen.

»Komm schon, Jared«, sagte Mac und kniff ihm im Vorbeigehen in den Hintern. »Entweder du hilfst mit oder nicht, aber du darfst dich nicht immer als Invalide ausgeben, wenn es dir gerade passt.«

Sie zwinkerte ihm zu, als sie über die Schulter zurückblickte.

Wenn sie nicht wollte, dass ihre Familie von ihrem intimen Verhältnis erfuhr, sollte sie besser damit aufhören.

Obwohl das verdammt schade wäre. Jared genoss diese spielerische Seite ihrer Beziehung.

Bis er bemerkte, dass Lee ihn beobachtete.

O weh.

»Und? Wie ist es gelaufen?« Lee kam herüber.

»Das Abendessen war gut. Wir hatten eine schöne Zeit.«

»Und?«

»Und was? Fragst du mich gerade, ob irgendetwas mit deiner *Schwester* gelaufen ist, Lee? Ich dachte, wir wollten uns von diesen unangenehmen Themen fernhalten.«

»Es ist nur unangenehm, wenn etwas passiert ist.«

Es war definitiv nicht *unangenehm* gewesen. »Ich habe alles in die Wege geleitet, um Camille loszuwerden.«

Liam zog eine Augenbraue hoch. »Und?«

»Ich erwarte nach dem Abendessen einen Anruf, dass die Sache erledigt ist.«

Liam starrte ihn so lange an, dass Jared all sein schauspielerisches Geschick aufbieten musste. Er hatte oft genug Poker mit Lee gespielt, um es zu perfektionieren, aber er war trotzdem dankbar für den Hund, der mit der Puppe von jemandem im Maul zwischen ihnen durchrannte.

»Mist.« Lee rannte hinter dem Tier her und beendete so diesen peinlichen Moment, Gott sei Dank.

»Was wollte Liam?« Mac kam mit etwas in den Händen zurück.

»Was ist das?«

»Ein Rätsel, das Livvys Großmutter hinterlassen hat. Wir sollen nach etwas suchen, das mit Generationen von Martinsons zu tun hat. Es könnte überall in diesem Haus sein.« Sie ließ die Hände sinken. »Und denk nicht, dass du dich um die Antwort drückst. Ich nehme an, es ging um mich.«

»Das tat es.«

»Und was hast du ihm gesagt?«

»Was hättest du denn gewollt, dass ich ihm sage?«

»Ich weiß nicht. Was wollte er denn wissen?«

»Er wollte wissen, wie unser Abendessen war.«

»Oh. Nun, das ist ja ein harmloses Thema. Also, was hast du gesagt?«

»Dass wir eine schöne Zeit hatten.«

»Oh, okay. Also keine große Sache.«

»Ja, stell dir vor, ich hätte ihm erzählt, was *wirklich* passiert ist?«

Er erreichte das Erröten, auf das er abgezielt hatte. Und dieses Lächeln, das sie nur für ihn hatte.

»Hör auf damit, Nolan. Wir sind heute in der Familien-Zone. Keine Anspielungen.«

»Ach komm schon, Mac. Du bist eine Spaßbremse.«

»Daran werde ich dich später erinnern. Glaub mir, ich kann eine bessere *Spaßbremse* sein als jeder andere.«

»Große Worte, Prinzessin. Ein Kuss von mir und du wirst Spaß haben. Ich werde *dafür sorgen*, dass du *Spaß* hast.«

Er unterdrückte ein Lächeln, während er wegging, weil Sean zusah. Aber innerlich lächelte er, weil er das Aufblitzen von Verlangen in ihren Augen gesehen hatte.

Oh ja, später würde es eine Menge Spaß geben.

Die nächsten acht Stunden allerdings ... weniger. Preston hatte nicht angerufen und Sean nahm das letzte Ölgemälde im Flur von der Wand. Jared stöhnte. »Noch mehr?«

»Komm schon, Schlappschwanz.« Sean reichte ihm das Gemälde. »Wir sind fast zur Hälfte fertig.«

»Zur Hälfte?« Diesmal stöhnte Mac. »Du meinst, da sind noch mehr? Über wie viele Generationen reden wir hier eigentlich?«

Sean deutete in einen anderen Flur. »Die Martinsons liebten es, jedes einzelne Familienmitglied zur Schau zu stellen.«

Jared würde am liebsten das Handtuch werfen, aber er riss sich zusammen und machte sich an die Arbeit. Je schneller sie hiermit fertig waren, desto schneller konnten er und Mac nach Hause gehen. Und desto schneller konnte er ihr sagen, was er heute schon zu oft fast herausgeplatzt hätte.

Camilles Sachen vorhin in seiner Wohnung zu sehen, hatte ihn mitgenommen. Zum Teufel mit dem perfekten Moment; der Moment würde sein, wenn er es Mac sagte. Er wollte keinen weiteren Tag verstreichen lassen, an dem sie nicht wusste, was sie ihm bedeutete, damit sie ihr gemeinsames Leben beginnen konnten.

Und er wollte ein Leben mit ihr.

Er checkte sein Handy erneut. Nichts von Preston. Er tippte Mac am Arm an. »Kopf hoch, Butterblume. Es ist bald vorbei.« So viele Dinge, und er lächelte schon bei dem Gedanken an den Moment, in dem er es ihr sagen würde. Ihm gefiel nicht nur die Tatsache, dass er in sie verliebt war, sondern er mochte es auch, dass er ihre Träume wahr machen konnte.

»Ich bevorzuge Gänseblümchen und würde lieber einfach gehen«, murmelte sie, hievte sich von der Bank aus dem achtzehnten Jahrhundert hoch, die irgendein Vorfahre mitten im langen Flur platziert hatte, und fuhr mit den Händen über die Rückseite des Porträts, auf der Suche nach Gott weiß was. Es wäre so viel einfacher, wenn sie wenigstens einen *Anhaltspunkt* dafür hätten, wie der Hinweis aussah.

»Wo bleibt denn da der Spaß? Wo ist dein Abenteuersinn?«

»Den habe ich bei den Martinsons von 1542 gelassen.« Sie klopfte oben gegen den Rahmen, um Entwarnung zu geben. »Diese Leute könnten jeder Party das Leben aussaugen.«

»Nur die aus dem sechzehnten Jahrhundert? Liebes, warst du schon in irgendeinem anderen Flur hier?«

Sie stöhnte. »In mehr, als mir lieb ist.«

Jared stellte den Rahmen an die Wand und zog Mac um die Ecke. Er schlang die Arme um sie, hob sie hoch und drückte sie gegen die Wand, um einen schnellen Kuss auf ihren überraschten Mund zu setzen. »Das wollte ich schon den ganzen Tag tun.«

»Aber das hast du heute Morgen doch schon so oft gemacht.«

»Letzte Nacht auch, aber es scheint einfach nicht genug zu sein.«

Macs Grinsen versetzte ihn direkt zurück in die letzte Nacht und diesen Morgen – bis es auf ihrem Gesicht einfror, als sie über seine Schulter blickte.

Die Haare in Jareds Nacken stellten sich auf, und er ließ sie auf den Boden gleiten, bevor er sich umdrehte.

»Hallo, Liebling.«

»Was zum Teufel glaubst du, was du hier machst, Camille? Woher wusstest du, wo ich bin?«

Sie verschränkte die Arme und legte den Kopf schief. »Du bist nicht der Einzige, der jemanden auf seiner Gehaltsliste hat.« Das Biest lächelte dieses Lächeln, das er früher mal sexy fand, heute aber nur noch als berechnend ansah. »Komm schon, Schatzi. Du musst vor den anderen nicht so tun, als ob. Ich habe die Geschenke erhalten, die du mir heute im Apartment hinterlassen hast.«

Er spürte, wie Mac neben ihm erstarrte.

»Sie waren so aufmerksam.« Sie stolzierte auf ihn zu und legte eine bekrallte Hand auf seine Schulter, während sie Mac keines Blickes würdigte. »Deine Entschuldigung ist angenommen.«

»Ich entschuldige mich für gar nichts.«

»Aber du leugnest die Geschenke nicht.«

Mac trat einen Schritt von ihm weg.

»Mac, hör nicht auf sie.«

Das war, als würde man einem Stier sagen, er solle kein rotes Tuch angreifen. Unglücklicherweise entschied sich Mac, wortlos davonzustürmen, und er konnte ihr wegen der Hexe vor ihm nicht nachlaufen.

»Huch, haben wir da etwa ein weiteres Herz gebrochen, Jared?« Camille strich mit einem Fingernagel über seine Wange.

Jared stieß ihre Hand von sich weg. »Verschwinde, Camille. Du hast genug Schaden angerichtet.«

»Du hast noch gar nicht gesehen, welchen Schaden ich anrichten kann, Jared. Diese kleine Aktion? Mein Anwalt bereitet bereits eine Klage vor.«

»Bist du in sein Büro gegangen, um mit ihm darüber zu sprechen?«

»Aber sicher doch.«

»Hast du eine Tasche gepackt?«

Das holte sie von ihrem hohen Ross herunter. Sie sah ihn misstrauisch an. »Natürlich. Ich habe nicht vor, meine Sachen von diesem Dreck ruinieren zu lassen.«

»Perfekt. Viel Glück dabei, wieder in das Apartment reinzukommen.«

»Du kannst mich nicht einfach rauswerfen. Es gibt Mieterschutzgesetze.«

»In Anbetracht der Tatsache, dass du freiwillig gegangen bist – mit gepackten Taschen –, können wir getrost sagen, dass du aus eigenem Antrieb ausgezogen bist.« Das hämische Grinsen verschwand aus ihrem Gesicht – und breitete sich auf seinem aus. »Und es gibt auch Gesetze gegen *Hausfriedensbruch*, also schlage ich vor, dass du dich vom Grundstück fernhältst. Die Schlösser werden in diesem Augenblick ausgetauscht.«

»Warum ... du ...« Sie stampfte mit dem Fuß auf. Er hatte für diese sündhaft teuren Absätze bezahlt, und es würde ihm nichts ausmachen, wenn sie genau jetzt auseinanderfielen.

Camille wirbelte herum und stürmte in die Richtung davon, in die auch Mac gegangen war, nur um erneut herumzuwirbeln und auf ihn zuzukommen, den Finger wie eine Lanze auf ihn gerichtet.

»Hör mal zu, du Amateur-Sportler. Glaub bloß nicht, dass du das mit mir machen kannst. Ich werde dich vernichten. Ich werde deinen Namen so tief durch den Dreck ziehen, dass sich niemand mehr daran erinnern wird, wer du bist. Ich werde –«

»Entschuldigung.« Die kleine Maggie kam aus dem anderen Flur gerannt. »Streitet ihr euch?«

»Nein.«

»Ja!«, funkelte Camille ihn an.

Das kleine Mädchen steckte sich den Daumen in den Mund und sah die beiden an.

Jared funkelte zurück und ging dann auf Maggies Augenhöhe herunter. »Tut mir leid, Maggie. Nein, Süße, wir streiten uns nicht. Wir haben nur eine Meinungsverschiedenheit.«

»Oh. Ich habe auch Meinungsverschiedenheiten mit meinen Brüdern. Aber dann holen sie die Lichtschwerter raus und versuchen, mir den Kopf abzuhacken. Das werdet ihr doch nicht machen, oder?«

So sehr er es auch gerne getan hätte, schüttelte er den Kopf. »Nein, Herzchen. Ich werde ihr nicht den Kopf mit einem Lichtschwert abhacken.«

Camille verschränkte die Arme und tippte mit der Spitze eines dieser Schuhe auf den Boden. »Könntest du aber genauso gut, Jared. Wo denkst du eigentlich, dass wir – ich meine, wo soll ich denn jetzt hin?«

»Frag deinen Anwalt, wenn er so viele Antworten hat.« Er stützte sich mit einer Hand an der Wand ab, um aufzustehen, und hielt Maggie dann die seine hin. »Nun, wenn es dir nichts ausmacht, Camille, ich habe andere Dinge zu erledigen. Ich nehme an, wir sehen uns vor Gericht. Oder vielleicht willst du dir, da du jetzt tatsächlich irgendwo Miete bezahlen musst, die Anwaltskosten sparen und es einfach gut sein lassen. Du hast mir genug genommen. Lass es gut sein, ja? Wirst du des Kämpfens nicht müde? Du hattest deine Zeit im Rampenlicht, jetzt geh und genieß deine Bedeutungslosigkeit.«

»Große Töne von dir, Jared, besonders da du vielleicht nie wieder spielen wirst.«

»Klar kann er das«, sagte Maggie mit einem strahlenden Lächeln. »Er kann mit mir spielen.«

Maggies unschuldige Bemerkung legte sich um sein Herz, als gehörte sie genau dort hin. »Mach dir um mich keine Sorgen, Camille. Mir wird es bestens gehen. Komm schon, Maggie. Lass uns Mac suchen.«

Maggie sah mit großen Augen zu ihm auf. »Warum? Ist sie verloren gegangen?«

»Nicht, wenn ich es verhindern kann.«

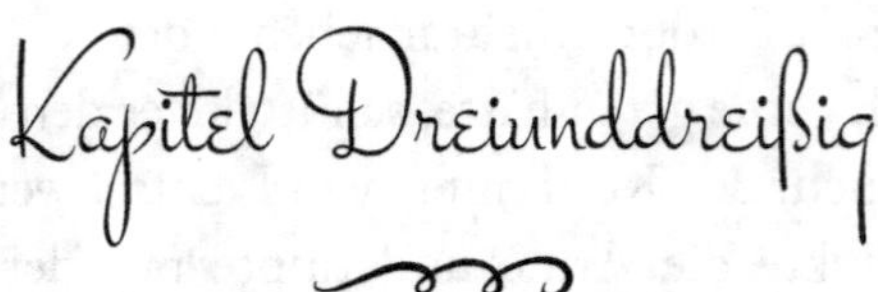

# Kapitel Dreiunddreißig

Mac wischte sich die Tränen aus dem Gesicht.

Verdammt. Sie war ihm schon wieder verfallen, und er hatte sie nur benutzt. Wie hatte sie Camille nur vergessen können? Die Frau, in die er sich verliebt hatte. Die Frau, mit der er zusammengelebt hatte.

Die Frau, zu der er *heute Morgen* gegangen war, nachdem er die letzte Nacht mit ihr verbracht hatte.

Sie hatte keine Ahnung, warum er *ihr* gemeinsames Bett verlassen sollte, nur um am selben verdammten Morgen zu Camille zurückzugehen! Innerhalb einer halben Stunde!

Sie hatte ihn falsch eingeschätzt. All die Jahre hatte sie an der Fantasie festgehalten, er sei ihr Märchenprinz, und als sie ihn schließlich von diesem Sockel gestoßen hatte, um ihn als Mann zu sehen, hatte sie die Wahrheit immer noch nicht erkannt.

Die Maeves und Renees und Juliettes dieser Welt hätten ihr eine Warnung sein müssen, aber sie war zu blind gewesen, es zu sehen.

Nun, jetzt sah sie es. Zumindest halbwegs. Es war schwer, durch die Tränen hindurch klar zu sehen.

Frauen standen Jared jederzeit zur Verfügung, wann immer er wollte, und sie war nur eine in einer langen Reihe geworden.

Und sie hatte zugelassen, dass sie sich in ihn verliebte. Schon wieder. Gott, sie war erbärmlich.

Sie bremste an der nächsten Ampel bis zum Stillstand ab. Wenn sie rechts abbog, käme sie zu Mildred.

Dorthin wollte sie nicht zurück.

Als die Ampel auf Grün sprang, fuhr sie geradeaus. Direkt nach Hause. Direkt dorthin, wo sie ihre Wunden lecken und ihr geschundenes Herz an dem Ort beruhigen konnte, der ihr schon immer Trost gespendet hatte.

Sie bog in ihre Straße ein, fuhr erst rechts und dann in einer Linkskurve weiter.

Sie rollte in die Einfahrt ihres Elternhauses. All die Erinnerungen, die sie hier hatte, all die Hoffnungen und Träume. Und dieser verdammte Gehweg, auf dem Jared ihr das Herz gebrochen hatte. Sie hätte an jene Nacht denken sollen.

Mist, und sie hätte an ihren Schlüssel denken sollen. Verdammt, den hatte sie bei Mildred liegen lassen.

Mac ließ sich erschöpft auf die Stufen der Veranda sinken. Sie würde wohl oder übel zurückmüssen. Oder sie konnte zurück zum Anwesen fahren und sich einen Zweitschlüssel von einem ihrer Brüder holen, aber das würde Fragen nach sich ziehen, warum sie einfach so abgehauen war, ohne sich von jemandem zu verabschieden.

Fragen, die sie nicht beantworten wollte.

## Kapitel Vierunddreißig

Jared fand sie genau dort, wo er sie vermutet hatte.

»Hey«, sagte er, als er in ihrer Einfahrt aus dem Auto stieg und sie auf der vorderen Stufe des Hauses ihrer Großmutter sitzen sah, »Schlüssel vergessen?«

Sie blickte auf, und Gott, der Schmerz, den er in ihrem Gesicht sah. »Er liegt noch bei Mildred, und ich … mir war nicht danach, dorthin zu gehen.«

Weil er dort sein würde. Weil sie glaubte, er würde sie wieder verletzen.

Er ging den Pfad hinauf, der eine der traurigsten Erinnerungen seines Lebens barg. »Es tut mir leid, Mac.«

»Was genau, Jared?« Sie strich sich eine Strähne hinter das Ohr.

Er setzte sich neben sie auf die Treppe. »Es tut mir leid, dass ich dir nichts davon gesagt habe, dass ich heute zur Wohnung gefahren bin.«

Der unverhohlene Schmerz in ihren Augen versetzte seinem Herzen einen Stich.

»Warum hast du es getan?«

Er nahm ihre Hand in seine. »Ich wollte sie raus haben.«

»Aber warum *heute*? Nach… nun ja, nach letzter Nacht?«

Er schloss seine andere Hand über der ihren. »Wegen etwas, das Liam gesagt hat.«

»Liam? Was hat er damit zu tun? Versucht er, es mir heimzuzahlen, weil ich dieses verdammte Spiel gewonnen habe?«

»Ich hoffe nicht, dass du mich als Heimzahlung betrachtest, Mac. Ich hatte gehofft, der Jackpot zu sein.«

Sie biss sich auf die Lippe.

Es war noch zu früh für Witze.

Er rutschte näher und stieß sie sanft mit der Schulter an. »Ich bin mit den Kätzchen zur Wohnung gefahren.«

»Du hast ihr unsere Kätzchen gegeben?«

Er liebte es, wie sie »unsere« sagte. »Sagen wir einfach, ich habe sie ihr geliehen. Für ein bisschen Hausputz.«

»Ich verstehe nicht ganz.«

»Sie hat eine Tierhaarallergie, weißt du noch? Die Wohnung muss jetzt erst einmal begast werden, bevor sie dort wieder wohnen kann. Also ist sie ausgezogen, und weil sie eine Tasche gepackt hat, kann sie nicht behaupten, ich hätte sie rausgeworfen. Somit hatte ich das Recht, die Schlösser auszutauschen. Was ich getan habe.«

»Aber warum heute?«

Bei dem Kummer in ihrer Stimme brach ihm das Herz. »Ich wollte sie aus meinem Leben haben, bevor ich etwas mit dir anfange, aber, nun ja, wir haben die Reihenfolge wohl ein bisschen durcheinandergebracht. Heute Morgen war die erste Gelegenheit.«

»Aber warum hast du mir nichts gesagt?«

»Lee gab zu bedenken, dass du es nicht begrüßen würdest, wenn Camille noch im Spiel wäre, also wollte ich sie gar nicht erst erwähnen. Ich hätte nie erwartet, dass sie so eine Nummer abzieht.«

»*Worüber* habt ihr beide gesprochen?«

»Über dich, Mac. Wir haben über dich geredet. Darüber, was für ein Idiot ich war und wie sehr du mich liebst.«

Sie sah weg, während ihr die Röte den Hals hinaufstieg.

Er legte einen Finger unter ihr Kinn und drehte ihr Gesicht zu sich. »Schau nicht weg, Mac. Das sind die süßesten Worte, die ich je gehört habe.«

»Ich habe sie nie ausgesprochen.«

»Das musst du auch nicht. Ich habe gesehen, wie du mich angesehen hast, während ich mit dir Liebe gemacht habe – und ich *habe* mit dir Liebe gemacht, Süße.«

Sie blinzelte, und ihre Augen füllten sich mit Tränen.

Er strich ihr mit dem Daumen über den Augenwinkel. »Nicht weinen, Mac. Keine traurigen Tränen mehr. Es ist alles gut. Denn ich liebe dich auch.«

Ihre Augen weiteten sich und sie blinzelte schneller. »Du... tust du das?«

»Das tue ich. Ich hätte es dir in der Sekunde sagen sollen, als es mir klar wurde, aber ich wollte daraus eine große Geste machen. Etwas Gewaltiges und Denkwürdiges, damit du es nie vergisst.«

»Das wird nicht passieren, Jared.«

Ihre Antwort raubte ihm den Atem.

Gott, er hatte es vermasselt. Nach all dem, nach allem, was sie durchgemacht hatten, nachdem ihm endlich klar geworden war, was er schon längst hätte wissen müssen, hatte er es ruiniert.

»Bist du sicher, Mac? Kannst du es nicht über dein Herz bringen, mir zu verzeihen? Mir die Chance zu geben, es wiedergutzumachen, dir zu zeigen, wie sehr ich dich liebe? Ich werde es tun, Mac. Wirklich. Ich verspreche es. Ich hätte dir von Camille erzählen sollen, verdammt, ich hätte dir alles sagen sollen, was ich denke und fühle, aber—«

Sie legte ihm einen Finger auf die Lippen.

Er küsste ihn. Er musste einfach. Er musste sie davon überzeugen, dass seine Gefühle für sie echt waren. Dass sie daran glauben konnte.

»Nein, Jared. Das meinte ich nicht. Ich liebe dich schon ewig; daran hat sich nichts geändert. Nein, was ich meinte, ist: Du hast mir diesen Moment bereits geschenkt.« Sie lehnte sich vor und küsste ihn auf die Wange – ein zärtlicher, süßer Kuss für die Ewigkeit. »Und ich werde ihn *nie* vergessen.«


*Drei Monate später.*


Er bescherte ihr einen noch denkwürdigeren Moment. Einen, von dem sie ihren Enkeln erzählen konnten.

Denn es *würde* Enkel geben.

»Seid ihr bereit, Jungs?«, flüsterte er der Truppe zu, die hinter dem Haus seiner Großmutter Aufstellung genommen hatte. Er hatte es für sie beide gekauft, und für die Familie, die sie hier großziehen würden, aber er hatte es Mac noch nicht gesagt. Sie war im Vorgarten und dachte, die gelben Astern, die sie gerade pflanzte, seien dafür da, das Haus für den Verkauf vorzubereiten.

Er konnte es kaum erwarten, ihr zu sagen, dass sie dazu da waren, diesen Moment zu feiern. Er hätte Gänseblümchen bevorzugt, aber die mussten im Frühjahr gepflanzt werden, und er wollte nicht bis dahin warten.

Er wollte keinen Augenblick länger warten.

»Müssen wir das echt *schon wieder* machen?«, stöhnte Kevin. »Hat einmal nicht gereicht?«

Nicky tippte gegen Kevins Baseballkappe, sodass sie ihm über die Augen rutschte. »Halt die Klappe, Spinner. Der Kerl will ihr einen Antrag machen. Lass ihn das so machen, wie er es will.«

»Blödmann.«

»Loser.«

»Leute? Kann das warten? Ich kann es nämlich nicht.« Jared brannte seit drei Monaten darauf, das hier zu tun. Er hatte gewusst, dass er sie heiraten wollte, in dem Moment, als er sich in sie verliebt hatte. Er *musste* sie heiraten; es fühlte sich so richtig an wie das Atmen. Und *er* war der Trottel gewesen, der zu dumm war, es zu merken. »Bereit?«

Kevin seufzte. »Ich schätze schon.«

Chase stieß ihn in die Kniekehlen, sodass er fast einknickte. »Dann reiß dich zusammen, Kev. Laut meinem Dad ist das der wichtigste Moment im Leben eines Mannes. Wir müssen dafür sorgen, dass er sitzt.«

»Meinetwegen. Bringen wir's einfach hinter uns, damit wir Baseball spielen gehen können.«

Jared wollte es hinter sich bringen, damit er anfangen konnte, seine Zukunft mit Mac zu planen.

Er schob Nicky als Ersten vor.

Der Ausdruck von Überraschung und Glück auf Macs Gesicht war alles, was er sich erhofft hatte.

Nacheinander überreichten die Jungs ihr die Blumen und holten immer wieder neue. Das war die Bedingung gewesen, unter der er den Trainerjob übernommen hatte: Dass jeder von ihnen ihr ein halbes Dutzend Blumen schenkte. Eine für jedes Jahr, das er mit ihr verbringen wollte. Sechzig sollten erst einmal reichen. Und falls nicht, nun ja, er hatte selbst noch drei Dutzend in den Händen.

Bei dreißig lachte sie, und bei fünfzig traten ihr Tränen in die Augen.

Als er mit dem Rest heraustrat, rannen ihr diese Tränen über die Wangen.

»Ich liebe dich, Mary-Alice Catherine Manley«, sagte er.

Sie versuchte, etwas zu sagen, musste aber erst die Tränen herunterschlucken. »Ich werde nicht einmal sauer sein, dass du meinen vollen Namen benutzt hast.«

»Gut. Denn ich muss ihn noch einmal benutzen.« Er reichte ihr die Blumen – beziehungsweise versuchte er, sie zwischen den anderen unterzubringen. Mist, die Logistik hatte er nicht ganz zu Ende gedacht, denn sie brauchte beide Hände, um all die Blumen zu halten, und er brauchte eine für den Ring.

»Musst du das?«

Er nickte, nahm ihr dann einen Teil der Blumen wieder ab und kniete sich hin, um sie um sie herum auf den Boden zu legen.

Er stand nicht wieder auf.

Stattdessen holte er den Ring seiner Oma aus der Tasche. Sie war begeistert gewesen, ihn ihm geben zu dürfen.

Macs Tränen flossen nun schneller. Es waren Freudentränen; er konnte es an ihrem Lächeln sehen. Freudentränen waren völlig in Ordnung.

»Jared Nolan, was machst du da?«

»Wirst du gleich sehen.« Er nahm ihre Hand. »Willst du, Mary-Alice Catherine Manley, mich heiraten und meine Frau werden? Mich zu haben und zu halten, egal ob mit Millionen-Dollar-Verträgen oder dem Gehalt eines Gemeindetrainers, mit gebrochenen Beinen und angeknacksten Rippen, Möbel mit einem Satz überspringend und streunende Kätzchen aufnehmend, wo immer wir sie finden, bis einer von uns den Löffel abgibt – und das wird der *einzige* Weg sein, wie wir jemals getrennt werden –, Amen?«

Sie weinte *und* lachte gleichzeitig, als er fertig war, und zwar so sehr, dass sie kein Wort herausbrachte.

Also küsste er sie.

Verdammt, er kannte ihre Antwort ja. Sie würde ihn heiraten.

Epilog



*Sechs Monate später auf der anderen Seite der Tanzfläche ...*

»Ich sage dir, Lois, es kann funktionieren.«

»Wie bitte?« Lois Gayle hielt sich eine Hand ans Ohr, um besser zu hören, was Cate Manley ihr zu sagen versuchte. Diese verdammten Partys waren immer so laut, dass man kaum sein eigenes Wort verstand.

Ihre Enkelin würde das allerdings anders sehen. Jennifer war ein liebes Mädchen, schlau wie ein Fuchs, aber ihr schicker Abschluss in Tiermedizin hatte ihr rein gar nichts darüber beigebracht, wie Menschen alt wurden. Hörgeräte waren etwas für Taube, nicht für Leute, die einfach keine Lust auf den ganzen Lärm hatten. Lois liebte ihre Ruhe, bitteschön.

»Du musst dir nur einen Plan zurechtlegen. Mildred und ich haben all unsere Enkelkinder unter die Haube gebracht. Zwei davon miteinander.«

»Miteinander? Ist das nicht illegal? Da würde ich mir Sorgen um den Nachwuchs machen.« Lois' Großnichte dritten Grades hatte ihren Cousin ersten Grades geheiratet, und Lois würde Stein und Bein schwören, dass ihr Sohn Bill deshalb im Gefängnis gelandet war. Es war einfach nicht richtig, die Gene so zu vermischen.

»Nein, nicht untereinander. Meine Enkelin Mary-Alice Catherine hat

Mildreds Enkel Jared geheiratet. Das sind die beiden, die heute getraut wurden.«

Lois blickte zu den beiden hinüber, die so glücklich lächelten. Mildred und Cate hatten schon so lange von ihrem Plan geredet, dass es ein Wunder war, dass ihre Enkelkinder nichts davon mitbekommen hatten. Sogar Lois hatte davon gehört, und sie hatte sich redlich Mühe gegeben, *nicht* hinzuhören.

Trotzdem hatte der Plan offensichtlich funktioniert, wenn man bedachte, dass Cate bereits von drei weiteren Hochzeiten schwärmte.

Hm. Vielleicht *sollte* sie sich doch mal mit den beiden unterhalten. Schließlich wurde Jennifer auch nicht jünger, und Lois hätte auch gerne noch ein paar Urenkel.

Sie klopfte auf die Stühle neben sich. »Setzt euch, meine Damen, und erzählt mir, was ich tun soll.«

Ende und vielen Dank fürs Lesen

Ende. Danke fürs Lesen! Bitte helfen Sie anderen Lesern, meine Bücher zu finden, indem Sie dort eine Rezension hinterlassen, wo Sie es gekauft haben. Und wenn Sie mehr von meinen Geschichten sehen möchten, blättern Sie einfach um!

WAS EIN KERL
WILL
VETERINARY CLINIC
JUDI FENNELL
2021 NEST WINNER

# Was ein Kerl

***Eine freundschaftliche Pokerwette unter Freunden ... und der Verlierer muss einen Monat lang Häuser putzen. Die Manley Maids stehen Ihnen zu Diensten ... Zufriedenheit garantiert. Es ist das, was ein kerl will...***

Alles, was das Finanzgenie und Wunderkind Beckett Fields anfasst, wird zu Gold – nun ja, zumindest seit er seinen Namen geändert und sein Leben umgekrempelt hat. Doch als er bei der monatlichen Pokerrunde setzt, sieht es so aus, als hätte ihn sein Glück gerade verlassen.

Oder etwa doch nicht?

Dr. Jennifer Bingham hat ihr ganzes Leben lang alles richtig gemacht, angefangen in der Highschool, als sie versuchte, einem süßen Kerl zu helfen, den alle anderen für einen Versager hielten. Und jetzt zieht Jennifer, dank des Chaos, das ihre Zwillingsschwester aus ihrem Leben gemacht hat, ihre Nichte Sami auf.

Als Bad Boy Beckett auftaucht, um ihr Haus zu putzen – mittlerweile unter einem anderen Namen –, versucht sie zu vergessen, wie er sie vor Jahren abserviert hat. Doch wegen der Lügen ihres Ex-Mannes, den Folgen der Fehler ihrer Schwester und dem Rätsel, wer der Vater ihrer Nichte sein könnte, überlässt Jennifer nichts mehr dem Zufall.

*Bis* Sami wegläuft, um ihren Vater zu finden, und Beckett mit seiner Unterstützung, seiner Wahrheit und seiner Liebe in die Vollen geht.

Das ist eine Wette, die Jennifer bereit ist einzugehen.

# Jungsabend zu Hause



*Dritter Freitag im Monat*

»Seht sie euch an und weint, Ladies.«

Liam Manley legte sein Blatt offen hin, was einen Chor aus Stöhnen vom Rest des Tisches auslöste.

Beckett Fields verkniff sich ein Verdammt noch mal. Er verlor selten beim Poker – hauptsächlich, weil Zahlen und Wahrscheinlichkeiten sein Ding waren. Wäre Kartenzählen nicht illegal, könnte er sich in Vegas ein verdammt schönes Leben machen, und obwohl das, was er tat, technisch gesehen kein Kartenzählen war, bezweifelte er, dass die Casino-Bosse das anders sehen würden.

Liam war das offensichtlich egal, denn sein Royal Flush schlug Becks Full House.

Genauso wie Seans Straight Flush mit der Sechs als höchster Karte.

Und Kerrys vier Achten.

Kirks vier Neunen.

Alle Augen richteten sich auf Cooper. Besonders die von Beck. Der Kerl konnte kein Blatt haben, das ein Full House schlug. Er konnte einfach nicht. Die Wahrscheinlichkeit dafür war bei all diesen anderen Siegerhänden astronomisch gering.

Cooper legte seine Karten auf den Tisch.

Full House. Könige und Sechsen.

Beck brauchte sein Blatt eigentlich nicht noch einmal anzusehen, tat es aber trotzdem. Dreien und Zweien.

Er hatte verloren.

»Beck?« Liam klopfte auf den Tisch. »Wirst du sie jetzt die ganze Nacht anstarren oder verrätst du uns endlich, welcher von diesen Verlierern ins Dienstmädchenkostüm schlüpfen muss?«

Ach, Mist. Genau; das stand auf dem Spiel. Die monatliche Pokerrunde der Manley-Brüder und ihrer Freunde erhöhte am dritten Freitag im Monat den Einsatz: Der Verlierer verlor mehr als nur Geld. Jesus. Schlimm genug, dass er verlieren musste, aber musste es ausgerechnet heute Abend sein? Und dabei hatte er gedacht, sein Glück hätte sich gewendet, als er seinen Namen änderte.

Offensichtlich nicht.

Er atmete aus und legte die Karten auf den Tisch. Er zählte im Geiste bis drei, bevor der Jubel losbrach.

Die Jungs schafften es nur bis zwei.

»Diesmal lieber du als ich in dieser grünen Hose, Kumpel«, sagte Cooper.

Liam raffte seine Chips ein. »Und du schuldest mir noch was aus der Nebenwette.«

»Ich dachte, Wahrscheinlichkeiten wären dein Ding, Beck.« Kerry grüßte ihn mit erhobenem Bier.

»Ja, Verlustwahrscheinlichkeiten«, schnaubte Kirk.

»Ach, so schlimm ist es nicht«, sagte Sean. »Ich meine, für Mac zu arbeiten, hat mir was Gutes eingebracht. Lee und Bry auch.«

»Ja.« Liam nickte, während er perfekt ausgerichtete und perfekt nervige Stapel bildete und sich sowohl über den Sieg als auch darüber freute, das Mädchen erobert zu haben. Der Bastard. »Aber Beck sucht keine Ehefrau. Knall-sie-ab-und-pack-sie-ein-Beck. Rein und raus in einer Stunde.«

Kerry neigte sein Bier in Liams Richtung. »Vielleicht sollte deine Schwester das als neuen Slogan verwenden. Das würde der Liste der verfügbaren Dienstleistungen der Manley Maids eine interessante Note verleihen.«

Beck ließ sie reden. Sie hatten es sich verdient. Immerhin hatte er gewusst, worauf er sich einließ, als er seinen Einsatz erbrachte. Der Verlierer arbeitete einen Monat lang für den Reinigungsdienst von Mary-Alice Catherine

Manley. Angefangen hatte alles mit einer verlorenen Wette, als Sean zum ersten Mal die Uniform hatte anziehen müssen, aber die Masche war zu einer großartigen Marketingtaktik geworden. Was den Rest von ihnen betraf, nun ja, es war schlichtweg zum Totlachen, dem Verlierer dabei zuzusehen, wie er sich einen Monat lang abrackern musste.

Außer wenn er der Verlierer war.

Gott, er hatte seit etwa fünfzehn Jahren nicht mehr verloren. Nicht mehr, seit er dem einen netten Mädchen, das in der Highschool mit ihm gesprochen hatte, eine Abfuhr erteilt hatte, aber das war nur so gewesen, weil er ihrer damals nicht würdig gewesen war. Er hatte keine Aussichten gehabt. Er war kurz davor gewesen, aus dem Pflegesystem herauszuwachsen – ohne Bleibe, ohne Geld, ohne Pläne und ohne die geringste Ahnung, wie er überleben sollte.

Man sollte meinen, dass all das, was er in der Zwischenzeit erreicht hatte, dafür sorgen würde, dass dieser eine Moment ihn nicht mehr heimsuchte, nur weil er eine Pokerwette verloren hatte, aber ja, das tat er. Denn Verlieren war ätzend.

Und genau das war scheinbar auch der Staubsauger, den er nun benutzen musste.

## Royally Sunk

### Bis über beide Ohren

Reel ist ein Meermann ohne Schwanzflosse, und Erica hat panische Angst vor dem Ozean. Nur eine Sache könnte sie ins Wasser bringen: eine Pistole. Und nur eine Sache könnte sie dort halten: der sexy Meermann, der ihr das Leben rettet, nur um sein eigenes aufs Spiel zu setzen.

### Ins tiefe Blaue

Valerie ist eine Meeresprinzessin, die mitten auf dem trockenen Land festsitzt. Rod ist der Prinz, der sich aufmacht, sie zu retten. Aber können sie den Komplott eines Usurpators vereiteln und rechtzeitig zum Meer zurückkehren, bevor seine Flosse – und sein Thronanspruch – für immer verschwinden?

### Der Fang des Lebens

Logan ist vom Zirkus *weggelaufen*; alles, was er will, ist ein ganz normales Leben. Die nackte Frau, die plötzlich auf seinem Boot auftaucht, ist alles *außer* normal. Besonders als sich herausstellt, dass Angel eine Meerjungfrau ist – und ein wütendes Seeungeheuer hinter ihr her ist.

### Liebe auf Klippenkurs

Prinzessin Mariana ist keine Hochstaplerin; sie ist wirklich eine Künstlerin, was sie mit der Statue beweisen will, die sie auf einer einsamen Insel meißelt. Das Problem ist, dass Jace sich genau dort versteckt. Die eine Sache, die Mariana aus ihrem königlichen Gefängnis befreien wird, ist also genau die Sache, die Jace umbringen wird. Romanzen sind schon schwer genug, aber wenn ein Tsunami im Wetterbericht steht, landet die Liebe schnell auf den Felsen.

### Wellen schlagen

Lesen Sie mehr über „Den Vorfall", der Erica Todesangst vor dem Ozean einjagte, den Grund, warum Valerie, die verlorene Prinzessin, gefunden wurde, und wie Logans kleiner Sohn Michael eine Meerjungfrau entdeckte. Die Geschichten *vor* den Geschichten.

## Bottled Magic

### Ich träume von Dschinnis

Matts Glück wendet sich endlich, als der Dschinn Eden aus ihrer Flasche entkommt und direkt in seinem Schoß landet. Buchstäblich. Und sie schwört, niemals wieder dorthin zurückzukehren. Zu ihrem beiderseitigen Unglück will der Typ, der sie dort eingesperrt hat, sie zurückhaben, und er wird vor nichts zurückschrecken, um sie zu bekommen.

### Der Dschinni weiß es besser

Samantha erbt das Anwesen ihres Vaters, mitsamt einem Dschinn, der noch einem letzten Herrn dienen muss, bevor seine Leibeigenschaft endet.

Sam ist mehr als bereit, Kal die Freiheit zu schenken – bis ihr gieriger Ex beschließt, dass niemand Sam haben darf, wenn er sie nicht haben kann.

## Mein bezaubernder Dschinni

Zane hat das Herrenhaus der Familie geerbt, das er gar nicht schnell genug loswerden kann, um die Gerüchte über die verrückte Vergangenheit seiner Familie endlich zum Schweigen zu bringen. Schade nur, dass der Dschinn, der die Ursache für diese Gerüchte war, befreit wurde und erneut sein Unwesen treibt. Nur legt sie es dieses Mal auf sein Herz an.

## Dein Wunsch ist ihm Befehl

Erfahren Sie, wie Kal in seiner Laterne gefangen wurde und warum er 1001 Herren dienen muss. Die Geschichte vor der Geschichte.

## Once-Upon-A-Romance Series

## Die Schöne und der Beste

Jolie ist tagsüber Privatköchin und nachts Liebesromanautorin. Als sie einen Job bei dem attraktiven, zurückgezogenen Künstler Todd ergattert, hat sie den perfekten Helden für ihr Buch gefunden. Bis Todd dahinterkommt und sie aus seiner Küche, seinem Haus *und* seinem Herzen wirft.

## Wenn der Schuh passt

Es war einmal vor langer, langer Zeit in einem fernen Land, da lebte ein Mädchen namens Aschenputtel. Dies ist nicht ihre Geschichte. *Dies* ist die Geschichte von Lucinda Isabella Casteleoni, die, genau wie ihre Namensvetterin, eine böse Stiefmutter, zwei geschmacklose Stiefschwestern und unzählige Stunden knallharter Arbeit (nicht) vor sich hat. Doch im Gegensatz zu der Märchenprinzessin ist von Bellas Traumprinzen weit und breit nichts zu sehen. Bis ein kleiner alter Mann mit funkelnden grünen Augen ein Schuhgeschäft am Ende der Straße eröffnet. Dann beginnt der Zauber...

. . .

## Hinter dem bleigefassten Glas

Eine versehentliche Reise ins mittelalterliche England lässt Werbefachfrau Kate händeringend nach einem Heimweg suchen... Aber kann sie den attraktiven Ritter in glänzender Rüstung, in den sie sich verliebt hat, mit zurücknehmen?

## <u>BeefCake, Inc.</u>

## Auch Hingucker mögen Süßes

Lara will, dass ihre Cupcakes ein Erfolg werden. Der Exotic Dancer Gage hätte nichts dagegen, sie mal zu probieren, aber sein Arbeitsplan, um die Krankenhausrechnungen seines Neffen abzubezahlen, lässt ihm keine Zeit dafür. Bis zu einer Party, bei der Muskelpakete auf Cupcakes treffen, und *oh ja*, das ist verdammt lecker!

## Auch Hingucker machen Fehler

Als Bryan Jenna fälschlicherweise für eine Prostituierte hält und sie erkennt, dass er der Vater ihres Adoptivsohns ist, nehmen die Fehler und Missverständnisse ihren Lauf. Aber da wächst noch etwas anderes zwischen ihnen. Manchmal kann ein falscher Abzweig genau der richtige Weg sein...

## Auch Hingucker verdienen eine dritte Chance

Tanner will seine Ex-Frau für immer aus seinem Leben haben, aber als deren Großmutter einen Schlaganfall erleidet und er so tun muss, als wäre er immer noch in Juliet verliebt, wagt er da eine zweite Chance bei der einen Frau, die ihn nie aufgehört hat zu lieben?

## Auch Hingucker bringen Herzen zum Schmelzen

*Wenn das hier Verlieren war, dann war er ja total bekloppt, dass er sich überhaupt drauf eingelassen hat.*

Gina ist schon ewig in Darien verknallt – bis zu dem Tag, an dem er sie in der Schule gedemütigt hat. Fünfzehn Jahre später lässt er sie völlig kalt. Der Exotic Dancer Darien ist in die Stadt zurückgekehrt, um einiges wiedergutzumachen. Unter anderem das Schlamassel, das er Gina vor Jahren eingebrockt hat... und *vielleicht* die Flamme von einst neu zu entfachen. Aber der einzige Weg, das Eis um Ginas Herz zu schmelzen, besteht darin, die Hitze aufzudrehen, sowohl bei der Arbeit... als auch privat.

## Manley Maids

*Was passiert, wenn drei unwiderstehlich sexy Brüder eine Pokerwette gegen ihre geschäftstüchtige Schwester verlieren? Sie werden für deren Putzunternehmen zwangsverpflichtet. Ab sofort stehen Ihnen die Manley Maids zu Diensten. Zufriedenheit garantiert.*

### Was eine Frau will

Resort-Besitzer Sean plant, ein historisches Anwesen zu kaufen, um sich einen Namen zu machen und Millionen zu scheffeln. Er zieht unter dem Vorwand ein, den Laden zu putzen, um eine Bedingung des Erbes zu umgehen. Aber die Erbin Olivia und ihre Menagerie gehen ihm unter die Haut, und er stellt fest, dass die Pokerwette, die ihn in dieses Schlamassel gebracht hat, nicht die einzige Spielwende für ihn bereithält.

### Was eine Frau braucht

Filmstar Bryan will Ruhm und Reichtum, keine Wiederholung seiner knausrigen „normalen" Kindheit. Nach dem Medienrummel um den Tod ihres Mannes braucht Beth nichts mehr als ein normales Leben für sich und ihre Kinder – und der Filmstar, der eine Wette verloren hat und nun ihr Haus putzen muss – samt Paparazzi im Schlepptau – passt da so gar nicht rein. Doch als aus Flirts Verführung wird, muss Bryan Beth davon überzeugen, dass er mehr ist als nur eine Putzhilfe. Oder ein Schauspieler. Denn er spielt die Hauptrolle in einer umgekehrten Aschenputtel-Geschichte, und es könnte die Rolle seines Lebens sein.

## Was eine Frau verdient

Liam hat keine Geduld für Frauen, die das Geld eines Mannes ausgeben, ohne einen Gedanken an echte Arbeit zu verschwenden. Aber um seinen Wetteinsatz einzulösen, muss Liam das It-Girl Cassidy nicht nur ertragen, sondern ihr auch noch hinterherputzen, nachdem ihr Vater ihr den Geldhahn zugedreht hat. Ohne Geld und ohne ein Zuhause, das Liam putzen könnte, bleibt Cassidy keine Wahl, als ein Jobangebot anzunehmen – als Liams neues Dienstmädchen. Wenn zwischen ihnen die Funken fliegen, wird es dann die wahre Liebe oder nur eine weitere schmutzige Affäre?

## Was für eine Frau

MaryAlice Catherine ist bereit, das Haus der Freundin ihrer Großmutter zu putzen, nur um festzustellen, dass deren arroganter Enkel, in den sie als Mädchen verknallt war – was er die ganze Zeit wusste –, dort wohnt. Sie ist zu Tode blamiert. Jared erinnert sich anders daran; Mac war schon immer eine rechthaberische kleine Person, aber er wird sie jetzt nicht das Sagen haben lassen. Doch wenn die beiden zusammen in einem Haus leben, ist nicht abzusehen, wer am Ende den Sieg davonträgt.

## Was ein Kerl will

Beckett ist bereit, seine verlorene Pokerwette zu begleichen. Er ahnte nur nicht, dass er mit seinem Herzen bezahlen müsste. Jennifer ist diejenige, die ihm einst entwischt ist, und jetzt steht sie direkt vor ihm. In ihrem Haus. Das er putzen soll. Jennifer kann es nicht fassen, dass der Bad Boy aus der Highschool, in den sie wahnsinnig verliebt war, in ihrem Haus ist. Aber wenn ihr

Ex-Mann ihr eines beigebracht hat, dann, dass man sich auf einen Bad Boy nicht verlassen kann. Bis Beckett alle Karten auf den Tisch legt und sich als jemand entpuppt, auf den Jennifer am Ende doch wetten kann.

# Über Judi Fennell

Judi Fennell, Amazon-Bestsellerautorin und preisgekrönte Autorin, liebt die Liebe und liebt das Lachen, daher findet in jedem ihrer Bücher etwas davon. Schau dir ihre unbeschwerten, augenzwinkernden paranormalen und romantischen Komödien unter an wwwJudiFennell.com. Von Wassermännern über Flaschengeister bis hin zu Männern in Dienstmädchenuniformen und männlichen Strippern – es gibt immer etwas zu lachen und zu lieben. In ihrer „Frei"-Zeit hilft sie Autoren beim Schreiben und Indie-Publishern mit ihrer Formatierung, Cover-/Promo-Design, Redaktion, Firma, www.formatting4U.com. Judis Familie hat viele vierbeinige Mitglieder, und in dem Moment, in der diese anfangen A) zu singen, B) Kleidung zu nähen oder C) das Haus zu putzen, wird der Moment sein, an dem Judi aufhört zu schreiben ...